本书系广东省社……
史略（GD23XZW……阶段性研究成果

启蒙

·诗性·

苦难

—— 20世纪三四十年代
中国乡土小说研究

卢月风　著

武汉大学出版社

图书在版编目(CIP)数据

启蒙·诗性·苦难：20世纪三四十年代中国乡土小说研究／
卢月风著 . -- 武汉：武汉大学出版社，2024.12. -- ISBN 978-7-
307-24650-8

Ⅰ. I207.42

中国国家版本馆 CIP 数据核字第 2024KD4977 号

责任编辑:白绍华　　　责任校对:鄢春梅　　　版式设计:马　佳

出版发行: **武汉大学出版社** （430072　武昌　珞珈山）

　　　　（电子邮箱：cbs22@ whu.edu.cn　网址：www.wdp.com.cn）

印刷:湖北云景数字印刷有限公司

开本:720×1000　　1/16　　印张:15.75　　字数:223 千字　　插页:1

版次:2024 年 12 月第 1 版　　　2024 年 12 月第 1 次印刷

ISBN 978-7-307-24650-8　　　定价:89.00 元

目 录

绪　　论
20 世纪三四十年代乡土小说的现代性路径

　　20 世纪三四十年代是中国新文学转折，受时局影响，文学与政治的关系愈加密切，大多数作家的创作也移位于民族救亡与民族苦难等时代话语，书写民族的悲苦与坚韧。应该说是现代思想与政治的变革引起越来越多作家开始关注乡村生产方式、伦理秩序，以及农民精神状态等方面的变化，这带给作家丰沛的创作灵感与素材，乡土小说创作出现了短暂勃发。纵观此一时期的乡土小说创作，从时间上来看，大体呈现出："左翼"时期——启蒙、苦难、革命的多重走向；抗战时期——"现实"超越"诗性"，"解放政治"超越"生活政治"的路向；解放战争时期——个体启蒙与诗性浪漫对乡土的影响力在减弱，出现了表现农民摆脱苦难与翻身解放题材相交融的特征。因民族救亡图存、社会解放的峻急，"苦难""大众""集体"等话语相继成为作家的言说对象，其实，不管是启蒙与救亡、纪实与浪漫、个体与集体、苦难与革命之间有多少重叠和纠缠，可以肯定的是，作家背负着沉重的历史和现实压力，使得乡土叙事融合着功利诉求和审美表现的同时，也进行着本土化、民族性现代性之路的探寻。二者差异中也呈现出某种一致性：地方风物描写逐渐弱化，民族解放的急迫性冲淡了人的解放，属于个体表现或虚幻的抽象的内容受到质疑，乡村的苦难与"躁动"、农民的觉醒与斗争、反抗与翻身是创作主要方向。

一、"左翼"时期：启蒙、苦难、革命的多重走向

　　20 世纪三四十年代灾难频仍的社会现实并没有阻止文学发展的步伐，

尤其是乡土小说，不仅延续了二十年代的乡土启蒙与苦难的创作路径，还在烽火连绵的岁月里增加了革命、救亡、解放等时代因素，阶级压迫的深重和民族救亡的急迫促使乡土话语更加凝重、深沉，呈现出启蒙、苦难、革命的双重走向。

在"五四"文学中，有一批来自浙东、皖南、贵州等地的作家，受鲁迅影响，他们以饱含深情的笔触描绘熟悉的故乡，批判乡土的滞重，启蒙民众走出宗法制度的桎梏，氤氲着淳朴浓厚的地方色彩，鲁迅称其为"侨寓者"文学。"九·一八"事变之后，民族矛盾空前激烈，出现了倾向于乡土政治革命书写的浪潮，如"左翼乡土小说""京派乡土小说""海派乡土小说""七月派"等，但思想启蒙式的乡土批判传统并仍在延续。萧红的《生死场》《桥》等小说在写出战争语境下人们的苦难与反抗的同时，不忘对地主阶级压迫的揭露和对民族劣根性的批判。《生死场》不仅控诉了封建文化痼疾对农民思想意识的毒害，而且对农民在淡薄的自我意识下蒙昧的生存状态表示担忧。《桥》中的黄良子为了一家人的生计而做了地主家孩子的乳母，结果是小主人被喂养得白嫩，自己家孩子因疏于照顾脸色如枯黄的树枝，从中不难看出地主阶级对贫苦农民的欺压，但黄良子安分守己、逆来顺受，这样的奴性思想也是导致其悲惨命运的罪魁祸首。萧红深知乡土的苦难与严酷的社会环境相关联，但农民意识深处的思想劣根性也不可小觑，换句话说，正是其乡土叙事中贯彻始终的启蒙意识造就了作品超越时代的价值。

"非常态"语境下依旧坚持乡土启蒙叙事维度的除了萧红，还有端木蕻良、沙汀、艾芜、王西彦等作家，当时他们虽生活在不同地域空间，却有着相通的文学旨趣，不是刻意迎合农民反抗阶级压迫或御敌抗战的话语而是从国民性、理想人性建构的视角介入乡土思考。端木蕻良《科尔沁旗草原》中的三姥姥对自己卑贱命运的顺从与习惯，沙汀的《兽道》通过魏老婆子的悲惨命运引发对庸众看客心理的反思，他们无意中充当了杀人帮凶的角色，加速了魏老婆子命运悲剧的发生，说明因战乱导致的个人不幸尚未激起民众的精神觉醒。农民意识深处的钝拙、懦弱、奴性等性格痼疾并没有随着社会进步而改变，根深蒂固的封建伦理道德对民众心灵的戕害依然如故。艾芜的《回乡》讲述了封建家族制度对农村妇女的精神迫害，丁永森原本原谅了被迫出轨的妻子，但在强大的家族势力威逼之下只能以"伤风败俗"的名义把妻子赶出家门，落后的乡村习俗造成了一个家庭的离散。王西彦的乡土小说继承并延伸了鲁迅传统，他常常以现代启蒙思想关照乡土，批判落后的封建等级制度、礼教文化，小说《古屋》塑造了孙尚宪这一典型的封建卫道士形象，他以封建家长的身份凭借"善良""道德"的幌子扼杀了一个个年轻的生命，其实"古屋"的意象本身就隐喻着封建地主家庭的罪恶。尤其以路翎为主的"七月派"作家，他们注意到战争也无法洗涤镌刻在民众精神深处的集体无意识，在小说中塑造处于半睡半醒状态的农民群像，既有生命强力的一面，又遗留着旧时代的创伤，深化了乡土启蒙路径的内涵。

如果说启蒙包括理性批判认知与感性诗意认知两个方面，那么以国民性批判为核心的萧红、端木蕻良、丁玲、路翎等人的乡土叙事所贯穿的价值取向则是理性批判认知。而沈从文、师陀等作家的乡土叙事多与秩序、和谐、美好、善良、节制等具有感性诗意认知思想的启蒙概念相联系。

30年代沈从文、师陀、萧乾等京派作家以感性的乡土叙事出现在文坛，他们很少直接书写硝烟弥漫下乡村悲苦哀号的场面，多是从神圣的生命、返璞归真的自然人性切入乡土，追忆已逝的乡土文明。沈从文的小说《三三》《阿黑小史》《边城》《贵生》等，在充满诗情画意的故事背后是美好原始人性的写照，三三、阿黑、翠翠有着女性清水出芙蓉的自然美，五明、贵生等体现着男性阳刚粗犷的本真，除去外表美，他们身上不乏心地善良诚以待人的美德。师陀的《头》《谷》《里门拾记》等小说既写出了庄稼汉受尽欺压的命运悲剧，同时不忘礼赞孙三、匡成这些乡土社会小人物温和、慈善的性格，加上幽静的自然环境、醇厚的乡风民俗使作品充满着田园牧歌的审美意蕴。刘西渭说："讽刺是师陀先生的第二个特征，一个基本成分，而诗意是他的第一个特征，一件外在的衣饰。"①这是师陀乡土书写独特性的体现，同样沈从文指出，"我是个对一切无信仰的人，却只信仰生命"②。他们在社会危机语境下并没有放弃对生活的尊重、审美的追求。事实上，无论是启蒙的哪一侧面都以人的现代化为目的，但把个体生存、人性奥秘的探索放在首位显得偏离生灵涂炭的乡土现实。

当然，"九·一八"事变拉开了局部抗战的序幕，使得东北这片苦难的土地更为凝重，进而激发了李辉英、白朗、罗烽等人的民族忧患意识和文学热忱，他们用文字来倾泻内心的复杂感情，抒发对家乡的拯救。从题材上看，以农民积极参军为背景的乡土小说居多，形成了乡土小说的"革命"路向，在《辞海》一书中，革命的释义是"被压迫阶级用暴力夺取政权，摧毁旧的腐朽的社会制度，建立新的进步的社会制度。革命破坏旧的生产关系，建立新的生产关系，解放生产力，推动社会的发展"。战争的释义为"实现一定的政治和经济目的而进行的武装斗争。是人类历史出现阶级以后的社会现象。是阶级间、民族间、国家间、政治集团间矛盾斗争的最高形式，以暴力手段反映政治实质"。对于两者的关系，《马克思主义辞典》中指出，革命与战争是两种社会现象，并互为关联，战争会引起革命，革命有可能制止战争。毛泽东说过"革命战争是群众的战争"，这里的革命战争既包括阶级矛盾又包括民族矛盾，因此，在国内学术界有"土地革命战争""解放战争"等说法，也有学者认为文学中的抗日主题是革命对象与目标的转移。结合已有论述，我们选择"革命"用语，把战争视为革命的一种形式，把乡土小说中有关阶级与民族矛盾所激起的斗争与暴力行动都用"革命话语"概括。李辉英说"九·一八事变，日本帝国主义占领了我的故乡……我悲哀，我愤怒，终至，激起我反抗暴力的情绪"③！带着这样汹涌难忍的愤慨之情，他在1933年创作了长篇巨著《万宝山》，这是揭示农民抗战的先声，小说以当年发生在吉林的万宝山事件为素材，写到万宝山农

---

① 沈从文．沈从文散文选[M]．北京：人民文学出版社，2004：32.
② 沈从文．沈从文全集：第12卷[M]．太原：北岳文艺出版社，2002：128.
③ 李辉英．我创作上的一个历程[J]．申报自由谈，1934(12).

民生活的安乐、悠闲，但日军侵入使这里的经济变得困窘、萧条，着重强调了民众集体抗日的思想一致性。当一个人的忍耐性受到极限挑战时，其反抗的力量总显得那么锐不可当，农民亦然。战争搅乱了他们稳定、自由的生活节奏，为了捍卫家园与民族独立揭竿而起，他们拿起手中的锄头、镰刀作为反击的武器，虽然简陋，但战斗激情却是高昂的。白朗的《伊瓦鲁河畔》刻画了青年农民贾德形象，他识破了宣抚员伪善的面孔后在祖父和父亲坟前发誓以示反抗侵略的坚定决心。罗烽《第七个坑》中的耿大目睹了无辜民众被活埋的场景，后来日本兵试图用同样的方式结束他的性命，结果勇敢的耿大抓起手中的铁锹冲向侵略者。其中较有影响力的当属萧军《八月的乡村》，农民失去了自给自足的耕作条件，基本的生活难以为继，从老人到妇女纷纷加入革命者队伍，崔长胜是六旬老人，七嫂在死去丈夫，儿子又被活活摔死的情况下决然地加入游击队。其实，小说中的阶级斗争与抗战是纠缠在一起的，孙家三兄弟加入陈柱的抗日队伍，他们对战争的简单理解是命革完了就可以娶到老婆，这是个人欲望、阶级、民族仇恨等多重情绪交织的结果，也是乡土革命现代性路径复杂的体现。

应该说"革命"是民众对压迫的一种暴起反击的行为，对于中国当时的社会现实而言，除了外敌入侵的民族压迫之外，地主对农民的阶级压迫也不能忘却，并且这一矛盾存在已久，所以有一部分乡土小说立足阶级矛盾、农村经济的角度分析了其中的革命原因。三十年代初期农村经济发展可谓祸不单行，外有资本主义转嫁经济危机的商品倾销与民族战争火焰向乡土社会的疯狂蔓延，内有频繁自然灾害与地方士绅的残酷剥削，凡此种种加速了农村自给自足经济模式的破产，而关涉农村经济发展的土地政策也没有得到很好的落实，比如租赁制改良，由于农村基层政权仍然被地方士绅所控制，导致新的土地方案对他们并没有形成一定约束力。茅盾、吴组缃、沙汀等作家就把主要精力放在中国革命中心问题即农村经济与农民生存方面，在作品中深度剖析不合理的社会经济形态以及农民的逐渐觉醒与反抗，茅盾"农村三部曲"中老通宝世代以养蚕为业，吴组缃《一千八百担》不同阶级代表为了各自的经济利益争夺祠堂里的义粮，叶圣陶《多收了三五斗》中农民被迫廉价粜米。当农村"谷贱伤农""丰收成灾"的局面不断恶化，农民反抗压迫的阶级意识被激发，最终酿成了群体革命的势头。毛泽东曾说过："革命是暴动，是一个阶级推翻另一个阶级的暴烈行动。"无路可走的农民多以暴力革命完成对不合理制度的抗争，争得自身利益，茅盾的《秋收》以多多头为代表的新一代农民集体到镇上"抢米囤""吃大户"，叶紫的《丰收》与《火》中青年农民曹立秋在农村暴动中成长为无产阶级革命者，老一辈农民云普叔认识到地主剥削阶级的本质后，果断加入斗争地主的行列。蒋牧良《集成四公》里的蔚林寡妇在被地主逼迫得无法生存时，积极加入红军革命队伍，参与对集成四公的抄家活动，并毁掉契约。从多多头到云普叔、曹立秋再到蔚林寡妇等，他们的政治觉悟并没有因战争的特殊环境被刻意拔高，作者只是真实记录了农民在残酷社会压迫下的奋起抗争，迈向革命道路的艰难步伐，阶级意识觉醒无疑对民族独立同样有积极作用。当然，受到教育水平所限的农民革命的动机是单纯的，大多是因外在的剥削与侵略行径已直接威胁到他们的基本生活问题，到了不得不改变的地步，恰如费孝通所说："中国农村的基本问题，简单地说，就是农民的收入降低到了不足以维持最低限度生活水平所需的程度，中国农村真正的问题是人民的饥饿问题。"[1]而中国还有一个社会现实：农民是民族革命战争的主体力量，他们活跃的革命激情是社会独立与解放的有效保障，况且现实的压迫确实也挑战了其千百年来安土重迁的精神传统。

　　总之，30年代的文学思潮与流派，从"左翼"到"文协"，把革命话语推向了文坛主流，作者的价值取向大多偏向于乡土革命及民众觉醒与反抗的一面，而乡土小说的革命话语呈现出民族御敌与阶级斗争相互纠缠的图景，同时小说中所塑造的农民形象开始从麻木愚昧到觉醒反抗，从狭隘的个人主义到民族国家集体意识的转变具有一定开拓意义。与启蒙路径相比，革命在当时更具有社会现实意义，但一味强调文学的政治意识形态性也相对弱化了文学的审美向度。

---

　　① 李金铮. 题同释异：中国近代农民何以贫困[J]. 江海学刊，2013(2).

二、全面抗战时期：“解放政治”超越“生活政治”

英国学者吉登斯在深刻反思现代性的基础上首次提出了“解放政治”与“生活政治”的概念，他认为“解放政治是激进地卷入到从不平等和奴役状态下解放出来的过程”①。同时包括两方面内容：“一个是力图打破过去的枷锁，因而也是一种面向未来的改造态度，另一个是力图克服某些个人或群体支配另一些个人或群体的非合法性系统。”②而“生活政治主要指的是一种自我实现的政治，集中在整体的人和个体性的权力上”③。不难看出，在这一界定中，前者倾向于以斗争的形式反抗不合理的统治秩序，消除剥削与压迫，建构一个公平正义的社会，言说范围多围于国家、集体；而后者多聚焦于个体的自由与自我价值实现，最终走出传统僵化的思想束缚。

吉登斯是在全球化背景下提出的这一概念，实际上以此为依据来考察中国社会发展特征一样具有实用性，我们可以把新中国成立之前阶级矛盾与民族矛盾激化的时段看成是“解放政治”，把安定社会环境下人的个人价值实现看作是“生活政治”，而现代社会进程表现出两者相互交替的特征。20世纪三四十年代的历史事件无一不是在推进新民主主义革命的进程，尤其是关乎国家命运的民族战争使民族觉醒与团结达到空前的程度，以文艺的形式参与现代民族国家建构成为绝对的时代诉求，尤其是毛泽东《在延安文艺座谈会上的讲话》不仅在中国革命文学史与思想史上具有划时代意义，而且确立了以人民为中心的文艺观，规约了作家的创作方向，革命叙事立场不断被强化。乡土小说的现代性路径出现了“革命”超越“启蒙”的趋势，也可以说是“解放政治”领先“生活政治”，民族救亡的急迫性预示着以

① 安东尼·吉登斯. 现代性的后果[M]. 田禾译，南京：译林出版社，2000：137.

② 安东尼·吉登斯. 现代性与自我认同：现代晚期的自我与社会[M]. 赵旭东译，北京：三联书店，1998：3.

③ 安东尼·吉登斯. 现代性与自我认同：现代晚期的自我与社会[M]. 赵旭东译，北京：三联书店，1998：247.

宏大叙事为主调的革命话语胜过强调个体自由与解放的启蒙话语模式。当然，三四十年代乡土经验被征用的趋势恰好体现了"解放政治"的社会主题。作家的乡土观念被时代激流所裹挟而不得不变，王鲁彦由对农民思想流弊和封建礼俗的否定转向配合"解放政治"要求的阶级话语，《我们的喇叭》（1939）、《陈老奶》（1942）等小说无不在控诉战争的罪恶与农民的反抗、暴动。《我们的喇叭》中的"小喇叭"是来自社会底层的弱者，当战争威胁到生计时，他参加八路军并在紧要关头用小喇叭吹响了冲锋的号声，吓走了敌人，使部队转危为安赢得胜利。《陈老奶》中战争过后陈老奶的二儿子毫无音讯，大儿子因病死去，加上反动政权的黑暗统治……但她没有被这些苦难压垮，而是带领儿媳和年幼的孙子坚强地生活着，她的行动是一种无言的抗争。不可否定，无论是走向革命的"小喇叭"还是性格倔强的陈老奶，他们与侵略者的搏斗仿佛是黑暗的原野上燃起的篝火，虽然微弱但却是民族的希望所在。

无独有偶，当社会危机步步紧逼，战火不断蔓延之时，艾芜的乡土小说也开始向社会革命靠近，以农民在民族、阶级压迫下艰难生存处境的再现取代早期创作中弥漫着浪漫色彩的边地抒情，严峻的生存环境把他的视线推向现实，同时颠沛流离的命运遭际升华了他对社会的理性认知。1937年长篇小说《丰饶的原野》以四川岷沱江流域的风物人情为背景讲述这片丰饶的原野上农村的生活，憎恶地主恶霸惨无人寰地欺压民众，同时又在刘老九这类桀骜不驯、富有反抗精神的农民形象身上看到了力量和希望。《山野》叙述了广西吉丁村民众团结起来抵抗外来侵略的行动，他们能够同仇敌忾足以证明民族救亡对个人恩怨的超越。艾芜说："我不能把全部抗日战争的悲壮事情通通写了出来，我只能将一个小小的山村地方，一天小小的战斗生活，勉力记下。"①固然，小说虽然截取的是某一个村落的抗日活动，但我们大概可以从中窥见战争大后方的农村面貌。姚雪垠的《差半车麦秸》《牛全德与胡萝卜》显现了农民在"解放政治"的集体主义

---

① 艾芜．山野[M]．北京：作家出版社，1954：368.

精神感召下怎样成长为合格的革命战士，把曾经的江湖义气转移到抗击外敌的斗争上去。总之，这些小说的审美性被放逐，文学的自身规律居于次要位置，但其中的"解放政治"思想却很好地诠释了左翼批评家的政治功利文学观。

1938年武汉失守，国民政府随之迁往重庆，抗战被迫进入相持阶段，文学版图也随着政治军事形势的变化呈现出国统区、解放区、沦陷区不同的区域特征。如果说王鲁彦、艾芜的乡土叙事反映了国统区的乡土风貌，那么刘白羽、崔璇、鹿特丹等作家就是把解放区的农村现实、农民踊跃地支持抗日活动作为描写对象，《孙彩花》写了民族与阶级意识觉醒后走向战场的农民夫妇，《周大娘》中的妇救会主任为了救助八路军战士而亲手烧掉自家房子，《儿子》中的母亲明知当汉奸的儿子被王健打死，心中虽然痛苦但还是在危急时刻把革命战士藏在家中保护起来，表达了农民对日本鬼子的憎恨、对八路军的爱戴之情。无法逃脱的灾难激发了农民性格中的革命因子，他们勇敢地冲向剥夺自己生存权利的洪水猛兽，恰如毛泽东所说："中国有百分之八十的人口是农民，这是小学生的常识。因此农民问题，就成了中国革命最基本的问题，农民的力量，是中国革命的主要力量。"①旷新年指出："在后发展的民族国家，现代性通常地以革命形式表现出来，革命是一种现代性的组织形式，是现代化最为有效的社会动员。"②就中国而言，抗日战争是实现民族独立的关键环节，以"解放政治"为宗旨的民族独立、国家解放比强调个体价值实现的"生活政治"更为重要，我们在程造之《地下》与马烽《张初元的故事》的小说中还看到了地主联合农民抗日的景象，在抗击敌寇的同一目标作用下乡土社会不同阶级出对峙走向团结的现象，尽管这样的构思有理想化倾向，但也体现了当时民族救亡的峻急性迫使作家自觉追随功利主义文学观的步伐。

当然，民族救亡成为时代焦点，进一步强化了文学推动社会革命的整

---

① 毛泽东. 毛泽东选集：第2卷[M]. 北京：人民出版社，1960：652.
② 旷新年. 现代文学与现代性[M]. 上海：远东出版社，1998：29.

合力量，但却很难做到整齐划一，毕竟乡土小说并非铁板一块，无数作家都亲历了"五四"新文化运动，其中的自由、民主思想在他们的意识深处留下了深深的烙印，这就使文坛时常会发出不同于"遵命文学"的声音。萧红的乡土书写就在"解放政治"之外涌动着"生活政治"的潜流，她认为"作家是属于人类的，现在或者过去，作家们写作的出发点是对着人类的愚昧"①。显然，在她的意识深处始终认为文学创作的起点是对人们愚昧麻木精神状态的深掘，不应因时局而改变，也就是说，即使在严峻的民族战争时期，作家依然要极力为民族解放呐喊助威，但也不能轻视人性的合理建构。《呼兰河传》写了东二道街的大泥坑，象征着农民精神盛宴的跳大神、放河灯、娘娘庙会烧香磕头等活动，进行了荒诞与卑劣的人物形象塑造，小说分别描写了农民的生存环境、生活习俗到病态的灵魂，真实地再现了早期东北农村的生活画卷，也是整个乡土社会的缩影。《汾河的圆月》小玉奶奶无法忍受儿子在战争中的身亡、媳妇改嫁的悲痛而变得疯癫起来，面对这样的家庭不幸，"汾河边上的人对于这疯子起初感到趣味，慢慢地厌倦下来，接着就对她非常冷淡"②。鲁迅说："群众，尤其是中国的，——永远是戏剧的看客。"③因此萧红注意到了民众麻木的"看客"心理比残酷的战争更令人痛心，疗救精神被毒害的灵魂比改变生活处境还要重要，文学为"解放政治"服务的时代主题尚未阻挡她对国民性问题的探究，对人性的思索。

　　同为新文学史上颇具影响力的女性作家，丁玲的成名早于萧红，"五四"时期的理性与科学观念深深地镌刻在她的心底，历史的车轮没有遮蔽她对人性负值的审视。所以有学者指出"丁玲所关注的仍然是时代主题遮蔽下的反封建命题，是人道主义、个性解放的启蒙命题，她没有因为时代主题的急迫性和宏大主题的正义性与合法性，就忽略了对于个人命运的关

---

① 季红真. 萧红全传[M]. 北京：现代出版社，2011：612.
② 萧红. 小城三月[M]. 南京：凤凰出版社，2010：178-181.
③ 鲁迅. 鲁迅全集：第1卷[M]. 北京：人民文学出版社，1981：163.

注和深入探讨，她的写作是严肃而深沉的"①。诚如斯言，《我在霞村的时候》通过贞贞两次离开故乡的经历，对解放区农民身上残存的封建落后意识给予批判，因为执拗的封建传统依然顽固地攫取着他们的精神与灵魂，致使他们的思想意识并没有因为政治、经济层面的解放而改变。《泪眼模糊中的信念》同样塑造了一个被日军玷污的劳动妇女形象，她反复地讲述自己的不幸遭遇目的是想唤起村民与敌人搏斗到底的决心，但得到的却是民众的冷眼旁观与诋毁嘲讽。可以说，丁玲的乡土书写虽选取战争背景，但对人性的关注，试图改良人生的"生活政治"愿望并没因特殊的历史语境而懈怠，这也是其小说思想内涵深邃性与复杂性的写照。

除了萧红、丁玲对"生活政治"的坚守，抗日战争全面爆发后，中华民族到了生死存亡的危急时刻，七月派作家路翎的乡土小说较有代表性，他主张抗战现实与"五四"启蒙精神相融合的理念，虽然写到了残酷的战争引起农村的动荡及农民物质生活贫困，但也关照着农民性格中精神奴役的创伤，刻写农民的心理活动与复杂的性格特征，形成悲怆、凝重的审美风格。《蜗牛在荆棘中》秀姑既有韧性的一面，又有奴性的一面，布满荆棘的道路并没有使这个柔弱的女子放弃对美好生活的向往，但她又愚蠢得可笑，在丈夫的毒打中没有丝毫反抗，只是悲伤地微笑着请求宽恕，安于压迫的奴性暴露无遗。《罗大斗的一生》中罗大斗母亲在丈夫面前逆来顺受、唯唯诺诺，而儿子却成了她发泄不满情绪的工具，常常以自欺欺人、嘲笑别人的方式排解内心的孤独感。《王家老太婆和她的小猪》中王家老太婆以拼命抽打小猪的方式发泄自己对保长的怒火。从秀姑、罗大斗母亲再到王家老太婆，她们嗜奴的性格在繁重生活压迫下发生了痉挛式的扭曲，充溢着血痕、泪痕的灵魂挣扎。他的小说创作主张是：一则，推进心理描写的深度；二则，力图将民众从落后的封建陈规陋俗中解救出来。在风雨如磐的民族战争阶段，我们"应该看到人民群众的精神要求虽然伸向着解放，

---

① 唐克龙 . 未完成的启蒙 [J] . 天津大学学报，2003（4）.

但随时地潜伏着或扩展着几千年的精神奴役创伤"①。路翎的文学观深受胡风理论的主张影响，时刻警惕农民精神被奴役的风险，并认为精神启蒙是一个持续不断的过程并不能持等待主义姿态。恰如他在《云雀》后记中所说："比起政治、经济的斗争来，思想的斗争，人民摆脱精神奴役和精神创伤的斗争更为艰苦。"②无可厚非，在民族解放的洪流中不忘个性解放的显现正是"七月派"乡土作家的旨意所在，农民勃发的原始强力取代了其思想的软弱，主张个体解放与社会解放的统一性。

20世纪40年代中期，抗战进入战略反攻阶段，文学创作也不能有丝毫松懈。紧跟时代步伐，作家努力克服个人主义情绪融入集体的文学活动，"大众""政治""阶级"等词语频繁出现，乡土小说中的农民从被批判的庸众走向台前，民族意识被频频唤起。从梁山丁《绿色的谷》到史从民的《井》再到田涛的《沃土》等，大体勾勒了一幅农民群像图。他们性格中的善良、坚韧、勤劳等特征被发掘，应和着农民是反帝反封主力军的时代需求。梁山丁《绿色的谷》以故乡山狼沟的阶级、民族矛盾为背景，围绕林家和于家的故事展现了一系列生活重压下揭竿而起的农民形象，比如，小白不甘忍受经济的穷苦与精神的枷锁而奋起反抗，小彪思想觉悟后与地主家庭决裂把他拥有的土地还给山狼沟的农民。史从民《井》叙述了民主村村民翻新井的喜悦，原因是地主恶霸大三狼被枪毙使农民获得井水的使用权，而地主阶级被打倒往往离不开耿大元、齐振中、郝喜明等农民群体的思想觉醒。这之中，具有相当代表性的当属田涛的《沃土》，小说讲述了农民全云庆一家在地主阶级的欺压下艰难的求生意志，在蝼蚁般的生活面前不屈服的坚毅，描写了老夫妇的勤俭持家、女儿妮仙的孝顺、春絮的叛逆、侄女成湘以死抗衡不公的命运、儿媳的朴素坚强，他们的性格深处是民族生命力的写照。还有甘棠的《鳜鱼梗子》、杨禾《麦收》、雷加的《她们一群》等无不是表达着是村民走出小农意识的牵绊后，决绝地冒着炮火加入抗战

① 胡风. 胡风评论集：第3卷[M]. 北京：人民文学出版社，1981.
② 路翎. 云雀后记[M]. 广州：珠海出版社，1998：208.

洪流的场面。总之，抗战后期乡土小说中"解放政治"的内容要远远高于"生活政治"，一则是走出书斋后的作家不断开阔的写作视野与高涨的民族忧患意识使然，二则是社会政治对文学的规训："革命文学应当是反个人主义的文学，它的主人翁应当是群众，而不是个人；他的倾向应当是集体主义，而不是个人主义。"①蒋光慈在 20 年代对革命文学的概说预示了以 20 世纪三四十年代乡土小说的叙事特征，以国家独立、民族解放为核心的文学观念是马克思主义革命理论的支撑，并在战争后期解放区作家的乡土小说中达到了实践的最大化。

赵树理的乡土小说以解放区轰轰烈烈的土地革命为写作资源，其中《地板》《富贵》等作品堪称当时的经典，是真正的农民文学，原因是他常以农民的价值判断、文化氛围为准绳刻画人物，打破"五四"以来知识者与农民之间的隔膜，顺应时代政治气候。《地板》中"地板"是土地的象征，王家庄在办理减租时，地主王老四与佃户之间发生了冲突，小学教员以自己的经历解说了土地与劳动的关系：地主占有土地，如果没有佃户的辛勤耕耘何来丰收的粮食？这是农民群体反抗剥削的合法性依据。《富贵》中残酷的现实把本来安分守己的农民富贵逼上了"二流子"道路，后来为了生计不得不背井离乡，七年后归来恰逢村民对地主老万压榨农民行径的清算，他也参与其中吐出心中多年的冤屈。除了农民翻身，解放区乡土叙事中的婚恋体裁同样蕴含着"解放政治"的路径，孙犁《光荣》以青年农民原生的离乡与返乡为线索，既写出了普通农家子弟通过扛枪打仗实现自我价值，又通过潜在的爱情线索把政治话语情感化，把政治话语置于诗一般的语调与素朴的文字间。孔厥《一个女人翻身的故事》在一定程度上为思想觉醒后的女性指明了出路，小说叙述了农村妇女折聚英翻身后积极参加革命的身份蜕变——由童养媳到边区参议员，再到百万妇女学习的劳动模范。单从女性意识视角分析，她们对恋爱、婚姻的理解同"五四"时期女性知识分子所追求的个性解放仍有一定距离，但内其心坚定的信念取代了离家后"回来或

---

① 蒋光慈 . 关于革命文学[J]. 太阳，1928(2).

堕落"的困境，而作者的写作目的不再是"有情人终成眷属"的浪漫，使婚姻自由被赋予了社会、阶级意义，民族国家建构的集体主义公共话语体系得以肯定。

抗战后期一浪高过一浪的民族救亡呼声并未淹没作家对农民"个体"精神的注视，这既是"五四"时期"立人"主张的延伸，也是作家试图探究生命主体意识，具有"生活政治"现代性路径的特征。沙汀被称为"最能刻写中国农村的现实，描画出中国农民灵魂的人，是具有鲜明民族特色的优秀作家之一"①。他始终恪守以乡土小说来实现文化、政治批判的目的，深入人物灵魂发掘人性根底，《替身》通过保长李天心选壮丁事件暴露了黑暗的兵役制度，同时也凸显李天心欺软怕硬的性格特征。《访问》中怯懦的乡民没有勇气在乡镇参议员面前指出地方邪恶势力，"世风已经如此，你就把包公正抬来也没有办法"是他们对待生活的常态，体现出封建统治制度下的顺民形象。《还乡记》中冯有义是老中国儿女的象征，他身上有着厚重的农民意识和在长期的奴役生活中被扭曲的性格，面对保长与副保队的欺压甘愿忍气吞声地过活，并竭力把儿子从抗争的道路上拉回来。沙汀在狂热的战争激情中仍能保持对现实的理性认识，尽管小说中不乏觉醒的战斗英雄但也有农民"个体"身上顽固的陈规陋俗的展现，李天心、冯有义身上的精神桎梏并不会因战争的洗涤而改变，性格中的善良时有显现，而更多的是懦弱、丑陋的弱点被频频暴露。

对"个体"解放、自由意志等"生活政治"内容的关照一直是沙汀乡土叙事的立足点，而冀汸、路翎等作家笔下也留下了同样的印迹。冀汸长篇小说《走夜路的人们》中塑造了何宝山这一虽勤劳但奴性十足的佃农形象。路翎的小说《在链条中》《王炳权的道路》中竭力鞭挞农民身上无限延伸的精神毒瘤。与沙汀相比，师陀的创作始终交织着迷恋与批判的乡土情结，抗战后期他从对故乡田园风物与原始人性吟颂转向揭露农民在阴森可怖的环境

---

① 吴福辉. 沙汀的创作道路、艺术个性和特色[J]. 鞍山师范学院学报，1981（2）.

下的畸形灵魂,其中《一吻》与《三个小人物》较为典型,前者写了大刘姐被虎头鱼偷吻,这件小事几乎决定了她的一生,在婚姻的抉择中依从了母亲的愿望做了衙门里一个师爷的姨太太,多年后重新回到十字街头的所见所闻与少女时代的情景形成巨大反差,荣华富贵的外表无法隐藏她内心的空虚、美好遗失的绝望,而当年她无论选择规矩待嫁还是顺应感情的自由发展都难以逃脱封建家长制的藩篱,女性"个体"命运悲剧时时牵动人心;后者讲述了在等级森严的宗法制社会,身份卑微的雇工老张只想坐稳家奴位置而不得的悲哀。马克思曾说:"我们不应该忘记:这些田园风味的农村公社不管初看起来怎样无害于人,却始终是东方专制制度的牢固基础;它们使人的头脑局限在极小的范围内,成为迷信的驯服工具,成为传统规则的奴隶,表现不出任何伟大和任何历史首创精神。"①这是马克思对东方国家宗法制社会本质的理解,以此来考察中国乡土社会形态同样具有合理性,相较于景色优美的田园风光与朴实无华、纯真善良的自然人性,偏远闭塞环境下滋生出的安分守己、思想顽劣的农民形象令人悲叹,他们隐忍麻木的性格致使面对社会压迫选择驯顺而自食命运苦果。无论是沙汀还是师陀,他们的乡土观决定了其创作更加倾向于个体性书写,但在"大时代"下显得苍白无力。

民族救亡的时代背景下个体生命融入民族命运的倾向会更显著,从作家层面看,"在这一新的形势下,接近了现实,望见了比过去一切更为广阔的、真切的远景。他们不再拘束于自己狭小的天地,而是从他们的书房,亭子间走出来,走向人民所在的场所;从他们生活习惯的都市,走向了农村城镇;从租界走向了内地"。② 众多知识分子从书斋走向更广阔的社会,从都市走向农村,看到更多的可能是农民不堪忍受生活负累而觉醒与斗争,不甘做亡国奴而走向战场。这样一来,乡土叙事的"生活政治"在与民族独立程式中的"解放政治"话语对峙中很难位居上风。这是中国历史独

---

① 马克思. 马克思恩格斯选集:第 2 卷[M]. 北京:人民文学出版社,1972:67.

② 罗荪. 抗战文艺运动鸟瞰[J]. 文学月报,1940(1).

特的发展模式使然，对于西方国家而言，个体解放与民族国家建构可以互相促进、同步进行，但中国社会被迫现代化的国情基本上决定了民族国家解放的迫切性。当民族矛盾上升为社会主要矛盾时，文学创作追求自由人格与个体解放之路的乡土路径不得不依附于民族解放的欲求，时代要求的是个体意志的集体化、民族化。集体的重要性远胜过个体镜像，当小彪、耿大元、齐振中、郝喜明等农民群体活跃在舞台中心时，他们坚定的革命意志与狂热的战斗激情相对遮蔽了个人的性格缺憾，这一叙事类型直接影响着新中国成立后很长一段时间的乡土叙事脉络。

　　中国内忧外患的社会现实决定了"解放政治"的合法性，文学创作规训在民族救亡旗帜下，且在无形中解构着原有的文学秩序，不断窄化"生活政治"的写作空间。事实上，尽管全面抗战以来乡土小说叙事围绕人性哲学的命题探讨一直存在，但峻急的民族矛盾使"解放政治"的呼声远远超过渴求个体价值实现的"生活政治"精神诉求，国家解放的现实语境像灯塔一样指引着文学走向，那些重视人性书写的"生活政治"不免招致社会不满。萧红的《呼兰河传》被批评为远离"火热的斗争"和"大时代"血淋淋的现实，是"不可否认的退步"。孙犁以抗战为背景的乡土小说始终坚持"三不主义"（即不写国民劣根性，不正面涉及当面之敌，不正面描写战争的残酷）而被评论者指出不会写革命战争小说。惨绝人寰的战争把作家推向时代的风口浪尖，他们竭力寻找可以宣泄内心复杂感情的出口，在乡土写作中不自觉地把救亡图存视为结构文本的重心，加深了对农民苦难、需求与挣扎的了解，巩固着文学与现实、人生的直接联系，写作者不再沉湎于对过去已经逝去的乡土追忆或未来心造幻影的想象。"解放政治"使对乡土文学的规约由倡导性转向强制性，当时国统区作家还有一定的创作自由，比如七月派乡土作家对农民性格惰性的批判，但生活在解放区的多数作家都选择自觉调整写作方向，比如丁玲主动接受工农兵的思想改造，赵树理改变了小说中农村新人形象的塑造策略。随着无产阶级革命队伍的壮大，战争局势吃紧，作家开始主动靠拢政治主流话语，表现自我意识的写作越来越少，文学的"审美""娱乐"功能被淡化，乡土小说创作需要迎合特定阶段的政治需求，发挥社会解放斗争的整合作用，这一趋势挤兑了以"生活政治"为旨归的生命—自然—人性的写作模式。

三、解放战争时期：农民摆脱苦难与翻身解放

1942 年毛泽东在《在延安文艺座谈会上的讲话》（以下简称《讲话》）中指出文艺要为工农兵服务与创作的口号，也解构了知识分子的精英心态，内心深处的个人主义思想得以改造。到了解放战争时期，大量作家聚集延安，努力克服个人主义情绪，"讲话精神"成为他们农村题材小说创作的主旨，"大众""政治""阶级"等词语频繁出现，丁玲、周立波、柳青等纷纷投身农村土地改革与合作化运动中，以"基层干部"的身份和切身的个体经验书写农村的阶级矛盾，农民的阶级意识觉醒，摆脱苦难生存处境的翻身故事等，反映乡村巨变的同时也使文学对乡村的想象出现了新景象。

解放战争初期，丁玲请求参加晋察冀中央局组织的土改工作队，在桑干河两岸的怀来、逐鹿一带进行土改工作，在平时走街串巷、访贫问苦中积累了创作素材，感受到了农村火热的斗争生活，想把这段土改工作的过程写下来，有了创作《太阳照在桑干河上》的动机，她自述："想写一部关于中国变化的小说。要写中国的变化，写农民的变化与农村的变化，是很重要的一面。在当时我就有一个明确的思想。"①周立波随军到东北参加土改斗争，其工作地点在松江省尚志县元宝镇，每天与农民一起生活、工作，农事不多时，还经常与农民聊天，话题从斗争地主到家庭琐事、个人遭遇、风土人情等，收集到的材料有三麻袋之多，正是亲身经历的这场火热的土改斗争，激励着他利用业余时间完成了《暴风骤雨》的写作，小说中元茂屯的原型就是元宝镇，而工作队队长萧祥的原型是周立波自己，小说人物"赵光腚"也来自现实生活，并非虚构。有了亲身参与的个体经验使周立波下笔如流水，三个月完成了《暴风骤雨》的上部，六个月写出了下部，

---

① 丁玲. 生活、思想和人物［J］. 人民文学，1952（3）.

生动反映乡村变革的文学经典由此诞生，据说，这部作品在当年的东北土改工作队中几乎人手一册，被奉为土改工作的必读书，有着春风化雨的作用。柳青认真学习了毛泽东的《讲话》之后，确立了自己的创作方向与目标，深入陕西米脂体验生活，并与当地干部一起深入基层，了解农民的生活现状，以自己的生活体验为基础写出了《种谷记》。欧阳山在参加延安文艺座谈会之后，改变了创作方向，立志要写出具有中国作风与中国气派的工农兵文学，在经历了较长时期的农村生产实践之后，创作了第一部农村合作社题材小说《高干大》，具有引领性的作用与影响。赵树理可谓是书写农村变革的圣手，他首先是从事农村曲艺的工作者，然后才是作家，其创作历程正是亲身经历乡土历史变革的文学记录，自称是"问题小说"，小说中所涉及的农村矛盾与斗争也多是在现实的农村工作中遇到的非解决不可而又不能轻易解决的问题，也就构成了现实与想象两部分结构，即现实世界揭示矛盾，想象世界解决问题。解放战争时期，创作了《福贵》《崔粮差》《小经理》《邪不压正》《传家宝》等，主要聚焦于农村互助组、合作社成立过程中遇到的问题，农民思想意识的提高与翻身等。

从作家层面来看，解放战争时期乡土作家多有真实的乡村工作与生活经历，这是与抗日战争胜利之前最大的不同，他们大多都是以自己的乡村经验为背景与素材来源投入小说创作，理论支撑主要是毛泽东的《讲话》，以及马克思主义阶级论、社会性、集体性等观念，农民从被批判的庸众推向台前，阶级意识被频频唤起，推翻乡村旧秩序与邪恶势力，改变农村社会结构，走出苦难的阴影，实现了政治、经济等方面的翻身解放，能够平等享受社会物质文明，实际上，这一叙事模式是对未来新农村想象共同体的认同，体现了具有中国乡村特色的乡土小说现代性路径。解放战争时期对乡土社会影响最大的历史事件莫过于土地改革，"土地改革是一个伟大的事件，叙述这一事件也是一项重大的使命，小说不但具有'记录''历史'的性质，本身也参与了对于'历史'的建构：在文本世界里阶级话语颠覆了宗法秩序，展示了阶级性才是乡村社会的'本质'关系，基于宗法秩序上的旧社会就此被打倒，新的国家形态呼之欲出。"①可以说，轰轰烈烈的土地改革使乡村经济、权力结构与社会关系发生了巨大变化，成为现代民族国家建构的主要手段，也开启了新的乡村现代化步伐。自然，这一事件也成为农村题材小说反复表现的对象，丁玲《太阳照在桑干河上》，写的是华北一个村庄土改初期从发动群众到取得初步胜利的情况，揭示农村尖锐的阶级斗争与各阶级的精神面貌，农民在工作组的带领下展开了对地主江世荣、李子俊、钱文贵的批斗，最后他们不仅翻身获得了土地，也粉碎了传统依靠地缘、血缘维系的乡村统治秩序。实际上，农民摆脱苦难，走向新生经历了阶级意识觉醒的过程，"阶级意识是一种非常现代的对现存社会秩序重新认同的话语，产生于大规模现代工业生产社会中，是一种政治意识"。② 土改中乡村的诉苦大会正是启发农民阶级意识的一个重要环节，往往也是作家详细叙述的内容，《太阳照在桑干河上》有对农民集体诉苦情节的呈现，无数痛苦的汇聚，点燃起农民愤怒的火焰，越想自己的苦处，就越仇恨村里地主恶霸的剥削行径，在这一过程中明确了农民的阶级意识，心中建立起对土地改革政策的认同，传统的宗法关系变为以阶级划分为基础的乡村关系。同样周立波《暴风骤雨》也有村民诉苦的段落描写，小说开头写到工作队进入元茂屯开展土改工作，首先是对地主韩老六的斗争，其合法性源于土地革命的阶级理论，解构宗法社会基础上的传统乡村伦理，建立起新的乡村秩序。在工作组的思想引导与支持下，唤起了村民揭发地主劣绅欺压群众的罪行，在诉苦中激起仇恨意识，后来韩老六毒打小猪倌使群众的不满达到极点，本来农民的仇恨只是一种道德层面的伦理意识，当在工作队外来的现代思想启蒙下转变为阶级意识，具有了现代性特征，推进了受苦大众翻身解放的进程，因此小说结尾土改取得胜利，地主的反扑被清算，农民实现了"耕者有其田"的愿望，积极参军支持解放战争。

---

① 袁红涛. 一部关于中国变化的小说——重读《太阳照在桑干河上》[J]. 中国现代文学研究丛刊，2008(2).

② 郭文元. 乡村/革命与现代想象——40年代解放区小说研究[M]. 北京：中国社会科学出版社，2014：117.

合作社题材也是解放战争时期频繁被作家书写的内容，体现了对革命后乡村新生活、新生产方式建构的思考。柳青的《种谷记》以作者的乡村生活体验为背景，写了王家沟集体种谷生产方式展开的始末，起初遭到生产资料与个人物质较为丰厚的村民反对，代表乡村新人的农会主任王加扶仍不断给村民传输集体规模化现代生产的优势，认为劳动被高度组织起来的精细化分工，完全不同于小农模式生产的散漫，这种集体生产带来的是物质富裕与精神生活的丰富，最终克服重重阻力，村民像学校、机关一样被组织起来，实现了集体生产，朝着王加扶所勾勒的未来新农村生活挺进，大团圆的结尾是人们对新乡土共同体的认可，也寄托了作者的乡村理想与社会主义的想象。还有欧阳山的《高干大》叙述的是任家沟自发组建合作社的历史，并通过革命干部高生亮得以表现，他是在土改中翻身的农民，为了感激共产党带来的尊严与希望而决定投入乡村革命，带领民众走向新生活，坚持为群众服务的宗旨，探索建立民办官助合作社来解决群众在医疗、赋税、贫困、教育等方面的问题，解放被压迫者的命运，使村民真正摆脱贫穷与落后，尽管困难不断，但也赢得了人们的认同。可以看出，农村题材中的"合作社"叙事是对农民翻身解放后，农村新生活的构想，体现了乡土小说现代性路径的本土转化。

提起农民告别苦难的翻身解放，不得不谈的是乡土女性的生活改变，从中看到了乡村现代景象的多样性。康濯《我的两家房东》讲述了乡村女性在现代思想的启蒙下，意识到自己的不幸婚姻，勇敢地与二流子丈夫解除婚约，实现了自由恋爱，"我"是村子里外来干部的形象，用城市的现代思想观念启蒙乡村青年，并成为他们觉悟提高的催化剂。赵树理《邪不压正》中同样涉及乡村青年男女的婚姻问题，软英和小宝的恋爱一直受到压制，被"扫地出门"，后来进村工作团组长代表政权承认了他们的合法关系，何时订婚到区上登记就可以，别人都不能干涉，展现了党的政策给农村带来的转机，满足了青年男女婚姻自主的愿望。而《传家宝》是有关媳妇在家庭中的翻身故事，李成娘是勤俭持家封建守旧的老一辈劳动妇女代表，还要顽固地把一些落后的生产方式与封建观念像"传家宝"一样传承下去，媳妇金桂是摆脱了旧的生活观念与生活方式的新一代青年，她精明强干，善于治家理财，不仅是农业生产劳动的好手，还投身农村政治活动，新旧观念的交锋与冲突以婆婆的认输而结束，这一乡村新人新风尚的背后是乡村女性家庭地位的改变。潘之汀《满子夫妇》写了解放区农村一对夫妇通过识字与参加村里的冬学集体活动，改善了夫妇关系，妻子王玉莲通过集体活动，走出家庭，像男性一样获得了自由的天空，实现精神翻身。

整体上看，20世纪三四十年代乡土小说的现代性，既有继承"五四"启蒙思想，强调个体独立欲自由的西化路径，又有向传统回溯，强调本土性的路向。"左翼"与"抗战"时期的乡土书写的现代性还交织着启蒙、苦难、革命、救亡等复杂关系，沐浴着个人主义精神成长的作家在努力贴近集体主义文学观，现实与理想，时代召唤与自我价值追求之间的矛盾导致他们的心灵纠结持续存在。乡土小说的革命与苦难书写，使"解放政治"主题得以强化，但仍有一些作家在低气压的文学环境中默默地潜心于艺术的锤炼，孜孜不倦于启蒙与"生活政治"的主旨表达、"个体"生命意识的思忖，出现了功利与审美交错的现代性特征。而到了解放战争时期，随着抗日的胜利，土地改革政策在农村的大规模执行，乡村现代思想得以产生，民众的日子有了盼头与希望，乡土小说创作的现代性路径也越来越具有了本土化特征。首先是作家接受了《讲话》等无产阶级革命思想理论的洗礼，改变了俯视的创作姿态，深入农村生活，以切实的乡村经验为创作依据，并且更加注重语言的通俗与大众化，使"五四"时期就已提出的民族与大众化问题得到进一步落实，主动尝试艺术的民族性，偏向对本土性元素的继承，如赵树理对传统章回体与评书体小说的选取，还有《新儿女英雄传》《吕梁英雄传》《洋铁桶的故事》等"新英雄传奇小说"的诞生，有对民间英雄叙事故事性的继承。其次是小说中的乡村新人形象塑造，呈现出新的道德精神风貌，农民不再是愚昧麻木的代表词，他们具备了阶级斗争意识，勇于挣脱旧思想的枷锁，追求婚姻自由，生活的自主性，与乡村封建势力作斗争，实现政治与经济上的翻身，积极参与以大众利益为中心的乡村新秩序构建，被赋予了社会变革内涵。最后是小说主题围绕农民摆脱苦难生存处境后的欢悦，以及乡村新生活、新景象的描绘。从这一阶段的作品中，可以感受到作家对乡土小说现代性本土化的探索，更接近乡村现实，创作具有本民族特色的文学，这也成为新中国成立后乡土书写的主要方向，对于21世纪以来的中国社会主义新农村建设与乡村振兴叙事有重要的思想意义与精神价值。

第一章　民族国家视野下现代文学中的
"乡土"范畴迁延

　　新时期以来，"民族国家"理论引起文学评论者的注意，他们开始尝试借助这一观念重新描述与阐释20世纪的中国文学。其实，中国现代文学也常常以想象或寓言的方式参与着现代民族国家建构，一定程度上也可称为民族国家文学。而乡土同样具有本土与民族的内涵，作家亦是在探索中国的出路，想象中国的现代化进程。实际上，新文学诞生不久，乡土文学就在中国传统农耕文明与西方现代工业文明的对比与冲突中兴起并有了长足发展，而乡土理论也逐渐完善起来。无论是鲁迅的"乡土启蒙论"，还是周作人"审美诗化"的乡土理念，抑或茅盾的"乡土革命观"与战时梁山丁、关永吉眼中渗透着民族意识的乡土理论，均是作家在不同价值追求与情感取向左右下对民族国家建构路径的思考，目睹了乡土从不自觉到自觉、从稚拙到成熟的嬗变，乡土意识与民族国家建构之间的互动与磨合，表明作家对现代民族国家整体构建路径从个体到集体的更迭。虽时过境迁，依然可以从字里行间感受到知识分子的民族意识与家国情怀，印证了乡土中国从传统到现代的过渡，也成为抗战时期乡土小说创作的主要理论支撑。

　　一、民族精神现代化的隐喻：鲁迅的"乡土启蒙论"

　　西方学者卡林内斯库曾把现代性分为审美现代性与启蒙现代性，如果说周作人以反思现代化的视角树立起的"审美诗化"乡土文学观念属于前者，那么鲁迅立足"国民性决定论"的乡土理念与后者具有相通性。他们对建立现代民族国家的渴望是一致的，只是采取的方式不同，因此鲁迅以启蒙话语为中心的乡土理论寄寓着民族精神现代化的理想，与周作人的审美诗化乡土文学观念有同等重要的意义，并推动着 20 世纪 20 年代乡土小说创作的繁荣。正如严家炎所言，鲁迅的乡土小说较之早期周作人的理论倡导对乡土文学发展更具示范作用，并衍生出 20 世纪 30 年代被奉为经典的乡土文学概念，"蹇先艾叙述过贵州，裴文中关心着榆关，凡在北京用笔写出他的胸臆来的人们，无论他自称为用主观或客观，其实往往是乡土文学，从北京这方面说，则是侨寓文学的作者。但这又非如勃兰兑斯（G. Brandes）所说的'侨民文学'，侨寓的只是作者自己，却不是这作者所写的文章，因此也只见隐现着乡愁，很难有异域情调来开拓读者的心胸，或者炫耀他的眼界"①。从中可以清晰地看出鲁迅对乡土的理解不是周作人那样强调"地方性"与"个性"，而是关注作者"被故乡放逐"后的"侨寓者"身份，注目于他们在中西方文化冲突下矛盾的精神世界与文化心态。回眸故土时一面震惊于那里沉滞的封建文化与伦理道德，一面又因浓烈的乡愁而滋生出情感上的眷恋，但启蒙救国的历史使命感又使鲁迅理性地把思想转向反叛传统乡土社会自治机制。许杰曾提到过这种注目于乡村落后意识、指向人生与社会前途的书写方式是理想的乡村小说，显然"提炼了农村落后意识"，可谓鲁迅乡土文学观念的具化。鲁迅从生存方式与心理意识等方面揭示乡土人生的不自由状态，力求将民众从传统农业文明的桎梏中解放出来，成为具有现代品格和素养的人。这更是现代民族灵魂改造的隐喻。

事实上，尽管鲁迅乡土理论的形成时间要晚于乡土小说创作实践，但仍不能忽视二者之间的相互对照与强化。就启蒙思想的溯源，有严复的"三民说"（鼓民力、开民智、新民德）开启了以现代意识审视农民精神状态的先河，之后有了梁启超的"新民说"、周作人的"人的文学"，直接影响到鲁迅的启蒙思想。乡土小说创作伊始，鲁迅以极其冷峻的笔触描摹封闭、

---

① 鲁迅. 中国新文学大系：小说二集［M］. 上海：上海良友图书印刷公司，1935：9.

凋敝的乡土画卷，通过三类典型的人物形象表达农民物质生活的贫困与精神的愚昧麻木：阿 Q 式的自欺欺人、恃强凌弱、依靠"精神胜利法"生存的农民；祥林嫂式深受封建节烈观、夫权统治毒害的农村下层劳动妇女，即新中国成立前命运凄惨的农村妇女；华老栓茶馆里聚众的茶客，观看阿 Q 被杀头的民众，咀嚼祥林嫂丧子之痛的鲁镇人们等以"看客"姿态出现的农民群像。他们是中国社会的悲哀，是封建文化劣迹的象征。这些农民形象具有高度的抽象性与典型性，鲁迅对他们病态心理的揭示直指乡土启蒙话语内核，旨在希望深陷沉重灾难的中国乡土民众脱离传统陋俗的束缚，获得人的主体性。鲁迅透过乡土世界的芸芸众生思考国民精神现代化，憧憬着民族文化的新生。

汪晖说："探求中国社会和民族自身解放道路乃是鲁迅思想的出发点和内驱力。"[①]因此，鲁迅"乡土启蒙论"中对农民卑怯的奴性心理的揭示，也是荡涤民族劣根性的途径，是理想人性建构的开始，以此极力抵制封建宗法制统治秩序，揭开梦魇般的现实，戳穿乡土陋习，警醒民众。李大钊曾说："中国农村的黑暗，算是达于极点。那些赃官、污吏、恶绅、劣董，专靠差役、土棍，做他们的爪牙，去鱼肉那些老百姓。那些老百姓，都是愚暗的人，不知道谋自卫的方法。"[②]鲁迅同样意识到落后的乡土伦理对农民精神的毒害，他以现代理性的透视镜映照野蛮、闭塞的乡村现实，揭示封建伦理道德的"吃人"性。《故乡》《祝福》中的鲁镇，《阿 Q 正传》中的未庄等乡土环境像密不透风的"铁屋子"，是扼杀民众生命力的处所。《明天》《长明灯》痛斥封建守节观对女性的身心摧残，那些"饿死事小，失节事大""男子可以多妻，妇女必须守节"的畸形伦理观无形中把女性引向了苦难的深渊。由此可见，传统非人的道德观对女性身心的毒害之深，而女性解放的程度又与民族国家解放相关联，应"以乡土塑造新人"，实现现代民族性格重塑。

①　汪晖. 反抗绝望：鲁迅及其文学世界[M]. 石家庄：河北教育出版社，2001：4.
②　李大钊. 李大钊文集(上)[M]. 北京：人民出版社，1984：649.

美国作家弗雷德里克·杰姆逊说过,鲁迅的乡土小说是"民族寓言的形式"。以乡土人物的悲惨命运抵达社会悲剧,以改良人生的启蒙主义精神激起民族觉醒,思考国民话语重构,成为鲁迅"乡土启蒙论"的有机组成部分。一批"侨寓者"作家受到启迪,他们带着浓重的乡思、乡愁、乡恋等复杂感情书写着乡土的苦与悲,揭穿传统封建伦理道德巨大的吞噬力,把乡风陋俗的描写与农民精神病态的呈现相融合。如台静农、塞先艾、彭家煌等作家笔下的乡土世界,与鲁迅的"未庄文化"批判系列小说一脉相承,充盈着现代乡土文学的启蒙话语,以人的个性解放与人格自由等精神现代化为契机思考"立国"之路。

客观来讲,鲁迅"乡土启蒙论"持久的生命力在于其以村庄寓意民族国家,具有宏阔的历史文化图景,以现代文明反观中国传统文化中的弊端,以现代性视角描述乡土人生,探究社会与民族解放之路,洋溢着鲜明的现代意识。但其又区别于西方以纯粹个体自由为宗旨的启蒙精神。因中国特殊的历史语境决定了启蒙知识分子要同时担起"立人"与"立国"的双重责任,救国始于开启民智的救人,使"沙聚之邦,转成人国",人的个体价值实现始终与民族国家解放紧密结合。到了20世纪三四十年代,在萧红、丁玲、沙汀、王西彦等作家的乡土书写中依旧回荡着"改造国民灵魂""个体解放"的余音,他们沿着鲁迅的方向,不断深化并开拓着旨在"个人本位"的启蒙思想,站在现代民族国家立场抨击封建宗法思想病根对乡土社会的侵蚀,批判愚弱的国民的精神状态,呼吁人的独立与做人的基本权利,力求新的民族精神诞生。

二、诗意栖居的民族国家想象:周作人"审美诗化"的乡土理念

乡土文学一直是学界众说纷纭、歧义较多的概念,但已成共识的是,周作人对这一概念的率先使用与积极实践,而他基于审美主义的乡土文学观念形成得益于积极翻译域外乡土文学、中国现代乡土文学作品的评论与以"美文"为价值取向的乡土创作实践等。早在1910年,周作人在评价匈牙利作家约卡伊·莫尔的乡土小说《黄蔷薇》时指出:"源虽出于牧歌,而描画

自然，用理想亦不离现实，则较古人为胜，实近世乡土文学之杰作也。"①这是国内首次出现的乡土文学命名，周作人虽未进一步阐释，但却指明该作品具有希腊牧歌体式的特征，话语背后是周作人眼中的乡土雏形，也是其民族国家想象的依据。

实际上，周作人"审美诗化"的乡土文学观念主要包括"地方性""个性""自然美"等，个性主义、审美主义话语支撑背后依然有民族国家维度，以营造诗意栖居的乌托邦世界想象民族国家品格重造。《地方与文艺》一文可谓周作人"地方性"主张的宣言书，文中曾提到法国南部与北部迥异的地域风貌促成了乡民生活的多样化，而在概括故乡浙东别具特色的民风之后，又进一步升华"地方性"的能指——"我们不能主张浙江的文艺应该怎样，但可以说它总应有一种独具的性质。我们说到地方，并不以籍贯为原则，只是说风土的影响，推重那培养个性的土之力"②这里的"土之力"不仅象征着作者对熟稔风土人情的展示，还有"我相信强烈的地方趣味也正是'世界的'文学的一个重大成分""越是本土的和地域的文学越能走向世界"等观念。"土之力"从地方到世界的升华，离不开独特的乡土民俗与风物，其中包蕴着认同民族传统文化，找寻民族新生的力量。后来周作人在翻译劳斯的《希腊岛小说集》序文中，同样提到"特殊的土味和空气"，评价何植三《农家的草紫》诗中的乡土气"在好些小篇里，把浙东田村的空气，山歌童谣的精神，表现出来，很有趣味"③。他还希冀刘大白"能在《旧梦》里更多地写出他真的今昔的梦影，更明白地写出平水的山光，白马湖的水色，以及大路的市声"④。寥寥数语渗透着周作人对弥漫着"地方性"乡土气息的青睐，并在其"美文"主张下的乡土抒情散文中得以集中体现，如

① 周作人．周作人自编文集[M]．石家庄：河北教育出版社，2002.

② 周作人．周作人散文全集：第1卷[M]．桂林：广西师范大学出版社，2009：128.

③ 周作人．周作人散文全集：第3卷[M]．桂林：广西师范大学出版社，2009：309.

④ 上海教育学院中文系．中国现代作家作品选（中）[M]．福州：福建教育出版社，1987：68.

《故乡的野菜》写到浙东人春天采食荠菜的欢乐场景与荠菜的风雅传说，以及清明前后采摘黄花麦果作供的习俗；《乌篷船》以书信的形式向朋友介绍了家乡乌篷船的结构造型与夜里乘坐的无限乐趣；《上坟船》考据故乡自古以来上坟扫墓与祭奠祖宗的仪式等。这些独具特色的民俗既是周作人乡土文学观念的脚注，也在隐喻一个充满诗意的中国形象，之后谢六逸、郁达夫、钱理群在阐释乡土小说时都曾不同程度地提到乡土"地方性"的重要性。

事实上，周作人对"地方性"的敏感，是源于其早年凭着一己喜好的随手记录演变成的一种理性自觉。1898 年，他写过一篇日记《戊戌在杭日记抄》，以童趣的视角记录每天的饮食与南方盛产的蔬菜。据不完全统计，周作人以故乡独特风俗为背景的乡土散文多达 80 篇，他还不无风趣地说"（绍兴人）对于天地与人既然都碰了壁，那么留下来的就只有'物'了"①。后来他的《绍兴儿歌集》《儿童杂事诗》等这些以乡邦文献整理为主的著作，无不是"物"的具化，丰盈着乡土"地方性"的内涵。此外，《娱园诗存》《鞍村杂咏》《墟中十八图咏》等以故乡为背景的乡土诗也可视为其乡土"地方性"的脚注，借助民族传统文化菁华想象理想的现代民族国家。如果说鲁迅与茅盾的乡土文学观念中蕴藏的"地方性"被打上了启蒙与革命的标签，那么周作人眼中的乡土"地方性"似乎超越了社会功利，但也藏匿着别样的家国情怀，正如他在《中国人之爱国》中所言，真正的爱国"在于草原浩荡，时见野花，农家朴素，颇近太古"②。熟悉的那片土地既承载着浓浓的乡愁，又是民族对应物的象征，是爱国心与乡土爱的统一。

除了"地方性"之外，"个性"也是周作人"审美诗性"乡土文学观念的重要一翼，这是受晚明小品文与传统"言志派"散文的影响，重视文学的审美性与作家"本色""自我"的精神表达。周作人在"五四"文学革命落幕后，逐渐淡出主流话语视野，退居"自己的园地"，并宣称"著作之目的，不依

---

① 周作人．周作人散文全集（第 1 卷）[M]．桂林：广西师范大学出版社，2009：74.

② 周作人．周作人集外文[M]．海口：海南国际新闻出版中心，1995：156.

社会嗜好之所在，而以个人艺术之趣味为准"①。他强调独立的艺术美与无形的功利，艺术不与人生相隔离但也不必服侍人生②。这是周作人乡土"个性"形成的内驱力，他在《个性的文学》中反复阐述作家"个性"、独立思想情感体验的重要性，尤其讲到印度那图夫人的创作经历，当以英国诗歌里常见的夜莺、蔷薇等物象为素材时，她并没有得到太多认可，而转向自己所熟悉的印度情调时，其作品的价值就显现出来。周作人借此意欲阐明"真的艺术家本了他的本性与外缘的总和，诚实地表现他的情思，自然地成为有价值的文艺，便是他的效用"③。而作家勇于呈现自己的个性也是艺术持久生命力之所在。同时周作人还把新文艺的不足归咎于"执着普遍的一个要求，努力去写出预定的概念，却没有真实地强烈地表现出自己的个性，其结果当然是一个单调"④。当然这里"普遍的要求"与"预定的概念"正是作家缺乏艺术"个性"的表现。周作人认为文艺家要完全"依了自己的心的倾向，去种蔷薇地丁，这是尊重个性的正当办法"，这是乡土"个性"的形象表述，也是其审美诗化乡土文学观念形成的必要条件，而从土里滋长出来的"个性"背后同样寄托着周作人诗意栖居的民族国家想象，把"个体性"与"民族性"融为一体。实际上，周作人从19世纪以来一直都较为关注欧洲弱小民族的命运，自身的民族意识与国家认同得到了增强，在《哀弦篇》《日本浪人与〈顺天时报〉》等文章中都有其国家意识的彰显，对乡土文学的倡导是其民族国家想象的具化。

　　周作人在强调作家以独特的艺术个性书写熟悉的风土人情时，还有对"自然美"乡土形态的肯定，描写了从外在自然风景之美到充满生命力的自

---

① 周作人．周作人散文全集(第3卷)[M]．桂林：广西师范大学出版社，2009：64.

② 周作人．周作人散文全集(第3卷)[M]．桂林：广西师范大学出版社，2009：701.

③ 周作人．周作人散文全集(第3卷)[M]．桂林：广西师范大学出版社，2009：79.

④ 周作人．周作人自编集：自己的园地[M]．北京：北京十月文艺出版社，2011：7.

然人性之美，还有与之和谐共生的理想人性。从《〈红星佚史〉序》中也可以看到周作人对西方"主美""移情"乡土文学特征的青睐，加之亚里士多德"净化说"的感染，多注目于"神思、感兴、美致"，表露出"山川之秀，花木之美，不禁怀旧思故园"的情愫。"风俗物色，皆极瑰异"是周作人对乡土小说《黄蔷薇》的评价，他正是感味于作品中涌现出的自然美，被文中优美的语言与盎然的趣味所吸引，并用"诗"来界定其艺术价值。同时他也赞扬《自然研究》是以真挚的态度写出了美好的自然与情爱，肯定"《旅人》(Traveller) 和《荒村》(Deserted Village) 亦杰作，形式虽旧，而新精神伏焉。盖都会文学，渐变而言乡村生活，人事之诗，亦转而咏天物之美矣"①。在这一观念影响下，周作人的《乌篷船》《上坟船》《苍蝇》等多篇怀念故土的散文无不表达着他对家乡风物自然美的恋慕，声称"乡间风景，真不殊桃源"，从中不难感受到他是把自己对国家的情怀下沉到乡土世界中，于其中寄托了自己的家国想象②，通过构筑"自然美"的乡土世界想象理想的现代民族国家样态。事实上，周作人眼中的"自然美"是外在风物与自然人性的浑然一体，而自然人性可以追溯到他在日本民俗学家柳田国男熏陶下的民俗学研究。其实这一日本学者的民俗学研究始终与日本文化共同体的建构相呼应，这就奠定了周作人乡土文学观念中认同本民族传统文化优势的情感基调，也孕育着其早期的国家意识。他在发掘农民日常生活中的民间趣味，激愤地控诉礼教对健康人性的束缚之外，又意识到人性中刚强、诚挚的一面，呼唤强悍健康的生命个体，以"补救"衰微的国民精神。其实，在现代乡土文学发展中，冯文炳、沈从文、师陀等作家对民俗文化的肯定与原生态叙述，以及平和冲淡、清新飘逸的乡土叙事模式正是对周作人乡土理念的积极实践。他们以纯朴自然的原始生命救治现代文明侵蚀下异化的人性，从而思考现代民族国家建构的路径。可以说，周作人与鲁迅一样都发现了民间文化负值在民众潜意识里的沉积，不过周作人更集中于表现

---

① 周作人. 欧洲文学史[M]. 长沙：岳麓书社，2010：157.
② 赵京华. 中日间的思想：以东亚同时代史为视角[M]. 北京：生活·读书·新知三联书店，2019：417.

农民日常生活悠然、闲适、自在自足的一面，而有意过滤掉民俗事象背后消极、陈腐的内容，对农民性格痼疾也没有义正词严的道德评价。如果说鲁迅对乡土的情感是"恨"大于"爱"的否定性批判，那么退回"自然"的周作人却对乡土审美的诗性情有独钟，且饱含无限的爱怜与牧歌情调，强调健全自然的人性对人生与国家民族的积极意义。如他在《〈竹林的故事〉序》中坦言冯文炳的乡土小说多写"乡村儿女翁媪之事"，读起来像在树荫下闲坐。乡土叙事不是生活的实录，而是一个梦，是人生的一部分，也是"诗意栖居"的现代民族国家建构之根。

三、政治伦理话语下的民族国家想象：茅盾的"悯农论"乡土观

现代作家立足"乡土"从不同角度想象民族国家建构值得肯定，如果说鲁迅的"乡土启蒙论"寄托着民族精神现代化的理想，周作人"审美诗化"的乡土文学观念主要倾心于诗意栖居的民族国家想象，那么集革命家与文学家于一身的茅盾则多从"集体""大众"等宏大视角阐释乡土，形成政治伦理话语下民族国家想象的"悯农论"乡土观，注目于农民日渐贫穷的物质生活与不合理的社会经济制度，捕捉可以折射历史转型期乡土社会变迁的题材，呼应时代与社会需要。正所谓"任何一个民族国家的立国都要有一套'大叙述'，然后才会在想象的空间中使得国民对自己的国家有所认同"①。其实，茅盾对乡土的理解正体现了这种"大叙述"的意义。

茅盾出生于民族与阶级矛盾日益深化，"黑影沉重"的年代，面对风雨如晦的外部环境，他勇敢地担起社会责任，感受时代脉搏，以熟悉的乡土为起点，思考民族国家建构的路径。其实，在鲁迅提出"乡土启蒙论"不久，茅盾就进一步谈道："关于'乡土文学'，我以为单有了特殊的风土人情的描写，只不过像看一幅异域的图画，虽能引起我们的惊异，然而给我们的，只是好奇心的餍足。因此，在特殊的风土人情而外，应当还有普通

---

① 李欧梵. 中国现代文学与现代性十讲[M]. 上海：复旦大学出版社，2002：9.

性的与我们共同的对于运命的挣扎。"①如果说鲁迅眼中的"乡土"侧重于对农民思想劣根性的批判与启蒙,希冀从"疗救者的个性解放"到民众的自我意识觉醒,再到国家民族独立,那么茅盾则更多地发现农民在多重压迫之下走上革命与反抗道路的必然性,以及性格从软弱到坚强成长为民族脊梁的过程,以此想象民族国家建构。另外,"特殊风土人情"的呈现表明茅盾对乡土的阐释已不再是周作人注重"日常伦理"式的田园牧歌情调,而是强调具有地方色彩"风景"背后丰富的社会内容,并被赋予政治伦理意义。

在 20 世纪 80 年代出版的《茅盾论中国现代作家作品》中,茅盾对 20 世纪 20 年代乡土小说进行了深入探讨,他"认为 20 世纪 20 年代,描写农村生活的作家有徐玉诺、潘训、彭家煌、许杰,潘训的《乡心》虽然没有写到正面的农村生活,可是它喊出了农村衰败的第一声悲叹,而彭家煌的《怂恿》是那时期最好的农民小说之一,许杰短时间内完成了十多篇农村生活的小说创作等"②。茅盾深受马克思主义"阶级革命理论"的影响,倾心于从农村经济形态与农民苦难的命运出发表现"革命"的力量,对"农民小说""农村题材""农村小说"等术语的惯用背后是对乡土文学概念接受的焦虑,关注社会转型下的乡村现实,既注意到农民的性格不足,又极力肯定农民的阶级意识觉醒后以暴力形式推翻封建压迫的前景,控诉地主阶级对农民的剥削与压榨。基于这样的价值取向,茅盾这样评价他的《泥泞》:"不过那是写得失败的,小说把农村的落后,农民的愚昧、保守,写得太多了。"③其实茅盾的"悯农论"乡土观在其 20 世纪 30 年代初期的"农村三部曲"中已初见端倪,主要反映乡土社会尖锐的阶级矛盾,并塑造了多多头等在生死挣扎中走向抗争的农民形象,革命的火种在酝酿与奔突,这是一种前进与新生的力量,也是政治伦理话语下民族国家想象的

① 茅盾.茅盾全集(第 21 卷)[M].北京:人民文学出版社,1991:86.
② 茅盾.茅盾论中国现代作家作品[M].北京:北京大学出版社,1980:34.
③ 茅盾.茅盾论创作[M].上海:上海文艺出版社,1980:230.

表征。

学者丁易在充分肯定茅盾"悯农论"乡土观的基础上，曾指出 20 世纪 20 年代"乡土小说流派"的叙事缺憾：都是从人道主义立场来看这些事件和问题，他们没有看到农村中的阶级关系和斗争，当然也就看不出农民的胜利前途了①。而茅盾认为应该从社会革命的角度去分析中国农村社会，通过阶级分析方法表现农村经济关系，突显农民生活中所遭受的封建压迫和剥削，这一主张契合了 20 世纪 30 年代云谲波诡的农村现实，在那里，愈演愈烈的阶级矛盾与斗争取代了稳固的宗法血缘关系，因而茅盾在发表《春蚕》之后，继续着力于对农村经济破产与贫困化题材的挖掘。其实，茅盾对农民的感情态度不只是简单的"哀其不幸"，更多的是发现其身上的革命因素以及从觉醒到斗争的发展。吴组缃说："他（茅盾）能懂得我们这个时代，能懂得我们这个社会，他的最大特点便在此。"②当然，20 世纪三四十年代的最强音是民族救亡与社会解放，随着左翼乡土文学的兴起，茅盾更是注意到"乡土"参与社会革命的刻不容缓性，追求创作的时代性、政治性、革命性，但他并未局限于政治激情的公式化、概念化创作，而以切身的生命体验为基础极力表现社会失范状态下乡土大地的战栗与农民撕裂的疼痛。这充分体现了茅盾在乡土理论方面的建树，也引领了革命战争年代乡土文学的书写潮流。

茅盾坦言他眼中的乡土总会有点暴露与批判的意义，在创作之外，他还通过大量翻译与介绍西方乡土文学作品来阐明自己的乡土观念。如对美国作家加兰的乡土书写的评论。茅盾认为："风景是美丽的，可疲乏的佃户能从美丽的云彩和树木或者日落的美景中找到多少安慰呢？"③这是因为当时美国社会的许多作家单纯迷恋乡村田园牧歌，而忽略现实中农民凄惨

---

① 朱晓进.政治文化与中国 20 世纪 30 年代文学[M].北京：人民出版社，2006：261.

② 庄钟庆.茅盾研究论集[M].天津：天津人民出版社，1984：175.

③ 加兰.中部边地农家子[M].杨万、侯巩，译.上海：新文艺出版社，1958：367.

的生存处境。茅盾还认为波兰作家莱蒙特的小说《农民》对农家苦痛的描写显得平淡贫乏，布克夫人的《大地》简直是"隔靴搔痒"，他对文学批评家消遣"穷人们眼泪"的评点方式表示十分愤懑。此外，茅盾也曾谈过自己的文学主张比较接近托尔斯泰，穷其一生致力于探讨农民解放之路。

因此，茅盾的"悯农论"乡土观在汲取中国传统与域外文学经验中不断完善，并与乡土苦难、社会政治斗争等内容相结合，预示着政治伦理话语下民族国家建构路径的可行性，更契合社会现实语境。不难看出，茅盾的乡土文学观念及创作实践无不是民族与乡土苦难、政治革命、唯物史观交相呼应的产物，彰显着乡土文学创作不仅要"满足读者审美的餍足"，而且还应体现作家特定的世界观与人生观，把个人感情融入民族斗争，书写乡民生存苦难，探究救赎之路的价值理念。从乡土文学的理论范畴来看，如果说鲁迅与周作人的民族国家想象均立足于农民的"个体性"，那么茅盾则把农民的"社会性"与现实苦难作为关注对象，印证了其所谓"文学家所欲表现的人生，决不是一人一家的人生，乃是一社会一民族的人生"①。从"个体"到"众数"的转向是特殊的历史局势使然，而乡土叙事的思想内涵与审美方向越来越靠近血与火的乡土现实，也见证着民族国家建构路径的变化。

四、抗战时期沦陷区作家眼中的"乡土"

"五四"时期侨居在都市的乡土作家深刻体会到现代与传统的落差，他们多以一种现代知识者的启蒙眼光审视乡村、剖析农民的生存现状，作品中难免充斥着追求民族现代化的峻急心态，与鲁迅的乡土启蒙论一脉相承。抗战时期沦陷区作家梁山丁、关永吉面对惨遭蹂躏的土地、民众的痛苦哀号等现实处境，对"乡土"产生了不同的见解，增添了新的质素，呈现出战时"乡土文学"的特质。

1933 年，东北沦陷区作家梁山丁指出："文学家的态度要和炭坑里与

① 茅盾. 茅盾全集(第 18 卷)[M]. 北京：人民文学出版社，1998：6.

生死奋斗的工人一样，自然能产生好作品。"①1937年又在《斯民》半月刊上发表《乡土与乡土文学》的文章，重新提出了"乡土文学"概念。后来又以疑迟的乡土小说《山丁花》为例撰写《乡土文学与〈山丁花〉》，较为形象地阐释"乡土文学"内涵，"不论在时间和空间上，文艺作品表现的意识与写作的技巧，好像都应当侧重现实"，《山丁花》"是一篇代表乡土文艺的作品，满洲需要的是乡土文学，乡土文艺是现实的"。② 他眼中的"乡土文学"是对日本"移植文学"主张的反驳，进一步指出"描写真实""暴露黑暗"的创作宗旨，凸显文学的"热与力"，面对日伪的文化围剿，梁山丁的"乡土文学"倡导显得弥足珍贵。

后来华北沦陷区文坛受到东北"乡土文学"运动的启发也展开了相关论争，谭凯发表《报告文学和乡土文学》《再谈乡土文学》的文章，试图用"乡土文学"的提倡扭转小说内容贫乏的现状，关永吉认为以现实主义手法描摹农村生活是解决华北文坛低迷不振的唯一途径。在《揭起乡土文学之旗》一文中对"乡土文学"作出界定"任何一个国家，都有其独自的国土，独自的语言、习俗、历史和独自的社会制度。由这些历史的和客观的条件限制着的作家，其生活发展的具象，自然有一种特征。把握了这特征的作品就可以说是乡土文学"③。至于在抗战特殊时空下的意旨是针对"今日的一部分文学家根本脱离现实而在空虚中制造他们的幻想，色情文学和虚伪的'新文艺腔'描写，都是由这逃避和无视现实产生出现的。'乡土文学'的倡导，便是为了要克服这一恶劣的倾向。'乡土文学'是要求作者把视野重新返还于作者的'我乡我土'，重新返还于现实主义"④这一论断。"我乡我土"的创作追求是要在"非常时期"时有意扩大范围呼吁民族意识，以隐晦的方式表达爱国情怀，在森严的文学气候中取得话语合法性。紧接着袁笑星、林榕、黄军等作家在理论与创作上进一步深化了乡土概念，使其影响

① 山丁．小茜随感——中国文学的穷与死[J]．大同报，1933(8)．
② 山丁．乡土文艺与《山丁花》[J]．明明，1937(7)．
③ 王光东．中国现当代乡土文学研究(上)[M]．上海：东方出版社，2011：21．
④ 关永吉．谈乡土文学[J]．中国文艺，1938(9)．

力远远超出沦陷区范畴,左右着战时乡土小说的书写方向。

总体上,无论是梁山丁还是关永吉,他们提出"乡土文学"的背景基本相似,都是为了抵抗当时瞒与骗的文艺,以及充斥在作品中的虚无主义思想。对于乡土文学题材、风格的规定也朝着同一方向:描绘乡土景观,如实揭示农民生活,刻画农民灵魂,暴露社会现实等,内容上既有国民劣根性的否定也有农民身上草莽英雄式的顽强生命力礼赞。"乡土文学"提出之后受到大多数作家支持,他们把自己的视野移向乡土社会,写民族战争中农村的衰败,农民在物质、精神上的悲惨处境,在作品中流露深厚的民族情感,可以说,这一书写模式维系着沦陷区文学直面人生、正视现实的品格。沿着健康向上的路径确实成就了一批优秀的乡土小说,如梁山丁的《丰年》,小松的《铁槛》,冷歌的《船丁》,咏旅的《静静的辽河》,关永吉的《牛》《苗是怎样长成的》,黄军的《山雾》《圆月》等。作品描写乡风民俗、呈现民族性格是为了表达对殖民文学的不满,唤醒民众的国家意识,把乡土与民族情结融为一体,这是沦陷区作家对"乡土"概念的独特理解,一定程度上发展了茅盾的"乡土革命观",具有强大的建设意义。

五、从"乡土"到"农村题材"的嬗变

何为"乡土文学",不同的研究者给出略有不同的界定,除了上文中鲁迅、周作人、茅盾以及沦陷区作家的理解,还有一些学者围绕"乡土""农民""农民文艺"等关键词对"乡土文学"有着自己的观点。《现代文学三十年》中曾提道:"所谓乡土小说,主要是指这类靠回忆重组来描写故乡农村(包括乡镇)的生活,带着浓重的乡土气息和地方色彩的小说。"[1]谢六逸提到过"农民文学"的概念,具体包括"描写田园生活的文学;描写农民与农民生活的文学;教化农民的文学;农民自己或是有农民经验的作家所创作的文学;以地方主义为主,赞美一地方、发挥一地方的优点的文学"[2]。郁

---

① 钱理群等.现代文学三十年[M].北京:北京大学出版社,1998:97.
② 谢六逸.谢六逸集[M].沈阳:辽宁人民出版社,2009:86.

达夫在新文化运动后期试着放弃过去的个人苦闷书写，转向对代表大多数民众的"大我"思考。郁达夫在 1927 年发表了《农民文艺的实质》一文，把农民文艺归纳为四种："一、以同情的态度，对农民生活状态的写实叙述；二、从主观方面为农民申诉、呼喊，完全为农民而做的文艺；三、有地方色彩的农村文艺，一种地方主义的作品；四、开导农民、启发农民的知识文艺①。"这些定义几乎都涉及"农村"或"乡土"的字眼，虽然在当代乡土文学发展中被慢慢淡化，但依旧是同中有异。

"乡土"是以 30 年代鲁迅在《新文学大系》中的经典界定为依据，而"农村题材"始于茅盾在分析"悯农论"乡土观时的常用语，如果前者重在突出"风俗画""风情画""风景画"的描绘，肯定现代主体价值确立，不避讳作家的"乡愁"，并找到乡土性与传统伦理道德的契合点，那么后者多指向"革命""集体""大众"等社会宏大话语，相对模糊了乡土本身的审美性。耐人寻味的是，茅盾对"农村题材小说"的肯定不仅在当时的历史语境受到推崇，而且为当代文学同类题材的写作开辟了广阔空间，杨义说，"乡土小说底气深厚，步履结实，不断走着上坡路，一直下接着三四十年代更加繁荣发达的农村题材的小说创作"②。有论者断言："当用农村题材替换乡村小说时，人与乡村与土地的情感关系就要被转换为政治抒情，它们被一种更为重要与宏大的叙事所遮蔽。"③一定程度上，"农村题材"成为 20 世纪 40 年代中后期作家书写乡村乡民生活沿用的主要概念，受历史局势影响，诸多作家经历了从都市重返乡村的生活环境变化，他们目睹了农村的苦难与挣扎，土地革命浪潮下农民的翻身与解放成为乡土书写的主要内容。

事实上，不管是"农村题材"对"乡土"的置换，还是"乡土"的主动退隐，可以肯定的是，包括作家的人道主义情怀，对故乡的眷恋，对乡土现

---

① 郁达夫. 郁达夫文集(第5卷)[M]. 广州：花城出版社，1982：284-285.

② 杨义. 中国现代小说史(第1卷)[M]. 北京：人民文学出版社，1986：429.

③ 萨支山. 试论五十至七十年代农村题材长篇小说——以《三里湾》《山乡巨变》《创业史》为中心[J]. 文学评论，2001(3).

实的关注等在内，从 20 世纪 40 年代的解放区文学到后来的"十七年"时期，"农村题材"以主流话语的形式被延续和强化。"乡土"的文化内涵被政治意识形态所取代，传统宗法制稳固的家族、血缘关系被民族国家建构中复杂的阶级、政治意识取代，明朗、乐观替代了低沉、凝滞。"乡土"与"农村"的不同界定为后来文学史家对文学史的编撰提供了理论依据，王瑶在《中国新文学史稿》对三四年代农村题材小说的论述中用了"农村破产的影像""变动中的乡镇与农村""解放区农村面貌"等称谓。但是唐弢《中国现代文学史》、黄修已的《中国现代文学简史》、赵遐秋《中国现代小说史》、杨义《中国现代小说史》、钱理群《中国现代文学史》等不同版本著作仍然沿用鲁迅的惯例，杨剑龙《放逐与回归——中国现代乡土文学论》、丁帆《中国乡土小说史论》等书的逻辑建构是"乡土"包括"农村"的思路。

新时期以来，"乡土"与"农村题材"之间的边界变得模糊起来，研究者也对此表现出辨别的焦虑。像李佩甫《无边无际的早晨》、张宇的《乡村情感》、路遥的《人生》等虽被称为"当代乡土小说"，但却很难明晰地从中辨别"乡土"与"农村题材"差异，大概是因为文学在历史变革中融入了新元素而相对遮蔽了两个概念的边界，乡村现实的复杂性、文学创作回归本体的倾向赋予作家多元的视角，还原被主流话语所淹没的普通乡民生活，曾经被奉为圭臬的"农村题材"逐渐失去效力，似乎"乡土文学"的命名重获生机，其表现范围与五四时期相比更加宽泛。

尽管时间磨平了"乡土"与"农村题材"的界限，但在全民抗战的历史转折期，"农村题材"因强调变动的农村现实，表现残酷的阶级压迫、农民的觉醒与反抗等内容而引起共鸣，这就与"乡土"所偏向的人情、人性、生命以及优美的风俗画、风景画相区别。本书选择了"泛乡土"的研究视角，陈继会在《中国乡土小说史》中也曾提到过类似的观点，范家进在《现代乡土小说三家》的导论部分也说："本书所用'乡土小说'概念可与'乡村小说'一词互相置换，主要是从小说题材、人物及其故事发生背景上所作的一种限定，因此凡是写农村、故事的主要背景发生在乡村或小镇，以乡村人物为主的小说皆可归入其中，而不再限于鲁迅在30年代所作的界定（其内核是'侨寓在外而写自己的故乡'）。"①其实，"乡土"与"乡村"的互换本身就暗含着"泛乡土"的指称意义，表现对象除了我们所熟知的农村自然村社外，小城、小镇也被包括在内，这是乡土中国独特的发展模式使然。

费孝通认为，"中国的小城从地域、人口、经济、环境等因素看，它们都既具有与农村社区相异的特点，又都与周围的农村保持着不可缺少的联系"②。诚然，小城在一定程度上更易受到外来先进文明冲击，吸收商品经济的某些特征，但生活节奏的缓慢又与农村有着密切联系，人们世代生活在一个狭小的空间，不愿做出更多改变。从社会形态上来看，这样的小城根本不具备大都市的特征，所以应该属于乡土的范畴，是乡村的衍生物。师陀笔下的"果园城"就具有代表性，从《城主》《葛天民》《桃红》等篇章中不难发现，其实小城里人们的生存状态是宁静、闲适、自足的，维系代际关系的仍然是地缘与血缘，"日出而作，日落而息"也是他们的生存状态，这是乡土文化延续性与稳固性的体现。在《孟安卿的堂兄弟》中写到孟季卿的老哥们决心守住祖宗的遗产，终生在乡下做小霸王的生活理想。另外，还有萧红笔下的"呼兰河小城"，沈从文的"边城"都属于这一类型。

梁漱溟说："中国原来是一个大的农业社会，在它境内所见到的无非是些乡村，即有些城市——如县城之类——亦大多数只算大乡村，说得上都市的很少。"③张志平坦言："20世纪40年代的乡土小说是以中国农民的农村或小城镇生活为题材内容的小说。"④确切来说，新中国成立前的中国县城本来都是大农村，很少例外。马克思也说过，"亚细亚的历史是城市和乡村的无差别的统一"，如果追根溯源，在封建社会时期，都市一般是作为政府的行政机关而存在，并把乡村包括进去。近现代以来，两者也并

①　范家进. 现代乡土小说三家[M]. 上海：上海三联书店，2002：21.

②　费孝通. 小城镇的发展在中国的社会意义[J]. 辽望周刊，1984(32).

③　转引自齐植璐. 现阶段中国经济建设论战的批判[J]. 东方杂志，1935(3).

④　张志平. 中国二十世纪四十年代乡土小说研究[M]. 北京：中国社会科学出版社，2006：16.

非严格对立，都市可谓是乡村的衍生物，相同的文化传统使它们很难完全隔离开来。但是随着社会对外交流的加强，都市最先嗅到西方先进文明的气息，并逐渐疏离以前的文化传统，积极引进异域文化，而乡村的闭塞以及根深蒂固的封建传统文化阻挡了外来文明的传播，都市与乡村分化明显才是两种不同文学模式诞生的根本条件。经济基础决定上层建筑，民族救亡压倒一切的抗战时期，在经济发展普遍迟缓的情况下，小城镇也应该归于乡土范畴。

如果 20 年代的乡土书写主要倾向于"乡土"，那么抗战时期的乡土小说恰好体现了从"乡土"到"农村题材"的变化过程，且不同作家或直接或间接表达着对这一概念的理解。蹇先艾在 20 年代就致力于乡土小说创作，并承认自己是乡土文学作者，抗战时期他仍有部分乡土小说创作，他认为"乡土文学"首先是作者对乡土的热爱及丰富的乡土经验积淀，作品要敢于揭露暗无天日的社会现状，控诉反动统治者剥削农民的行径，表现乡土独特的习俗风光，人物的塑造及语言的运用要体现地方色彩，用白描的手法呈现"朴实简洁"的文风等。后来他又进一步强调乡土文学在凸显风土人情的同时更要讲究思想与艺术性，并肯定茅盾关注"乡土文学"时代性的现实意义，显然，这里蹇先艾对"乡土"的理解显露出"农村题材"方向的偏移。许杰同样是 20 年代"乡土小说流派"的主要作家，不过在抗战时期并没有继续乡土创作，但对"乡土"也有一些见解，指明"理想中的乡村小说应该是通过科学精神，而提炼了乡村的落后意识，指示人生与社会的前途的"①，他还提到之后不写这类题材的缘由是离开了乡村，对这里的认识变得模糊起来。尽管孙犁创作了被奉为经典的《荷花淀》等乡土小说，但他基于艺术形式的流动性提出了"就微观而言，则所有文学作品，皆可称为乡土文学；而宏观言之，则所谓的乡土文学，实不存在"②的观点，其实他的小说还是比较偏于"乡土"的指称范畴。东北沦陷区作家端木蕻良以丰厚的

---

① 许杰. 论乡土小说的写作[N]. 载南平版. 东南日报笔垒，1945-8-19.
② 孙犁. 关于乡土文学[J]. 北京文学，1981(5).

乡土实践为支撑认为"乡土"应该在作品中突出"风土、人情、性格、氛围"等侧面。沈从文笔下浓郁的湘西自然景观、淳朴的民风、美好的人性，废名乡土小说中体现出的普遍趣味、农村寂静的美、乡野风景画的素描等侧面都蕴藏着"乡土"的特征，尽管他们尚未对这一概念有明确的界说。而叶紫、吴组缃、蒋牧良等作家的乡土书写因对革命、斗争、觉醒等政治意识形态话语的关注而流下了"农村题材"概念的印迹。

上文以时间为线索梳理了现代文学中"乡土"范畴的迁延，论述了不同作家对"乡土"的理解。鲁迅以知识分子启蒙者的姿态批判日渐没落的传统封建文化，勾画沉默的农民灵魂；周作人对乡土的"地方性""个性"一往情深；茅盾较为倚重乡土"风土人情"之外具有普遍性的命运挣扎，形成具有鲜明阶级意识的"悯农论"乡土观，这些文人眼中的"乡土"景观有重合的部分也有各自的侧重点，共同奠定了乡土文学创作最初的理论基础。但在烽烟四起的战争年代，无数作家沦为丧失家园的漂泊者，"乡土"在他们心中被赋予了特殊内涵，梁山丁倡导"暴露真实"为基础的"乡土文艺"，关永吉把"乡土文学"视为抵制"色情""汉奸"文学的有力武器。无论是梁山丁还是关永吉都身处日军统治的沦陷区，文学创作主题更是受到严格限制，为此他们想借"乡土文学"迂回地表达爱国情感，激起国民的民族抗争意识，也可以说是特殊历史阶段的产物。可能在"乡土"背后隐藏着特殊的指称意义，留下了时代烙印，一定程度上扩大了"乡土"概念的内涵。至于"乡土"到"农村题材"的变化，不同的只是称谓，并没有偏离乡土文学的范畴，并记录了作家不同时期对这一概念理解的变化，新时期之后研究者对于"乡土"与"农村题材"之间的区分越来越模糊。

整体来看，中国现代文学与中国社会发展的同构性决定了现代作家很难完全抛开民族国家话语来探讨人的个性解放与个体价值实现问题，而鲁迅到周作人再到茅盾、梁山丁等作家对乡土观念的不同阐释，不仅带来了现代乡土书写的多元化，也寄托着他们对理想中国形象的追求与"伊甸园之梦"。

第二章　20 世纪三四十年代乡土小说的写作资源

有学者把"乡土、乡巴佬(文学形象)、乡土变迁、乡土理性、乡土叙事、乡下人(创作主体)"①称为世界乡土文学创作的六要素。其中"乡土"的地域性特征不可忽视。世界乡土文学史上有马尔克斯笔下的"马孔多",哈代多次提到的"爱敦荒原"等,中国现代乡土小说发展中出现了鲁迅熟悉的"鲁镇",茅盾小说中的"乌镇",沈从文精心描述的"湘西"等;"乡巴佬"是指作者在乡土文学中塑造的人物形象:既有出身卑微的农民,也有扮演封建卫道士角色的族长、乡绅等;乡土变迁指社会转型期在现代文明的冲击下,乡村经济形态以及支配乡土人生价值观的变化;土地是农民的衣食之源、生存之本,调整的土地政策也被乡土作家所关注。整体上看,乡土书写的地域性、民族救亡的社会语境、土地政策等内容也是抗战时期乡土小说创作中不可忽视的写作资源。

第一节　动荡的社会语境与文学活动

20 世纪三四十年代,随着"九·一八"事变、"一·二八"事变、"七·七"事变的发生,日军的侵略行径越来越嚣张,民族矛盾随之演变为社会主要矛盾,国家救亡的危机感顷刻间摆在每个人面前,民族的生死存亡与

---

① 杨瑞仁.世界乡土文学六要素论[J].吉首大学学报(社会科学版),2017(2):117-122.

个体命运紧紧地连在一起。政界及时的抗日宣言、文艺界成立的抗日救亡组织、文学活动的展开无不服务于抗战局势，呈现出战时性特征，还有文艺界整风运动对作家文学创作的指引。梁实秋永恒的人性书写、文学的"无阶级性"主张不断被攻击，同时文坛对沈从文的"反对作家从政"论，朱光潜"冷静超脱说"的批判尽管在今天看来存在着"矫枉过正"的偏激，但在当时却有其合理性的一面，是文学战时性的必然要求。解放战争时期阶级矛盾再次提上日程，文学活动主要围绕学习与实践《讲话》精神展开，尤其是"赵树理方向"的提出，受到文坛高度重视，潜在地规约着乡土创作方向。

东北沦陷后，中共满洲省委制定《抗日救国武装人民群众进行游击战争》纲领性文件，号召民众团结起来抵制侵略、保家卫国；毛泽东陆续发表《对日抗战宣言》《为中国工农红军北上抗日宣言》《论反对日本帝国主义的策略》报告，阐发抗日民族统一战线的策略方针，并起草《中国共产党致中国国民党书》，呼吁联合国民党一致抗日，成立陕甘宁抗日民主根据地。国民党政府迫于中国共产党的压力与社会舆论谴责而逐渐放弃"不抵抗政策"，建立东北抗日组织，"卢沟桥"事变不久发表《自卫抗战声明》并宣称不放弃领土之任意一部分；国民党通讯社发出的《国共合作宣言》标志着抗日民族统一战线的正式形成。尽管政治层面上的统一战线已经形成，但由于敌我双方力量巨大悬殊致使军事作战方面不容乐观，随之出现了思想认识的分化，发出"速战论"与"亡国论"的声音，这一局势下为了统一全民思想增强抗战信心，毛泽东在充分对比两国政治、经济、军事等方面的力量之后提出"论持久战"并得到一致认可，这一高瞻远瞩的论断在战争的关键时刻起到了扭转极端思想的作用，对抗战的全面胜利发挥着不可低估的意义。

全面抗战时期除了政界的抗日宣言，文艺界也在积极响应"抗战高于一切"的口号，与社会的联系显得密切起来。鲁迅、茅盾、丁玲、郁达夫、周扬等知识分子联名发表《上海文化界告世界书》控斥日军的侵略行径，"文艺为抗战服务"成为作家的共识以及开展各种文学活动的指导思想，左翼作家多在《北斗》《文学月刊》等机关刊物上发表宣扬爱国、抗日主题作品，报告文学体裁以其反映生活的真实性、迅捷性、充分性而受到青睐，如夏衍的《包身工》。鲁迅也在其《南腔北调》《二心集》等杂文中揭露侵略者的罪行，指控国民党不抵抗主义为国人所不容。东北作家群中萧红的《生死场》，萧军《八月的乡村》较为引人注目，写出了东北人民捍卫家园抵抗侵略的活动以及农民在铁蹄下的艰难生存，作品中透视着社会的现实性与时代的真实性。柯灵说："中国新文学运动从来就是和政治浪潮配合在一起的，因果难分。五四时代的文学革命——反帝反封建；30年代的文学革命——阶级斗争；抗战时期——同仇敌忾，抗日救亡，理所当然是主流。除此以外就看作是离谱，旁门左道，既为正统所不容，也引不起读者注意。"①的确，中国现代文学的发展与历史进程有着鲜明的同构性，战争时期中国版图被分割为"沦陷区""国统区""解放区"，亡国灭种的民族危机已不再是遥远的潜在隐忧，而是必须行动起来改变的事实。

比起枯燥无味的政治说教，以情感介入打动人心的文学艺术更能发挥社会宣传的作用，虽然受地域所限作家内部出现了分化与重组，但是抗日救亡是他们文学创作的唯一方向。如茅盾小说《锻炼》《走上岗位》写的是抗战时期上海社会各阶层的思想动向；巴金的《憩园》《第四病室》是对人性的有力探索；老舍的《四世同堂》以北平战事为契机，因战争引发文化反思；东北沦陷区作家梁山丁《绿色的谷》控诉日本在东北的经济侵略行径是造成狼沟日渐穷困的主要原因；华北沦陷区作家关永吉的《汽车》以孩童的视角表达对外族入侵的憎恶；解放区作家把毛泽东1942年的《讲话》奉为创作指南，积极实践文学大众化、通俗化为工农兵服务的文艺思想，杨朔的《月黑夜》、李庄《良民证》，力群《野姑娘的故事》等描写农民受到抗日正义性的鼓动而转变思想积极行动起来。

同时文艺界的救亡组织、团体，以抗战为主的文学刊物也纷纷出现，上海的"八·一三"事变使一批以宣传抗战为目的的文学刊物在硝烟中诞

---

① 柯灵.遥寄张爱玲[M].上海：上海人民出版社，1985：40.

生，如，《抗战》《救亡日报文艺副刊》《中流》《文丛》等。其中影响较为深远的当属胡风创刊的《七月》，在胡风思想的感召下形成"七月派"文学创作团体，丘东平的《第七连》《暴风雨的一天》等小说就是发表在该刊物上脍炙人口的佳作。战乱的环境使《七月》杂志几度迁徙，从上海到武汉，武汉失守后不得不暂时停刊，后来在重庆有了复刊的机会并保持一贯文风，陕甘宁边区、国统区一些进步作家都有文章在此发表，内容既有对八路军英勇抗战的歌颂，也有以日军士兵为题材号召他们加入反战同盟，还有一些作品真实记录了南京、武汉等地被占领的惨状。

"左联"曾突破重重文化高压与封锁，发表一系列具有深度剖析社会现实的杰作，以隐晦的方式表达爱国激情，为民族救亡贡献力量。30年代该文学组织内部还发生了"两个口号论争"，即，周扬提出的"国防文学"与鲁迅、冯雪峰等人的"民族革命战争的大众文学"，这是在文学创作方向上分歧的体现，但战争的急迫性使他们搁置争议也没能达成一致意见。艾宪在《关于国防文学》中指出："无论哪一阶级的作家，都愿意在文字这方面，鼓励国人以共赴国难的。"①《文艺界同人为团结御敌与言论自由的宣言》宣称："在文学上，我们不强求其相同，但在抗日救亡上，我们应团结一致以求行动之更有力。我们不必强求抗日立场之化一，但主张抗日的力量即刻统一起来。"②之后鲁迅、郭沫若、巴金、茅盾、郑振铎等进步文人均在《宣言》上签名，预示着"两个口号"论争的结束，抗日文艺统一战线形成。

以民族救亡为办刊宗旨的文学刊物在战时确实得到普遍关注与认同，1936年旨在团结统一战线传播抗日民族运动思想的《文学界》《光明》，其中《高射炮》被称为充满火药味的诗刊，可谓中华民族抗战的怒吼。同年，王统照抵达上海并担任《文学》刊物主编，团结、提携了众多进步作家，端木蕻良《鹭鹭湖的忧郁》《遥远的风沙》《大地的海》等小说就发表于此，骞

---

① 艾宪. 关于国防文学[J]. 文学界，1936(3).

② 马良春、张大明. 三十年代左翼文艺资料选编[M]. 成都：四川人民出版社，1980：218.

先艾、王西彦也有向刊物投稿的经历。1937 年宣传文学战斗性的刊物有《呐喊》《作品》等，巴金以抗战为背景的小说《火》发表于《文丛》刊物，老舍的《烈妇殉国》，欧阳予倩的《梁红玉》，田汉的《杀宫》等作家宣扬群众抗战的戏剧作品在《抗战戏剧》上发表。1938 年，张天翼和姚雪垠的小说《华威先生》《差半车麦秸》等在茅盾主办的《文艺阵地》上刊登，这是一个普及范围仅次于《抗战文艺》的文学刊物，由阿英主办的《文献》是联结上海与延安的主要媒介。1939 年的《鲁迅风》杂志，继承鲁迅精神把杂文视为同敌人作战的武器，巴人在《鲁迅风》发刊词中说："生在斗争时代，是无法逃避斗争的。探取鲁迅先生使用的武器的秘密，使用我们可能使用的武器，袭击当前的大敌；说我们这刊物有些'用意'，那便是唯一的'用意'了。"①

深受启发的《万象》杂志开设"闲话"栏目重振"鲁迅风"，1939 年有着一堵旧墙的缝隙中透出一支生气蓬勃带有草芽气息的《野草》创刊，并得到毛泽东的高度重视。1941 年登载日军侵略暴行及讽刺腐败的反动当局为主题的《萧萧》。1942 年王鲁彦以"宣传抗日，反对投降"为宗旨创办《文艺杂志》，并把此作为革命作家暴露社会黑暗，服务于民族解放斗争的阵地，还登载了他的《千家村》，艾芜的《故乡》，端木蕻良的《科尔沁旗草原》（第二部）等乡土题材小说。1944 年专门发表抗日作品的《文潮》，还有重视文艺论争、以文艺为斗争匕首的《当代文艺》在烽火连天的年代确实发挥了为民族独立战争摇旗助威的作用，加深了作家对社会局势的了解，适时调整写作策略向文学主流靠拢。

谈及抗战时期文学刊物对作家创作的影响时，沦陷区的文学刊物始终无法绕开，九·一八事变后由"东北救亡总会"主办的《反攻》，罗烽的《岗哨》等以宣传抗战为指导思想，并出版"战地生活丛刊"鼓动民众的积极性。1933 年白朗在《国际协报》内部创立《文艺》周刊与《夜哨》周刊为青年作家提供写作园地，发展革命作家，她的小说《叛逆的儿子》足以证明其鲜明的

---

① 朱栋霖. 中国现代文学史（上）[M]. 北京：高等教育出版社，1999：210.

阶级立场。1936 年东北"五日画报社"出版的《跋涉》收编了萧红的《王阿嫂之死》《看风筝》等乡土小说，1941 年到达延安的舒群、马加等东北作家以《解放日报》文艺副刊为阵地创立"九·一八"文艺社，受特殊政治环境与文化心理影响，他们的创作活动很快融入工农兵文学样式。华北沦陷区的《中国文艺》曾主张要坚持"纯文艺"的特色，也没有规避血与火的现实，开设专栏讨论民族化及乡土文学创作的问题，以"满洲作家特辑"的形式与东北沦陷区文坛取得沟通交流，以"文坛消息"的栏目介绍内地文坛动向，其中就谈到了碧野、丘东平、李辉英等作家。

上海沦陷时期由周瘦鹃创办的《紫罗兰》，尽管打着文学"自由发展，自由创作"的旗号，但从刊录的文章《不倒翁》《焦琏》等作品中看到的是宣扬民族正义，传统文化中"路见不平，拔刀相助"的侠义精神，顺应救亡之道的需求，起到鼓舞民气的效果，而与文学游戏人生的心态渐行渐远，取而代之的是知识分子投身民族救亡运动的激情，焕发出蓬勃向上的力量。此外，柯灵主办的《万象》刊物，在后期开始转变风格，发表师陀、沈从文、唐弢、沈寂等新文学作家作品，且不以作家的声誉论高低，像汤雪化的《饥》，佐行的《轧》，金爪的《米》能够被采纳仅因为作品针砭时弊地揭露侵略者的罪恶与民众艰难困苦的生活事实，同时还注重对民族文化题材的涉猎，以传承民族传统文化，也为刊登了众多具有"民族意识"的作品而得到社会认可。

在"四海皆秋气，一室难为春"的局势下，除了创办文学刊理念的偏移，文艺界不同形式的救国活动也开展得如火如荼。抗战初期陕州抗战话剧团成立，这支豫西地区的文艺轻骑兵在中共地下组织领导下迎合群众的欣赏趣味，以民众喜闻乐见的剧目为主，使抗日救亡的爱国主义精神深入边缘乡村。1935 年底，聚集了文化界三百余人的"文化界救国会"在上海成立，他们联合署名并发表了《上海文化界救国运动宣言》，为了反对华北自治，同年北平爱国学生发动抗日救国示威游行的"一·二九"运动。1936 年10 月在鲁迅的领导下经过 21 位中国著名作家签字的《文艺界同人为团结御侮与言论自由宣言》发表，标志着中国文艺界抗日统一战线初具规模。

1937 年七·七事变的炮声一响，中国剧作家协会就联合创作《保卫卢沟桥》的三幕话剧，剧团人员历经千辛万苦走到偏僻的村镇农村，使身处穷乡僻壤的农民受到抗日救亡思想的洗礼。1938 年"文协"在武汉成立，后来陆续又在上海、桂林、昆明、成都等地区成立分会，吸收不同地区的文艺工作者以指导开展抗日文艺活动。当时曾创作过乡土小说的作家茅盾、吴组缃、王鲁彦、丁玲等人都曾是"文协"组织的成员，作品风格的形成也深受其规约。

其实，对乡土小说创作最有影响力的文学组织是"左联"，由丁玲主办的《北斗》是其机关刊物，在宣传无产阶级革命思想、组织文艺理论批评等方面作用显著，是进步作家发表文学作品的阵地。在局部抗战阶段，文坛掀起了一波写农村自然灾害、阶级斗争题材的浪潮，丁玲的《水》，耶林的《村中》，匡庐的《水灾》等乡土小说正是在该刊物上发表，记录了洪涝灾害、地主剥削、日军入侵下的农村社会现状。后期的机关刊物《文艺群众》刊登过有关萧军《八月乡村》与叶紫《丰收》的评论文章，这时的文学杂志几乎演变为宣传马克思主义文艺思想理论的窗口，播撒了革命的火种，也是作家乡土书写的风向标。

当民族危如累卵时期的文学活动纷纷指向社会，这就注定了文学创作走向，作家除了以实际行动融入抗战文艺的激流之外，似乎没有更多自由选择的机会。卡夫卡曾说过："在我看来，战争、俄国革命、全世界的悲惨状况同属一股恶水，这是一场洪水，战争打开了混乱的闸门，人生的救护设施倒塌了。历史事件不再是由个人，而是由群众承受着，个人被撞、被挤、被刮到一边去了。个人忍受着历史。"①毫无疑问，民族救亡的社会语境与文学活动正是群众集体力量的外显，个体的价值追求被淡化甚至消失。"非正常"的环境是乡土作家创作的"花苑"，而乡土革命叙事能够超越启蒙与审美的原因迎刃而解，在阶级、民族矛盾激化的文学场域中，政治观念与文学的艺术审美性不能很好融合也是时代局势所迫。

---

① 刘小枫. 沉重的肉身[M]. 北京：华夏出版社，2007：139.

20 世纪三四十年代文坛较有影响力的文学组织与文学活动除了"左联""文协"等之外，应该是毛泽东在《讲话》中对新文化运动以来的文学发展方向做出了系统、科学的总结，包括暴露与歌颂，普及与提高，政治标准与艺术标准，作家的立场与世界观等问题，为新民主主义文艺的健康发展指明了方向，成为作家的创作纲领，"群众"出现了 101 次之多，应和了"一切文学艺术为工农兵服务"的要求，规定了文艺的接受主体与服务对象，同时也间接回答了 30 年代末期开始文坛争论不休的"民族形式"问题，为"文艺大众化"提供了思路，颠覆了"五四"以来的传统文学观念与审美原则，其影响力一直延续到 70 年代中后期。当时许多作家通过对《讲话》精神的学习，茅塞顿开，认识到文艺的使命，并重新确定自己的创作方向，刘白羽、丁玲、周立波等在乡土小说创作方面成就突出的作家也曾发文检讨自己，改造思想，树立向民间学习，坚持大众化、民族化的乡土书写方向。实际上，比《讲话》发表早几个月的 1942 年 1 月 16 日到 19 日召开的"晋冀豫文化人座谈会"上，赵树理就提出："我们应当起而应战，挤进它（指当时在民间流行的文艺：笔者注）的阵地，打垮它，消灭它。但在形式上，还要向它学习，因为它是老百姓喜闻乐见的。"①显然，赵树理对文学的形式与内容，文艺与群众等问题早已有了自己的答案，对未来乡土小说的创作有强烈的预见，也为后来《小二黑结婚》《李有才板话》等经典之作的诞生提供了理论依据，这些小说的出版的确在农民中产生了巨大反响，学者戴光中说："《小二黑结婚》出版后的盛况，大大地出乎所有人——无论是作者，支持者还是反对者的意料。它在穷乡僻壤不胫而走，被农夫村妇交相传阅，在地头、炕头、饭场上，到处可以看到阅读《小二黑结婚》的热烈场面。"②可以说，文学的民间化与大众化在"五四"时期就已提出，30 年代以来文坛也进行了三次有关"文艺大众化"的讨论，但尚未达成一致意见，而在 40 年代赵树理的创作实践中看到了文学大众化、通俗化的成效。

---

① 一九四二年晋冀豫文化人座谈会纪要[N]. 新华日报(华北版)，1942-1-21.
② 戴光中. 赵树理传[M]. 北京：北京十月文艺出版社，1987：166.

现代文学史上写农村、农民的作家有很多，能够像赵树理这样，写出真正使农民群众喜闻乐见内容的作家却屈指可数，其传播与接受不仅限于延安，在其他解放区同样受欢迎，1947年陈荒煤对"赵树理方向"提出与确立自然不足为奇。赵树理小说对毛泽东文艺路线的实践，语言的俗化，内容接近农民生活，形式上主张对说书、故事、剧本等旧式体裁的改革，真正做到了具有中国作风、中国气派，并在文坛树立了可供模仿的对象，具有指引作用，强化了人们对乡土小说大众化、民族化创作的价值认同。

解放战争时期，随着欧阳山的《高干大》，柳青的《种谷记》，马烽、西戎的《吕梁英雄传》，周立波的《暴风骤雨》，丁玲的《太阳照在桑干河上》，孔厥、袁静《新儿女英雄传》等小说的发表，带来了乡土书写的新高峰，这些丰硕的成果背后是当时文艺政策的推动，也表明作家在完成精神改造之后，调整自己的步履，对新文学规范的自觉选择。当然，创作的成就也离不开文艺社团、文艺期刊的支持，据不完全统计，整个解放区的文艺社团组织有200多种，文艺期刊与报纸也有上百种，影响较大的《群众文艺》《红色中华》《新中华》《解放日报》《新华日报》《文艺杂志》等都辟有文艺专栏，还有一些地方性的报纸，像《东北日报》，在昆明地区，有《匕首》《文化新潮》《原野》《新昆明》等，整体上看，这时期的刊物多带有民族解放的性质，为乡土小说的发表提供了媒介。1949年在周扬主持下，由柯仲平、陈涌等编著的《中国人民文艺丛书》出版发行，所收录的作品中，有关农村土地改革、减租、复仇清算等阶级斗争内容，以及反对乡村迷信、不卫生、婚姻不自主等封建落后现象题材的有40多部，"可以看出解放区文学集中于写民族斗争、阶级斗争和劳动生产，现实性、政治性和政策性都很强"[①]的特征，其中丁玲、柳青、马烽、欧阳山等作家的代表性农村题材小说都有入选，值得一提的是，赵树理不仅是编者，还是入选作品的作者，无疑体现了文坛对赵树理的双向肯定，带动了解放区通俗化小说创作蓬勃

---

① 钱理群，温儒敏，吴福辉. 中国现代文学三十年[M]. 北京：北京大学出版社，1998：454.

发展的局面，文艺的大众化通俗化也受到越来越多的关注，建立起未来文学发展的新方向。一定程度上，《中国人民文艺丛书》所编选的作品代表着作家对《讲话》精神的实践，对文艺工农兵方向，以及民族化、群众化等方面取得收获的总结。

第二节　传统农民文化与不同时期的土地政策

农民的生命常常依附于土地，在历史长河中逐渐形成一种根深蒂固的"农民文化"。《老子》中有"重死而不远徙"的话语，《孟子滕文公上》中"死徙无出乡"等都较形象地指明了人与土地难以割舍的关系，而农民对土地的依恋更为强烈。孟子说："诸侯之三宝：土地、人民、政事。"①荀子进一步强调："无土则人不安居，无人则土不守。故土之与人也，道之于法也者，国家之本作也。"②由此可见，中国传统儒家文化对土地的重视，土地是立国之法宝，也是农民"安居"的根本，而城里人在畅谈乡下人的"土气"时却忽略了中国社会的乡土特征，绵延不尽的乡土文化才是中华民族世代繁衍的前提。俗语说："土是刮金板，人穷地不懒。"土地自古以来都是农民维持生计的基本生产资料，而农民的辛勤劳作也赋予辉煌的农业文明以特殊意义，他们在与土地的朝夕相处中结下了深厚的"土地情结"，几乎投注了其毕生精力。农民会因精通各种农活受到人们赞誉，如王统照《山雨》中的奚大有、赵树理《李有才板话》中的李有才、叶紫《丰收》中的云普叔，但有的农民也会因脱离土地、四肢不勤而受到斥责，如蒋牧良《干塘》中的归松二爷、艾芜《一个女人的悲剧》中的陈家驼背、赵树理《李家庄变迁》中的小喜等。新时期以来，社会经济形态急剧转型，快速的城市化进程促使农民与土地的关系发生分裂，"无土时代"加剧了农民群体内心深处的恐慌与焦灼，这是农民与土地之间复杂感情的折射。

---

① 罗炳良，赵海旺．孟子解说[M]．北京：华夏出版社，2007：235.
② 张觉．荀子校注[M]．长沙：岳麓书社，2006：167.

一般情况下，农村、农民、土地是乡土书写的对象，农村是农民生活居所，土地是农民的衣食之源，"靠种地谋生的人才明白泥土的可贵。城里人可以用土气来藐视乡下人，但是在乡下，'土'是他们的命根"①，话语中透露出土地对农民的意义。端木蕻良在《大江》后记中对革命英雄形象铁岭有过这样的描述："他没有航海水手的热情，但对于土地却有着一种固执的黏贴性。命运追赶着他，使他不得不违反自己的意思经历了很多地方，而这些又是他所不情愿的，他所向往的，都不是这些。他是最适合过着一个小农的劳动生活的，他并不惯于向人事奔跑和追逐。"②对于农民来说，土地意味着生活的基本保障。"咱们的土地，谁打算给夺去，那可不行，这一块地有咱祖宗的血汗，有咱们祖宗的骨尸"③，这是白朗《伊瓦鲁河畔》中贾德与长腿三的对话，字里行间闪耀着对土地发自肺腑的爱。"你还有无边无沿的土地，山谷，你还有院落，还有钱！在狼沟一带，有谁比得了你，少东家，你知道吗？我们离开了土地便不能活！"④这是梁山丁《绿色的谷》中长工家女儿小莲劝说地主后代林小彪的话，言语间回荡着土地对于农民的神圣价值。碧野《灯笼哨》中受日军逼迫离开故土的老汉，无时刻不想着重回家乡，即使依然做佃农都愿意。《北方的原野》描写农民群体为了夺回被占的土地自发组织起来以原始的农具为武器同侵略者作斗争。司马文森的报告文学《江的水流》讲述广东农民为了捍卫自己的土地，勇敢冲进日本军营等。农民为"土地"而加入革命战争是他们从"家"到"国"的思想觉醒。端木蕻良《大地的海》中艾老爹的一生"把血液灌溉到食粮里去，再从食粮里咀嚼出血液来。把生命种植到食粮里去，再从食粮里耕种出生命来"老人对土地的眷恋寄托着作者对土地深沉的爱与浓烈的怀乡情结。

中国社会性质决定了土地对于农民近乎生命的意义，而不同时期的土

---

① 费孝通. 乡土中国生育制度[M]. 北京：北京大学出版社，1998：7.
② 端木蕻良. 端木蕻良文集（第2卷）[M]. 北京：北京出版社，1999：400.
③ 白朗. 伊瓦鲁河畔[M]. 广州：花城出版社，1984：46.
④ 梁山丁. 绿色的谷[M]. 长春：新京文化社，1943：120.

地政策也直接关涉农民切身利益，从政策颁布到实施，再到作家的理解、体验，与诉诸笔端，可以看到土地政策是作家乡土小说的创作资源，同时也体现了作家对乡村现实、农民命运的关注。1931年，中国共产党政治局会议草拟《土地法草案》并规定"所有封建地主豪绅军阀官僚以及其他大私有主的土地，无论自己经营或出租，一概无任何代价的实行没收。继续推行依靠贫雇农，联合中农，反对富农"①的方针，并进一步指出"在民族革命战争紧迫时期，富农也开始参加反对帝国主义侵略及豪绅地主军阀官僚的革命，或采取同情与善意的中立态度，而故意排斥富农（甚至一部分地主）参加革命斗争是错误的"②。全面抗战时期，我党建立了陕甘宁、晋察冀、晋冀鲁豫等敌后抗日根据地，农民是革命的核心力量，地主也是不可缺少的同盟者，合理调整土地政策被提上日程。当时的《解放周刊》上有一篇文章提到没收汉奸卖国贼土地分给无地或少地农民耕种，遗憾的是没有得以落实。

实际上，农民的土地问题一直是社会历史斗争的焦点，在土地革命之前的很长一段时间内，地主与农民之间形成了一种相对稳固的租佃关系，如茅盾的"农村三部曲"、叶紫的《丰收》等"左翼"乡土小说多取材于当时尖锐的阶级矛盾。随着社会主要矛盾转移，中共为了扩大民族统一战线，联合地主阶级抗日，把土地政策调整为"地主减租减息，农民交租交息"，并在洛川会议上把该策略归入抗日救亡十大纲领。从社会经济学的逻辑看，"双减"政策，可以有效减轻农民负担，但因农民根深蒂固的奴性与隐忍性格而不敢积极响应新的土地政策。比如，山东根据地缺少实施"双减"的环境，直到1939年鲁西北、鲁东南等地抗日游击根据地的建立才具备了开展的条件，加大"双减"政策在农村的宣传力度，动员农民行动起来反抗地主豪绅的封建剥削。1942年，中共颁布《关于抗日根据地土地政策的决

---

① 中央档案馆. 中共中央文件选集（7）[M]. 北京：中共中央党校出版社，1985：468.

② 中央档案馆. 中共中央文件选集（7）[M]. 北京：中共中央党校出版社，1985：589.

定》等文件，有效推动了各地"双减"政策的完善与开展。作家敏锐的洞察力使他们意识到调整土地政策对农村的影响，并从中摄取写作资源。如李束为的《租佃之间》、康濯的《抽地》、马加的《滹沱河流域》等小说，以及西戎的戏剧《王德锁减租》等无不围绕地主对土地政策的破坏、农民怎样克服胆怯心理走向新生等现象展开。抗战胜利前后，陕甘宁边区政府制定了《陕甘宁边区土地租佃条例草案》，由早期的"双减政策"向"没收地主土地"的方向过渡。赵树理《李有才板块》《李家庄变迁》《地板》、木风的《回地》、那沙的《一个空白村的变化》、孙谦的《村东十亩地》等作品都以作家深入农村的切身生活体验为基础，描写农民与地主斗争时的矛盾心理，以及重获土地后的喜悦之情。

解放区的土地政策无不以团结抗日、改善农民生活为初衷，但是，国统区的土地政策表面上有所调整，但土豪劣绅对农民的剥削气焰依然嚣张。虽在《土地法修改原则》中提出"扶持自耕农"，"七·七事变"后，颁布土地、赋税政策，但由于地方官吏的腐败、贪婪，致使这些民主政策如一纸空文。战争相持阶段，国民政府最高当局仍不肯放弃大地主大资产阶级的利益，固执坚持反共专断独裁与压迫民众的立场，并提出消极抗日、积极反共的方针，停搁了土地改革方案。国民政府颁布《国民政府组织法》："在农村继续推行严密的保甲制度，使国民政府的基层政权进一步与当地的封建势力勾结起来，加强对农民的压迫和剥削。"①这种继续沿袭封建租赁制的生产关系使农民肩上的赋税越来越重，封建剥削的土地政策依然根深蒂固。后来，尽管制定了《战时土地政策案》《土地政策战时实施纲要》等土地政策，呼应抗战救国的现实诉求，满足战争中的粮食需求，但行动的迟缓导致收效甚微。四川是战时国民党的重要统治地区。据调查，这里的土地仍然主要集中在地主手中，即使印发了《忠县佃种田地契约纸》，但政策内容"既甚繁杂，且不公平，租额无限制，押租无利息，退佃

---

① 中华人民共和国财政部，中国农民负担史编委会．中国农民负担史[M]．北京：中国财政经济出版社，1991：427.

条件之苛刻，承买承典优先权之剥夺等，均违背土地"①。不平等的土地政策不能保障"耕者保其田"，自食其力的自耕农仍然要承受苛捐杂税的重压，如遇天灾人祸就得卖掉仅有的薄田，重新靠租赁田地为生。回顾抗战时期国统区的土地改革方案，其根本未能触及土地所有权问题，依旧维持封建社会原有的土地制度，不敢触碰大地主、大资产阶级的利益。在国民党统治区，那些财主、土豪劣绅肆掠兼并土地牟取财富的现象屡见不鲜。在一些实施"二五减租"的地区，因为国民党政府为了维护统治根基而一贯坚持"承认业主地权，保持目前农村秩序"②的原则，土改政策虽取得一定成绩，但很快就被迫中缀。后来，迫于社会舆论压力而拿"平均地权"作掩护，提出"耕者有田，地尽其利"的政策也只是空话，逃避现实土地问题，维护封建"旧秩序"，最终导致农村土地关系恶化。

战时国民政府制定的那些不得民心的土地政策激起了生活在国统区作家的不满，沙汀、田涛、张天翼等人从农民的切身利益出发，控诉当时土地分配不均、不合理的政策给乡土社会带来灾难。沙汀的乡土小说以暴露与批判为主色调，真实地记录了国统区农村社会现状。《淘金记》《代理县长》反映了地主豪绅之间的斗争；《在其香居茶馆里》《堪察加小景》《替身》《嚷晦》等小说揭露了农民被抓壮丁的内幕；《三斗小麦》中的刘述之在物价上涨的时候囤积粮食发国难财；田涛的《沃土》写了农民仝云庆一家的悲苦生活，麦收时节所收获粮食的四分之三都进入地主腰包；张天翼的《面包钱》写了刘彪生、姚得盛等农民士兵从前线到战争后方目睹了农民抢粮一半人被打死的事件，《丰年》叙述了奚先生、钱二爷等地主低价收购农民粮食想要高价出售的算盘落空，最终导致农民破产，沦为强盗的故事。农民的命运悲剧无不与土地有关，制定的那些土地政策没有落到实处，忽视贫雇农的根本利益，加深了乡土社会的生存苦难。

东北沦陷区是日伪侵略中国的起点。他们打着两国共荣的幌子欺骗中

---

① 郭汉鸣，孟光宇. 四川租佃问题[M]. 北京：商务印书馆，1944：59.
② 蒋介石. 蒋委员长对于解决土地问题意见[J]. 地政月刊，1933(11)：63.

国人去开辟荒芜的土地，目的是为了占领东三省，以极其低廉的价格获得乡村耕地。不堪忍受失去田地之苦的农民反侵略事件时有发生。日军1941年在华北沦陷区推行治安强化运动，疯狂地修筑公路、碉堡等，使这里的农民失去了大量土地。"据不完全统计，现时敌寇在华北修成的铁路至少占地1800平方里。新修公路汽路至少占地3.5万平方里以上，铁路两边的护路沟至少占地7000平方里以上，这些被占有的耕地竟达到46332000亩的惊人数字。"①随着耕地被占领，导致华北地区的粮产量大幅度减少，农民自己所拥有的土地无从谈起。无论是东北流亡作家还是失去土地的一些华北作家，他们以笔为枪，控诉侵略者的罪状。萧红的《看风筝》《生死场》《王阿嫂之死》《牛车上》等小说以细腻的女性视角深入乡土，观照乡民在失去土地后的苦痛挣扎。萧军《八月的乡村》中讲述了本该属于收获的季节，东北农民却失去了属于自己的土地和天空，怀着家国仇恨走上了革命道路。李辉英《松花江上》日军缴获了王家村的枪支，后来，青年农民王中藩号召民众组成义勇军，在他的鼓动下小孩、老人、妇女、地方乡绅都加入这支队伍，阻碍抗日的汉奸得到惩治。

实际上，沦陷区除了东北三省之外，北平、天津、河南、山西等华北地区在"卢沟桥事变"后也全部或部分丧失土地自主权。张佩国分析了华北地区农村的地理位置特征，"在特定的自然、社会生态环境中形成的内向封闭性。村落之间的地理界限、人际关系分明，每个村落形成相对独立的封闭社区。在村落社区内，村民的各种经济、社会关系均以土地资源的分配为中心，渐次展开"②。虽然乡土社会关系的展开以土地资源分配为依据，但深处沦陷区的特殊环境使这里的土地或被日军强行占用，或依然掌控在地主、乡绅手中，无地少地的农民依旧依附于剥削者求生存，土地政策仍停留在原有状态，封建剥削阶级仍不择手段地以提高地租为基础欺压

---

① 居之芬. 日本对华北经济的掠夺和统制——华北沦陷区经济资料选编[M]. 北京：北京出版社，1995：58.

② 张佩国. 土地资源与权力网络——民国时期的华北村庄[J]. 齐鲁学刊，1998（2）：76.

贫佃农。华北沦陷区作家雷妍的《良田》、马骊的《太平愿》、关永吉的《苗是怎样长成的》等小说都以农村不合理的土地政策为背景，表达了对统治者的不满，对农民生活苦难的同情。抗战时期解放区以联合抗日力量为目的制定"地主减租减息，农民交租交息"的土地政策，尽管在实施过程中遭到地主阶级的破坏，但整体上还是得到了农民群众的拥护。国统区的土地政策形同虚设，依然以维护地主阶级利益为准则，大大削减了贫农的抗日主动性。在沦陷区，日军肆掠破坏土地的行径与地主阶级的封建剥削，使农民的根本利益得不到维护，导致农村阶级关系不断恶化。这些历史事实不断涌入作家视野，丰富着乡土小说的内涵。

解放战争时期的土地政策主要围绕农民翻身解放展开，1946年5月4日，中共中央颁布《关于清算、减租及土地问题的指示》，将抗战时期减租减息的政策变为"耕者有其田"，即没收地主土地，实现土地重新分配与农民对土地的所有权，为中共夺取全国政权打下了良好基础，也构成了乡土小说的创作素材。丁玲的《太阳照在桑干河上》，周立波的《暴风骤雨》等经典土地革命叙事无不是以该时期的土地政策为指导，两者的互文性在小说创作的每一环节都有体现。丁玲说过："我更不能犯错误，我反复去，反复来，又读了些关于土地改革的文件和材料，我对于我的人物选得更严格些。我又发现了我在工作中的许多不可弥补的缺点，我看见了我在工作中所不能看到的事和人，我就用我对于现实生活的认识批判来和那些具体的人和事，交织在一块，写出我小说的故事和行动。我是尽我所能达到的去努力，我希望能表现出我所想的那些。"①周立波也指出："动笔之前，我把所有材料都温习了一遍。在研究和回想的当中，人物逐渐地浮起，故事慢慢地形成。"②以此可以看到作家为了达到文学题材与土改政策一致的苦心经营，使相应的土地政策成为小说中人物形象的阶级性质与故事情节铺展开来的重要话语支撑。具体来讲，这一时期的农村题材小说有颇多相

---

① 丁玲．延安集．编后记[J]．文艺学习，1955：02.
② 周立波．现在想到的几点——《暴风骤雨》下卷的创作情形[N]．生活报，1949-06-21.

似性，在人物形象塑造方面，一般贫雇农是主人公，在数量上占有绝对优势，且是中国传统美德的践行者，而中农表现出自私、落后的一面，需要团结的群体，地主富农的力量被削弱，属于垂死挣扎的，要逐步消灭的阶级，这样的构思恰好与依靠贫雇农，团结中农，有步骤、有分别地消灭封建剥削的土地制度保持一致性。在情节结构方面，围绕土改工作队进村与出村为故事始末，以贫雇农、中农与地主富农的力量变化为土改的推动力，群众斗争会是故事高潮，最终实现农民翻身当家作主的愿望，线型结构与当时土地政策的实施过程取得同一步调。

土地问题一直是中国社会问题的总根源，解放战争时期农村的土地政策除了党中央的《五四指示》，紧接着就是1947年《中国土地法大纲》的颁布，强调推翻与废除封建半封建的土地制度，施行"耕者有其田"，到了1948年底，老解放区大部分地区已完成土改，农民分得了土地，还收到了政府下发的土地所有证，农民的生产积极性得到提高。

有着"农民作家"之称的赵树理，在1947年亲自参加农村土改工作，并发表《我们执行土地法不许地主富农管》，《穷苦人要当家》《谁也不能有特权》等有关土改中遇到问题的短评文章，还直言创作《邪不压正》的初衷是希望干部和群众读了之后对土改中的问题有所趋避，坚持呼应现实与描写远景的统一。辽宁作家马加在东北沦陷后流亡关内，后到延安从事革命文艺工作，抗战胜利后随同干部重返故乡，以工作团成员的身份加入土改运动，1948年写出了具有强烈时代感与现实意义的土改小说——《江山村十日》，主要截取了江山村土改运动中后期出现的"煮夹生饭"状况，在十日内这里的土改从"半生不熟"到"成熟"在望的转变，其中离不开土改工作干部沈洪进村后的一系列行动，首先是召开村民大会讲解《土地法大纲》，之后成立贫雇农大会，宣布贫雇农当家，在贫雇农委员会的带领下广大农民揭露地主破坏土改的阴谋，没收地主财物，打下其威势，坚定群众斗争的信心，小说用较少篇幅写土改干部与农民先进分子对农村土改的引领、带头，而侧重写贫困农民在运动中思想观念与精神面貌的变化，这一艺术构思与现实中土改的发展以及《土地法大纲》的实施有关。此外，束为《红契》、孙谦《村东十亩地》、马烽《村仇》等小说均涉及农村的土改斗争会，农民的个人情感变为群体的阶级情感，成为土改运动的高潮与胜利的保障。还有一部分作品描写土改胜利，农民平分土地之后，乡村的新面貌、新人物，尤其关注乡村女性的命运，如马烽《金宝娘》中的金宝娘用斗地主分得的钱治好病，与家人团聚，获得新生，赵树理《邪不压正》中的软英在土改后不用再嫁给地主，可以自由选择自己的婚姻。一定程度上，土地革命促进了政治、经济的进步，实现了穷苦大众的解放，因此这一题材成为作家反复书写的对象，并注入新的乡土革命话语与阶级观念，表现了农民走出苦难，翻身解放的主题，推动了传统乡土小说变迁与叙事模式重构，在现实层面上，使乡土社会农民传统的伦理观念发生了变化，现代政治革命伦理逐渐取代了农民心中的天命与鬼神崇拜，乡村新人以极大的热情投入到新生活的构建中。

第三节　地域与时代背景下的作家乡土书写取向

美国小说家赫姆林·加兰曾说："艺术的地方色彩是文学的生命力的源泉，是文学一项独具的特点，地方色彩可以比作一个人无穷地、不断地涌现出来的魅力。"①作家创作伊始，那些熟悉的、各具特色的地域文化特征所给予的营养使作品无形中打上了独有的"地方色"，独特地域风情与民俗文化的呈现也塑造了他们独有的艺术个性。

研究作家作品，总要对作家的生活环境做一番细致考察，而环境包括地理与社会环境。抗战背景下乡土小说书写所依赖的社会环境具有一定的相似性，但作家不同的地理环境、地域文化特征是赋予文本不同风格的依据。关于文学的地域性，《文心雕龙》中称北方的诗歌总集《诗经》是"辞约而旨丰"，称南方的《楚辞》是"耀艳而深华"，并把原因归结为楚人之多

---

① ［美］赫姆林·加兰. 美国作家论文学［M］. 刘保瑞，温作夫，吕国军，等译. 北京：生活·读书·新知三联书店，1984：84.

才。《隋书·文学传序》从殊异的地域文化分析南北朝时期不同文风的形成原因。丹纳曾把地域环境看作构成人类精神文明的元素，他说："我们研究自然界的气候，以便了解某种艺术的出现。"①"一方水土养一方人"的俗语反映的正是这一道理，人与自然、地域环境的关系也是文明社会起源的关键环节。

古代"天人合一""齐物论"的理念源远流长。几千年来，人们根据特定地理环境因地制宜的生活习惯未曾改变。20世纪60年代，美国哲学家费伊阿本德用"不可通约性"原则解释了不同自然环境与生活需求对不同文化的影响。他认为："游牧民族住帐篷，而农业民族住房屋，这里就没有一个共同的标准可用来评判哪一种住宿方式更好，因为这两种文化所处的世界和要解决的问题是不同的。"②也就是说，不同的地域环境并没有绝对的优劣之分，其存在意义是为不同风俗人情、价值观念、行事方式等文化范式的出现提供有力支撑。如传统吴越地域文化之于茅盾、王鲁彦、许杰等浙籍作家；湘楚地域文化之于沈从文、丁玲、叶紫等湘籍作家；巴蜀地域文化之于沙汀、艾芜等川籍作家的创作；东北黑土地文化之于萧红、萧军、端木蕻良等东北作家群笔下的乡土呈现等。不同的地域文化不仅承载了多元的中华文明形态，而且以富有个性的文化表征构成了作家潜在的乡土小说写作资源。

对于中华民族这样一个土地面积广阔的国家来说，各地独特的地理空间孕育着多样的地域文化，为作家的乡土书写储存了丰富资源，同样也影响着抗战时期的乡土书写，正是作家不同的生活环境使乡土小说中的地方色彩异彩纷呈，而同一地域文化背景下成长起来的作家，在作品中总能找到相近的风俗画内容，这是地理与人文环境强大的辐射力使然。比如，浙江地区东濒东海，北部又与上海、江苏为邻，有着优越的地理位置，但以钱塘江为界又被划分成浙东与浙西不同区域。曹聚仁说："浙西多水，除

---

① ［法］丹纳. 艺术哲学［M］. 傅雷，译. 北京：人民文学出版社，1963：8.

② 张汝伦. 多元的思维模式与多元文化［J］. 读书，1986(7)：93-94.

了于潜、昌化这一边,都是一苇可航。浙东呢,除了绍兴是水乡,温州、宁波沿海滨,其他各县,都是山岭重叠。严州、台州、处州各府更是崇山峻岭,仿佛太行王屋的山区。"①地理环境与乡民性格相关联,浙东人坚韧、浙西人柔和。曹聚仁说,浙东大体上是自耕农社会,这样的地理人文环境对王鲁彦、许钦文、许杰、王任叔等浙东成长起来的作家影响深远。尽管他们成年后因求学、工作等原因离开了故乡,但曾经生活过的那片土地所给予他们的性格特质却已深入骨髓。细读王任叔的《老石工》《疲惫者》、许钦文《石岩》、王鲁彦《屋顶下》《李老奶》等小说不难发现其中人物形象刚毅、强悍的性格,"石骨铁硬"的叛逆性背后包含着深厚的传统吴越文化反叛、好勇的特征。

相较于多山的浙东,浙西多水的地理优势使之素有"丝绸之府""鱼米之乡"之称。发达的航运业方便了民众的生活,但也招来了资本主义经济侵扰的厄运,加速了本地小农经济模式的衰微,缫丝业逐渐衰败。浙江桐乡有着悠久的缫丝业历史,据《桐乡县志》记载:"男子务耕桑,服商贾;妇人勤纺织,工蚕缫。"②出生于浙西乌桐乡乌镇的茅盾可谓时代精神的忠实记录者,他的"农村三部曲"是一面揭示 20 世纪三十年代江南农村经济破产的镜子,其中童年经历与浙西地区的民俗文化、经济形态是他创作的精神宝库,作品中出现的"窝种""白虎星""上山""青娘""叶市"等蚕事活动术语生动再现了浙西地区的习俗。

如果浙江亦山亦水的自然风光与地域风俗影响了茅盾、王任叔、王鲁彦的乡土书写,那么,以湘楚文化为基奠的湖南地区则以悠久的历史、古典的乡村聚落诠释着农民世代承袭的生活方式与文化习俗。湘楚文化的根脉可以追溯到先秦时期的楚文化,弥漫着浓郁的浪漫主义情怀,向往自由、飞扬的想象是其主要特征。中国历史上第一部具有浪漫主义色彩的诗歌总集《楚辞》中就大量记录了湖南地区的方言土语、民间文化、风土物

---

① 曹聚仁. 我与我的世界[M]. 北京:人民文学出版社,1983:38.
② 钟贵松. 茅盾评传[M]. 南京:南京大学出版社,2013:14.

产，承载着人们丰富的情感、纯真素朴的价值观、自由无拘束的生活状态。从地形上来看，湖南被高山环绕决定了其封闭性，险恶的生存环境一方面造成了民生艰辛，另一方面又赋予民众一双想象的翅膀，对狭小区域外的天地万物充满遐想。凌宇把这一特征归结为："厚集的民族忧患意识，挚热的幻想情绪，对宇宙永恒感和神秘性的把握。"①但不同区域内部的自然与人文环境也略有差异，独特的地域文化成为湘籍作家取之不尽的资源宝库。

尽管自然风光优美的湘西有"中国瑞士"之称，但在历史上汉苗之争曾持续了很长时间，野蛮的屠杀之后遗留在土地上的鲜血难以真正消除。因此，故乡给予沈从文的文学滋养是复杂的，既有传统文化中生命的彪悍与神性、徜徉在青山绿水间自由的个体，又有血腥与杀戮的童年记忆。走上文坛的沈从文在取材时有意回避硝烟与争斗，即使在抗战背景下仍坚持从湘西原始古老的人性美中摄取资源，构筑"希腊小庙"，激发内心深处对人性真善美的渴求。有着"巫鬼文化"之称的楚文化给沈从文的作品打上了神秘的浪漫主义底色，如《龙朱》《神巫之爱》《月下小景》等多取材于诡异的民间传说。可以说，沈从文的《萧萧》《贵生》《丈夫》《边城》《长河》等小说就写出了乡民在严酷生存现实挤压下原始生命力的迸发。而叶紫、蒋牧良、张天翼等湘籍作家的乡土书写彰显的是湘楚文化中反抗与革命的面影。

素有"天府之国"之称的四川巴蜀地区，盆地的封闭性使其较少受北方政治、新思想的影响，导致其文化的滞后性。黑格尔说："水性使人通，山性使人塞；水势使人合，山势使人离。"②多山的地理环境形成了人们的"塞"与"离"，但汉族与少数民族的聚集使这里汇集了多样的民俗民风，保存着巴蜀文化底蕴。川籍作家沙汀、艾芜等人都是在走出故乡偏僻、狭小的地域才逐渐明白了何为新文化运动，他们走出去之后才有机会感触北京

---

① 钟贵松. 茅盾与中外文化[M]. 南京：南京大学出版社，1993：124.

② ［德］黑格尔. 历史哲学[M]. 张作成，车仁维，编译. 北京：北京出版社，2008：124.

轰轰烈烈的新思潮运动气息。杨晦说："四川的天然物产虽然特别丰富，四川人的生活却不都特别舒服。四川出产使人饱食暖衣的天然物产，然而，更充满着比天然物产还要丰富的种种罪恶与黑暗势力；地主、豪绅、军阀、官僚等各式各样的老爷以外，还有许许多多的大爷，结成了'诈欺和剥削'的联盟，演出'人吃人的把戏'。"①这里横行霸道的袍哥、乡绅势力对百姓的压榨使农民的理想生活成为幻影。在巴蜀一带的社会舞台上，"袍哥"以民间秘密组织的形式存在着，有几百年的历史，他们身上有行侠仗义的一面，又有胆大妄为、粗鲁野蛮的地痞流氓习性，从政府权力阶层到底层百姓都惧怕这一团体。独异的文化现象是作家的创作灵感，如李劼人《死水微澜》里的罗歪嘴就是一个典型的袍哥形象。沙汀说："我只苦心焦思于怎样在我的创作中塑造几个比较结实的人物，这种想法使我慢慢避开了最重要最中心的主题，把笔锋移向我所熟悉的农村封建统治阶级了。"②这里的"塑造几个结实的人物"指的就是地方乡长、地主、联保主任等农村统治者。《淘金记》中的龙哥、林幺长子，他们一个明目张胆一个鬼鬼祟祟，用不同伎俩控制着地方政权，体现了四川农村传统历史文化的负面性。

东北地区的生存环境险恶艰辛，历史上女真先民以鸟为图腾，对天空中自由翱翔的鸟类充满企慕之情，借助想象力满足征服自然的愿望。女真先民这种对自由的丰富想象在时间长河中逐渐演化成一种彰显着自由漂泊精神的集体无意识，又经过漫长的历史沉淀铸就了东北作家内心难以泯灭的崇尚自由的人格。比如萧军，他在文学史上为人称道的就是他追求无拘无束的生活和侠义、敢于冒险的天性，有几分"流浪汉"的率真，拒绝一切束缚，厌倦刻板、僵化、平淡的生活模式，生命中很长一段时间处于跋涉与漂泊的状态。《八月的乡村》中就有萧军向往自由、英雄主义天性的投射。这种桀骜不驯的秉性在那些看起来性格内倾的作家那里也可以找到相

① 杨晦. 沙汀创作的起点和方向[J]. 青年文艺，1945 新年号：10-11.
② 沙汀. 这三年来我的创作活动[J]. 抗战文艺，1941(1)：50.

近的精神气质，如萧红，崎岖坎坷的生活经历没有压垮她对自由的不懈追求、以及挣脱生活束缚的决心。即使有着相当富足物质生活的李辉英，也会不时发出"不知怎地，总觉不愉快"的感触，其实这是孤独寂寞精神世界的外露。如端木蕻良《科尔沁旗草原》中的万宁、《大江》中的铁岭、萧军《第三代》中的林青、骆宾基《乡亲——康天刚》中的康天刚，这些人物的骨子里有一种不愿安分守己度过一生的倔强。至于萧军作品中的"野气"，鲁迅说："大约北人爽直，而失之粗，南人文雅，而失之伪。粗自然比伪好。"①马加在《我们的祖先》中借老人之口道出了一种顽强的精神、坚定的求生意识。在田地被敌人掠夺、失去家园的境遇下，农民不会束手就擒给别人做奴隶，因为"我们的祖先的性格从来就不是懦弱的，从他生活在这世界上便带着一颗骄傲的灵魂。他的子孙是不会在敌人的炮火下屈服的，他们的灵魂没有死掉"②。诚然，农民骨子里的倔强、刚烈、不甘寂寞的内心诉求承续着先民的传统。此外，东北历史文化中的"胡子"情结为乡土小说中那些富有正义感、不畏强权的人物形象提供了性格原型。东北作家在抗战语境下注意到了这一群体性格中积极、向上、勇敢的特征，成为作品中生命主题的依托。如萧军《第三代》中老一辈英雄林青、井泉龙，年轻一代的刘元、杨三，还有战斗一生的土匪海交，他们性格中不服输、铮铮铁骨的特征无不象征着东北文化中的反抗精神，也是建构乡土小说粗粝单纯美学风格不可忽视的成分。因此，有学者把东北的地域文化特征归结为黑土地文化。

　　如果常年积雪覆盖的东北地域文化造就了民众坚韧、执着、激进的心理特征，那么，在四季分明、农民生活比较安逸的中原地区，则孕育出民众温和的性格。中原文化中的乡情民俗是河南籍作家师陀乡土书写的源泉，农民一年到头娱乐的时候很少，"端午节不喝雄黄酒，仲秋不赏月，旧历七月十五日逢'鬼节'，城市里是能放河灯的，可是这是乡下，虽然有

---

① 叶君.鲁迅与萧红[M].哈尔滨：北方文艺出版社，2016：114.
② 马加.马加文集[M].沈阳：春风文艺出版社，1982：54.

河，却难得有水，更没有什么'会'，什么'社'之类的组织"①。师陀在《果园城记》中描述了中原小城镇温馨、祥和的生活，以及时代变迁积淀下来的传统文化劣根。从宏观上来看，赵树理等山西作家所展现的三晋文化也属于中原文化的范畴，这里没有东北的天寒地冻、江南的小桥流水，有的是温带大陆性气候的多风与干旱，人们在这块贫瘠的土地上艰难求生，他们的性格中多了一份坚韧、朴实。法家文化主体的渊源，推进了山西的政治变革，社会改革也位居时代前列，形成了重政治轻经济的发展模式，赵树理、马烽、西戎等山西作家乡土小说中浓郁的政治化书写观念可以从中找到历史依据。董国炎说："质朴厚重是山西文学的基本特色。它作为一条主线，起伏显现，能够贯穿整个山西文学史。质朴更多体现在形式方面，厚重更多体现在内容方面。"②所谓形式的质朴就是借鉴民间通俗文化，满足农民群体的阅读期待，比如章回体小说创作时对民间"说书"技艺的汲取；而内容的厚重体现在社会、政治、文化等内容融为一体，彰显了作家强烈的时代使命感。

苏童说，乡土是滋养作家的最大粮仓。一方独特的地域文化养育一方作家，湘西之于沈从文，东北黑土地之于萧红，川西北之于沙汀、艾芜，中原之于师陀、赵树理……这些鲜明的地域文化背景印证了作家"来自哪里"的身份，从小生活的那片土地构成了后来"乡土"书写的原始记忆，构成他们自己的"文学地理"与精神宝库，不同的生命体验活跃于笔尖就形成了多元的文学空间。20世纪三四十年代，这些多元的地域文化背景连同"乡土"概念本身的历史迁延及不变的农民文化、变化的土地政策共同构成乡土书写的资源，激发着作家对乡村经验的更新、深化、超越。

---

① 郁芳醒．守正与创新——论后京派时期的师陀创作[D]．石家庄：河北师范大学，2012：28．

② 董国炎．山西文学大系导论(第1卷)[M]．太原：山西人民出版社，2005：31．

第三章　20世纪三四十年代乡土作家的精神图像

中国现代文学的发展与现代历史进程具有同构性，自"九·一八事变"以来，抵御异族侵略的民族战争成为文学书写新的增长点，"民族再造"话语不断丰富着乡土文学画卷。在中国现代文学的历史长河中，"乡土"是作家的精神寄托，也是不断被描写的对象，不同的故乡记忆汇成了多元的乡土景象，成为审视民族文化变迁与现代文学中"乡土"衍变的契机。20世纪三四十年代作家的精神图像围绕个体、政治、民族等话语形成了乡土叙事的多元路径，从乡土记忆与个体价值追求，到彰显集体意识的"政治化"写作再到土地情结与民族意识相交融的叙事模式，共同记录着社会转型中的乡土变迁，以及民族救亡语境下作家的心路历程、价值取向、审美趣味，作家主体精神从个体主义到集体与国家主义的偏移，也表明了乡土书写与历史发展的相互生成性。

第一节　整合"乡土"与"启蒙"的个体化叙事立场

在20世纪三四十年代乡土书写中，坚持启蒙话语的个体化叙事立场往往与作家的"乡土记忆"有关，所谓"乡土记忆"就是作家以"回眸"的方式观照故乡，这最早出现在鲁迅勾勒乡土文学面貌时提到的侨寓者群体中，他们多以批判与眷恋相互交织的复杂感情对故乡回忆重组，而这种书写模式依凭的正是"乡土记忆"。应该说是"五四"时期以鲁迅为首的一批乡土作家借助西方现代文明之光烛照苦难的故乡，信奉以"人"的个性解放与独立为中心的现代理性精神,感受到的是触目惊心的愚昧、落后,反叛的情绪油然而生,但"身在异乡为异客"的孤独感又使他们从心理上难以摆脱对故乡的依恋,这种矛盾情绪在萧红、沙汀、王西彦、路翎等作家的笔下仍有延续。他们不忘传统宗法封建思想的落后性,继承鲁迅的衣钵,并丰富、深化着以批判"吃人"的封建家族制度及其伦理关系为价值导向的乡土传统,作品中同样弥漫着对故乡爱与愤掺杂一体的复杂情感。

尽管民族战争改变了中国文学的发展轨迹,阶级、集体、大众等革命话语占据社会主流,但作家在为抗战呐喊的同时没有完全遗忘以"个体"为中心的西方现代性认识机制,这一主体精神的形成与其童年乡土生活经验以及西方的个性解放、个体自由思想不无关联。如萧红童年时期所生活的封建大家庭留给她最多的是冷漠与疏远,使其性格中埋下了叛逆与哗变的种子,并对自由、独立、尊严充满向往,为了摆脱包办婚姻的纠缠独自离开故乡过着颠沛流离的生活,创作伊始,脑海中挥之不去的是故乡的闭塞与落后。像《呼兰河传》序中那句"我家是荒凉的",不仅指向外在环境的荒凉,还有民众麻木不觉悟的生存状态而导致的精神世界之荒芜,也是她乡土书写的形象化表述。王西彦在沉寂的故乡度过了童年,熟悉乡民所信奉的宿命论哲学观,而自己婶嫂姊妹们的悲苦命运遭际更是加速了他个体启蒙意识的萌芽。"贫困、黑暗、愚昧织成一张巨大的罗网,使得终生惨遭奴役的农民们喘息期间,不仅无法自拔,还要以精神上的蒙受毒害来自欺自慰。怎样撕破这张罗网,唤醒被压迫者,号召他们采取行动改变自己的命运,这就成为一个从事写作的人的天良。"[1]王西彦正是以一个接受现代文化洗礼的知识者的视角审视残留着蛮风陋俗的乡土与乡民愚弱的灵魂,企图开启民智,重新确立人的价值。抗战时期,国统区黑暗的统治秩序使人们性格中的新旧痼疾一览无余地暴露出来,农村大后方更是滋生民众"恶之花"的温床,作家们用诚挚之笔回忆着那片悲凉土地上卑微、弱小者的生活,勾勒出浙东农村的面貌,贯穿其中的思想内核依旧是反叛"奴隶

---

① 王西彦. 家乡的尘土和童年的泪痕[J]. 文艺理论研究,1985(1).

道德"。其实，王西彦的主体精神有着鲁迅式的忧患，还有沈从文式的乡下人趣味，不管哪一种倾向都映射出他对个体生命的尊重与苦难灵魂的关怀，个性意识超越社会意识。童年的沙汀像鲁迅一样目睹了家庭从殷实到衰败的变故，看见了世人真面目，巴蜀地区封闭的地域环境助长了这里的江湖义气与强权崇拜，他成年后接受了新思想的熏陶，当回眸故乡时既怀念那里的风俗与风景，又对川西北农村沉闷的气氛与民众的精神状态充满忧虑，而抗日战争是一场民族自身的改造运动，因战争引起的政治变革必然会带来民族文化心理的调整与重建，其间离不开民众个体意识的提高与性格完善。如《淘金记》《丁跛公》揭示"封建统治阶级"可笑又可悲的性格缺憾在战争刺激下的重新复现，《在祠堂里》《兽道》戳穿张着嘴巴的"看客"们阴暗心理背后的文化劣根，形成以暴露讽刺为主追求个体解放的主体精神。

现在看来，三四十年代作家对乡土启蒙个体化叙事的坚守的确与童年经历相关，多数作家出生于农村，成年后寓居现代都市，感受到乡土社会特有的生活习惯与思维方式的落后性，试图用理性精神批判禁锢民众思想的专制与蒙昧主义。当然这一主体精神的形成也离不开西方启蒙主义文学思潮的影响，如易卜生的《玩偶之家》等透着思想解放气息的作品成为萧红、丁玲等作家的人生指南，使西方的平等、独立、自由的价值观念慢慢在心灵扎根，不断固化着其乡土启蒙的个体化叙事路径。萧红虽加入"左联"却并没有受到政治文化意识形态的严格束缚，依然恪守"文艺是国民精神所发的火光，同时也是指导国民精神的前途的灯火"[①]。小说《生死场》把"国民性批判置于战争的典型环境之中，避开对战争的正面描绘而选择特殊境遇下的人生形式和生存方式被淋漓尽致地展示，从而使其获得'众生相'的形而上意义"[②]。言外之意就是关注个体的生命存在与个性解放。同样丁玲也把人格独立与精神自由视为一生的价值诉求，"五四"时期她因

---

① 哈尔滨师范大学北方论丛编辑部编．北方论丛第四辑．萧红文学研究[M]．哈尔滨：哈尔滨师范大学1983：97．

② 方华蓉．论萧红小说中的战争书写[J]．江西社会科学，2006(10)．

《莎菲女士的日记》震惊整个文坛,于是"莎菲女士"成了人们解读丁玲时绕不开的参照。大革命失败的打击使她的"思想非常混乱,有着极端的反叛情绪,盲目的倾向于社会革命,但因为小资产阶级的幻想,又疏远了革命的队伍,走入孤独的愤感、挣扎和痛苦"①。"希望革命,可踌躇,总以为自己自由的写作,比跑到一个集体里去,更好一些"②。显然,丁玲的主体精神一度摇摆于现代启蒙意识与政治话语之间,抗战时期曾到前线参加文艺宣传活动,对真正的革命工作保持着难以掩饰的激情,到达延安后更是主动接受工农兵思想改造,但很快发现"新社会"的内部矛盾,"革命"与"人的真正解放"之间的分离,根深蒂固的启蒙精神又使她感到在歌颂光明之外暴露黑暗之必要,像《我在霞村的时候》《泪眼模糊的信念》等小说恰好阐释了她的启蒙主义立场,不满农村封建陋习对女性"贞节"的畸形道德束缚。可以说,抗战时期丁玲的主体精神主要指向"个性自由""个体本位",而"革命意识"与"政治生活"难以遮蔽内心丰富的"精神生活",乡土启蒙的个体化叙事也一直是她的聚焦点。同样"七月派"作家路翎抗战时期的主体精神以尼采释放人的个性与自由的生命哲学为基点,形成了以主体姿态审视一切价值的个体化启蒙叙事策略,以大后方农村现状为描写对象,从生活本身泥海似的广袤和铁蒺藜似的错综里面展示人生诸相貌。在《饥饿的郭素娥》《蜗牛在荆棘上》《罗大斗的一生》等小说中可以看到路翎在社会救亡语境下,通过揭示民众腐朽的精神世界和劣迹斑斑的乡场文化解剖农民的嗜奴心理,尤其注重表现人物在外部环境挤压下扭曲的性格、复杂的心理活动,服膺于新文化运动时期的个性主义与个体解放观念。总之,无论是萧红还是沙汀,或是王西彦、路翎等作家的主体精神建构都代表着抗战时期乡土书写的一种路径,把反封建的国民性批判话语融入乡土叙事肌理,意图改变乡民思想的迂腐与奴从,实现"人底完成",改造人的深层价值秩序,扫除社会现代化的障碍,呈现出"社会剖析"之上"国民性剖析"的

---

① 丁玲 . 一个真实人的一生 . 丁玲文集(第5卷)[M]. 长沙:湖南人民出版社,1984:149.

② 王增如,李燕平编 . 丁玲自叙[M]. 北京:团结出版社,1998:69.

意义。

　　在西方启蒙思想多层次全方位的影响下，抗战时期作家乡土叙事的个体化精神也呈现出多元形态，除了对人性弱点与封建文化尘垢批判的面影，还有卢梭"返归自然"思想左右下以肯定原始人性为中心的启蒙路向。沈从文、孙犁、师陀等作家关注的正是刀光剑影战争"背面"的另一种现实，建立起礼赞自然人性与原始生命的个体化启蒙主体精神，在他们眼中故乡已不是简单的地理概念，更不是反叛的对象，而是童年的情感慰藉，寄托着浓郁的思乡情怀。沈从文自诩作家应该是人性的治疗者，并把"人性"作为一把考量文本价值的标尺，因对理想的自然人性反复吟颂而被冠以"抒情诗人""水墨画家"的称号。抗战时期的沈从文坚持创作不能沦为"政治附庸"，以此捍卫文学的本体性，关注现代时空下的乡村生命范式，《长河》尽管在剖析现代文明侵袭下的湘西世界，但也能看到其对国民性正面建构的启蒙思路，不忘以温暖的笔触书写乡土人生，以原始淳朴的人性之美抵御现实的丑陋，引起向上的力量，追求生命与自然共生，浑然的人生艺术，达到"为人类'爱'字做一度恰如其分的说明"①。这是沈从文主体精神的形象化阐释，从审美角度思考理想人格。孙犁的艺术个性与沈从文有几分相似，他给自己定下"离政治远一点，不写近于神的英雄，也不写污笔墨的恶人的创作原则"②。实际上，孙犁曾从事抗日宣传、报社编辑、通讯记者等革命工作，但其审美旨趣并没有被当时主流的政治意识形态所同化，依旧依恋自然、崇尚人情与人性之美，大有"身处人海之中，心想山林之美"的境界，主张发现战争环境中乡土人性的真善美。孙犁说："在青年，甚至在幼年的时候，我就感到文艺这个东西，应该是为人生的，应该使生活美好、进步、幸福的。"③少年时期读过的《红楼梦》在他的记忆中"是一部伟大的人道主义作品。它的主题，就是批判人性、解放人性，发

①　沈从文.边城[M].北京：中国青年出版社，1994：23.

②　孙犁.孙犁文集（第3卷）[M].天津：百花文艺出版社，1982：125.

③　房福贤等.孙犁研究资料[M].南京：江苏人民出版社，1983：16.

扬人性之美"①。所以他一生都没有停止过对美好事物的追求,即使在生活最不安定的年月,书桌和案头总会放一些画,还会收集自己喜欢作家的照片和画像,平素的生活喜好为他文学趣味的形成奠定了坚实基础。带着这种审美感受去创作,作品自然会吸收人生变革中向上的雨露,并与战争中那些象征美的极致的农村妇女形象相呼应,她们不仅有着姣好的外貌还具有善良贤惠的美德,如《荷花淀》《芦花荡》等小说中理想的乡土女性形象,象征着孙犁所恪守的回归自然人性的启蒙思想,一定程度上既保留了自己的艺术个性又没有过于疏远时代潮流,使民族战争的革命话语中多了几分柔情,对自然人性、人道主义、人的主体性等话语的理解与沈从文有相通性。

有关回归自然生命状态的启蒙精神,卢梭曾表明这是:"生活在绝对孤立的、人们之间彼此没有任何联系的'自然状态'中的'自然人',没有'我的'、'你的'这种私有观念,没有受到'文明社会'的不良习俗的影响,他们是自主的个体,只听从良心的指导和支配。"②三四十年代师陀的思想主张较为真实地再现了这种理念,通过肯定人的理性与自然的共生性,使人通过模仿自然,重构理想人性。为此,师陀声称"在文学上反对遵从任何流派,一个人如果从事文学工作,他的任务不在能否增长一种流派或方法,而是利用各种方法完成自己,达成写作目的"③。或许正是这种不受任何流派束缚的心态,使师陀在自然与人性之间构筑其"果园城"世界,在追寻人的个体价值方面拥有更多自由。他在散文集《黄花苔》序言中提到了命名"黄花苔"的缘由,"我是从乡下来的人,而黄花苔乃暗暗地开,暗暗地败,然后又暗暗地腐烂,不为世人闻问的花"④,这又何尝不是师陀为人文风格的写照,不追求轰轰烈烈,只求真实记录自己对生活、人生、人性的感悟。抗战时期师陀独居孤岛上海,面对恶劣的生存环境,心灵的漂泊,

---

① 孙犁. 孙犁全集(第6卷)[M]. 北京:人民文学出版社,2004:5.

② 于凤梧. 卢梭思想概论[M]. 北京:北京师范大学出版社,1986:76.

③ 刘增杰. 师陀研究资料[M]. 北京:北京出版社,1984:73.

④ 师陀. 师陀散文选集[M]. 天津:百花文艺出版社,1992:89.

孤独无依的生活，萌生了强烈的"乡愁"，其乡土叙事也随之导向对自然人性的挖掘，传递出一种以肯定人性正直的个体化启蒙叙事立场。其实，中国现代作家的启蒙主义精神建构总是以"立国"的宏大叙事为缘起，尤其在民族救亡历史语境中，民族战斗力始终黏附着国民思想不长进的根性，这种民族痼疾会助长日军的侵略势头，因此不能忽视包脓裹血的封建守旧思想对民众自由意志与个性的摧折，正如老舍所说，抗战仿佛是一场大扫除，赶走敌人的同时也应扫除自己的垃圾。而萧红、丁玲、沈从文、师陀等作家的主体精神无不把国民性、人的本能欲望、自然人性等内容视为基础，不同的是他们对理想人性构筑路向的思考，共同丰富整合着"乡土"与"启蒙"的个体化叙事内容。

第二节 作家主体精神集体化与话语立场政治化的交融

20世纪三四十年代面对的民族独立、社会解放的历史语境，需要集体力量的参与，而不是启蒙思想家眼中的个性独立与自由，"左联"与"文协"的成立，"文学大众化"与"民族形式"的论争，以及毛泽东《在延安文艺座谈话上的讲话》等文学组织与活动的展开，使作家的主体精神也从个体认同转向追求社会认同的集体化道路，坚守以大众、集体为中心的话语立场。学者加藤节说："对现代人而言，非政治的存在领域已经变成了一种乌托邦，即'哪里也找不到的地方'，这是我们生活的时代特征。"①特殊的历史语境决定了当时最大的政治是救亡与解放，革命与战争以其强大的辐射力使作家逐渐过滤掉主体精神中个人抒情的成分，关注乡土苦难、民族与阶级压迫的现实。罗兰·巴特指出："政治化写作是以社会分析和政治价值判断作为写作前提，以政治意识形态语言支配一切文学语言的写作方式。在这里语言的假托既是一种威胁又是一种颂扬，正是权势或斗争产生

---

① ［日］加藤节．唐士其译．政治与人［M］．北京：北京大学出版社，2003：5．

出那些最纯粹的写作类型。"①显然，现代作家主体精神的政治化与当时无产阶级革命文化、集体主义精神等主流政治文化息息相关。像茅盾、艾芜、吴组缃、柳青等作家纷纷以"乡土"的形式参与社会生活，思考历史命运，对侵略者的无耻与统治者的荒唐行径充满愤懑，揭示农民觉醒与反抗的必然性，迎合新民主主义革命的现实需要，以此洞悉乡土小说革命化的深层意蕴。

东北沦陷拉开了局部抗日的序幕，随之救亡、革命、战争、群体、民族等集合性话语不断涌现在作家的乡土实践中，这也是他们的主要思想观念。茅盾以革命家与作家的双重身份步入文坛，并立下"大丈夫当以天下为己任"的志向，把推翻旧世界建立新世界视为自己的社会理想。他认为文学要表现的人生是与社会发展进程同步的"大人生"而非拘泥于狭小自我空间的感情宣泄，文学应是表现时代，解释时代，而且推动时代的武器，"立在时代阵头的作家应该负荷起时代放在他肩头的使命"②。而民族战争时期，作家的主要使命应是"以反映中国社会和外部变动（主要是社会变动）为指归，以社会解放和政治革命的需要为基础价值标准关照和表现社会人生。"③茅盾瞩目于时代风浪中巨变的乡土环境与中国政治革命的关联，正如他所言："我是真实地去生活，经历了动乱中国的最复杂的人生一幕"后开始创作的，且要求"主题至上，一切服从主题"④，于是"大规模地描写中国社会"几乎是茅盾绕不开的乡土小说创作宗旨，其作品中农民的苦难命运也极具普遍性。如茅盾在其散文中有写到当乡下人被问："日本飞机天天来轰炸，不怕么?"他们的回答是"怕么，要怕的话，就不能做乡下人了!"⑤简短的对话背后是农民性格中英勇的一面。《白杨礼赞》用西北高

---

① ［法］罗兰·巴特著. 李幼蒸译. 写作的零度[M]. 北京：中国人民大学出版社，2008：64.

② 茅盾. 我们所必须创造的文艺作品[J]. 北斗，1931(2).

③ 王富仁. 灵魂的挣扎[M]. 长春：时代文艺出版社，1993：214.

④ 莫春红. 茅盾与中国革命[J]. 延安大学学报，2013(4).

⑤ 茅盾. 不是恐怖手段所能慑服的[N]. 救亡日报 1937.9.6.

原伟岸、挺拔的白杨树象征朴质的北方农民，象征战争中坚强不屈的精神气质。《风景谈》讴歌三四十年代抗日根据地农民崇高的革命精神。如果说鲁迅的乡土书写首开了文学反映社会事件的先河，那么茅盾则认为乡土文学在揭示社会政治内容时应该更为开阔、宏大，符合政治革命的要求，并以作家真实的生命体验，先进的世界观与人生观为基础，追求以社会解放与政治革命需要为出发点，表现变动的乡土，贴近血与火的现实人生，体现文学为民族解放战争服务的创作目的。

实际上，茅盾不仅是"政治化"乡土书写的积极实践者，还影响了吴组缃、艾芜等作家的主体精神建构。吴组缃在清华求学期间曾认真研读经典马克思主义社会科学著作，抗战时期是活跃在战争最前线的革命者，还积极参与文艺界组织的抗日宣传活动，深化了其政治倾向性与集体意识，而最直接的影响是从茅盾的《子夜》中获得灵感，开始从社会科学、阶级斗争、民族革命等视角观察时代变迁中的农村。吴组缃在创作时极力"避免革命浪漫式的题材，而拣选了他最熟悉的乡里中的乡绅和农民，来作为小说中的人物"①。自称其《山洪》是凭借"一点抗战的激情和对故乡风物的怀念或回忆"②而创作，被誉为"一部描写农民民族意识觉醒最佳的爱国小说"③。艾芜被称为"农民型"作家与"中国的高尔基"，30年代初结束南行漂泊来到当时的文学中心上海，加入"左联"，并以自己熟悉的乡土题材积极干预社会现实，追求"有意义的文艺"。30年代艾芜指出："无论哪一阶级的作家，都愿意在文字这方面，鼓励国人以共赴国难的。"④《咆哮的许家屯》《黄昏》《逃难中》《锄头》等小说都是以农民抗日为背景，以文字的力量鼓舞国民的抗敌信心，迎合了时代要求，对凝聚民众反抗侵略与剥削有鼓舞作用。

在动乱年代特殊地缘政治文化影响下，"五四"以来形成的以西方现代

---

① 夏志清 . 中国现代小说史 . [M]. 香港：香港中文大学出版社，2001：243.
② 吴组缃 . 山洪[M]. 北京：人民文学出版社，1982：212.
③ 余冠英 . 山洪书评[J]. 文艺复兴，1946(6).
④ 艾芜 . 关于国防文学[J]. 文学界，1936(3).

文化为支撑的新文学传统有所松动，国家生死存亡的现实催生出作家的民族意识与爱国情怀，他们开始主动向战争、政治、集体、群众等话语靠拢，丰富着"政治化"乡土叙事的内容，在乡土叙事中"呈现出十分鲜明的抗日救亡的重大主题，表现出共同的政治倾向和审美追求，成为时代愿望的体现者和时代思想的表达者"①。茅盾曾毫不隐讳地指出："如果一位青年作家尚怀抱着没落的布尔乔亚的宇宙观和人生观，那他就不能认识动乱时代的伟大性，就不能从周围动乱人生中抉取伟大时代意义的题材，结果就使作品内容空虚，情感脆弱，意识迷乱。"②这种倡导文学社会与政治意义的价值取向对王鲁彦、蹇先艾等坚守乡土启蒙精神的作家有深远影响。王鲁彦曾发出"抗战，抗战，这呼声已经布满在整个中国，壮烈的勇士们已经在各方面涌到了华北和华南，两个月来，炮声已经震动天地了。事实给我们证明了没有一个人不愿意用自己的血肉去争取中华民族的独立和自由"③。这预示着抗战的"乡土"成为新的叙事对象，在其《愤怒的乡村》中，他写到走向战场的农民把自己的愤怒情绪编进歌曲："中国男儿是英豪，不怕你日本鬼子逞凶暴，大家齐心协力来抵抗，为把帝国主义来赶掉，死也好，活也好，只有做奴隶最不好。"④这种饱蘸血泪的语言强化了王鲁彦的乡土"政治化"写作路径。蹇先艾抗战爆发后目睹了战争的残酷与民众的生存苦难，他笔下的乡土同样被浓厚的阴霾笼罩，故乡贵州没有了早期的宁静，空气中弥漫着硝烟的味道。《牧牛人》《苍蝇纸》《生路》《乡村一妇人》等小说不再是简单勾勒宗法制下乡土的野蛮落后与现代文明的错位，而以爱国知识分子的眼光审视民族战争中芸芸众生求生的艰辛，控诉日军暴行与呼唤大后方农民的救亡意识并行，把时代性、革命性、社会性融入乡土现实，增强了文本深度，又靠拢了"政治化"写作模式。当然，除此之外，还有王统照、罗烽等作家同样是站在时代的高度看待抗战，以爱国主

① 沈卫威.东北流亡文学史论[M].郑州：河南人民出版社，1992：21.
② 茅盾.答"创作不振之原因及其出路"给编者的信[J].北斗，1931(1).
③ 王鲁彦.王鲁彦研究资料[M].北京：知识产权出版社，2009：14.
④ 鲁彦.愤怒的乡村[M].上海：上海文艺出版社，1959：21.

义的情感来进行抗战乡土书写，关注军民关系、战争意志，以及日军战俘处理等问题。学者杨义指出："作为一个作家，罗烽是倾向于理性的，他理性地建构着独特的和强烈的情节结构，在期间荡漾着峻急的政治性审美判断。"①这样的评论可谓一语中的，因在罗烽的《呼兰河边》《第七个坑》《荒村》等乡土小说中无不以政治理性为结构文本的话语中心。

在特殊时代语境下，作家主体精神中的"政治"元素不断被强化应是毛泽东的《讲话》发表之后，马烽说他从来没有忘记党对他的培养，人民对他的哺育。如果没有毛泽东《在延安文艺座谈会上的讲话》，他也就不会走上革命文学道路。"加之抗日游击队的生活经历与多年的群众工作加深了他对农村面貌与农民感情世界的了解，开始创作时又吻合了战时的政治诉求，留下了《张初元的故事》《追队》等描写贫雇农出身农民走向战场，成长为抗日战士的乡土小说。对于政治对作家价值观的影响，陈晓明从"激进现代化"的视角指出是毛泽东的《讲话》"确立了革命文学的方向和性质，特别是呼吁作家改变立场，改造世界观。从此以后，作家的立场从小资产阶级立场，向革命立场转变，并逐步完成世界观的改造"②。像周立波、欧阳山等作家同样是接受了"文艺为工农兵服务"的思想改造后，开始从现实的乡土生活汲取创作资源，树立起为时代而创作的志向。当然政治意识较为强烈的应是赵树理，他自称是农民中的圣人，知识分子中的傻瓜，还确立了老百姓喜欢看，政治上起作用的价值立场，因此无产阶级革命思想与政治价值观是其乡土叙事的主要理论支撑。如抗战戏曲《打倒汉奸》讲述山区农民惩处汉奸的故事。《邺宫图》通过改编农民起义的传统历史剧，为抗战服务。《"治安军"搜查记》《照相》《豆叶菜》等小说主要揭露日寇伪军的残忍，农民的不幸遭遇。赵树理抗战时期的乡土文学一方面契合了文学"政治化"书写的时代意志，另一方面又努力探求语言大众化，并借鉴传统民族形式的结构，使"五四"时期未完成的"文学大众化"有了新的发展，更能凸显乡

---

① 杨义. 中国现代小说史（第3卷）[M]. 北京：人民文学出版社，1986：231.
② 陈晓明. 中国当代文学主潮[M]. 北京：北京大学出版社，2009：27.

土小说"政治化"的特征。一名域外记者称"赵树理可能是共产党地区除了毛泽东、朱德之外最出名的人了"①。能够博得这样赫然的地位是赵树理主体精神与时代呼吁高度一致的结果,作品全面地反映了农村变革,成为山西抗战文学的丰碑,引领着解放区乡土政治化叙事潮流。

吕西安·戈德曼认为,"艺术作品的结构与作家所属的社会集团的精神结构具有'同构'关系,越是伟大的作品,这种同构关系越是严格和突出"②。如果我们理解了这种同构性也就意味着认同了文学作品与政治意识形态之间的相互关联,不难理解赵树理的乡土小说当时不断被经典化的缘由,而被历史建构起来的经典对特定时期的文学创作总有一定感召力,因而在赵树理之后,许多解放区作家的乡土书写被打上了"政治"的烙印,如西戎的《我掉了队后》《过节》《二爹》等小说主要写了根据地农民的民族意识觉醒与抗争。李束为抗战时期加入山西抗日先锋队,并以革命战士身份步入文坛,他的乡土书写一直坚持民族化、大众化方向,并以幽默、群众化的语言著称,不愧"人民作家"的称号。学者亚马说:"边区的文艺工作,是由一群艺术水平很低的知识分子,在抗日战争中锻炼了自己,在乡下和群众一块斗争、工作、生活,和农民群众交了朋友,并从他们那里得到了滋养,而又懂得了从群众中来到群众中去的工作方法以后,才逐渐产生了他们的艺术作品。"③可以说是抗日根据地有利的政治环境与作家切身的生活体验使他们的作品从内容到形式都富有特色,推进了乡土"政治化"书写的发展。

如果茅盾、吴组缃、艾芜、王统照等作家在创作中主动实现文学与社会历史需求的同步,是对"政治化"倾向的自觉追求,那么王鲁彦、骞先艾则是在战乱年代因受到政治意识形态的规约而逐渐从关注乡土人生个体性到集体性转变,实现乡土叙事与战争、政治之间的合谋。赵树理、马烽、西戎等解放区作家依仗得天独厚的出身优势与政治意识形态的熏染而迅速

---

① [美]杰克·贝尔登.中国震撼世界[M].北京:北京出版社,1980:109.

② 赵宪章.西方形式美学[M].上海:上海人民出版社,1996:453.

③ 亚马.论发育成长中的大众文艺运动[N].抗战日报,1946.

崛起，对农村与农民的熟稔使他们纷纷把乡土视为革命战争功利思想的实践对象。简言之，抗战时期乡土作家彰显集体意识的"政治化"写作为政治型文学史建构提供了范例与史料支撑，也体现了中国传统根深蒂固的"群"文化，既迎合了时代诉求，又是唤起民众集体使命感的武器。像欧阳山的《三水两农夫》《战果》，姚雪垠的《差半车麦秸》《牛全德与红萝卜》，于逢、易巩的《伙伴们》，陈瘦竹的《春雷》等小说中都塑造了走向战场穿上军装的农民形象，他们是抬起头，觉醒了的阿Q，是阿脱拉斯型农民英雄的象征，更是民族救亡的中流砥柱，并构成了乡土"政治化"的叙事要素。

学者谢昭新曾说："只有革命能赋予作家以创造的活动，只有时代能赋予作家以有趣的材料。若抛弃革命，不顾时代是不会创造出好的东西来的。"[①]诚然，是革命战争的特殊语境赋予作家的"政治化"书写以价值，我们从作品中总能触摸到历史的真相，感受到战争的残酷以及农民在革命意识觉醒后强大的爆发力。作家把自己置于"时代冲击圈"的中心，或投身实际革命或以笔为武器戳穿侵略者、压迫者的丑恶嘴脸，表达对剥削者的愤恨、对苦难深重民众的怜悯之情，使乡土叙事同当时的社会政治达到空前统一。这一主体精神走向虽然是客观历史语境规训与自我情感依附的结果，但过于注重从社会政治层面审视乡土变迁，有意隐藏个体性的生活经历和情感体验而使作品缺乏历史纵深感，未触及农民生存困境的本质问题，从而影响了其审美价值，直到新时期之后才被"去政治化"所代替。

第三节　作家土地情结与民族国家意识的双重变奏

土地情结是中华民族心理结构的重要因素，费孝通说："从基层上看，中国社会是乡土性的。"[②]这种源远流长的农业文明为乡土文学的创作繁荣奠定了基础，也使作家心里打上了深厚的印记与难以释怀的乡情。蹇先艾

---

① 谢昭新. 中国现代小说理论史[M]. 合肥：安徽大学出版社，2003：164.
② 费孝通. 乡土中国[M]. 北京：北京大学出版社，1998.6.

自称："我是乡下人，所以对于乡村人物也格外喜爱。"①沈从文时常感慨虽已远离故乡，但"始终都还是个乡下人"。其实，土地是游子内心深处无法割裂的乡恋，是精神家园的表征，而当日军的铁蹄摧毁了他们的家园，这种魂牵梦萦的"土地情结"就与民族意识相交融，共同形塑着其主体精神走向。

个体的命运沉浮总留有时代的痕迹，"作家的经验、需要、情绪、认识、文化结构，不完全是由他个人所决定的，从一种更高的层次来看，它们都是特定时代的产物，是从属于整个社会、种族的文化系统的"，20世纪三四十年代，作家民族国家意识的自觉是从属于民族救亡、国家独立的社会文化系统，而乡土小说的多元路径中也都蕴藏着作家对现代民族国家的想象与建构，像丘东平、姚雪垠、王统照、端木蕻良、李辉英等直面抗战主题的书写自不待言，而像孙犁以诗性的笔触表现白洋淀抗日民众，礼赞质朴、善良、勇敢的冀中女性，以日常生活的情趣与胜利的喜悦冲淡战争的惨烈与牺牲，给人以水灵清新的审美体验，这一路径同样寄托着作者的民族性反省。依照吉登斯的观点，民族国家是现代性的三个维度之一，而"乡土"在"五四"时期作为一种思想启蒙的文化形态引起知识分子注意，战时乡土小说凝聚着作家在社会转型期的现代性体验，无论是立足国民性批判的启蒙现代性还是理想自然人性想象的审美现代性，或是依据马克思主义阶级斗争理论的革命现代性，背后都有作家对现代民族国家创建方案或显或隐的思考，乡土不只是中国文化的发酵地，更是作家对理想民族国家想象的具象化表达。

耿德华曾用"被冷落的缪斯"来形容抗战时期的沦陷区文学，原因在于整个中国现代文学史的书写中沦陷区文学的价值与意义没有得到足够重视。"九·一八"事变、"一·二八"事变、华北事变的发生，迫使东北、上海、北京等地陆续沦陷，作家失去了安定的居所，开始了流浪生涯。他们多以乡土小说的形式表达对家园的依恋和对侵略者的仇恨之情，土地情结

---

① 蹇先艾. 乡间的悲剧[M]. 上海：商务印书馆，1937：2.

与民族意识是贯穿始终的精神诉求。这里的"土地"既指故乡也可以引申到更大范围的国土，有着家国同构的指称意识，而"情结"是一种深藏心底复杂矛盾的感情纠葛，"乡土"的外壳更适合作者表达内心难以言说的情愫。俄文中"乡土"与"祖国"沿用的是同一个词语，在中国的"土地""乡土"等话语中也包蕴着民族国家的内涵，以此表露爱国情感也有其合理性。因此，在20世纪三四十年代的乡土作家中，土地情结与民族意识应该是众多作家主体精神的构成部分，几乎所有的乡土作品都隐藏着作家或轻或重的土地情结，但由于特殊的生存环境导致这一价值取向在沦陷区作家的思想意识中表现得更为强烈，蕴含着作者对故乡的"眷恋"和对侵略者"仇恨"的多重内涵。

一般而言，"土地"既指故乡也可以引申到更大范围的国土，有着家国同构的指称意识，而"情结"是一种深藏心底复杂矛盾的感情纠葛，中国作家笔下的"土地""乡土"等话语同样包蕴着民族国家的内涵。可以说是民族灾难的降临、丧失家园的危机感使作家心中的土地情结常常与民族意识相交融，以乡土书写来表达对故乡的眷恋与对侵略者的仇恨之情，他们笔下的江河、草原、土地意象背后潜藏着民族国家的旨意，凸显黍离之悲的情感。纵观这时期的乡土文学，依据故乡山川河流命名的不在少数。在辽阔的平原、肥沃的黑土地上度过童年时期的东北作家对土地的那份深情近乎崇拜，但是日军疯狂的侵略行径使他们丧失家园而被迫"离乡"。看起来好像与20年代的乡土作家的经历有一定相似，其实不然，前者面临的是不得不离开的现实，而后者是主动离开寻找"别样的人生"，所以他们乡土叙事的感情基调也不会完全相同。一般而言，东北作家心中的"土地情结"更为高涨，从地域特征来看，这些作家耳濡目染的"落草""吹土"等传统风俗皆与土地有关。端木蕻良在《我的创作经验》中描述过"落草"的习俗，指的就是新生儿的诞生，刚出生的婴儿第一次亲吻到泥土和稻草，也就意味着泥土与稻草的气息要伴随人的一生。如果"落草"的寓意是新生命的诞生，那么"吹土"则意味着老人生命的终结。《大地的海》中曾出现过年迈的东北农民"吹土"的情节，这种如影随形的乡风民俗构成了作家"土地情结"的原始记忆。从社会环境来看，民族灾难的降临、丧失家园的危机感使他们心中的"土地意识"常常与民族意识交融在一起，面对不自由的言说环境，他们只能以婉转的方式表达丰富的感情。小说中多次出现的江河、草原、土地等意象背后潜藏着民族国家的旨意，凸显了黍离之悲的情感。纵观东北沦陷区的乡土小说，依据故乡的山川河流命名的就不在少数，如《呼兰河传》《万宝山》《科尔沁旗草原》《松花江上》《螺蛳谷》等，这些作品恰好折射出作家对故乡自然风物难以磨灭的印记，也是他们思想观念中"土地情结"的最直观表达。

对于家乡惨遭日军蹂躏的沦陷区作家来说，因流亡产生的乡愁是他们共同的心理指向，"土地"作为精神慰藉而存在，又是他们获得文化身份认同的根本，他们的"离乡"不再是乡土启蒙论作家笔下的"精神返乡"，"不是诗意的，而是充满了泥土芳香的，联系着农业生产，饱含着农民的血汗"[1]，而更多的是一种被迫，"对故乡的回忆已不仅仅是一种心灵获得暂时安慰的手段，而是一种获取力量的途径。在因离开了故土而产生的'寂寞'之感中，反而会升腾起一种悲壮意识，因为他们更能体味'故乡'、'家国'、'土地'的真谛"[2]。端木蕻良说："在人类的历史上，给我印象最深的是土地。传给我的是生命的固执。对土地的热情在生活上的表现是做人的姿态，在文章里就是科尔沁旗草原，大地的海，大江，大时代。"[3]梁山丁还声称他活着仿佛是专门为了写出土地的历史而来的，还不止一次地指明自己是东北人，深深地热爱这块乡土。李辉英从祖父的教导中不断深化对农民、土地的情感体验，"孩子们，你们何时都不能忘了土地的根，庄稼长在土中，没有土，长不成籽粒，人也是一时一刻离不开土地的，就是死，也得埋在土里，所以，人无论生死，全离不开土，土是人的根本"[4]，

---

① 马加．马加文集[M]．沈阳：春风文艺出版社，1986：20.

② 陈继会．中国乡土小说史[M]．合肥：安徽教育出版社，1999：145.

③ 端木蕻良．我的创作经验[J]．万象，1944(5).

④ 李辉英著．马蹄疾编．李辉英散文选集[M]．天津：百花文艺出版社，1986：58.

他还曾以一包黑土作为礼物赠予分别的东北老乡，其中的"土地情结"不言而喻。祖父的话牢牢地攫住了他的心，对土地的依恋是他乡土书写的审美基础。

华北沦陷区作家雷妍在《良田》中也阐明了自己的文学观："农村的生活是可爱的，有土地，就有他们的幸福，有土地就有大众的粮食，良田就是万有之源泉，又怎能怪我偏爱它呢。我深深地爱着它们，默默之中感到无边的安慰与欢喜。"①马加说："我终于回到故乡来了，但我的故乡却已沦为殖民地。这多令人痛苦。但人们的良心并没有泯灭，故乡的人民是会起而反抗的。我的命运是和故乡人民连在一起的。"②白朗在家乡沦陷后加入抗日革命运动，所以创作之初她反抗侵略的民族意志就很明确，身在异乡，但精神家园永远留在那片黑土地上，她曾说"故乡，它是具有着诱人的魔力的，它牵制着每一颗流亡者的心，每一个脱离它怀抱的儿女，谁不在关怀着它？谁不在向往着它？"③自然，"故乡与土地是他们意识中难以抹去的永恒的中心意象、主题和'情结'"④。可以说作家心底深处的恋土情结，对故乡爱的告白在某种程度上代表的正是整个漂泊在外作家的典型心态，如果土地之于农民主要是衣食之源与生命之本，那么对于作家更多的是一种精神慰藉与文化身份认同的根本，是稳定的民族心理结构的象征。

弗洛伊德认为，人在生活陷入困境，面临灾难时极易产生回归母体寻求保护的欲望。对于失去安定居所、无家可归的作家来说，他们的精神港湾就是生于斯长于斯的那片土地，对故土的依恋之情时刻萦绕心间，并积淀为一种割舍不断的"集体无意识"。而"乡土"与"国土"，"保家"与"卫国"的命运共同体决定了作家心中的"土地情结"总与"民族意识"汇融。熊锡元认为民族意识表现在："第一，它是人民对于自己归属于某个民族共

① 雷妍．良田[M]．北京：北京文艺与生活社，1943：78.

② 马加．马加文集[M]．沈阳：春风文艺出版社，1986：20.

③ 白朗．西行散记[M]．上海：商务印书馆，1941：76.

④ 逢增玉．黑土地文化与东北作家群[M]．长沙：湖南教育出版社，1995：74.

同体的意识；第二，在与不同民族交往的关系中，人们对本民族生存、发展、权利、荣辱、得失、危、利害等的认识、关切和维护。"①抗战时期的民族意识在长期生活于日伪统治下的沦陷区作家潜意识中表现得较为明显，但拘于特殊的历史语境，他们只能采用暗喻、曲笔的方式控诉侵略者的罪行，维护本民族人民的生存权利。梁山丁为了反对日军主张的"移植文学"而提出"乡土文艺"。应该说，"乡土文艺"的口号在当时是一种有效抵御异族文化侵蚀的方式，杨义曾说："假如知道光复前的台湾进步文学史是乡土文学的话，就不难理解梁山丁所提倡的乡土文艺，同样是包含有浓郁的民族回归意识和反抗异族忧愤情感的。"②在华北沦陷区生活的关永吉也提倡过"乡土文学"，以此来寄予民族忧患意识与家国伦理情怀。显然，这里的"乡土"已经从故乡引申到了国家、民族的层面，被注入了"集体""政治"内涵，像舒群、骆宾基都是以抗战战士的身份开始乡土书写，他们带着家园沦丧的创伤与民族救亡的激情徜徉在革命的洪流中形成了"土地情结"与民族忧患意识相互交织的艺术个性。

赵园说，"谁不了解土地在中华民族历史中的意义，谁就无法了解这个民族；而谁若对中国知识分子与土地的联系一无所知，他就永远不可能真正了解中国的知识分子"③。事实上，"土地情结"代表着一种健康的生命形态，可以说是乡土作家共通的情感趋向，但不同的生命体验决定了"土地情结"的多元面貌。沈从文说"爱国也需要生命，生命力充溢者方能爱国"，这里的生命与生命力应该是积极向上的精神、健康的体魄，与他营造的湘西世界中原始、健康的生命力，具有同构性。倘若沈从文笔下的生命书写常常与美好、自然的人性相关联，乡土启蒙论作家笔下是"伤感的故乡风"，那么更多坚持苦难与战争书写的作家，则把生命力作为联结"土地情结"与"民族国家意识"的坚实载体。在政治高压的环境中他们没有把自己的忧患意识束之高阁，而是通过强悍、粗犷的生命形态表达自己的

①　熊锡元. 与刘克甫书再谈民族共同心理素质问题[J]. 民族研究, 1989(1).

②　杨义. 中国现代小说史(下)[M]. 北京：人民文学出版社, 2000：333.

③　赵园. 端木蕻良作品评论集[M]. 哈尔滨：北方文艺出版社 1997：66.

爱国情愫与主体精神。从端木蕻良到李辉英再到骆宾基等作家的个体命运本不相同,但震耳欲聋的枪声、家乡沦陷的事实、屈辱的生活使他们的心紧紧依偎在一起,经历相似的生命考验,"没有定居,没有家,被人从故土连根拔起,这影响到他们的性格,使他们变得不稳定"①,他们把小说中顽强的生命意识作为土地情结的形象化表达。

对于那些承受着丧失土地之痛的作家来说,虽然他们对那片熟悉的土地上残留的封建陋习感到忧虑,但更倾向于表达土地对于生命的意义,从土地上孕育的强劲生命力找寻民族新生的希望。同时,我们从"女娲捏土造人"的神话中也隐约能感受到土地是一种无法割舍的内在生命,而对生命的具体表现可以是静态的形而上层面思考,也可以是充满野性的、桀骜不驯的动态再现。抗战时期作家更多选择把动态刚烈的生命视为联结"土地"与"民族"的坚实载体,并以乡土文学中强悍、粗犷的生命形象塑造表达自己的爱国情愫。白朗指出:"灵魂里充满着难以化解的土地情结,要想根治这缠绵依旧的病痛,除非祖国的旗帜重飘在东北的万里晴空。"②因而无数作家把家园复归的希望、浓厚的民族意识诉诸充满生命强力的英雄形象塑造,切齿的民族仇恨更是激发了对希腊神话中安泰式人物的呼唤。如白朗笔下的陆雄、张老财、贾德,端木蕻良笔下的大山、铁岭、艾老爹、煤黑子、双尾蝎等,马加笔下的大五、二卡,舒群笔下的马车夫、农村姑娘,罗烽笔下的耿大,骆宾基笔下的高占峰等。这些农民群像身上的"刚性"在抗日民族灾难面前被发挥得酣畅淋漓,或许他们在战场上与日军拼杀的动因是家园被摧毁、生命受到威胁的苦痛,但对"回归土地"的渴求背后是作者民族意识与政治使命的写照。因此杨义认为:"小说从历史和文化的深处勾勒了中国人民在强敌入侵面前倔强不驯、粗犷强悍的原始生

---

① [丹]勃兰兑斯.十九世纪波兰浪漫主义文学[M].成时,译.北京:人民文学出版社,1980.22.
② 白朗.白朗文集(第3—4卷)[M].沈阳:春风文艺出版社,1986:73.

命。"①这些雄强犷悍的生命群体正是作者表达民族意识主体精神的载体。自认为乡土文学作家的戈壁，他的乡土小说也在发掘乡民性格中不服输、顽强的求生意识。以"沉郁而热情"著称的袁犀同样把"民族意识"作为乡土书写的主导思想，试图挖掘农民身上乐观、团结的力量，使民族的生命力内涵具体化。总之，是战争强化了作家的生命意识，他们通过塑造雄壮有力，坚韧不拔而富有韧劲的生命形态，肯定这种火山爆发般的不可遏抑的反抗斗争精神，以此来形象化地再现那融入灵魂的土地情结与家国意识。

动荡不安的生存环境，作家有感于民族国家危难的历史诉求，在具体的乡土叙事中往往把农民犷悍、勇武的精神气概与富有生命力的物象视为表达"土地情结"与"民族意识"的"中间物"，比如"东北广阔的黑土、铁蹄下的不屈人民、茂草、高粱"②等意象正是力量与希望的象征，体现了作者深厚的民族情感，在这里乡土的"土"已不是简单的陪衬与背景，而是生命的源泉与精神的依傍。像马骊《太平愿》，李辉英《松花江上》，陈瘦竹《春雷》，青苗《马泊头》，刘白羽《枪》等小说，无不在讲述农民对土地的贪恋，当他们意识到"敌人赶不走，庄稼种不成"的现实后，就英勇地抵御侵略，在这充斥着"热与力"的文字与粗野豪放的文风中有作者对故土割舍不断的感情，对土地的挚爱使他们的思想打上了浓厚的土地情结，连同有感于民族国家危难的历史诉求所激发出的民族国家意识共同构成了乡土文学的主流叙事模式，也是中华民族抵御外来侵略的精神武器。

实际上，作家的土地情结往往与其体恤民生、感时忧国的忧患意识相关，抗日战争胜利后，阶级矛盾成为社会主要矛盾，社会解放的呼声使一批作家继续坚持寻找济世救民之道，书写乡土社会在土地改革中翻天覆地的变化，想象理想的国家形态，作家心中"土地情结"也转向了亲自加入农村解放的革命活动，自觉拿起手中的笔歌颂农民的觉醒与翻身。其实，三

---

① 杨义．中国现代小说史（第3册）[M]．北京：中国社会科学出版社，2007：214-220.

② 钱理群等．中国现代文学三十年[M]．北京：北京大学出版社，1997：309.

四十年代的历史语境中，众多作家带着"朝圣"之心来到解放区延安，"唯物史观"是他们的价值取向，接受革命文艺的滋养，告别旧我，在民族解放与社会革命的宏大历史进程中把"小我"融入"集体"，自觉摒弃"改造人的灵魂"与社会批判的理念，化身乡村新生活的歌者，礼赞土地与土地上的农民，尽力把自己消融在表现对象中，构筑理想的乡土社会图景，这样的主体精神与创作思路直接影响着解放战争时期与"十七年"文学的走向。这一作家群体表现觉醒的大地，投身乡土革命的实践，既有对《讲话》思想的执行，也有他们潜意识中的土地意识与民族国家建构的想象。周立波创作暴风骤雨时曾说："革命的现实主义的写作，应该是作者站在无产阶级立场上，站在党性和阶级性的观点上所看到的一切真实之上的现实的再现。"体现了作家带着强烈政治意识对土改中乡土现实的再现，而"在真实之上"的理念也是知识分子心中民族国家意识的折射，对未来的愿景，应该是当时较为普遍的一种创作观。而解放区文艺界掀起的"上山下乡"运动，更是掀起了一股书写工农兵的热潮，作家坚持用新的历史眼光去认识农民群体觉醒抗争的一面，凸显了其历史主体地位。

王瑶在其《中国新文学史稿》中这样描述当时作家思想的转变："在整风运动之前，解放区文艺的主要问题也正是新文学史上流传下来的两个基本弱点——内容上的小资产阶级的思想情感和形式上的欧化。这样的作品虽然也有，或者曾经发生过一定的进步作用，但却并不能尽到真正为工农兵的任务。"在整风运动之后，作家们"检讨了自己过去思想中和作品中存在的某些偏向……进一步与工农兵结合。……而且和过去的'作客'完全不同，从思想情感上和群众打成一片，成为工农兵行列中的一员。他们自己在工作锻炼中得到改造，同时也帮助了群众文艺活动的开展。这就使新文学在中国的土地上，深深地扎下了根基，促成了新的人民文艺的成长"。[1]丁玲是第一个从国统区奔赴延安的作家，对延安的各项工作全力以赴，还曾到前线与红军战士并肩作战，写了《到前线去》《彭德怀速写》等散文。尽

---

[1]　王瑶. 中国新文学史稿[M]：下册. 上海：新文艺出版社，1953：208-211.

管在创作中努力告别"莎菲时代",想尽快适应新环境,实现文学转型,但还是无意中把国统区的启蒙精神带到了延安,写了《我在霞村的时候》《在医院中》等,试图对延安民众进行思想洗涤,直到亲历了整风运动后才有所觉悟与改变。因此丁玲回忆说:"过去在延安时,曾写《三八节有感》,受了批评,这却给了我很大的教育,思想上开始转变,于是,我把感情离开了那个小圈子,投向了更广大的人民,更多地去接触了一些新的人物。整风以后,我又下去了,开始注意训练如何描写新人物,每每考虑从何处下笔,怎样下笔,怎样使得文章简练,有力量。"①正是解放区的文艺政策与毛泽东文艺思想的引导使丁玲开始深入农村熟悉群众生活,才有了《太阳照在桑干河上》这一反映农村土改经典小说的诞生。周立波也说过:"文学工作者应该反对个人英雄主义。为着把自己的工作做得好一些,为着把新民主主义现实主义的文学再提高一步,文学工作者应该尊重各级党的领导和指导。"②不难发现,解放区文艺活动对作家立场与观念的影响,他们经历了从感性认识到理性理解再到自发实践的过程,深入农村,加入火热的群众生活来改造自己的思想,从中吸取创作营养,还声称自己首先是农民,其次才是作家。

解放战争时期的乡土作家,大多把自己的身份由启蒙者向革命者转变,尤其是乡土革命的参与者,思维与情感也渐渐地无产阶级化与工农兵化,而群众是文学的接受者,作家实现创作主体与历史实践的融合。应该说是"历史"规约着作家的心态与创作风格,导致个性化的弱化,从而建立起新的文学形态,渐渐改变了以前书写苦难大地与不觉醒农民等内容的方向,侧重于乡土之"动"与"变",有着"忠实的底层叙述者"之称的马烽,从40年代发表处女作《第一次侦查》开始就明确了自己写农村、农民的创作方向,以自己亲身体验为背景,遵循革命现实主义创作原则,歌颂农民在革命战争中的牺牲精神,《金宝娘》《村仇》写的是土地改革中村民阶级意

---

① 丁玲.关于《桑干河上》的想念[N].人民日报,2004-10-9(7).
② 周立波.《暴风骤雨》是怎样写的[N].东北日报,1948-5-29.

识的觉醒，封建宗法伦理观念被打破，在阶级认同取代宗族认同，乡村伦理关系得以重塑之后，村民由苦难到新生，村庄之间由械斗到和解。孔厥被称为延安"四十年代的一颗新星"，曾亲自参加冀中地区的土改工作，了解当地民众的生活情况，并与袁静合著反映解放区农村尖锐、复杂阶级斗争的小说《血尸案》。此外，还有峻青与秦兆阳等作家，他们尽管生平经历不同，但都带着强烈的使命感与浓郁的土地意识，去熟悉与了解农村生活，改变了与农民的"疏离"状态，真正克服了早期对农民革命书写时只凭借道听途说或图解政治式的创作模式，实现了以农民的视角来写农民，运用阶级话语与民族国家话语勾勒出乡村新人与新中国的雏形，以此想象社会主义，他们的小说故事性强，情节扣人心弦，语言明快、通俗易懂，开创了乡土小说创作的新模式，尽管没能做到政治解放与思想解放合一，但却鼓舞了民众斗志，使他们看到希望之所在，从而配合全国解放战争的展开，体现了历史与时代发展的必然要求。

　　罗伯特·A.达尔说："在一个政治化的时代，无论一个人是否喜欢，实际上都不能完全置身于某种政治体系之外。"①其实三四十年代的社会语境不允许"超然"的作家存在，知识分子经受着现实与理想，自我证实与自我否定，以及身与心的双重考验。他们在精神上的挑战不言自明，"大约自1937年抗战开始，中国的知识分子就进入了另一个时代，再也没有窗明几净的书斋，再也不能从容缜密地研究，甚至失去了万人崇拜的风光。'五四'时期知识分子以文化革命改造世界的豪气与理想早已破碎，哪怕是只留下一丝游魂，也如同不祥之物，伴随的总是摆脱不尽的灾难和恐怖。抗战以后成长起来的知识分子只能在污泥里爬滚，在浊水里挣扎，在硝烟与子弹下体味生命的意义"②。从该时期的乡土小说创作中，我们总能从中感受到乡土、启蒙、土地情结、民族国家意识等话语之间的复杂关系，作家的价值观无不在个体与集体，苦难与革命，阶级性与人性等多元维度中

---

① 罗伯特·A.达尔.现代政治分析[M].上海：上海译文出版社，1987：129.

② 贾植芳.在这个复杂的世界里——生活回忆录[J].新文学史料，1992(1).

徘徊，从而形成了个体化启蒙的价值追求、"政治化"倾向、土地情结与民族国家意识三种不同的叙事路径与精神图像，共同丰富着现代乡土小说的画卷。

第四章　20世纪三四十年代乡土小说的主题呈现

作家认识旨趣、价值立场的不同直接影响文学的主题表达，20世纪三四十年代的乡土小说也因作家对文学与时代的不同理解而呈现出乡土启蒙、乡土诗性、乡土苦难与抗争的形态，但三个方面并非均衡发展。"革命""救亡""抗战""解放"的现实政治需求把乡土苦难与革命抗争推向历史前台，主张"个体自由""人性解放"的乡土启蒙话语走向式微，以"生命""自然""意象"描摹的乡土审美也不可阻挡地退隐下去。众多作家的现实功利性冲动超越了对乡土本体性的精神诉求，他们把视野投向弥漫着烟药血腥气味的农村，在死亡线上与地主劣绅压迫下苦苦挣扎的农民，泼墨式地描绘出一幅幅乡土苦难图，控诉日军侵略者与地主阶级的罪恶，找寻农民在穷困潦倒中的出路问题，且这一写作路径因顺乎时代潮流而成为抗战时期乡土小说的主导态势，体现了政治话语对文学创作的规约，以及特殊语境下乡土小说的民族性与现代性走向。

第一节　乡土启蒙的表现与走向

以"改造民族灵魂"为中心的启蒙话语是20世纪中国文学的主题之一，在动荡的战争年代，救国、革命、解放等话语难以回避，也是一股不可抗拒的力量，从主题内容到人物形象塑造，再到表现形式与语言规范等都不同程度受到政治话语左右，但民众的思想劣根性、奴性意识并没有因动乱的社会现实而改变。陈独秀曾指出："欲图根本之救亡，所需乎国民性质行为之改善，所需乎为国献身之烈士，其量广，其势所迫。"①"今吾之患，非独在政府，国民之智力，又面而观之，能否建设中国于二十世纪"②。对于乡土小说来说，以批判乡民思想蒙昧、封建习俗与伦理观念落后性为中心的启蒙主题不能被淹没在时代洪流中，"立国先立人"的主张也有其合理性。

一、乡土启蒙的表现——以艾芜的乡土小说为例

"五四"时期个性解放与个体自由的启蒙思想一直是 20 世纪中国文学的关键词，抗战时期艾芜的文学创作逐渐走向成熟，其中较有影响力的正是以启蒙视角审视故乡巴蜀地域的乡土小说。在承续"五四"个性解放启蒙精神的同时，在抗日的烽火中，救亡、爱国成为个体意识的召唤力量，赋予启蒙新的意义。本节通过启蒙思想的精神渊源、乡土启蒙的内涵与文学价值等角度阐释艾芜乡土小说创作的独特性。

艾芜的文学创作起步于《南行记》，因文中对边境地区鲜为人知的地域风貌、异域风情的描摹而引起文坛重视。尤其对边地人们日常生活的表现，对善良、淳朴人性的发掘，对强悍、野性生命力的礼赞有着与沈从文相似的笔触。1931 年 5 月艾芜结束南行来到当时的文学中心上海，加入"左联"之后意识到文学不仅是茶余饭后的消遣品，更要积极干预社会现实。于是他开始转向自己熟悉的农村题材，追求"有意义的文艺"成了其新的创作追求与后期文学生涯的主体精神走向。纵观艾芜抗战时期的乡土小说，构思朴实，组织严密，描写深湛，以自己熟悉的巴蜀风俗民情为基础，既忠实于生活又忠实于艺术。个体、自由、国民性批判等话语虽只是其中的一翼，但在整个启蒙主题的写作链条上也不可小觑。在乡土创作理念上，他既自觉接受左翼革命思想的熏陶，又吸收"五四"文学精髓，承续启蒙精神的个体解放思想基础，对当时阻碍民众自我价值实现的不合理统

---

① 陈独秀. 我之爱国主义[J]. 新青年，第 2 卷第 2 号.
② 陈独秀. 爱国心与自觉心[J]. 甲寅，第 1 卷第 4 号.

治秩序也给予极力控诉，国家观念与人的主体性融为一体，体现了艾芜乡土启蒙叙事的超越性。

实际上，中国现代文学的启蒙话语滥觞于新文化运动时期，并在"鲁迅式"的乡土小说流派中得到集中体现，当民族救亡的呼声成为时代主旋律时，一些作家关注的是战争语境下的人性与人的个体性，试图以国民精神改造实现社会现代化，并留下了不凡的文字。艾芜坦言，五四运动对他的影响巨大，青年时期曾尝试白话新诗创作，喜欢捧着《新潮》《新青年》等刊物如饥似渴地阅读，加深了对封建伦理纲常落后性的不满，深恶痛绝于"父母之命，媒妁之言"的婚嫁习俗，为此而"逃婚"。由于感受不到当地学校新思潮的气息而中途辍学，他离开故乡到西南边陲及缅甸、新加坡等地另谋出路，这与鲁迅"走异路、逃异地"的人生抉择颇为相似。30年代艾芜结束了几年的南行之后，辗转到当时的文学中心上海生活，对当时文坛盛行的普罗文学创作类型颇有异议，还曾就"小说题材"问题向鲁迅请教并得到"选材要严，开掘要深""不趋时"的创作指导，掷地有声的话语为艾芜乡土题材的选择奠定了基础。后来艾芜在《我们应向鲁迅先生效法的》一文中也着重强调了鲁迅的战斗精神，尤其忠于人生与艺术的创作态度值得效法，认同鲁迅从"立人"抵达"立国"的主张，并借助文学力量改良社会的创作初衷。

艾芜启蒙精神的形成最早源于异域生活期间的一次经历，"在电影院看见一张侮辱中国人的影片，收场时，许多中国人听到外国飞机的轰炸，我反而同在座的白人棕色人，一起拍起赞美的巴掌来"①。由此，艾芜开始意识到文艺的力量，文学创作也应该发挥完善人生、人性的作用。如果说鲁迅在日本留学时期的"幻灯片事件"使他决定"弃医从文"，救治国民麻木的灵魂，那么艾芜的域外观影体验使"文学改造国民精神"的启蒙思想在他心中有了雏形，由随性而发的散文、诗歌转向小说创作。早年四海为家的漂泊生活也成为艾芜反思国民性的开端，在《缅甸人给我的印象》中，由缅

---

① 毛文.黄莉如.艾芜研究专集[M].成都：四川文艺出版社，1986：13.

甸人的生活状态联想到当时中国周遭的一切太过沉闷与古老的现状，需要打上一针少壮的血液。而《山峡中》《南行记》等篇章同样描写了"边缘人"野蛮、坚韧、不安分的"另类"性格，以"时代主潮冲击圈"的特殊人生与生活景象映射本土文化的痼疾与国民性格的老态，呼吁自由的生命意识。通过呈现这种原始的生命形态来反思国民性，为人的现代化提供参照，这是艾芜的启蒙路径，同时这些奇异独特的边地故事也为他在文坛赢得了不少声誉，为回归"岷沱故乡"的书写模式奠定了基础，在巴蜀地域文化建构的文学世界中希冀理想的国民性实现。

"九·一八"事变的炮火预示着局部抗日战争的开始，民族危难步步逼近。此时的艾芜刚刚回国，在上海受到左翼文学运动思想的感染，把创作视角转向社会现实，创作了以东北一个村庄农民抗日为背景的小说《咆哮的许家屯》。抗日文艺统一战线形成之后，艾芜还发表《关于国防文学》一文，表达作家要立足现实、借助文字的力量鼓舞国人共赴国难的心声。他的乡土小说在呼应历史需求的同时没有流于概念化，承继"五四"启蒙传统，使文本有了更广阔的审美空间。其实，封建意识的落幕与新的社会意识生长是一个复杂而迟缓的过程，这就决定了思想启蒙的曲折与艰巨性。因此扫除数千年种种专制之政体，脱去国民身上遗留的奴性，是中国现代启蒙运动的根本内容。战争语境一定程度上也使潜在的民族劣根性浮出地表，沉渣泛起。艾芜说："每天每时都呼吸着日本帝国主义重压下的空气，对于祖国的命运，更是非常的担心，直到宛平城下，枪声一起，看见我们的祖国已不再作无声无息的屈服，而是忿吼起来了，开始反抗了，心里真是感到无比的喜悦。"①他在短暂的喜悦之后，开始忧心于农民阶层犹存的性格痼疾，其中的原因除了传统根深蒂固的封建宗法思想影响之外，还有当时国民党愚弄民心的腐朽统治使民众个性解放之路困难重重。在复杂的社会现实面前，艾芜虽然把国家、救亡等主题视为乡土叙事的价值取向，但也没有忽视对农民精神世界的剖析，从《反抗》《母亲》《锄头》等小说中

---

① 艾芜 . "七七"二周年纪念的回忆与感想[J]. 中学生，1939(5).

能感受到作者把关注农民个体生命价值与整个民族兴亡之间融合。"人之大觉"同国家独立紧密相连,没有国家的自由,个体的一切诉求都无从谈起,而个体自我价值实现又是国家发展的有力支撑,这形成抗战语境下艾芜乡土小说启蒙思想的精神渊源。

李白的诗句"蜀道之难,难于上青天"较为形象地勾勒出四川巴蜀地区四面环山、险峻的地貌特征。盆地的封闭性一定程度上阻碍了新思想的传播。艾芜走出家乡后感受到了"五四"启蒙精神的洗礼,并在鲁迅的指导下找到了一条以自己熟悉的巴蜀地域环境为基点的创作路径,并由此确立了自己的创作个性,成为中国社会"乡镇人生"的主要书写者之一。

回顾艾芜的创作,从早年边地流浪经历为背景的《南行记》到20世纪三四十年代蕴含着时代性、革命性、启蒙精神的乡土小说,无不倾注着其对社会下层民众生活现状的观照,又因身上深厚的农民气质被称为农民型作家。抗战时期艾芜乡土小说的启蒙叙事一方面延续"五四"时期的"鲁迅风",另一方面也注意到民族救亡语境激起的农民反抗情绪,他们走出封建家庭为抗战尽力,国家成了个性自由的召唤因素。因此艾芜曾说:"我觉得在大后方的农村里有两种农民:第一种农民是被残酷压迫者,在饥饿、贫苦、痛苦的深渊里,听天由命 生活着。第二种农民是比较觉悟的,他们憧憬人民的武力,希望改变他们的生活。"①我们常说小说的中心是人物,真实而深刻的人物形象塑造是衡量小说价值高低的主要标准,艾芜乡土小说中这两种农民形象承载着其启蒙精神的内涵。《挟阄》中的保长采用"挟阄"这种荒唐的形式决定壮丁、救护、消防等重要事务,群众只是按着要求"捻纸团",没有丝毫反抗,那些挟到白纸的人被称为"有财气",为自己的侥幸而激动不已赶快趁机散开,尽显奴才本相。《母亲》描写一个思想守旧的母亲在日军侵略步步逼近的局势下把女儿关在家里,以求神拜佛祈平安,尽管生活贫穷,但还是想着磨锅豆腐,到庙上去敬观音娘娘,影射

---

① 梅林.关于"抗战八年文艺检讨"——记一个文艺座谈会.楼适夷主编.中国抗日战争时期大后方文学书系.

封建迷信观念对农民精神的毒害。老祖母常常把"难道如今世道变了，皇帝也坐不成龙廷"这样的话挂在嘴边，映射出老一辈农民封建保守的思想。母亲把一切背离常规的举动视为异己，如不允许女儿接近那些短发女兵，这是因为长期闭塞的生活方式养成了狭隘、顽固的观念，颇有几分阿Q式"排斥异端正气"的精神特质。

艾芜的《故乡》具有茅盾"社会剖析"小说的特点，有揭示封建主义思想深厚的社会性质，具有很强的思辨性和概括力。小说以知识分子余峻廷的视角展现农民雷吉生麻木的精神状态，他们曾经是童年的玩伴，多年之后余峻廷重回故乡看到雷吉生的"脸子红黑，颊骨突出，神情略显呆板，但却给人一种忠厚的感觉"①，而在余峻廷的记忆中这个老表应该是活泼、顽皮、多话的形象，如今几乎改变了模样，大概是"一向跟静默的泥土，不说话的牲畜混久了，也受了它们呆笨板涩的影响了吧"②。在封建传统伦理纲常思想的禁锢下，性格被扭曲，个性独立意识丧失殆尽，这是中国传统中被压迫、安分守己的农民典型。同样《意外》中的老张也是一个逆来顺受的农民，平时靠帮别人做农活维持生计，农闲时节同老李一起南下找活的途中被别人骗去顶替壮丁的空缺，甚至连姓氏的自由都被剥夺了，面对这样的不公，他只是默默忍受。

《锻炼》写了一个游击队员因战斗失败藏身于佃户家中，提出了付租谷充当游击队行进中的经费，而愚昧的佃户心怀不满竟向日军告发，思想蒙昧到敌我不分的程度，他的行为同鲁迅笔下华老栓买来用革命者性命换来的"人血馒头"医治痨病一样无知。《锄头》中的阿栋被迫给日军修路，还要捐钱，而自己家的田地荒芜，生活十分窘迫，妻子又遭到日军迫害，这样的局势下依然奴隶一样地生活着没有丝毫反抗意识，最后坏了的锄头何尝不是阿栋被奴化腐蚀的思想之隐喻。《春天》以浑然天成的语言、生动的人物形象揭示乡土社会各阶层之间的复杂关系，其中三类典型的农民形象较

---

① 艾芜. 艾芜集：第4卷[M]. 成都：四川文艺出版社，1986：6.

② 艾芜. 艾芜集：第4卷[M]. 成都：四川文艺出版社，1986：4.

有代表性，即坚决反抗的刘老九、反抗与服从两面性的赵长生、奴性顺从的邵安娃。人物性格中苟安依附的特征很好地实践了《春天》改版序言中对农民惰性心理的剖析，他们"太安分守己了，仿佛驮着石碑的赑屃一样，只在千斤的重压下无声无息地忍受着自己的命运"①。其实，不只是邵安娃，从雷吉生到老张再到阿栋等农民，他们始终没有摆脱封建思想的藩篱，身上遗留着落后小农生产方式的桎梏，如鲁迅笔下闰土、祥林嫂、阿Q 等苦苦挣扎而又麻木卑怯的灵魂。

胡绳说："五四时代尊重个人的实质是尊重人的个性价值，精神上的奴才与小丈夫是不能也不配过民主生活的，民主文化的建立要靠真正的健康的人。有独立精神与魄力的人。改造中国的文化就是为了要改造人，建立民主文化就是为了要创造这样的新人。"②艾芜也意识到招致农民性格沉疴的原因除了自身之外，还有"吃人"的封建文化，因而对传统中国文化落后性的改造同样紧迫与必要。小说《遥远的后方》写的是农村谣言迷信的毒害性。村里突然传出日军投放麻风毒的消息，瞬间各种谣言四起。吉古老是一个平日吸水烟、玩纸牌来消磨时间的农民，在谣言的影响下，他似乎感到了自己身体的不适，表现出惶恐不安的神情，村民在没有任何常识的情况下就深信吉古老感染了麻风毒而平时躲着走路，处处戒备，甚至连他的家人都要疏远，无中生有的谣言着实让吉古老内心备受煎熬、寝食难安。《逃难中》以青年农民逃难中捡到女弃婴，一路问询而无人收养的悲哀，透露出当时重男轻女社会陋习。

民族战争的环境加深了农民性格的劣根性，其中的外部诱因还有当时国统区黑暗的统治，呈现出"贪污满街，谬论盈庭，民众运动，备受摧残，思想统制，法令繁多，小民动辄得咎，而神奸巨滑则借为护符，一切罪恶都成合法"③的状态。《两个逃兵》《意外》等小说在塑造农民落后性格的同时更是影射当时不合理的兵役制度，不会打仗的被逼上前线，会打仗的凭

① 艾芜 . 艾芜文集(第 2 卷)[M]. 成都：四川文艺出版社，2014：233.
② 胡绳 . 胡绳文集(1935—1948)[M]. 重庆：重庆出版社，1990：785.
③ 茅盾 . 茅盾选集：第 5 卷[M]. 成都：四川文艺出版社，1985：322.

借权势逃避责任。《荒地》写到了地主刑太爷对农民的欺压，并试图以减免两年地租的形式换得佃户儿子替少爷去当兵，这件事也暴露出当时国统区兵役制度的漏洞，无疑加深了农民精神的昏愦，对自我价值的认识更是遥遥无期。《信》的副标题"蒲隆兴老爷家一天的纪事"，通过蒲隆兴全家以及同佃户之间的关系，多角度呈现了一个刻薄、愚昧、自负的地主形象，性格中有着"狮子式的凶心、狐狸式的狡猾、兔子式的怯弱"。他虽然把"如今打仗的年辰"挂在嘴边，但并没有体恤佃户，收到希望他"乐捐一百元"的信件后，不敢质疑当时不合理的政策，而把由此可能带来的损失理直气壮地转嫁到雇农身上。这一形象是当时统治的黑暗以及以国难为借口欺骗百姓的现象的反映，加重了农民"不成熟"的精神状态。当民族危机到来，文学的现实性不断强化，民族救亡的宏大叙事受到青睐，具有个性化特征的启蒙话语相对式微。而新文化运动时期鲁迅所开启的改造农民性格痼疾为中心的乡土启蒙叙事，影响了几代作家的创作走向，显示出其强大的生命力。抗日战争时期，艾芜的乡土启蒙叙事承继此传统同时又有新的发展。

康德提出"启蒙就是人类摆脱自我招致的不成熟。"① 又进一步提到"理性的启蒙"，"夹杂着幻念和空想而逐步出现了启蒙运动这样一件大好事，它必定会把人类从其统治者的自私自利的扩张计划之下拯救出来的，只要他们能懂得自己本身的利益"②，以此看来，康德对启蒙的理解主要立足于探究造成民众"不成熟"状态的根源，一则是民众自身缺乏理智，二则是专制统治者的民智钝化政策。因此启蒙的任务除了唤起民众的个体意识与理性的潜能之外，还要揭穿统治者欺压民众的行径，即"要除去虚伪的脸谱。要除去世上害人害己的昏迷和强暴"③。艾芜乡土小说中的启蒙话语指向的

① 康德对这个问题的回答：什么是启蒙[C]//. 詹姆斯. 施密特. 启蒙运动与现代性——18世纪与20世纪的对话[M]. 徐向东. 卢华萍，译. 上海：上海人民出版社，2005：2-6.

② 贺来. 边界意识和人的解放[M]. 上海：上海人民出版社，2007：200.

③ 鲁迅. 鲁迅全集：第1卷[M]. 北京：人民文学出版社，1981：125.

是民众劣根性心理、唤醒自由生命与个性精神，并在《某城纪事》《挟阉》《梦》等小说中对当时国民党的昏暗统治以及麻痹民心的策略给予了强烈斥责，指出农民习惯于忍耐的性格限制了其自我意识追求。

启蒙可谓20世纪中国文学的关键词之一，而关于"启蒙"与"救亡"之间的关系也是众说纷纭。李泽厚80年代提出了"救亡压倒启蒙"的观点，主要是基于20年代之后的历史局势，即革命战争逐渐挤压了启蒙运动的个性解放理想，这几乎成为一种研究现代文学较有影响力的"元叙事"；而金冲谈到了"救亡唤起启蒙"的看法，包含着启蒙与救亡相互促进的内容；沙健孙认为："马克思主义的传播，救亡斗争的兴起和发展，既没有中断，更没有取消启蒙的工作；在一定的意识上，我们倒应该说，不是别的，正是马克思主义指导下的革命实践，促使启蒙运动在量上得到了空前的扩大，在质上得到了根本的提高。"①相对来说，艾芜乡土小说中的启蒙精神更为契合金冲、沙健孙的观念。《反抗》中两个青年农民，一个怀揣"英雄梦"走出封建家庭而参军，一个为抽到壮丁签而兴奋不已，抗战的号角使他们勇敢地反叛传统思想，个性解放与爱国结合在一起，在民族救亡的行动中唤醒其伦理觉悟。《老好人》中徐老全尽管固守着苟活于乱世的心态，但在得知妻女被抓进慰安所的真相后参加了游击队。《山野》里农民抗日的信念是保卫村子与家族，足以见他们身上遗留的小农意识，但在战争中逐渐克服自私、狡猾、不吃亏的陋习。总之，艾芜乡土小说启蒙精神的价值表现在强调"扫除蒙昧，启发民智"的同时并没有排斥救亡，而民族救亡中包含着启蒙的内容，成为启蒙的主要武器，从某种程度上还促进了启蒙，也使得启蒙达到了新的境界。

有学者说："即使在民族战争十分激烈的年代，重新祭起社会批判的解剖刀，把一切阻碍抗战进步的黑暗现象暴露出来，也是十分必要的，后方乡土抗战小说从一开始，就表现出了这样深入的理性思考。"②艾芜在抗

---

① 中国社会科学院科研局．五四运动与中国文化建设[M]．北京：社科文献出版社，1990：197．

② 房福贤．中国抗日战争小说史论[M]．济南：黄河出版社，1999：61．

战时期同样拿起了手中的解剖刀，揭露阻碍抗战的黑暗现象，当时国民党的腐朽统治对农民精神劣根性的影响不容忽视，而以"改良人生"的目的审视沉默的国民灵魂时又发现了他们在愈演愈烈的民族矛盾面前性格的改变。《受难者》中通过尹嫂子在民族大义面前放弃个人私情，牺牲了自己的汉奸丈夫，拯救了整个村庄，不得不承认民族救亡的历史环境使得尹嫂子这类农民形象逐渐战胜身上奴性依附、狭隘自私的守旧观念，换句话是救亡推动了启蒙的深入，实现了革命战争的救亡主题同个体解放启蒙精神的融合。因此，艾芜乡土小说启蒙精神的独特性在于个性解放与国家意识的联结，突出民族救亡局势对启蒙的作用力，并且控诉国民党黑暗统治秩序对民众落后思想意识的腐蚀，这样一来文本的艺术视野就更为开阔，明显超出同时期丁玲、萧红、王西彦等作家的乡土启蒙内涵。

二、乡土启蒙的走向——式微与边缘化

20 世纪三四十年代，随着救亡图存的呼声不断深入人心，革命斗争话语逐渐成为文学书写的主要内容。有关乡土小说中启蒙话语走向，呈现出萧红、丁玲、路翎等作家旨在廓清民众意识上的蒙蔽、扫除思想上蒙昧的人性负值批判与沈从文、师陀对自然人性礼赞的侧面，其终极指向都是人性合理建构的想象，不同的只是实施方式。在风云诡谲的时代背景下，随着社会革命、民族危机的加剧，文学政治功利性强化，个体精神启蒙的叙事维度显得愈加渺远，尤其是"农村"对"乡土"的概念置换，出现了农村土改、农民拥军参军等现象，作家宣传革命的热情要远远高于个体生命价值的表现，这样一来，启蒙话语走向式微甚至断流，直到人情、人性、人道等话题得到重新重视的新时期才有所复归。

新文学史上，鲁迅的《祝福》《故乡》等小说开辟了国民劣根性批判的启蒙路径，他多从"立人"的角度反思中国人的命运遭际，这一脉络不仅是"五四"乡土小说流派的叙事基调，而且成为战时乡土主题的重要一翼。尤其抗战进入相持阶段后，战争的残酷与长期性使作家意识到国人不仅要争取民族解放，也需挣脱封建意识的枷锁，人的解放亦不容忽视。萧红这一

阶段的创作就相对疏离当时"抗战御敌"的热点话题，转而书写国民劣根性批判和传统因袭造成的精神贫血。《呼兰河传》以追忆童年生活为背景，通过呼兰河民众在日常生活中呈现出的个体"阿Q精神"与群体"看客心理"来思考国民性问题。"阿Q精神"在有二伯身上被演绎得淋漓尽致，面对弱小者炫耀自己是"二掌柜"，但在主人面前又不得不承认自己是"有子"，而民众的"看客心理"表现在小团圆媳妇被围观事件。诚然，乡土社会的封闭、落后预示着农民自我意识觉醒的漫长性，启蒙话语不失为他们摆脱精神愚昧、不成熟状态的一剂良药。这一时期除了萧红，远在延安的丁玲也十分重视国民性问题的思考，加入"左联"后，思想观念的转变并没有使其乡土书写中的启蒙因子丧失殆尽。秦林芳说："当'革命意识'成为其最自觉的显意识时，'个性思想'这一在丁玲原有思想—创作结构中具有原发意义的思想因素仍然顽强地存在着。这就造成了其思想—创作结构中'革命意识'与'个性思想'的'二元并置'。"①从某种程度上来讲，丁玲内心深处的"个性思想"并没因"革命意识"洗礼而沉寂，《新的信念》与《我在霞村的时候》仍以个体本位的启蒙精神为旨归，而战争仅仅是作为故事发生的背景存在。小说分别塑造了陈老太婆和贞贞两个命运相似的农村妇女形象，她们除了身体上遭受日军践踏之屈辱，还要承受家人和村民冷嘲热讽所带来的精神折磨。冯雪峰指出《新的信念》的成功基于作者"深入现实人物的意识领域"②，陈新汉见到苦苦寻找的母亲回家后，却说"娘！你尽管安心地去吧！你的儿子会替你报仇！要替你，替这个村子，替山西，替中国报仇，拼上我这条命"③。话语背后隐藏着儿子内心深处希望母亲为维护贞操而死，悄无声息地离去或许是唯一出路，但母亲选择"诉苦"机制来自救，反复给村民讲述自己的受害经历，儿子为此感到耻辱，竟想到囚禁母亲。

---

① 秦林芳. 丁玲创作中的两种思想基因——以1931年创作为例[J]. 江苏社会科学，2007(6).

② 李群. 纷纷扰扰那女情[M]. 北京：中国广播电视出版社，2013：130.

③ 雷锐. 桂林文化城大全·文学卷·小说分卷(第1册)[M]. 桂林：广西师范大学出版社，1991：80.

小说结尾处，陈老太婆看到的"崩溃"既有对自身命运的担忧，还有对民众思想上不觉悟的呐喊。《我在霞村的时候》亦是以启蒙农民落后意识为最终旨趣，贞贞为民族大义做出牺牲，但村民看到的是她的肮脏和无耻，他们用冷嘲代替同情，用谩骂代替理解。在这一严酷的生存环境下贞贞选择到延安治病学习，这一看似光明的未来中实则潜伏着危机，她无奈的离开并不能真正改变现实处境。想来不无悲哀，陈老太婆和贞贞的命运同鲁迅小说《药》中的夏瑜何其相似！他们可以义无反顾地反击外敌，为民族解放而战，可对因民众的愚昧无知而造成的语言暴力却无能为力。

萧红、丁玲等作家以人性启蒙为武器揭露封建伦理纲常的痼疾，而七月派作家深受胡风的"主观战斗精神""精神奴役的创伤"等理论影响，他们一面挖掘落后封建意识招致的农民血泪人生，一面又竭力发掘农民身上的生命强力，其中路翎的乡土小说具有代表性，表现出人性启蒙的内容，他在战时的流亡中注意到民族救亡是社会最强音，但人性的贪婪与卑劣并没有消失，反而更加肆无忌惮，写下了如《两个流浪汉》《王炳全的道路》《王家老太婆和她的小猪》等鞭挞奴役的国民劣根性。最具代表性的是《饥饿的郭素娥》，塑造了一个不堪忍受生活屈辱的郭素娥形象，她发出"你们不会想到一个女人的日子……她熬不下去，她痛苦"①的呐喊。不过她强悍的生命力终究抵不过来自家族的酷刑，陈旧的伦理道德摧毁了个性解放的呼声，郭素娥的惨死并没能激起民众的警醒，只是让他们的生活多了一些谈资而已。胡风认为这部小说"为新文学的主题开拓了疆土"②，既肯定了郭素娥身上不甘认命的"原始强力"，又揭穿了腐朽的封建壁垒对庸众精神的毒害。《罗大斗的一生》继续表现国民的嗜奴心态，恰如题记所说："他是一个卑劣的奴才，鞭挞他呀，请你鞭挞他。"③罗大斗的恃强凌弱，自卑亦自大，当愤怒的情绪无法向外发泄时，就以自虐的形式获得心理满足。显然，农民意识深处陈旧的道德观念与生活习惯造成了他们被奴役的精神状

① 路翎．蜗牛在荆棘上[M]．北京：人民文学出版社，2001：71.
② 邵伯周．中国现代文学思潮研究[M]．上海：学林出版社，1993：636.
③ 路翎．路翎代表作：旅途[M]．北京：华夏出版社，2009：67.

态，阻碍了原始生命力的充分发挥，也是人性合理发展的桎梏。

学者陈平原总结乡土文学的特征是"伤感的故乡风；近乎无事的悲剧；国人沉默的灵魂"①，而乡土社会中"沉默灵魂"的内容除了个体的阿Q式悲剧，还有民众群体的"看客"心理，同样是启蒙话语的关注方向，萧红《呼兰河传》就写出了人性的冷漠与民众看客心理下的悲剧，沙汀《兽道》中的魏老婆子没出月子的儿媳不堪忍受日军轮奸的痛苦而自杀，事后，老人试图劝说日军不要伤害儿媳的那句"给你们说了她身上不干净！我给你们来"，竟成了村民生活中的笑料，有甚者教唆儿子撩开裤裆纠缠魏老婆子，最后老人沦为街上的疯婆子。在当时历史语境下，封建统治的枷锁很难被完全砸碎，而民众的"看客"心态更是充当了宗法制社会的帮凶，滞后了他们走向人性自由与解放的步伐，中国现代文学自"五四"以来形成的启蒙传统就是要以理性的姿态推翻窒息人们生命力的封建伦理价值系统，构建起个体平等、独立、科学、进步的文化生态，改造农民灵魂。一定程度上来讲，社会文化是整体推进的，没有民众个性意识觉醒与心理素质提升，任何形式的社会革命与观念更新都举步维艰，但纵观中国现代乡土小说的创作，不难发现苦难与革命抗争话语因吻合时代主潮，在30年代得到长足发展，而启蒙话语却步履蹒跚。因此，启蒙话语虽是现代乡土小说的一翼，受社会局势影响却没能得到充分发展，指导新时期之后才有了自由的书写空间。

启蒙是一个多元开放的体系，有康德的"理性之光驱逐现实的黑暗"，亦有卢梭皈依自然人性的道路选择。抗战相持阶段的乡土启蒙话语就体现着这种双重性，与萧红、丁玲、路翎等国民劣根性批判的启蒙路径相比，沈从文、孙犁则倾向于肯定人性正直的启蒙一路。沈从文说："我是个对一切无信仰的人，却只信仰生命。"②"生命"象征着人类本真的力量，这一信仰把他的创作导向了对原始人性的礼赞。关于创作动因，沈从文指出：

---

① 李讷．石毓智．论汉语体标记诞生的机制[J]．中国语文，1997(2)．
② 沈从文．沈从文散文选[M]．北京：人民文学出版社，1982：32．

"生命不可能停顿到这一点上。眼前环境只能使我近于窒息，不是疯便是毁，不会有更合理的安排。我得想办法自救。"①事实上，沈从文的乡土叙事对原始生命力的肯定是自救，更是对理想人性重构的想象。《长河》以"新生活运动"为背景表现湘西世界的"变"，但纯真的人性之美没有销声匿迹，"特意加上一点牧歌的谐趣，取得人事上的调合"②。从某种意义上讲，这部作品延续着《边城》田园牧歌的乡土抒情理路，我们从饱经风霜的老水手满满身上不难找到那个乐善好施的老船夫的影子，待人真诚、友善的夭夭无疑是翠翠的化身。无独有偶，孙犁同样选择人性美的乡土叙事策略，他曾说："我经历了我们国家民族的重大变革，战争、灾难、忧患。善良的东西、美好的东西，能达到一种极致。……我的作品表现了这种善良的东西和美好的东西。"③因此他的乡土书写多以熟悉的故乡和山区农民为背景，善于捕捉生活中极具美感的事物和时代激流中的微澜，以纤细的笔触塑造多姿多彩的农民青年妇女典范，颇能打动人心。小说中涌现出马金霞(《女人们》)、王振中(《走出以后》)等可亲可敬的农村妇女形象，她们携带着冀中平原地区浓厚的泥土气息，性格中既有鲜花般的娇艳，又有山石般的坚韧，言行中透出人性的质朴、纯真之美。沈从文和孙犁企图以"爱"和"美"的形式化解人性险恶。沈从文在童年时期亲历了"清乡运动"对无辜百姓的杀戮，发现了人性的残缺。开始文学创作时，并不以狂热的批判介入现实社会，而试图用"爱"和"真"来救赎人们内心深处的残暴，用文字来包裹伤痛，以自然人性的标准达到启蒙目的。孙犁指出："在青年，甚至在幼年的时候，我就感到文艺这个东西，应该是为人生的，应该使生活美好、进步、幸福的。"④所以他笔下的乡土世界多以平常人事代替血雨腥风的战争场面，可以说严酷的社会环境并没有泯灭乡民自然健康的人性之美，从对人性正直的肯定实现启蒙的初衷。

① 沈从文.沈从文全集(第12卷)[M].太原：北岳文艺出版社，2002：45.
② 沈从文.长河[M].广州：花城出版社，2010：102.
③ 刘金铺，房福贤.孙犁研究专集[M].南京：江苏人民出版社，1983：163.
④ 刘金铺，房福贤.孙犁研究专集[M].南京：江苏人民出版社，1983：16.

"乡土"与"农村"是想象乡村中国的不同方法，一般而言，前者的叙事主体多被故乡放逐，有侨寓异地的生命体验，这种时空错置使他们常常以复杂的心境审视故土，无论是"哀其不幸，怒其不争"的否定姿态还是寄托精神家园的理想处所，都留下了人性启蒙的印迹。而后者是叙事者对剧烈变动中的故乡现实呈现，看到了农村的暴力革命，并笼罩着强烈的阶级、政治色彩。到了40年代的抗战相持阶段，战争危机感加速了作家思想观念的左转，他们在乡土书写时开始注重对农民革命与抗战的观照，尤其是解放区率先进行的土地改革运动为"农村"置换"乡土"提供了写作资源，这一演变过程凸显了革命主题挤兑了人性启蒙的言说空间。

事实上，对于中国这样一个长期受封建思想浸染的国度，思想启蒙话语注定是沉重的、未完成的，且在抗战救亡、民族国家重建等"政治寓言"话题面前，启蒙书写不能不面临尴尬窘境。因思想启蒙的长期性，决定了社会解放是其转变为现实的必要条件，离开稳定的社会环境，任何形式的启蒙都难以推进。"乡土"到"农村"的嬗变早在20世纪30年代初期，茅盾、叶紫、吴组缃等社会剖析派作家对农村破产与农民丰收成灾的书写中已初见端倪，到了抗战相持阶段由于工农兵文艺思潮的推动，在解放区作家的小说中得以进一步丰富、完善。赵树理的《小二黑结婚》《李有才板话》等小说具有一定代表性，从作品所展现的生活画面来看，阶级斗争取代了浓郁的风土人情和异域情调，村公所、村长作为新的权力组织初具规模并替代了维护自然村社秩序的族长、智慧老人。小说尽管有老诸葛、三仙姑、老秦等形象塑造表达对封建迷信、落后家长制的不满，但较之于鲁迅的乡土实践，其中的人格独立与个性自由等启蒙思想精髓明显很微弱，且作者的叙事重心是对小二黑、小芹、李有才、小元这些新一代农民形象性格积极性的开掘。像小二黑这样的农民还曾经是抗日英雄，"革命"在他们的意识深处已不再陌生，并在民主政权领导下具备了与邪恶力量较量的能力。除此之外，张棣赓的《腊月二十一》凸显了农村干部为革命放弃个人恩怨的牺牲精神。这些小说表现了历史变革在"农村"留下的时代剪影，且"农村"在实指的生活处所之外被赋予了政治意识形态的象征意义。作家在社会使命感召下搁置个体性创作经验融入集体革命斗争，看到了新的现实："革命"的农村超越了充满诗意的"果园城""辰河""潴沱河"那样洋溢着自然美的乡土景观，寄托人性审美或国民劣根性批判的启蒙观念失去了适宜的土壤而变得渺远。

在《淘金记》(沙汀)、《回家》(艾芜)、《老太婆伯伯》(王西彦)等小说中，虽然也表达了作者对闭塞乡土的批判和浓厚的人性启蒙，但发展势头的减弱也是不争的事实。芦蕻指出沙汀这一阶段作品的不足："未能掘发农民大众的潜在力量，没有能看到农民大众虽然在压迫和禁锢下他们求解放的愿望。"因战争打破了农村的宁静，改变了农民固有的生活方式，使这片土地充斥着苦难与哀号，倘若在这一局势下作家仍执拗于农民性格弱点的批判，其合理性自然受到贬抑。同样，孙犁、沈从文始终坚持个性、自由为主的启蒙精神在当时也不被看好。我们分明从《邢兰》《芦苇》中那个心地善良的邢兰以及给"我"互换衣服的农村姑娘身上看到了沈从文《长河》中天天的身影，充满了人性的温暖，这是作者对纷繁复杂的现实抽丝剥茧后寻绎人性美理想的寄托。这一书写策略因对自然人性生命意识的持久关照而拓宽了启蒙话语空间，但在国家危难之时，乡村的天空可能有诗意与牧歌，而更多的或许是灾难与苦痛，因而有批评家指出孙犁是"革命文学中的多余人"①，这是孙犁对生活独特的观察视角使然。作品虽写到了抗战，但指向的是具有牧歌情调的农民日常生活，这就遮蔽了现实中战争残酷与血腥的一面，因失真而显得普泛和玄虚。沈从文坚持真善美的人性启蒙同样遭遇文坛不满，唐弢说："就沈从文创作的基本倾向而言，总是有意无意地回避尖锐的社会矛盾，即或接触到了，也加以冲淡调和。作家对黑暗腐朽的旧社会，缺少愤怒，从而影响了作品的思想艺术价值。"②毫无疑问，多灾多难的历史语境左右着作家的创作主题生成，而农村在每一次社会转型中受到的打击最为沉重，潜在地规约了乡土革命的主流态势并与人性启

---

① 杨联芬．孙犁：革命文学中的"多余人"[J]．中国现代文学研究丛刊，1998，(4)．

② 唐弢．中国现代文学史(二)[M]．北京：人民文学出版社，1979：280．

蒙话语冲突泛起。

"乡土"向"农村"的偏移要求作家找准自己的音调，适应时代节拍，搁置个人性的乡土经验，关注动乱的乡村现实并从中找到新的平衡点。战时延安整风运动是知识分子思想改造的开端，当马克思辩证唯物主义价值观主导作家的思想意识时，他们走出自己的狭小圈子，把视野伸向广阔的农村，以昂扬的激情再现波澜壮阔的革命斗争场面。"农村"作为政治化、社会化的标识而存在，因承载着无产阶级革命思想的丰富内涵受到重视，而富有"乡土"本色的风景画、风俗画、风情画却越来越模糊，更看不到作家缠绵眷念的思乡情怀，使得追求理性、个体自由、人性合理建构的启蒙话语退居次要地位，所以萧红、师陀等以"改造国民性"为圭臬的叙事模式也曾遭到非难。

三四十年代的乡土启蒙话语呈现出从人性不同侧面思忖的两翼，但随着"乡土"到"农村"的转变使人性合理建构的启蒙声音从微弱到退隐，"农村"的内涵更契合民族解放的时代诉求。应该说，一种话语模式由强到弱、由盛到衰的演变过程总是与特定时期的历史语境息息相关，也是社会发展的阶段性特征使然。恰如法国著名年鉴学家费尔南·布罗代尔提出的"总体史"观念，把历史划分为长、中、短三个不同时段。"所谓长时段主要是社会进程中较稳定的元素，被称为'结构'；中时段是变化较慢的现象，称为'局势'；而短时段一般指战争、革命等变化比较快的现象，他以'事件'来形容。"①就中国而言，是抗日战争这一"事件"改变了社会发展的稳定"结构"，尤其是战争相持阶段使民族的生存或毁灭问题显得愈加急迫。文学反映社会现实，当现实变化的时候，文学反映变化的现实成为必然。关于特定时空下乡土小说启蒙与革命两种话语模式，后者是民族危难对文学的强烈呼吁，受到推崇，而前者是对五四传统的自然延续，无论作者对乡土持否定抑或肯定的姿态都因与现实的疏远而显得渺远，并逐渐退隐。

---

① 段崇轩.90年代乡村小说综述[J].文学评论，1998，（3）.

社会发展为人们的生存提供了相对独立而又多元的空间，文学、政治、经济等不同场域虽有自身的逻辑与自主性，但有时也难免遭遇其他场域制约。抗战相持阶段日军重新调整对华方针，大大削弱了国民党继续抗战的积极性，破坏了全民族团结御敌的凝聚力，民族危机深化使文学被规训在政治意识形态的链条上，一切能够服务战争的文学形态得以倡导，以革命话语为主题的乡土小说属于无产阶级革命文学范畴，对战争胜利有鼓舞作用，而启蒙话语多是思想领域的精神事件，很难同政治、经济等方面有契合点，不断受到排斥而式微。毛泽东也提出了对文艺作品的要求，即"新鲜活泼的，为中国老百姓所喜闻乐见的中国作风和中国气派"①，并对以"民间形式"为核心的民族形式给予肯定，胡风因对新文学启蒙传统的捍卫而受到批判。乡土小说中"集体""大众"的话语形态几乎停滞了作家对人的多种存在可能性的探究，主张个性解放的启蒙话语逐渐隐匿。蹇先艾、王鲁彦等一直坚守启蒙精神的作家在目睹了战争环境下哀鸿遍野的农村及农民的不幸时，写作重心开始向农民的反抗斗争倾斜，致使乡土启蒙叙事还没来得及深入就要让渡给社会救亡的革命主题，打破了新文化运动以来乡土小说多元主题并存的生态场，但这也是民族救亡的现实性使然。

从发生学的角度来看，启蒙话语一般产生在较小的社会阶层，而对社会整体走向略显无力。在无产阶级革命作家眼中，启蒙主义对个体自我意识的召唤是以资产阶级的个人主义为思想资源，不符合民众反抗民族压迫的历史需求。当社会解放的要求高于个体价值实现时，个体生命要置于社会历史的洪流中才能获得合法性。20 世纪 40 年代，在国家救亡的形势变得异常严峻之时，毛泽东认为："我们要战胜敌人，首先要依靠手里拿枪的军队，但仅仅有这种军队是不够的，还要有文化的军队，这是团结自己、战胜敌人的必不可少的一支军队。"②所谓"文化的军队"就包括作家的文学创作活动，以此唤醒民众的革命意识，而何以调动农民参加革命的热

---

① 高九江．韩琳．延安时期马克思主义中国化研究[M]．北京：人民出版社，2014．

② 毛泽东．毛泽东选集(第 3 卷)[M]．北京：人民出版社，1991：872．

情成为众多作家创作时难以绕开的话题。随着乡土小说在主题呈现、表现手法、人物形象塑造等方面受到规约，在端木蕻良的《大江》、吴组缃的《山洪》、姚雪垠的《差半车麦秸》等作品中，乡土不是扼杀民族生命力的场所，而是蓄积着深厚的革命潜力，农民成为革命英雄形象谱系的重要组成部分。

　　随着社会革命维度的不断递增，启蒙话语无论是指向农民精神世界的麻木愚昧，还是理想人性的乌托邦想象，都出现了潜隐趋势。如沙汀的《三斗小麦》《在其乡居茶馆里》和艾芜的《遥远的后方》等小说侧重于表现保守的农民文化带来的国民劣根性及民众个体自我意识缺失的主题，以及孙犁的《丈夫》《老胡的故事》等小说从原始人性的视阈寻求民族精神重铸的书写路径因背离时代潮流而弱化。毋庸置疑，乡土叙事中作家对启蒙话语不同维度的思考的有效性远没有国家救亡的革命话语来得迅猛、实在，时代亟须文学承担起社会救亡的历史使命，革命话语往往聚焦于农民性格中的反抗性，因为以行动救世的方式改变他们的生存处境更契合社会现实。

　　动荡的年代，随着日军侵华范围的扩大，加重了民族危难，作家意识到农民高涨的爱国热情与顽强的生存抗战意识，使"乡土"到"农村"的转变成为可能，"乡土"叙事空间的稀薄就意味着人性启蒙话语的退隐，而强调"农村"革命题材的小说占据话语制高点。实际上，从20世纪30年代初期到"文革"结束的很长时间内革命书写都位居上风，个体价值实现的启蒙话语显得孤立无援，但并不意味着其思想资源的枯竭。英国著名历史学家布洛克说："启蒙运动没有最后一幕，如果人类的思想要解放的话，这是一场世世代代都要重新开始的战斗。"①诚然，文学书写的启蒙话语亦如此，中国社会发展的特征决定了思想启蒙有时遭遇革命挤压而边缘化，但当社会救亡的压力远去，文学创作环境相对宽松，启蒙话语就会重新拥有自由的言说空间，所以这一话语模式再次出现在我们的视野已经是思想解放大

---

　　① 贺立华．杨守森．启蒙与运动：青年思想家20年文选(上册)[M]．沈阳：白山出版社，1991：74.

潮推动下的新时期文坛，当人情、人性、人道等话语重新得到重视之时，在寻根文学、改革文学等文学样态的乡土叙事以及一些乡土风情小说中重新听到了熟悉的声音。作者试图从传统文化中汲取国民性重建的可能性，同时他们又以现代意识批判封建宗法观念、民众愚昧的精神状态和封建迷信思想的顽疾，在一定程度上回归了"五四"传统。

第二节　乡土诗性——以京派乡土小说为例

自"五四"以来，新文学史上的乡土书写一直并存着"写实"与"写意"的不同叙事模式，前者以鲁迅的"国民性"话语，茅盾、赵树理等作家的"阶级"话语为主，后者以周作人的"地方性""个性"为思想主旨，影响了废名、沈从文、师陀等人的价值取向，他们纷纷以抒情的笔触、浪漫主义的情调纪录乡土的悲与苦、喜与乐。如果前者突出的是冷峻的人性批判，血与火的革命斗争画卷，那么后者展现的是健康、优美的人性，田园牧歌式的日常生活场景，通过"生命""意象""自然"演绎乡土审美的内涵。但在动荡不安的时代，抗日战争、社会解放战争等社会重大事件接踵而至，使"五四"时期的启蒙、审美与诗性书写方向逐渐向社会革命过渡，加速了乡土诗性的退隐，这段忧郁的旋律在历史的废墟上浅吟低唱，但却很难产生轰动效应。

一、健康、优美的生命形态

如果小说创作是对生命的追求，那么废名、沈从文、师陀等作家以极其柔和的笔调书写着乡土的宁静和谐与乡民乐观豁达的精神状态，呈现出一种自然、健康、优美的生命形态，有着"清水出芙蓉，天然去雕饰"的朴素美，寄托了作者浓烈的乡愁乡情与心向往之的"田园梦"，发掘人性之善之美，重铸现代民族道德品格。废名深受周作人"个性"与"地方性"的乡土观影响，以故乡黄梅为叙事背景，从对风俗的摹写寄托独有的生命体悟。如《桥》由多个短篇构成，每个篇幅又可以独立成章，从结构上看，既没有叙事性很强的故事，也没有跌宕起伏的情节，只是几个天真烂漫的农家之子琐碎生活日常的记录：细竹的幽默，琴子的细腻，小林的木讷，大千的恋旧，小千的直爽，他们虽性格各异，但真诚善良的心灵却是相通的。席洋说废名的《桥》："仅见几个不具首尾的小故事，而不见一个整个的，完全的大故事。读者从本书所得的印象，有时像读一首诗，有时像看一幅画，很少的时候觉得是在'听故事'，所以有人说这本书里诗的成分多于小说的成分，是不错的。"①也可以说，作品虽背离了小说的某些特征，却更接近诗的规范。如《桥·钥匙》中的人物自然地与意境相融合，人化为风景的一部分，一个个充满诗意的意境完成了小说内容与情感的表达；《桥·蚌壳》借佛经中"投身饲虎经"的故事注解生命的意义，小林觉得自己即使不幸被老虎吃掉，换来"它的毛色好看，可算是人间最美的事"，人性的善升华了生命的意义，散发着夺人眼目的光辉。《桥·桃园》中"捏扇子的女子，翻一叶手扇，其摇落之致，灵魂无限，生命真是掌上舞了"②，这是居住在天禄山的自然之子牛大千的形象，小林从那摇曳的折扇中窥见了生命的姿态，增强了文本的诗情画意。

同为京派作家的沈从文认为写作是颂扬一切人类的美丽与智慧，曾不止一次地强调创作与艺术，乃是敬畏自然，信仰生命的结果。他小说中的人物无论是身份卑微的妓女、水手（《柏子》）、童养媳（《萧萧》）、长工（《贵生》），还是天真无邪、情窦初开的农家少女，或是渡船老人、桔子园主人（《边城》《长河》）等，都恰如其分地阐释了生命本真之美。从三翠（《一个女人》）、王嫂（《王嫂》）、桂枝（《小砦》）的性格中捕捉到了生命的坚韧之美，从阿黑与五明的感情中体会到生命因爱情的灌溉而变得醇厚（《阿黑小史》）。《边城》中"祖父"的原型是沈从文在北平穷困潦倒时那个曾经给予他两百铜子帮助的卖煤油老人，这不足为道的"两百铜子"使他感受到了人性的善良。"翠翠"的原型源自沈从文游玩途中看到一个"小女儿"

---

① 席洋．雾里看花——论废名《桥》中语言的距离美学[J]．北方文学：下旬，2017，15（5）：26.

② 废名．废名小说[M]．杭州：浙江文艺出版社，2003：169.

哀悼家中老者死亡的哭泣，她的"纯朴"与"悲苦"触发了沈从文对生命的思考。美好生命的陨落不免使人想到"美丽总使人忧愁"的叹喟，生命的美好与人生的悲哀总是遥相呼应，形成沈从文式的忧郁，作品中的人物不为现实物质欲求所累，懂得随遇而安的生存哲学，充满着淡雅之美。

师陀 30 年代初登上文坛，抗战全面爆发后因短篇小说集《谷》而一举成名，并不是因革命战争的内容，而是对生命自然形态的观照。他常常以"乡下人"自居，一生执着于对生命真谛的思考，发掘人的生命力顽强向上的一面，以熟悉的故乡建构起诗性的"果园城"世界，同沈从文心中的"希腊神庙"有某种相通性，这一"广义上的地域家园，既有泛指性，又有特定内涵"①。《毒咒》是在强烈的"精神返乡"意识驱动下用柔和的笔调写出生命的舒展自如之美。《寒食节》中的长赓对主人忠厚老实接近愚蠢，体现了农民的淳朴善良，从他对少爷无微不至的关爱中仿佛看到了一个光辉的父亲形象。《人下人》中叉头集勤劳、忠厚、宽容美德于一身，他追求简单的生活理念，除了自己而外，什么都不过问，有吃的饭，有睡的觉，就是好的世界，他爱他喂的牲口，甚至这些动物的每个器官，细微处有生命的本真。如果长赓、叉头是身份卑微的"人下人"，那么《葛天民》中的葛天民，《孟安卿的堂兄弟》中的孟季卿，《落日光》中"吃闲饭"的少爷等，他们可谓是乡土社会落魄的地主、乡绅，当褪去了昔日"人上人"的风光后亮出了生命朴实的状态。葛天民每天在自己的农场里观察玫瑰花的长势、保存下波斯菊的种子、替那些绅士们养育各种稀奇的树苗，"生为一个中国人，他有财产，有儿女，有好的岁数，他便等于有了一切；他不再想指望什么了，不再为自己找苦头吃了"②，这种悠然安适的生活犹如契诃夫《醋栗》中的尼古拉·伊万内奇穷其所有对平庸个人幸福的追求。孟季卿不屑于同兄长争夺家产，做起了"安乐公"，结果本来属于他的三进大宅遂成空场，沦为夏季果园城人们纳凉的好处所。对他而言，物质财富乃身外之物，精

---

① 邱诗越. 独特的"浮世绘"——浅析师陀小说的文本世界[J]. 沈阳大学学报，2011，23（1）：107.

② 芦焚. 果园城[M]. 珠海：珠海出版社，1997：167.

神的自由更为重要。"吃闲饭"的少爷重回故里，尽管一无所有，但却能从对已逝爱情的追忆中重获活着的信念，且与长工之间不是传统主仆之间的仇恨，而是相互依靠的温暖。师陀笔下这些超越世俗的生命个体散发着健康、淳朴、率真之美，诠释了自由诗性的人生境界。

回首萧乾、凌叔华等京派作家乡土小说的诗性建构，他们在书写理想生命形态时，习惯于塑造坚守乡土本色的"城市异乡者"形象，用真与善抵御都市的欲望与势力。杨义说，读萧乾的小说，在文字间能感受到一颗"敏慧的诗心"，如《邓山东》中的邓山东，从乡下流落城市以卖杂货为生，但他身上没有一般小商贩的逐利、圆滑与世故，而是坚守诚实的品格，了解儿童的喜好后，担子里经常会塞满各种孩子们喜欢的东西，带给他们无穷的乐趣。《篱下》以乡村顽童世界与城里老爷世界的不相容为契机，凸显乡土自然人性顽强的生命力。凌叔华的《杨妈》《奶妈》写的是离开乡土到城市做佣人的女性勤劳、坚韧的性格，美好的心灵，恒久不变的母爱，在物欲横流的都市生活中，她们对传统精神的守候显得弥足珍贵。废名《浣衣母》塑造了在城郊靠浣衣维持生计的农妇李妈形象，她乐于助人又热情好客，荷包里经常放满各种糖果点心，专为出城路过的孩子们准备，突显了乡土人性的朴素与良善。实际上，京派乡土小说中原始、优美的生命形态或被安置在偏僻的湘西、黄梅等远离喧哗闹市的环境，或以高度物质化的现代城市为背景，有意把进城的"乡下人"理想化，以宗法农耕文明中健康、圆融的生命伦理对抗现代都市文明丑陋的一面，通过淳朴善良的人格之美反衬现代文明中扭曲的人性。因此，京派作家眼中的乡土多超越具体实指，更像是审美的想象与精神的乌托邦，彰显着诗性的意义。

二、如梦如幻的风景画

固然生命的美好令人心存向往，但其脆弱也是不争的事实，而相对于生命的短暂易逝，乡村自然风景、田园风光的美则更为持久，且乡土本身与自然风景就有某种通约性，更能体现小说的诗性品格。废名、沈从文、师陀等京派作家擅长织绘风景，由景而缘情，诗意晕染在文字间，体现了主观抒情的叙事格调。他们坚持自然本位的哲学观，追忆诗意的田园，表达人情与人性的美好。像凌叔华本身就有画家的身份，无疑如诗如画的乡土风景是其美学思想的外在显露，云林山水之妙被描摹得鲜活生动，但在抗战语境下只能以潜流的形式存在。

废名的《桥》堪称经典，小说故事发生在喧嚣闹市之外的史家庄，因偏僻而亲近自然，人与景融为一体，和谐共生。如《行路》写道"人在自然之前的自惭冥顽"，"鸟兽羽毛，草木花叶，人类的思维何以与之必映呢？沧海桑田，岂是人生之雪泥鸿爪"①？这里用对比的手法强调自然风景之美。《蚌壳》对夜空中繁星的描写是"望着天上的星，心想自然总是美丽的，又想美丽是使人振作的，美丽有益于人生"，星星点缀了天空，也使傍晚乡间的羊肠小道更富情趣；《荷叶》呈现出"一只雁，一株树，一个池塘，这样的世界好看极了"，习以为常的雁、树、池塘等自然风景构成了简单却温馨的画面，洋溢着宁静恬淡之美。此外，废名还擅长捕捉生活中诗意的细节传达内心丰富的情感，像树藤间的花、河岸边的杨柳、夜里的桃花等，大自然的一草一木都显得清晰可爱，扑鼻而来的浪漫气息让人流连忘返。

沈从文认为废名的乡土小说是最纯粹的农村散文诗，曾坦言自己的创作也深受其影响，"对农村观察相同，地方风俗习惯也相同"②。并进一步指出："在神之解体的时代，重新给神作一种赞颂。在充满古典庄严与雅致的诗歌失去光辉的意义时来谨谨慎慎写最后一首情诗。"③"最后一首情诗"正是对田园牧歌式的古典审美趣味的不懈追求，对传统文化规范的认同。《菜园》中"夏天薄暮，溪水绕菜园折向东去，水清见底，常有小虾小鱼，鱼小到除了看玩就无用处。晚风中混有素馨兰花香茉莉花香，菜园中原有不少花木的，在微风中掠鬓。"④平淡朴实的语言把静谧、闲适的农家

---

① 废名．桥(下卷)[M]．广州：花城出版社，2010：175.
② 沈从文．沈从文全集(第 11 卷)[M]．太原：北岳文艺出版社，2002：100.
③ 沈从文．沈从文全集(第 11 卷)[M]．太原：北岳文艺出版社，2002：294.
④ 沈从文．沈从文专集[M]．北京：同心出版社，2014：93.

菜园描绘得何其生动，与其乐融融的母子亲情，古典式耕读之乐的生活场景相互映照。

《长河》有对乡村秋天一派萧瑟景象的描写，"半个月来，树叶子已落了一半，只要有一点微风，总有些离枝的本叶，同红紫准儿一般，在高空里翻飞。太阳光温和中微带寒意，景物越显清疏和爽朗，一切光景静美到不可形容"①，寥寥数笔便勾勒出乡村自然风物的神韵，枯树直冲云霄，空灵之美油然而生，既有"古藤、老树、昏鸦、小桥流水人家"的宁静、阴柔之美，又不乏"落霞与孤鹜齐飞，秋水共长天一色"的粗犷、雄伟之美。沈从文还不时从中国古典诗歌的"意境美"中汲取营养，《边城》中"茶峒地方凭水依山筑城，近山的一面，城墙如一条长蛇，缘山爬去。临水一面则在城外河边留出余地设码头，湾泊小小篷船"②。由远及近呈现边城人的居住环境，依山傍水、码头上的小篷船、半水半路的吊脚楼，这样的乡土风景描写可谓"文中有画，画中有诗"，不承担审美之外的任何叙事功能。

王晓梦认为："废名小说的独特之处在于以田园牧歌情调营造诗意古典意境，他的小说反映乡村风景、风俗、人情之美，令人感悟到诗意的轻盈灵动和人生的静谧恬淡。"③实际上，弥漫着浪漫主义气息的田园风光、自然之美不只是废名、沈从文乡土小说中频繁诉说的对象，我们从师陀所营造的"果园城"世界，萧乾在城乡文化差异中构建的"孩童世界"，同样可以听到婉转动听的短笛声，令人流连忘返。"远远的小屋顶上冒出炊烟，在空中飘飘，卷舒，不见了，新的青色的烟又升上来。小山坡上有白点蠕动，大致是羊了，这一切都渲染着橙色，沐浴在宁静的大气里。"④这是师陀在《过岭记》中对小茨儿故乡景致的描写，屋顶的炊烟、山坡上的羊群、变幻莫测的云朵，幽静、安详的画面久久在脑际回荡，足以净化人的灵魂，产生愉悦的心情。师陀在小说《巨人》中吐露出自己不喜欢家乡，却怀

---

① 沈从文. 沈从文全集(第11卷)[M]. 太原：北岳文艺出版社，2002：143.
② 沈从文. 边城[M]. 南昌：江西人民出版社，1981：6.
③ 王晓梦. 论废名小说的诗化艺术[J]. 东岳论丛，2009，30(11)：61-65.
④ 师陀. 师陀全集(第1卷)[M]. 开封：河南大学出版社，2004：58.

念着那里自然的风景。诚然，对于古代作家来说，他们对故乡的感情倾向于单纯的热爱、思念，而现代作家的"爱乡心"要复杂得多，像师陀这种爱恨交织的感情也是一种相互平衡的心理机制。尽管他有时对故乡丑陋的人事、民众浑浑噩噩的生活状态充满厌恶，但对那里广阔的原野、"山气日夕佳，飞鸟相与还"的自然景象却难以忘怀。杨义在谈到《果园城记》时指出："它是一首首朴素而纯真的乡土抒情诗，一首首柔和而凄凉的人生行吟曲。"①师陀作品中抒情诗般的自然景致象征着他对故乡的热爱，时间在果园城几乎是停滞的，人们仿佛永远无法迈向明天，生命变得萎缩、低迷，像孟林太太、素姑一样在被遗忘的环境里终老一生。有评论者说："时间遗忘了这里的风景，风景依然是那样的美丽。"②确实如此，乡土风景没有因时间而褪去绚丽色彩，"向日葵孤单单的伫立着，垂首倾听着什么，样子极其凄惶"，"犁过的高粱同谷地，袒露出褐色的胸怀，平静的喘息着，在耀耀的阳光下午睡"（《秋原》）。这里运用拟人的修辞使物人格化，平常的"向日葵""刚犁过的高粱地"似乎具有了像人一样的行为举止，生动、逼真地再现了大地万物的神性之美。

整体上来看，京派乡土小说中诗意的风景与牧歌情调总是相互衬托，也迎合了生态伦理中"回归自然"的价值观，具有悠长、舒缓之美。杨义说，"沈从文的小说牧歌情调不仅如废名之具有陶渊明式的闲适冲淡，而且具有屈原《九歌》式的凄艳幽渺"③，这就肯定了沈从文乡土小说"返璞归真"的情趣。而废名对乡土自然景观和谐之美的反复吟唱中同样饱含牧歌的特征，他不仅从中国古典诗词中汲取营养，还接受域外文学影响，尤其受到英国田园作家哈代描绘宗法制乡土风景的启发。无独有偶，沈从文同样受到哈代的文学理念感染，比如《德伯家的苔丝》中群山环绕、碧水蓝天是苔丝的生活环境；《卡斯特桥市长》中资本主义经济模式的到来，使工业

---

① 杨义. 中国现代小说史（第 2 卷）[M]. 北京：人民文学出版社，2005：425.

② 马俊江. 论师陀的"果园城世界"[J]. 中国现代文学研究丛刊，2003，1(1)：213.

③ 杨义. 中国现代小说史（第 2 卷）[M]. 北京：人民文学出版社，2005：619.

化的"威赛克斯"世界冲击着宗法制农业社会,人们渴望从纯净的自然中寻求精神慰藉。

作为诗化乡土叙事不可缺少的"风景之美"在废名、沈从文、师陀等作家笔下被表现得淋漓尽致,"风景"在他们眼中是纯粹的审美对象,不会像革命作家那样被赋予特定的象征意义,而把叙事内容消融在自然中,人性的淳朴、向善同自然之美相得益彰,其审美性超越复杂的社会指涉意义,持续沁润着我们的心田。

三、生动隽永的意象

环境、情节和人物是小说的基本构成元素,而诗性的意象却可以增强作品的艺术魅力。一般情况下,诗歌长于运用别出心裁的意象以增强美感,同理,小说中的意象也有其独特价值,尤其是以"写意"为主的乡土小说。刘易斯说:"同诗人一样,小说家也运用意象来达到不同程度的效果,比方说,编一个生动的故事,加快故事的情节,象征地表达主题,或者揭示一种心理状态。"①现代乡土小说中的意象已是屡见不鲜,而京派作家的独特性在于他们能够摒弃复杂的社会现实,在小说中营建"诗性"的氛围、优雅的意境、迷人的田园风光、农人悠然自足的生活理想,打通现代与古代文人的精神联系,创造一个具有古典韵味的纯美世界。

废名较早开启了诗化乡土小说创作,他擅长记录日常生活中富有诗意的细节,营造出清新淡远的意境,令人赏心悦目的世界。如翠竹、菱荡、桥、佛寺、灯等意象与人物交相呼应,在隐逸闲适的环境中流淌着坚韧豁达的生命意识,彰显着诗意栖居的生活理想。小说《萤火》中那盏造型简陋的"灯"不仅能照亮夜行者前进的路,而且能给予人们以力量,大千告诉细竹,如果提着灯走夜路碰到野兽,只要放在旁边的灯还在,就会无所畏惧。《荷花叶》中小千的"荷叶灯"既照亮了黑暗的屋子,还诠释着生命的字句。而虎耳草、枣、蕨菜等植物频频被沈从文拿来象征乡村男女对甜蜜爱

---

① 汪耀进. 意象批评[M]. 成都:四川文艺出版社,1989:65.

情的向往。由于童年经历了家庭变故与亲情的冷漠，大自然的旷野、落日、黄昏、炊烟慰藉了师陀落寞的精神世界，创作伊始，家乡这些熟悉、唯美的意象成为反复描述的对象。师陀有"大地守夜人"的称呼，幼年时期没有真正感受过多少温情，"哥哥打我，母亲打我，另外是比我大的孩子也打我"①，受到惩罚之后常常逃到旷野直到晚上悄悄回家，甚至读书的时候思绪也会飞向开阔的旷野，这样的生活经历使他有更多机会亲近自然，对自然意象情有独钟。这些乡土风景始终未曾远离师陀的记忆，"旷野""夕阳""黄昏"总能给人以美的享受，"那时日已将暮，一面的村庄是苍蓝，一面的村庄是晕红，茅屋的顶上升起炊烟，原野是一片静寂(《落日光》)"②"我目睹了夕阳照着静寂的河上的景象，目睹了夕阳照着古城树林的景象"③。这些司空见惯的自然意象隐喻着人们安详、自足的生活状态，并能给人以温暖的情感体验，包蕴着生命的自由、澄明之境。就连那些荒芜、衰败的自然物像都被描摹得充满诗意，记录着师陀对生命的独特体验，"颓坍了的围墙，由浮着绿沫的池边钩转来，崎岖的沿着泥路，画出一条接界""霞光照射着残碎的砖瓦，碎片的反光，将这废墟煊耀得如同瑰丽的广原一般"(《毒咒》)④。落满灰尘的荒园，无人问津、衰败不堪的"废墟"并不妨碍师陀对生命的诗意表达，超越现实层面之上的是生命从繁盛到萧条再到颓唐的写照。纵观文本中出现的或温馨或凄凉的意象，无不关涉人物的性格与命运，也可以说是人物内在心理的延展，借此我们可以窥见生命的蜕变过程。

尽管师陀一再声称自己的创作不从属于任何流派，但他的乡土书写还是打下了"京派"的风格，初登文坛时的小说集《谷》就发表在沈从文担任主编的《大公报》文艺副刊上，并得到赏识。他们还常有书信往来，刘增杰曾

---

① 刘增杰. 师陀研究资料[M]. 北京：北京出版社，1984：270.
② 师陀. 师陀代表作[M]. 北京：华夏出版社，2008：185.
③ 师陀. 师陀代表作[M]. 北京：华夏出版社，2008：222.
④ 师陀. 师陀代表作[M]. 北京：华夏出版社，2008：166.

说："沈从文以自己生命的美丽滋润着师陀的心田。"①基于此，可以说善于绘制风景、构建诗性的意象是他们共同的美学追求。废名《竹林的故事》用"竹"的品性象征三姑娘内心的纯洁与善良，而《边城》中也多次出现"竹"的意象，小说开篇就有"两岸多高山，山中多可以造纸的细竹，深翠颜色，逼人眼目"的景物描绘，四周被竹子环绕的茶峒是叙事环境。主人公翠翠因竹而得名，"住处两山多篁竹，翠色逼人而来，老船夫随便为这可怜的孤雏拾取了一个近身的名字，叫做'翠翠'"②，"竹"的青翠欲滴正是美好人性的象征，并充当了故事发展的情感符号，为翠翠与船总顺顺两个儿子之间难以取舍的爱情纠葛做了铺垫。事实上，"竹"的爱情寓意可谓源远流长，自古就有"青梅竹马"指涉青年男女之间情投意合的爱情，古典诗词中有"郎骑竹马来，绕床弄青梅""同居长干里，两小无嫌猜"的意象。除了"竹"的爱情寄意，翠翠梦中的"虎耳草"也有懵懂爱情的寓意。

　　动物意象与植物意象在沈从文的小说中占有同等重要的地位，《长河》中每天跟随夭夭的那只"大白狗"，它可以衔回因乌鸦抖动树枝掉在地上的橘子，关键时刻又是勇敢的卫士，看到主人受到保安队长和师爷的为难时会发出大声的狂吠。"黄狗"是《边城》中经常出现的意象，看起来不起眼的动物却有着人的灵性，它是推动翠翠与傩送相识、相恋的桥梁，当看到翠翠受委屈时会发出汪汪的叫声，充当主人保护神的角色，凸显着动物的灵性。"处处俨然如一只小兽物"③"两个人皆结实如老虎，却又和气亲人"④，这里分别用"小兽物"和"老虎"意象来形容可爱、天真活泼的翠翠，以"拟物"修辞带给读者无限的想象空间，有着统摄小说整体结构的作用。《萧萧》中"猫"是一个被多次提及的意象，萧萧那孩子气的"嗨嗨，看猫呵"，果然使哭闹不止的小丈夫破涕为笑，慢慢合眼入睡。从文中不难发现，这只猫一直扮演着哄逗孩童的角色，化解人力难以解决的困境，增进

①　刘增杰. 师陀研究资料[M]. 北京：北京出版社，1984：175.
②　沈从文. 边城[M]. 南昌：江西人民出版社，1981：3.
③　沈从文. 边城[M]. 南昌：江西人民出版社，1981：17.
④　沈从文. 边城[M]. 南昌：江西人民出版社，1981：34.

了童养媳与三岁小丈夫之间的感情。类似的动物意象在沈从文小说中还有很多，《三三》中的"鱼"是三三消遣娱乐对象之一，对"可以钓鱼吗"的不同回答则暗示了这个思想单纯的农家女孩爱憎分明的情感。《王嫂》叙述了城里做女佣的农妇王嫂经历了大女儿早逝的痛苦，儿子在战场上随时都有生命危险，生活的不幸没有击碎她坚定的信念，依旧平静地做着该做的活，"大公鸡""小母鸡""小黑狗"等动物意象在她眼中仿佛蕴藏着精神的寄托，是一种达观顽强、平和冲淡的生活姿态的写照。总之，沈从文小说中的动物意象常常被赋予人性内涵，营造出温情、暖意、和谐的氛围，唤醒人们内心至真至善的情感，以诗意的意象淡化人物悲情的命运。

　　"健康、优美的生命形态""如梦如幻的风景画""生动隽永的意象"是20世纪三四十年代乡土小说诗性书写的意蕴所指，且在废名、沈从文、师陀、孙犁等京派作家笔下有较为集中体现。虽然萧红的《呼兰河传》、端木蕻良《大地的海》、沙汀的《淘金记》、陈瘦竹的《春雷》、碧野《肥沃的土地》等小说中也有对风俗人情的诗化描绘，但多被打上了或人性批判或反抗阶级压迫抑或战争与革命底色，与文学自身的审美性、艺术的独立性仍有差距。而沈从文等京派作家对个体生命、自然风景、灵动意象的不懈追求阐明了乡土审美的主要内涵，遗憾的是受时势影响没有受到太多关注，且有退隐与转向的趋势。应该说，在阶级利益相对平衡、社会矛盾舒缓的常态社会，乡土审美与诗性才能有更多发展空间，但在战乱不断、刀光剑影的异态社会，这一主题明显与现实人生之间显得格格不入，也因与时代要求不相宜而受到质疑。唐弢说："就沈从文创作的基本倾向而言，总是有意无意地回避尖锐的社会矛盾，即或接触到了，也加以冲淡调和。作家对于生活和笔下的人物采取旁观的、猎奇的态度；对于黑暗腐朽的旧社会，缺少愤怒，从而影响了作品的思想艺术价值。"①这一评价自然是以社会、政治、阶级为标尺看到了其中的"落后性"，因为他的乡土书写总是以文化、情绪、经验为叙事基点。不仅把生命、自然、意象的美放置在较高

---

① 唐弢．中国现代文学史(二)[M]．北京：人民文学出版社，1979：280.

层面，而且借"希腊小庙"里所供奉的理想人性来拯救当前日渐腐化的人生。可惜波涛诡谲的大时代急需的是"投枪与匕首"，而形而上的人性思考显然无法抵挡来势凶猛的革命浪潮袭击。在动荡的政局下，沈从文也意识到了文学创作自由在当时的局限与羸弱，在精神危机下决定转向历史文物研究，在那里延续对"人"和"美"的发现与思考。

遭遇理想与现实矛盾困扰的还有师陀，他以审美的姿态关照自己的描写对象也是阻力重重，王瑶说，"对于那个充满了官绅兵匪的贫穷动乱环境是憎恶的，却又田园诗人似地欣赏着那里的自然景色。他不愿看到他所要写的那些环境里的人物，却不发掘那些悲惨的社会因素，而把情感赋予了自然的景色"①，并进一步指出尽管他小说的艺术技巧逐渐成熟，但与当时社会现实的背离其"积极意义就很少了"。全面抗战之后，师陀开始尝试创作一些直面残酷乡土现实的小说，《无名氏》《春之歌》《夜哨》《胡子》等篇目毫不避讳地谈到了农民抗日，又有人提出了他对这类题材把握的不足"主题表现稍欠明确"，但不管怎么说这也是在审美内涵不合时宜的情况下主动向"大众文学"靠拢的体现。废名第二阶段的创作虽然还是在追求诗化的思想与思想的诗化，但已不再是那种不食人间烟火般的"梦"的书写，超凡脱俗的世外桃源境界营造，在他后来的小说中看到了战乱纷争时代乡土社会的投影，看到了庸常百姓的喜怒哀乐，切实的社会人生取代了超验的终极关怀。战争的急迫性使得乡土诗化叙事遭遇尴尬，因为在"一个狂风暴雨的时代，艺术的完美和心理的深致都难以存身"②。也就是说，在"非常态"语境下的乡土诗性与政治文化很难兼容，故此随着乡土革命书写的兴起，诗性书写有了退隐之势。

第三节 乡土苦难与抗争的主导态势

血与火的战争、社会民族解放的现实激起了众多作家的忧患意识与使

① 刘增杰. 师陀研究资料[M]. 北京：北京出版社，1984. 307.
② 刘西渭. 咀华二集[M]上海：文化生活出版社，1947. 4.

命感，他们自觉以唯物史观为价值导向，视文学为社会革命的工具，肯定文学的政治价值，因此"阶级""大众""民族"等话语受到越来越多重视。这时的苦难与抗争已超越形而上意义上的启蒙、诗性、生命等内容，成为乡土书写的主导趋势。苦难是生命残缺的象征，是外在生命与内在生命之间的冲突，也是社会动荡时期人们的生存常态，更是古今中外文学作品经常涉及的主题。"苦难具有多重指向性，它既直指人们的物质生存，也指向人的精神内心乃至更深层次的灵魂与人性"①。20世纪三四十年代乡土小说中的苦难书写，主要指向乡民在物质匮乏与生存困境中所经受的身体痛苦，更多的是一种实在的苦难。作家把时代与民族苦难编织进乡土小说，并具化到生命个体在时代巨变中的苦痛挣扎，体现出一种人道主义情怀。

"苦难确实是客观化历史最坚定的事实基础，也是主体感受最强烈的情感记忆。苦难是历史叙事的本质，而历史叙事则是苦难存在的形式。对苦难的叙事构成了现代性叙事的最基本形式之一"②。纵观20世纪三四十年代时期的乡土苦难，尽管废名、沈从文、师陀等作家带着悲天悯人的情怀表现乡民生活的不易与穷困，但并不关乎伦理道德与政治判断，旨在"人性的发扬"与生命意义的探索。其实，在烽烟四起背景下，众多作家根本来不及对生命、人性进行形而上层面的思考，而是以近乎速写的形式记录着水深火热中的苦难人生以及不堪重负后的反抗，这一路径演变为乡土书写的主导态势。也可以说在民族救亡、社会解放的历史召唤下，众多知识分子把"农民、乡村作为对象来反思整个民族的历史道路"③。事实上，表现不幸社会民众的众生相，以及在民族灾难面前的悲苦哀号也是作家对时代应尽的义务。从社会性质层面来讲，中国是一个有着悠久历史的农业

---

① 肖欢.温情浸润的苦难悲歌[D].南昌：江西师范大学，2017：5.

② 陈晓明.无根的苦难：超越非历史化的困境[EB/OL]. http://www.culstudies.com，2003-04-09.

③ 赵园.地之子：乡村小说与农民文化[M].北京：十月文艺出版社，1993，19.

文明以农民为主体的国度，乡土小说能够较为深刻地揭示历史剧变、民族兴衰的过程，而乡土社会所遭遇的重创使苦难成为绕不开的书写主题，呈现出情节的贫穷苦难与结局的反抗与革命化。

一、乡土苦难的表现

一般而言，世俗苦难与人类的活动与意识相关，因此，"从广义的社会学角度，可以理解为社会苦难（如贫穷、动荡、战乱等）和大地苦难（自然、生态苦难）"①，而民族国家苦难在个体身上表现为物质贫乏的疾苦、身体的磨难与痛苦、甚至死亡等，"如果说关注苦难说明我们的作家已经开始瞩目乡村的当下性，那么如何去表现这种当下性，即如何对待苦难，如何去思考苦难背后更深刻的东西，这依是我们需要深入思索和探究的问题"②。现代乡土作家多以现实主义姿态，客观地呈现出动荡语境下乡民悲惨的生存处境，以及反抗与救赎之路。

自帝国主义的枪炮打开国门之后，统治者天朝大国的美梦被击得粉碎，民众陷入饥寒交迫的困境，民族新生、国家出路成为几代知识分子孜孜以求的目标。抗日战争是民族矛盾的最大化时期，"御敌抗战""民族救亡"的精神诉求把不同阶层的人们紧紧拧在一起。走出书斋的作家加深了对底层民众生活处境的感受，尤其是满目疮痍的乡土、生死挣扎状态的农民深深触动着他们的每一根神经，并把写作视阈投向这片灾难连连的土地，开始正视乡土苦难。在中国新文学史上苦难是一个被反复书写的话题，更是乡土文学介入现实人生的主要途径之一。战争使中华民族在人力、物力、财力等方面损失惨重，乡土社会也受到重创。可以说，民族矛盾的不断升级、由来已久的阶级矛盾依然如故、资本主义转嫁经济危机的商品倾销行径风行一时等社会现实打破了原本宁静祥和的农村，农民日出而作、日落而息的生活节奏也变得混乱不堪，长期被流浪、饥饿、寒冷所

---

① 张宏. 新时期小说中的苦难叙事[M]. 北京：中国传媒大学出版社，2009：1.
② 李勇. 面对苦难的方式——评新世纪以来的乡村小说叙事[J]. 武汉科技大学学报（社会科学版），2009(4).

困扰，脸上写满了辛酸、绝望、愤懑的情绪，他们的生存苦难令人痛心，于是作家把视线纷纷转向灾难频发的乡土与深陷泥淖的乡民。

值得一提的是，这一时期出现了直接以苦难、灾难等词语为题目的作品，《苦难》(沙汀)、《受难者》(艾芜)、《盐灾》(蹇先艾)、《悲凉的乡土》(王西彦)等小说真实地展现了战时农民的命运遭际。《苦难》描述了战乱中的市街，到处充满着呻吟、倒毙、啼哭声、嚎叫声，尖山人竟然把人肉做成汤锅肉来卖，年老多病的村民变卖财产，换来的仅仅是几角玉米，邮政局长罗林看到跛脚老人的哭号，不敢表达出同情，因为那些饥饿的人群会马上聚拢过来，小说最后写到了野外青猴们的哀叫，江水的咆哮，以哀景衬托农民凄惨的处境。《受难者》中尹嫂子的丈夫被迫替日军做事，当看到丈夫带领日军就要闯进村子时，她内心陷入抉择的两难，回村子叫壮丁就意味着拯救了整个村庄的性命，而且借此报答村民的恩情，但丈夫很可能第一个牺牲，在反复思虑之后她还是选择了回镇上报警，做出了大义灭亲的举动，后来在大家欢庆胜利之时，她想到了死去的丈夫失声痛哭。《盐灾》中国民党加重税收导致盐价飞涨，在红沙沟村以前的吃盐问题依靠盐巴客，现在他们承受不了岸商高涨的盐价而不再从中做转售，这样村民要想吃到盐必须从盐帮那里购买任其剥削，对于人们来说，这一问题和冷暖无关，和贫穷更无关，但每天吃饭的淡食好像是活受罪，残酷的刑罚，有人因为这场灾难自杀，有人离家出走下落不明，盐灾还是像传染病一样蔓延着。《悲凉的乡土》以几个家庭变故揭示乡土悲凉，刘兴嫂到东家讨要喂养孩子的乳汁钱为丈夫治病，谁曾想杜家因麻花铺子关门生活也很拮据，只能败兴而返；凤仙给东家放牛挣钱，因为牛吃了别人家的栗子就被陶二爷赶出去，万般不舍的父母把她卖到"下路"给洋鬼子做药水；天气干旱，水稻还没有"拔苗"就断了水，为了祈雨村民"敬龙王"不成竟使出了"晒龙王"的招数，阿奎、蛮牛哥、老四因为偷黄谷被关进城里的"班房"，金喜麻皮在掘掉地主养生二爷家的井沿后全家一起吃了毒虫草自杀。在这个躁动不安的世界，轰鸣的机枪声中，加上欲壑难填、毒如蛇蝎的地主阶级疯狂剥削行径，苦难成为农民头顶难以拨开的乌云，架在脖子上的利剑。

如果以上乡土小说从题目到内容都彰显着作者深切的社会关怀意识，表现战乱中农民的生存苦难与不幸，那么还有一部分作品由于受到当时严格的文学出版审查制度限制，只能采取曲折、委婉的方式呈现这一主题，比如，王西彦、沙汀等人的创作。王西彦在浙东农村度过了自己的童年与少年时光，较为熟悉农民生活中的悲苦辛酸，创作时只要回忆起少年时代的家乡农村生活，就会在脑子里展现出一连串令人战栗的悲凉景象，抗战的现实更是激活了他内心的痛苦记忆。《车站旁边的人家》《乐土》讲的是日军强迫修路使农民失去了肥沃的田地，造成满目疮痍、生灵涂炭的乡土苦难。《福元佬和他戴白帽子的牛》写了日本兵到乡下抢黄谷，"中央军"的各种"征""购"粮食政策，梳子加篦子，根本没有给老百姓留活路，受战事影响福元佬到牛市上卖自己的耕牛，遇到"中央军"抢市，在逃跑中牛被抢走。在传统农业社会，土地和耕牛是农民的"命根子"，可是战争破坏了老农基本的生产资料就意味着生活苦难的开始，几乎每天都要忍受饥饿的煎熬以及由此引发的家庭悲剧持续上演。

同时，沙汀也积极响应"以血泪为文章，为正义而呐喊"的创作宗旨，他的乡土小说多以四川农村与小城镇为叙事背景，选材视野并不开阔、场景也没有那么宏大，擅长从生活中的小人物、小事件发微，以细小的沙粒折射出宏伟的世界，以革命的社会文化学为叙事基点，客观的叙事态度、冷静的社会剖析见长，留下了"社会剖析"的印记。作品中既写出兵匪骚扰掳掠下闷气、困苦的乡土，又毫不留情地控诉农村的保甲、帮会、兵役制度以及地主豪绅的罪恶。在《联保主任的消遣》中联保主任彭瘫的消遣方式是吃肉喝酒练习胡琴，当乡下一个幺跨子女人走过来给他讲起救国公债的不公平摊派并拘留了她的丈夫时，并没有得到他任何回应。《代理县长》写街上有狗吃人的惨状，五狼沟发现了一家吃人肉的惨状，而代理县长却每天都可以吃腌肉和烘蛋，从乡镇上征集到城里服兵役的壮丁住的是小茅棚，代理县长和老科长的住所是衙门的标准。《替身》揭露了兵役制度黑幕对穷苦百姓的毒害，保长在完成抓壮丁的任务，还差最后一个，因为周围的人都是亲戚或有势力不好下手，而恰好一个过路的老盐商被无辜地剪了头发刮了胡子充了壮丁，这种带有极大随意性的策略对无权无势的农民阶级无疑是雪上加霜。

茅盾在《还是现实主义》一文中说道："历史上最杰出的写实主义作家的健笔也不能把我们今日壮烈的现实反映得足够。"①其实怎样激扬的文字在这样惨烈的现实面前也会显得苍白无力，大后方的农村随处可见靠榆树皮和草根维持生计的农民，用黄泥饼子安抚哭闹的孩子，荒凉的市街上充满着呻吟、倒毙、啼哭声、嚎叫声，吸血鬼般的地主豪绅，联保主任的不作为，这些无时无刻不在加重农民的苦难，他们每天在岌岌可危的困境中度日。纵然文学是对现实生活的反映，而这布满阴云、满目苍夷的现实即使像沙汀这样有力的笔触也很难充分再现当时血泪可怖的现状：乡绅内部的明争暗斗、整顿兵役的虚假、封建帮派与土匪的乘虚而入，暗无天日的现实无不加深着乡土苦难。

无论是直接还是间接谈及抗战带来的乡土苦难都意义深远，至少透露出作家主动迎合社会政治要求的创作心态，表现民族矛盾不断激化下的乡土人生。朱光潜曾鞭辟入里地指出："如果文艺作品中可悲的比可喜的情境多，唯一的理由就是现实原来如此，文学只是反映现实。"②除了国统区作家以隐晦的方式表达对侵略者的憎恶、灾难连连乡土社会的悲悯之情，沦陷区作家对这一题材的把握很大程度上确认了"可悲多于可喜"的历史事实。亚里士多德指出："苦难指毁灭性的或包含痛苦的行动，如人物在众目睽睽之下的死亡、遭受痛苦、受伤以及诸如此类的情况。"③1931年东北沦陷激起了国人的民族仇恨，经受家园沦丧之苦的东北作家率先以笔为枪，他们用鲜血来打稿，用墨水来誊抄，写出了民族苦难背景下民众所遭受的痛苦与创伤。在萧军、萧红、端木蕻良、舒群、白朗等人的创作中出

① 茅盾. 还是现实主义[J]战时联合旬刊，1937(3).

② 朱光潜. 文学上的低级趣味[J]. 时与潮文艺，1944(5).

③ [古希腊]亚里士多德，陈中梅译. 诗学[M]. 北京：商务印书馆，1996：89-90.

现了直接暴露侵略者的罪行题材，并把战争引入乡土小说，农民被历史的巨轮卷入弥漫着硝烟的炮火中，他们在忍无可忍之下，勇敢地抗争是为了捍卫那片生于斯长于斯的土地，也是对苦难的反击。其中的"始作俑者"要数李辉英以"九·一八"事变前发生在吉林省的万宝山事件为契机创作的《万宝山》，小说讲述了农民不愿做亡国奴的集体抗争，汉奸郝永德的到来打破了农民安乐祥和的日常生活，也是苦难的开端，他用钱打通关系租下万宝山附近的"官荒地"，然后再卖给朝鲜人，朝鲜人到来后肆无忌惮地在农民的田地上挖沟排水，如果河流暴涨会直接出现洪灾危及农民生命安全。

萧军《八月的乡村》中写战争的到来使农民失去了自由的天空、肥沃的土地，他们对生活的期许仅仅是有田地可以耕种，老婆不再挨饿，孩子可以在学堂念书，却显得何其渺远。端木蕻良《鹭鸶湖的忧郁》虽没有直涉农民抗日主题但以农民偷庄稼这样的独特视角，映射他们求生的艰辛。玛瑙在地主家看守青秸挣钱，晚上抓到的第一个"偷青"的人竟然是自己父亲，生活的重担把他的背压得越来越弯曲，还患有痨病却没钱医治，当遇到第二个偷豆子的小女孩时，听到那句"让我再割一点"的哀求，玛瑙没有阻止还走上前去帮忙。梁山丁《绿色的谷》以深沉的爱国情感和浓郁的地方色彩，再现了日本帝国主义侵占东北后的农村血泪交织的生活。小说讲述了北壕沟地主林家窝棚的衰败，日军的突袭使佃户于七爷连寿衣都没来得及穿上就死去了，于七奶孤苦伶仃地死在黑暗的小屋，尸体都无人收拾，河套地换主，小铁路修进狼沟逼得佃农陷入无地可种的灾难。马加《演习之后》写日本兵在村子里演习训练之后，村民幸福的日子成为泡影，无辜百姓被枪毙，房屋的篱笆被拆散，庄稼全完了。悲愤的王二奶一次次劝说大家要用自己的生命力反抗敌人，宣传队的到来使村民感到欣喜并看到了未来的希望，王二奶却由于一直以来沉重的精神负荷而变得昏然、癫狂。白朗的《轮下》洪水席卷了村民的房屋、庄稼，逃出来的人无疑沦为难民，他们自己搭建起简易的房子住下来，当时伪满洲国的统治者以"有碍观瞻"的理由强行拆除房子，反抗者被推进囚车，陆雄嫂母子死于呼啸而过的车轮下。

　　实际上，不仅东北沦陷区的乡土小说充满着这样的生死呐喊，1935 年随着华北地区陆续沦陷，这时期的文坛在疲软中也隐约有复苏的趋势，作家的文学创作往往以委婉、曲折、象征的修辞传达自己的思想以避开当局查禁，乡土小说创作亦然。关永吉是华北文坛这一文体的最早提倡者，不仅有"我乡我土"的理论，而且还有凸显乡土苦难的创作实践。《牛》用牛来隐喻农民的吃苦耐劳精神，围绕艾子口镇的乡绅高五爷的命运转折展开。本来是镇上的地主有着殷实的家境，后来被迫离开土地到城里做军需处处长，生活每况愈下，几年过去了他最终还是回到了熟悉的故乡重振家业，虽然粮食丰收了却在集市上卖不出去，又被镇长、王世忠、王盛甫等地方邪恶势力逼着交一万八的花销，生活面临想要辛勤劳作过平静日子而不得的痛苦。如果生活富足的地主家庭生活被层层阴影包围，那长工的日子就更苦了，赵钟的理想是将来可以有自己的牛，租上一二十亩田地，在他的眼里城里人买一双皮鞋的钱足以够置一亩好田。小说还有一层内涵是，无论时代如何变迁耕牛却可以始终安闲地咀嚼、吞咽谷草，但农民却要承受多舛的命运中难以预测的苦难折磨。

　　黄军在卢沟桥事变后创作的《桑芽》《果园》等小说写出了蔓延在农村的兵灾带给农民的苦难，较为全面地展现了战争对华北农村社会经济形态的冲击。《桑芽》中的老凌靠给地主家做活维持一家人的生计，十几年的劳作赎回了房子，计划着将来养蚕致富，可是日敌入侵使刚刚有了新生活的家庭重新陷入惊恐之中，村里的地主都趁机出逃，而像老凌这样的穷苦人家在灾难面前只能寄希望于上苍的保佑。《果园》写尽管村庄果园里的花开得很好，但不断穿梭而过的队伍使村民惊慌失措对好收成没有太多信心。被异族统治的沦陷区呈现出特殊的社会格局，作家在这一语境下的创作心态也极为复杂，林榕说："我总是有这样的一个感觉，以为今日的从事文艺工作者，不是在做官样的文章，就是以文学为求生的工具，今日活跃于文坛上的人物，恐怕只是很少的一部。另外的一些却是在沉默中工作的，也不为我们所知，他们既不以文学为求生，更不是以文学做职业。这才是一个文学者的应有态度，真正的龙虎或许产生于这里也未可知。"①这段话基本概括了沦陷区作家三种不同的心境，但总体来看，在文坛默默耕耘寻求"以文救国"的作家居多，而乡土倾向一方面是作家恋乡之情的抒发，另一方面是民族意识的迂回表达。

"八·一三"淞沪战役的爆发标志着上海除了租界外大部分地区将要沦陷，而同东北、华北沦陷区不同的是上海曾是30年代的新文学中心、左翼文学、海派文学的发源地。沦陷后出现了作家竞写战争题材的短暂高潮，虽然当时的创作主流是以小市民、知识分子生活为中心的都市书写，但乡土苦难、农民抗争、社会批判的主题还是受到一些作家垂青。沈寂在回忆自己的创作心态时强调作品内容主要是写出抗战时期老百姓的悲惨生活，不写城市，因为农村受害更大，也是因为他参加过新四军的缘故对乡村老百姓的苦难有切身体会，所以小说多以乡土题材为主，《大草泽的犷悍》《鬼》《大荒天》等都在当时上海颇有影响力的《万象》杂志上发表。小说《大草泽的犷悍》讲述了金钱吞噬人性后的悲剧，比坟地、尸骸更恐怖的是农民被苦难的生活压榨后扭曲的人性，两个汉子被生活逼上了掘坟盗墓的道路，驼背被打开的棺材里那只金元宝吸引，马上想到了还债、赎回小金花的事情，但他没有抢到，在争执中被同伴推入棺材钉死。《鬼》以孤老婆子的经历控诉封建社会族规的残酷，被冤枉而承受家族的惩罚，赶出村子凄惨地在祠堂里度过余生，被族叔这样的"活鬼"逼成"真鬼"的样子。小说中"鬼"的意象还在譬喻当时日本侵略者这样的厉鬼形象。《大荒天》中长根娘的小孙子被其父母卖掉换来粮食救活家人，靠割小孩肉卖钱的金和尚要拉走长根娘的大孙子，长根娘一改原来的慈祥面目痛骂金和尚，并把大孙子关进屋子保护起来，但不肯罢休的金和尚把目光转向了长根，被激怒的老太婆把剪刀刺向自己的胸口流着鲜血冲出屋门让金和尚来割，这是农妇对压迫的勇敢反抗。沉寂的乡土小说总是善于营造一种阴冷、血腥的氛围来烘托故事中人物的苦难生活与悲悯命运，发人深思，在一定程度上提高了

---

① 林溶.沦陷区作家的创作心态[J].中国文学，1944(2).

沦陷区文学的艺术水准。

身陷"孤岛"的唐弢虽以杂文创作最为出色，但也有描写农民乡村生活之苦的小说《稻场上》《敲梆梆的人》等篇什。《稻场上》地方恶绅林四爷的横行霸道造成了农人莲姐儿、马春虎的命运悲剧。《敲梆梆的人》写虎啸王村一直以来频繁遭受土匪袭击扰乱，胡包子晚上在村外巡行发现土匪的行踪后以敲梆梆的形式叫醒村民，事后有百元奖励，最后在土匪到来的那天，村民胜利击退土匪但却因无人打开堡门而胡包子死于敌人的枪口下，村长暗地里还在谋算着怎样分配那些本该奖励给胡包子的赏钱，被欺凌的弱小者本来想把赏赐的一部分作为自己将来买棺材的本钱，何曾想到落下命丧黄泉的结局，显然，比土匪抢掠更可怕的或许是村民之间的明争暗斗，无疑加深了乡土苦难。创作成熟于华北沦陷时期的马骊在他的小说集《太平愿》扉页上写了乡村是美丽的，但是村中的居民命运却破败不堪的话语。当然，他的作品表现的不是美好的乡村，而是农民破败不堪的命运悲剧，这何尝不是战争时期乡土社会整体面貌的概括。小说《太平愿》写的是乡长一家的悲惨命运，战乱给范二虎、刘福爷这些地痞流氓作恶提供了可乘之机，他们杀害乡长王六爷的大儿子，还要强迫乡长号召村民集资请大戏还"太平愿"，淫威并施下的屈从并没能保得一家人的平安，姨太太被夺走、二儿子无辜蒙难，落得人财两空的窘境，"太平愿"也只能是一种美好而渺远的愿望而已。他在中篇小说《生死路》中描绘了一个令人毛骨悚然的场景，十几岁农家姑娘同狗争抢地上苦工羞辱她吐在地上的食物，暗示了惨不忍睹的事实——"饥饿的迫害，死亡的吓骇，使人间消灭了同情、怜悯、携助与扶持"。人们的同情心在到处弥漫着饥饿、死亡、恐惧的乡土面前失去了光泽。

二、乡土苦难的成因

乡土苦难的根源有多种，其中日军惨无人道的侵略行为与地主毫无底线地剥削不容轻视，并且是浓墨重彩的一笔，地主阶级对农民的欺压没有因民族危难而停滞，这一矛盾在新中国成立前的很长一段时间内一直存在，是酿成乡土苦难的又一诱因。地主阶级拥有大量土地与丰厚的财富积累，一般情况下，他们还执掌着相当的乡村权力，助长了对农民经济剥削与政治压迫的气焰，剥削阶级与被剥削阶级之间不可调和的矛盾也由此而生。从时间上看，二十年代的乡土小说叙事多倾向于封建文化批判与思想启蒙的角度，但到了社会矛盾丛生的三十年代，作家意识到更严峻的农村现实，不再把写作视阈仅停留在对农民精神境界的叩问，而是从社会学、政治学的方向思考农村经济崩溃、农民生活苦难的根源，尖锐的阶级矛盾自然是绕不开的话题。魏金枝在这一时期改变创作方向，停止专注于个体生命存在的精神探究而注目于社会革命中的群体人生状态，从对古老乡村的沉寂与衰老的关注转向乡土苦难。《野火》控诉了老活尸对农民的逼迫，他的死亡正是民众的期盼，同时"野火"不仅实指"我"和儿子所放的那一把火，也隐喻农民群起反抗封建统治的烈火。《三老爷》在抗战时期为了重拾自己行将就木的封建势力特权而投敌做汉奸，放火、杀人无恶不作，最终被堂弟杀死，这是农村革命活动兴起的象征。刘西渭曾这样评点叶紫的小说，"这里什么也不见，只见苦难，和苦难之余的向上的意志，我们不妨借用悲壮两个字形容"[①]，而悲壮何尝不是左联作家乡土小说的主色调，是村民在乡土苦难面前拼尽全力抗争后留下的映象。

夏征农的《禾场上》写村落走不出贫穷的困扰，"一车田就算有收成，一车田约三四十亩，能收五六十石谷，也眼见着一五一十算进田主的仓里去了"[②]，一年的劳苦完全好了田主。《春天的故事》"揭示出当时农村阶级斗争的实质，一面是地主豪绅对农民的欺侮、剥削、压迫，一面是农民们在地主豪绅的压榨下的呻吟、反抗和斗争"[③]，《萧姑庄》写萧姓村落里上百户人家大多靠租种萧姑庄的田地生活，尽管田庄几易其主，不变的是对佃户的剥削，五阎王是刚换的庄主，在征收谷租的时候不愿维持去年的六收，挑去的谷子还要经过风车过滤出禾衣、谷壳，经过这样挑肥拣瘦的压

---

① 刘西渭. 咀华二集[M]. 上海：复旦大学出版社，2005：20.
② 夏征农. 夏征农文集（第3卷）[M]. 上海：上海人民出版社，2002：15.
③ 夏征农. 征农文艺创作集[M]. 上海：上海文艺出版社，1983.10.

榨，农民交过地租之后可能连禾种都无法保留。在封建社会本来个体农民是拥有一定土地和生产资料的，但为了维持生活不得不卖掉部分土地换得现钱，这样他们的身份就开始从自耕农到半自耕农甚至佃户的蜕变，在他们租种土地的时候，地主为了自身利益经常提高地租，由此形成"富人"剥削"穷人"的恶性循环。

华汉《暗夜》的开头就写了佃户老罗伯交不起租而陷入绝境，其中的原因是地主在荒年不肯减租，他认为"过去的一切艰难与现在的一切困苦，都是田主人厚赐他的，假如没有他，在过去他不会那么的困穷，现在也绝对不会这样的冻饿"。蒋牧良在三十年代积极加入左联，以清醒的现实主义姿态审视乡土肌理表达自己的爱憎情感，对底层农民的同情和对地主、劣绅非人道统治的鞭挞贯穿作品始终，形成"诚挚朴实"的叙事风格。《三七租》中提到的"三七租"是一种土地的租佃方式，更是地主残忍地从农民身上榨取利益的途径，立福为了一家人的生计忍痛签下了契约，辛勤耕耘一年收获的谷粒，纳了租谷，还了生谷债，剩下的也就是秤杆子一顿，食不果腹的生活现状没有丝毫改观。《懒捐》中每年农民要定时缴纳烟税本来就有一定的不合理，当吴大头子说出"没种烟，干嘛也得纳税"，"烟都没种，有什么税抗"的话语为自己辩护时，县里的收捐老爷竟然结结巴巴地编造出"懒捐"的名堂收取税收，反抗者还被送到县城关押起来。《赈米》写到了强大的洪水灾害使农民生活陷入饥寒交迫的泥淖，一面是荒芜的大地上饥饿的灾民抢吃死尸的惨状，另一面是官商勾结，各自想着自身的利益故意推迟向民众发放赈灾米，商人彭仲甫的如意算盘是用"赈米"做抵押维护自己的"明远药房"的长期生存，而王科长想的是何以提高利钱从中大赚一把，弄到钱来娶姨太太。正是乡土社会统治者的自私自利、昏庸无道把底层农民推向了万劫不复的深渊，在泥淖里苦苦挣扎却抓不到救命的稻草。

路翎作为"七月派"乡土小说创作的中坚力量，他深受鲁迅、胡风的人性启蒙思想影响，但在批驳农民精神奴役的创伤时，仍有较多笔墨描摹乡土苦难，揭露黑暗的统治秩序。《王兴发夫妇》写老实本分的农民被有着流氓秉性的乡保队以抗日救国的名义胡作非为导致家庭分离。《大的和小的》中老太婆的儿子被抓去当兵，她以做小买卖为生，结果被一个小女孩射中头彩，赢走了胖大糖罗汉而断绝生活门路。《在铁链中》中的何德祥因没能及时还上刘四老板的债务而被抓到劳动队做苦工，他每次的反抗不仅没有结果，而且只会使生活变得更苦。显然，路翎是站在阶级的立场咀嚼着乡土的悲凉，大地的忧伤与震颤，抒发对下层无辜百姓的怜，对地方政权胡作非为的憎。实际上，因为战争波及农村，地主阶层自身也陷入困境，在吴组缃的《一千八百担》，沙汀的《老太婆》，夏征农《新年是不准哭的》等小说中生动地描述了农村"人上人"的苦衷，虽拥有大量的田地却无人问津，卖不出去，因为常年入不敷出农民对于买田、租田的事情总会深思熟虑。如果地主用田地来抵押债款很难与对方达成协议，田地像瘟神一样使许多人敬而远之，那么地主为了使自己的损失减到最小，不免要加大剥削佃户的力度，下层农民要遭受的生活苦难可想而知。

　　前文主要从民族、阶级矛盾透视乡土苦难的根源，事实上 30 年代频发的自然灾害也加剧了农业危机与乡村的贫困化，使农民的生活雪上加霜，作家注意到了天灾对乡土的打击。"靠种地谋生的人才明白泥土的可贵。城里人可以用土气来藐视乡下人，但是乡下，'土'是他们的命根"。① 无可否认，农民依附于土地的经济模式决定了对各类气象条件的依赖性，"靠天吃饭"的传统思想促使他们无时无刻不在期盼风调雨顺的气候，"倘不逢着一年好收成，就是死也不甘心的"这是千百年来农民的心声，但是发生在 1931—1935 年的水、旱、蝗等自然灾害引人注目，加速了农村经济破产。这时期茅盾、叶紫、张天翼等作家纷纷加入左联，强烈的使命感促使他们对社会重大事件、农村变革、农民生活尤为关注，并成为他们在乡土小说创作时难以回避的题材，丁玲的《水》，欧阳山的《崩决》，蒋牧良的《旱》，徐盈《旱》等小说选取 30 年代发生在全国多省农村的水旱灾害。《水》代表了丁玲创作风格的"左转"，冲破个性解放主题的羁绊，凸显社会

① 费孝通. 乡土中国. 生育制度［M］. 北京：北京大学出版社，1998.7.

解放的宏大主题。这篇小说写的是湖南常德洞庭湖附近的水灾带给农民家破人亡的悲剧，希望被击破后农民终于认清了剥削阶级的真面目而英勇地反击。《崩决》以广东箩斗岗地区所发生的一次特大洪灾为背景，村民受到死亡、疾病的威胁，绝路中暴动，抢夺粮食、枪支并自发形成了农民游击队，与黑暗的反动政权相抗衡，民众把求生的希望寄托在同反动势力的殊死搏斗中。蒋牧良的《旱》真实地再现了农民与旱灾斗争的故事，村民簇拥着"木雕龙脑"的轿子到龙王庙里求雨，那虔诚跪拜并没有使酷热的天气降下甘露缓解旱情。这一极具迷信色彩的活动是群众在举步维艰处境下的求生方式，而祈雨失败后人性扭曲，农民无时不在寻思找到水源的路径使稻田里干瘪的禾苗恢复生机，村民之间为了那一点水源引发激烈争斗，竟做起强盗。徐盈的《旱》讲述了西南地区的旱灾与农民集体的抗租运动。应该说，难以预料的自然灾害使农民的生存更为艰辛，潜在地激发着他们的反抗意识。

　　除了自然灾害，当时农村因帝国主义的经济掠夺、国内混乱的局势、地主阶级的层层盘剥等多重合力的"人祸"也相当严峻，茅盾《春蚕》《秋收》，叶紫《丰收》，蒋牧良《高定祥》，张天翼《丰年》，叶圣陶《多收了三五斗》等小说写了丰收之年，农民生活反而愈加贫穷，经济破产下农村的另一番景象令人触目惊心。《春蚕》中描述了农民丰收了，结果却遭遇茧厂关门，老通宝和村民们集体租船把蚕茧运输到无锡去买，这样的来回折腾加上路途的消耗，以及为春蚕的投资，到头来辛苦了一个季度不仅没有挣到钱反而使原来的债台又高了一层。《秋收》里老通宝一家"半个月每天两顿总是老调的淡黄瓜"，这样的饮食是青黄不接之时农民维持生计的无奈选择，而干枯的稻田在"洋水车""洋化肥"的协助下终于获得了丰收，等待他们的却是米价下跌的现实，年已古稀的老人何以承受这样的打击，这场秋收的惨痛经验还是断送了老通宝的命。《丰收》里农民战胜了水旱灾害的袭击好不容易盼来了丰收的年景，但在低廉的谷价、高利贷的层层勒索下仍然要忍受贫穷的折磨。《高定祥》写稻子虽获得丰收，可是四块二一斗的价格，同项目繁多的捐款、四十多块印子钱、六十多块冤枉账相比，农民还得接受。叶圣陶《多收了三五斗》讲述了"谷贱伤农"的事实,农民遇到自然灾害造成收成不好可以理解,但这一年风调雨顺每亩地明明多收了三五斗,但却要承受米价从往年一斗十五块钱下降到五块钱的事实,面临的是收成亏本的危机。在这种情形下无论农民有多少的不情愿还是得粜掉手中的米,因为农民要缴的田租,要还的债,以及基本的生活开支等都急需这笔钱来维持。

这类题材小说中所揭示的几乎是30年代初期农民面临的普遍现象,其中的原委有外洋轮船输送过来的洋米、洋面不断充斥中国市场,类似于万盛米行这样的商业资本家贪婪地压榨农民,加上地主的地租、政府赋税的盘剥,即使粮食获得了丰收农民的生活也不会好过。张天翼《丰年》中的钱二爷、奚二爷这些城里的商户常说的"年成好,什么人都有好处",可现实是,好的收成给了他们大量低价囤积粮食的机会,致使辛苦了一个季度的农民仍在贫困线上挣扎,甚至越来越穷苦。从这些小说的创作时间来看,当时国民党森严的文化围剿迫使好多进步书籍被禁,文学出版也深受其害,像茅盾、叶紫等作家的作品就被扣上"鼓吹阶级斗争"的帽子严禁发行,但他们没有被这样的白色恐怖吓倒,顶着重重压力捍卫无产阶级文学的革命与战斗性,敢于直面现实,呈现出真实的乡土面貌,难能可贵。除此之外还有女作家李萍倩的《丰年》,罗洪的《丰灾》,白薇的《丰灾》等小说同样围绕天灾人祸面前农民经济崩溃的面影来叙事,因当时这一体裁的作品数量巨多,作家创作的群体特征相对遮蔽了个人的风格差异。壬白戈说:"目前中国底农村,不待说是正在一天天愈加破产下去,连年不断的内战,人工造成的天灾,早已使一般农民流离失所,再加上层出不穷的苛捐勒派,杂税预征,结果只有使一般的农民咆哮起来为他们底生存而战。"①当农村的经济破产成为普遍现象并危及农民的现实生存时,作家关注现实的社会意识使他们很难使自己置身事外,去从农村的经济角度入手

————————

① 壬白戈.农民文学底再提起[A].杨晋豪.中国文艺年鉴[M].上海:北新书局,1936:180.

展现乡土苦难与抗争的主题。同时作家纯文学观的形成与"左联"的号召不无关联，在决议上，他们反复强调作家应该舍弃偏向自我的身边琐碎事，或书写知识分子对革命的追求、幻灭、动摇之类的创作资源，而应该跳入时代漩涡中心，关注现实社会中更广阔的题材。其中提到了要"描写农村经济的动摇和变化，描写工人与资本家的斗争，描写广大的失业，描写贫民生活等内容"，这些要求无疑会对作家的创作有一定指导意义，隐现着文学的转型趋势，与乡土相关的是农村经济结构变化带来的农民生存困境，作家关注的视点也从个体启蒙到社会解放，书写方式由国民性话语到阶级话语，越来越靠近无产阶级革命文学的特征，并在解放区文学中得到淋漓尽致的表现。

三、救赎与反抗——乡土苦难的旨归

苦难之所以让人痛苦是因生命力被消磨，而生命力与苦难往往是此消彼长的关系，人们总是可以生命的韧性与顽强的意志力战胜苦难，实现生命的救赎，从而达到书写苦难的目的。"文学关注苦难，同样不是为苦难而苦难，不是忽视个体歌颂苦难，而是经由个人苦难认知人生的意义，毕竟苦难是文学的关键词，而不是文学的目的和实质"[1]，20 世纪三四十年代乡土苦难书写的背后是作者对农民困境的思考，把关切的眼光从个体上升至群体，与受苦群体的命运遭际相关联，从而实现对苦难的超越与救赎，表达一定的现实意义，体现出深刻的精神向度。

日军的侵略、乡绅地主阶级的剥削、难以预料的自然灾害共同催生了乡土苦难，在这样低沉的天空下农民死亡几乎是无法回避的事实。动乱的环境延宕了整个国家经济发展进程，落后的卫生医疗条件，使脆弱的生命时常遭到死亡威胁，尤其在闭塞的农村更为严重。于是，王西彦的《玉蜀黍的悲剧》《荒村》《仇恨的生长》中有死在日军枪林弹雨中的农民，舒群的《夜景》《海的彼岸》有对生活绝望而自杀的农民，这样的悲剧与日军的疯狂

---

① 尹京京. 80 后作家乡土小说的苦难书写[D]. 哈尔滨师范大学，2023.

侵略行径不无关系。沙汀《还乡记》、艾芜《一个女人的悲剧》写的是地主威逼之下农民悄无声息地结束自己的生命。王任叔的《灾》写连续几天的洪水使一个村长被整体埋在地底下，在掘"人圹"的时候发现掘出来的是血淋淋的一堆，死人像饼子似的头脚难辨。死亡在小说中似乎成了终结苦难与生命延续的一种手段，海德格尔指出："死亡所意指的结束意味着的不是此在的存在到头，而是这一存在者的一种向终结存在。"①苦难与死亡的意象体现了作者对人生命状态的探寻，达到现实批判的目的。全面抗战之后，郭沫若一直强调文学是现实的反映，生活的批判，那么当时乡土社会最大的现实要数整个农村的苦难，尤其是广大农民大众承受的苦痛最难摆脱，加之他们内心深处根深蒂固的"宿命论"思想，死亡几乎是题中之义，但也有一些民众在苦难面前选择到别处谋生。

　　谢冰莹《一个乡下女人》描述的是农民在经济破产背景下到大都市寻求生路失望而返的经历。丁玲的《奔》形象地描述了农民在离开家乡前的心理活动："上海大地方，比不得我们家里，阔人多的很，找口把饭还不容易么？"②带着这样的梦想奔向都市寻找出路，还盘算着找到了工作就可以摆脱孙二疤子的欺凌，可现实远比他们想象的要复杂得多，最终他们失望而还，经过这一番折腾使他们坚定了决心不能再忍受地主的剥削。到了城市，他们得到了没有期待的陌生、隔膜，却失去了想象中的美好。微灵《期待》写日军入侵使山田的家乡沦为战场，母亲被击死，为了生存带着妻儿逃到城市，以拉黄包车维持生计，到了寒冷的冬天无人坐车，常常要承受几天赚不到一个铜子的苦楚，回家后听着孩子饥饿难耐的哭声却无能为力，在一个风雨交加的夜晚山田欺骗妻子要出去借钱，在马路的暗角被抓并在他的裤裆里搜到了一把斧头。张天翼《丰年》写乡下人根生在丰年里因粮食卖不上价钱而遭殃，到城里找到老表陈七做佣人的地方，本来指望陈

---

　　① ［德］海德格尔，陈嘉映等译. 存在与时间［M］. 北京：生活·读书·新知三联书店，1987：294.

　　② 丁玲著. 张炯编. 丁玲全集（第 4 卷）［M］. 石家庄：河北人民出版社，2001：52.

七可以在老爷面前求求情给自己也谋个事情做，但并没有得到老爷的应允，为了生存，绝望的根生在路上行人的衣袋里抢走了六毛钱，却又被别人偷走，后来还冲进老爷的房间抢走老爷身上的荷包，被追赶的陈七误打了一枪。《醉》里的农民大园想要改变生存方式，不愿眼睁睁地看着最后一滴血流进江太爷的田地，但出路何在，兵匪流氓的道路是万万不可的，到城里做工吧，收到了妻弟的来信"有成千成万的人，都挤紧肚皮"，只好在佃约上画十字继续埋在田地里流汗。看来，农民几经周折试图摆脱苦难的处境到都市求生之路根本行不通，逃离并不是可行的策略，要知道战争对城市的冲击力并不亚于乡村，农民幻想把这里当作庇护所自然从逻辑上也行不通。事实上，只有真正的民族独立、社会解放才能解除农民头上的紧箍咒，拨开云雾见出艳阳天，这些"人祸"所致的苦难才会远离乡土。新民主主义革命的胜利才是农民摆脱生存苦难的根本，所以我们在解放区乡土小说中所涉及的农民翻身主题中看到了在民主政权领导下农村社会面貌的改观与农民重获新生的希望，应该说抗争与革命也是农民生命力的体现，是他们走出苦难、实现生命救赎的唯一出路。

这一时期作家对乡土苦难的把握无论是基于深厚的生活体验还是抗战激情的感染，或是对故乡风物的追忆都呼应了时代对文学的诉求。正如《中华全国文艺界抗敌协会宣言》一书中提到的"在侵略者毫无人性野兽般的暴行面前，除非我们全无血性，除非我们承认这野兽应该在世上横行，我们便无法不舍命杀上前去"[1]。因此，众多作家把笔触伸向战火中惨遭蹂躏的农村，关注农民在苦不堪言的现实处境面前革命意识被激发，也是乡土书写的主导态势。李泽厚说："救亡的局势、国家的利益、人民的饥饿痛苦，压倒了一切，压倒了知识者或知识群对自由、平等、民主、民权和各种美妙理想的追求和需要，压倒了对个体尊严、个人权力的注视和尊重。"[2]不难理解，民族危机的加强、民族国家建构的现实需求使作家主动

---

① 文天行. 中华全国文艺界抗敌协会资料汇编[M]. 成都：四川省社会科学院出版社，1983.12.

② 李泽厚. 中国思想史论(下)[M]. 合肥：安徽文艺出版社，1999：850.

放弃个体精神启蒙的价值导向，自觉接受以马克思主义理论为指导的无产阶级革命斗争理论。作家纷纷把革命理论应用到创作实践，关注现实以符合意识形态建构，这里的"革命理论"是一个泛指概念，与历史、审美的叙事逻辑相比，它指向宏大的政治叙事，由此茅盾所基于阶级、经济剖析的"悯农论"乡土观一时间成为揭示乡土苦难，礼赞农民革命激情与斗争精神的主导思想，那些一味鼓吹"文学性""艺术至上主义"的文学观渐趋边缘。

随着时局发展，乡土革命与民族国家建制关系的联系愈加密切，《讲话》的发表更是进一步从政治层面规约了文艺活动方向，也可以说是社会救亡图存的压力、农民翻身解放的迫切性、作家的民族忧患意识共同把乡土革命叙事推向时代前沿，写出农民生活的穷困、窘迫，控诉阶级、民族压迫，表达对社会解放与新民族政权建立的期盼，使得"集体""阶级""大众"等话语成为乡土叙事的主流，呈现出文学生产与社会现代化的一致性。尤其解放区作家的创作，出现了大量描写农村社会的小说，渗透着顽强的抗争精神，作家在理论上能够把马克思主义与中国革命实际相结合，在感情上认同乡土，并与农民打成一片，深入农民生活，发现农民阶级意识觉醒后的反抗行动，以及实现翻身做主后的喜悦，随之而来的是农村新气象的出现。赵树理指出《小二黑结婚》中原来的悲剧题材被处理成大团圆的喜剧故事的原因是"要把小二黑写死，我不忍。在解放区的艰苦环境里，要鼓舞人民的斗志，也不应该把小二黑写死"①，话语中包蕴着作家以乡土形式参与革命斗争与民族国家建构的实践。罗丹《"模范村长"》中有一个机智老练的村长，他识破了假装八路的日军的诡计，并号召村民惩戒鬼子，其中的革命精神跃然纸上。马加《母亲》中的吴老娘在危急关头放弃离家躲避日军，只因要留下来细心照顾受伤的八路军战士，这一举动的背后是对革命的回报与感激。同时孙犁的《荷花淀》《嘱咐》以琐碎的家庭生活为基点抒写战争年代农村女性身上所散发的革命激情，而小说中浓郁的革命人性美

---

① 康濯. 赵树理文集跋[A]. 赵树理专集[M]. 福州：福建人民出版社，1981：194.

为乡土革命叙事注入了清新之风。革命唤醒了沉寂的乡村，推动着革命不断深入，加快了现代民族国家建立的步伐。有着"农村工作干部"之称的马烽，其文学创作同样起步于解放区，是《讲话》精神的成功践行者，笔下的农村既有赤子之情的流露，又有对民族国家独立的美好期盼，擅长发掘乡民身上的传统美德，以唤起革命斗志，《张初元的故事》获得晋绥边区"七七七"文艺奖，讲述了张初元从放羊娃到村里工会主任的身份蜕变，识破"笑面老虎杀人心"地主的真面目，领导佃户减租，组织民兵，发展游击区生产，使新政权成了穷人的靠山，翻了身，光景也越来越好。后来马烽与西戎合著的《吕梁英雄传》以晋绥解放区人民的八年抗战为背景，吕梁山一个村落村民在日寇的烧杀抢掠中觉醒，在党的领导下，民兵力量被组织起来，共同浴血奋战，保家卫国，成为吕梁革命史的真实写照。同时丁玲《太阳照在桑干河上》，周立波《暴风骤雨》等土地革命叙事经典之作，无不以农民翻身解放为主题，预示着反抗剥削与压迫的革命行动是农民的最后出路。一定程度上，解放区的农村题材小说与革命政治历史发展轨迹相吻合，诞生了赵树理、马烽、刘白羽、康濯等革命叙事经典作家，他们纷纷坚持革命集体主义价值诉求，以国民精神的革命性为聚焦，以大众化、通俗化为方向，遵循"走向胜利"的叙事逻辑，故事情节中由苦难到革命的变化既是农民的必然选择，也突出了党的救赎功能，揭示了革命是创建现代民族国家的基本手段，达到了乡土现实性与政治性的统一。

整体上看，20世纪三四十年代乡土小说的苦难与革命主题始终是主导态势，成为最炫目的风景，只因"抗战时文学的第一功能是宣传，思想深度，艺术技巧，审美功能等要素都必须服务于宣传这一客观标准"①。对于作家而言，这样的要求很难做到乡土艺术性与政治宣传之间的平衡，创作的天平无形中就会滑向鲜明的社会宣传效应。"启蒙无效，革命有理"是较多作家所信奉的观念，甚至认为与革命无关的个人情绪都有损对革命的表

① 陈思和. 当代文学观念中的战争文化心理[A]. 当代文学关键词十讲[M]. 上海：复旦大学出版社，2002：16.

达，当然乡土启蒙派与乡土审美派或基于国民性批判或对原始自然生命强力肯定的视角同样回荡着作家对现代民族国家建构的想象与实践，但在民族解放语境下，乡土革命派能更好地传递时代诉求，既可以呈现乡土之"动"与革命的国民精神，又能够整体展现历史画卷，凸显乡土叙事的社会价值，代表现代乡土小说创作的主要脉络。在解放战争时期的乡土小说中表现了革命之后，乡村面貌焕然一新，乡民欢呼雀跃，对新生活充满美好想象。

四、广东籍作家乡土小说中的革命与抗争书写

20世纪三四十年代的文学有着特殊的生态特征，其生成与发展都直接或间接地受制于土地革命、抗战救亡、解放战争的现实语境，既统一了文学主题，一定程度上也重塑着中国现代作家的角色，他们不单是文笔者，又多了革命战士的身份，常常以笔为枪，参与革命战争。广东作为大革命的根据地，得革命风气之先，对革命文学也作出了应有的反应。丘东平、戴平万等青年作家异军突起，他们一直置身于大革命的漩涡之中，用自己的爱和恨、鲜血和生命，以乡土小说的形式为中国无产阶级革命写下光辉的一页。其中戴平万的乡土小说主要记录中国南方地区的革命历史进程，有史诗性质，表现强权阶层对弱者的欺压，弱者在强者欺压下或走向悲剧，或奋起反抗的经历。丘东平多以海陆丰农民革命运动为背景创作，具备了左翼革命小说的元素，如统治者的自私，被压迫者的受难与反抗，并把"人"的主题与阶级矛盾、民族解放的内容相融合。洪灵菲多瞩目于潮汕乡土的阶级斗争，以及农民在剥削阶级残害下从安分守己到阶级意识萌芽，到自觉地革命斗争等内容，留下了我国无产阶级革命文学的最早篇章。

30年代华南农村遭遇的自然灾害、革命战争，以及"疍民"生活、粤人习俗、粤方言等构成现代广东乡土小说革命书写的现实基础，尤其战火弥漫中乡民"为生而死"的英勇抗争，引起了欧阳山、陈残云、冯铿、楼栖、郑江萍、萧殷、秦牧、黄药眠等人的注意。他们以茅盾的乡土革命论、毛

泽东的暴力革命学说与民族战争内涵、马克思主义阶级斗争等为思想资源，有意识地从中国革命战争与广东地区革命运动的角度来认识与表现乡村现实，讲述广东农村革命故事，与广阔的社会变革融为一体，使得乡土叙事中的个人话语逐渐退隐，并演变为群体话语。丘东平出生在被称为中国红色革命摇篮的海陆丰地区，参加过彭湃领导的农民运动，抗战时期先后加入"十九路军""新四军"等队伍，也经历了"一二·八"上海战役，是文学史上为数不多凭借切身的战地体验来创作的作家，更是在战场上为国捐躯的烈士，其战斗小说被称为"以血打稿子，以墨写在纸上"，因熟悉农民生活与革命，乡土背景也是他小说的重要的组成部分，如《武装的政治工作队》中写到一个乌溪小镇，那里的民众起初为了生存苟且偷安地做了日军的顺民，但敌人依然放火奸淫掳掠不断，最终乌溪人看清了帝国主义的丑恶嘴脸，鼓起勇气不再畏惧，与侵略者展开残酷的肉搏，用行动证明同敌人拼命是摆脱亡国奴命运的唯一选择。《多嘴的赛娥》写赛娥进入"妇女部"后生活有了转机，作为在革命队伍中成长起来的青年，一次被暴露身份后，落入敌手，直到被处决，也要保护身上所携带的秘密。应该说，丘东平的革命战争书写因对革命者心理活动的挖掘，惊心动魄战争场景的再现，曲折感人的故事情节等，从而超越同时期平铺直叙的战争叙事。周扬指出丘东平"具有相当丰富的战争生活经验，和军人的圈子曾结过不少因缘，他在这方面的描写原是'拿手'"，不仅"创造了内战时代的一些英雄"，还"奋笔去描写民族战场上的好汉"。① 像《暴风雨的一天》中马松燊有着对抗风暴的胆量，在山上执行放哨任务，担负着保卫全村安全的使命。《红花地之守御》既写战士杨望在红花地山林间指挥队伍与敌军作战，也写出了农民革命的复杂性。而《溧武路上的故事》写出了战士构成的复杂性，国民党军队没有英勇地对敌作战，而把精力转向老百姓，惹起民众反感，导致战争中的无谓牺牲。《蒋老大和老叶》指出群众愚昧、怯弱的性格

---

① 周扬. 抗战以来创作的成果与倾向(上)[J]. 中国文艺. 第 1 卷第 1 期(1940 年 2 月).

弱点是乡村革命根据地建设的障碍，也是乡镇基层社会组织建立的难点，与赵树理《小二黑结婚》《李有才板话》等小说对山西抗日根据地农村生活的描写有相通性。丘东平的抗战创作记录了乡土变迁，既可以从中了解生动真实的历史细节，也能看到战争对狭隘自私、孱弱国民性的重塑，尤其是农民走出蒙昧，成长为革命主力的过程，彰显了人民创造历史的伟绩。

有着左翼文学干将之称的欧阳山在抗战时期开始从小资产阶级转向劳苦大众，从"至情"到"写实"，以政治理念与无产阶级革命思想来立意小说。如《三水两农夫》写了广东三水县经利村失陷于日本后，思想意识有所觉醒的农夫徐超与孙耀不甘做亡国奴的抗日故事。他们先是找到附近的游击队队长周根全，并听从指挥，回村后假装配合日军做苦工，侧面打听到日军的行动计划，后来他们要把消息告诉周队长的路途中碰到受辱的村民孙娥，孙耀解救孙娥时与日军军官山冈扭打在一起，徐超见情况不妙，把与游击队联络的信物钥匙交给孙娥，委派她尽快把敌军计划传达给队长，最后是勇敢的农夫双双遇难，游击队根据收到的情报覆灭了为日军服务的联乡维持会，多名汉奸被正法，村民被解救，群众为了纪念两农夫的英雄行为，为他们竖立起"徐孙二义士之墓"的碑石，他们的抗日行动可歌可泣，属于典型的农民抗日乡土小说，在当时有一定影响力。在欧阳山的革命战争题材乡土小说总能让人感受到扑面而来的南国风情与岭南文化气息，《战果》写了小不点丁泰的成长经历，因贫穷的家境被歧视，他在十几岁的时候，以偷窃维持家庭生活，一次，偷了村里游击队长的表，队长鼓励他抗日，成为其命运转机，抗战的现实也唤醒了丁泰的家国情怀，他不仅把自己的钱捐给抗战活动，还在关键时刻用自己瘦小的身躯为东乾母亲挡住了日军轰炸的子弹，摘取"战果"，小说不仅塑造了抗战英雄形象，且对丁泰生活的村中及周边自然环境也有细致描写，可以联想到枝繁叶茂溪水横流的充满诗意的热带岭南画卷，而山区民居与村镇民俗风情的再现更是流露出作者对普通群众日常生活的热切关注。

30年代，众多粤籍作家跟随抗日队伍上前线，有的作家与难民一起流落生活底层，加深了对战争的理解，加之之前"左联"的锻炼，使创作达到了新的高度，迎来了革命战争题材的创作高潮，农村在时代巨浪中的转型、走向战场的农民等内容进入作家视野。易巩的《黄教头》讲述了禅冈镇的青年农民黄杰在部队的生活经历，开始他死守在家乡练就拳击武艺，不愿意接受新事物，在连长影响下，有所改变，一次新兵训练中，以射手的资格随同部队作战，在三次阵地战中获得战功，并掌握了射击技能，后来他成功地把原来的"醉八仙"与新学会的轻机枪射击技能相结合运用于作战，成为出众的英雄。郑江萍《马骝精》讲述了一个牧童走上革命道路的故事，他起初不甘忍受主人六叔的打骂与剥削而逃出来，后来加入游击队，性格开始由"山大王"般的散漫与自由，到懂纪律、守规矩战斗的英雄蜕变。《克复》里的萧寿等青年农民，他们不屈服于日本鬼子的淫威，组织村民与游击队联合，消灭前来扫荡的敌人，成功收复县城。可以说，"战争是残酷的，中华民族的勇士，却不能不在这残酷的战争中，——为着宝贵的胜利的夺取而赋给这慷慨赴死的身心以可歌的壮健和优美"①。那些穿上军装的农民是革命战争的主力与民族的勇士，陈残云的乡土书写既有揭露国民党统治下的黑暗现实与人民所遭遇的苦难，也在《小团圆》《兵源》等小说中塑造了农民出身的革命战士形象，以他们在战争中的经历为线索，思考普通老百姓陷入窘境的生活与战斗。而萧殷《井坎塔的血》写了井坎塔村在日军入侵后的苦难生活，觉醒的村民尽管拿着土块、煤屑、水缸等拼命抵抗，但仍难以抵挡来势汹汹的侵略势头，无数中年妇女在蹂躏中死去，村民无家可归，日军对乡村惨无人道扫荡的罪行令人触目惊心。于逢、易巩是长期生活在珠三角地区的作家，被当地民众的抗日热潮所鼓动，易巩又知道许多捞家的传奇故事，他们合著的《伙伴们》以珠三角涌尾村为背景，礼赞以黄汉为首出身贫寒的一部分流氓无产者思想的转变和联合底层民众一起走向抗日道路，同时小说中还出现了不同的"捞家"形象，他们劫富济贫，被老百姓称为"大贼"，但在民族大义面前，突出了抗日的正义性。茅盾称："《伙伴们》写一些'捞家'如何走上了民族解放斗争的大道，

---

① 丘东平. 丘东平作品全集[M]. 上海：复旦大学出版社，2011：80.

这是抗战中间现实的题材……同时也是比较难写的一个题目；一不小心就会不知不觉落进了公式主义的泥潭。"①王瑶曾这样评价这部小说："作者以黄汉的一生为线索，生动地写出了人民抗日游击队的活动。书中所写的人物很多，这些'捞家'们都有一个绰号，在人物性格的描画上这书是相当成功的；特别是黄汉的鲜明形象，强烈地吸引住了读者。"②类似于《伙伴们》的乡土小说可谓是广东革命战争历史的实录，丰富了现代抗战文学的内容，也播下了革命的火种，影响了众多读者，使一部分文学青年走出"政治焦虑"，以革命的世界观为指导，迈向新的人生方向。

40年代于逢的创作开始在文坛有一定影响力，主要写出了华南国统区人民如何从苦难、觉醒到抗争的历程，而《乡下姑娘》除了对珠三角农村社会环境与风土人情的描绘之外，还塑造了客家农村少妇何桂花，她向来守规矩，屈于命运，抗日部队的到来打破了平静的生活，有了短暂的女性意识觉醒，想要择掉奴隶的枷锁，不顾丈夫与家婆的反对参加"战地妇女识字班"，误以为国民党军队是当年的红军，把脱离苦海的希望寄托于同军队一走了之，懵懂中接受了勤务班长的挑逗，还发生了野合事件，"丑行"被发现后，在村里被示众，毒打并沉于溪水，死里逃生后更坚定了离开的决心，后来部队要撤走的时候征得勤务班长同意，悄悄跟随部队挑东西、做苦工，可惜到了城里，勤务班长找不到踪影，无奈之下带着悲痛重回村子，继续阴暗凄惨的人生。作者在情节处理上，把何桂花长期遭受丈夫、家婆的压迫与勤务班长的撩拨前后展开，体现出乡村被欺压女性想要改变自己生存处境的努力，尽管方式显得稚嫩，但也持续而坚决，因此这一形象得到茅盾的肯定，认为何桂花虽不是所有农村妇女典型中写得最好的一个，但却是最有力的一个，是无声的中国农村妇女的代表，沉默忍受生活的压迫和凌辱，本也是反抗，逃离预示着她追求光明与自由，靠近革命的行动。实际上，战时的中国妇女是伟大的，她们为了民族独立与解放而放

---

① 茅盾. 评"伙伴们"[J]. 抗战文艺 1944：1.
② 王瑶. 中国新文学史稿(上)[M]. 上海：开明书店，1951：107.

弃着母性与女性的角色，同男性一样走向战场，为国尽"贤良"之责任，同样是民族的脊梁与英雄。易巩《杉寮村》主要围绕张二婆一家的抗战生活，再现了40年代广东潮汕半沦陷区民众的苦难与反抗斗争事迹，张二婆儿子被日军拉去当兵，儿媳给国民党部队当挑工，家里一贫如洗，孙子快被饿死，张二婆发疯似地乱叫。而国民党又与当地村中豪绅相互勾结，以抗日的名义抢夺粮食，勒索乡民，发国难财，是地方权势的榨取与日军的蹂躏加重了民众的灾难，张二婆与儿媳黄青叶身上既有"客家婆"的勤劳、倔强、朴素的优良传统，又有着果断独行的男子气概，敢说敢为的革命造反精神，与杉寮村的乡民和暂住的潮州难民一起发出抗争的怒吼，揭穿乡长变卖粜米的罪恶，既为村民讨公道，也在用行动支持抗战。

学者赵清阁认："在这个时代，女子欲同男子一样地服务社会，献身国家，则必不能采纳一向女子的'柔情'，'软弱'之特点；而需要克服女性与克服母性，锻炼成刚毅，强壮，果敢的健美"，因为"我们是中国国民，是即将灭亡的中国国民，我们应该行使国民职权，应该把全副精力贡献于社会的进展，实际参与救亡工作"。① 珠三角作家草明一直关注着弱小者与被压迫着，30年代的小说有一部分主要致力于描写陷入生活困窘无望和精神无路可走的农村女性，她们对社会不公的沉沦、愤怒、挣扎、寻求的过程发人深思，而严酷的现实与社会的威逼加速了其精神觉醒。《等待》写了一个农村女性反抗强权压迫的斗争精神与生命哲学。《阿梅》以"阿梅"的成长为线索，表现底层女性任人摆布、不能自主的悲惨遭际，同时以阶级、革命的社会视野暗示女性自我救赎、突围的可能途径。《阿衍伯母》里阿衍伯母的丈夫被日军害死，她压制内心的丧夫之痛，决然支持儿子阿衍上战场，奋勇杀敌，家仇国恨融为一体。

总之，三四十年代丘东平、欧阳山、于逢等广东作家乡土小说中革命战争书写无不是围绕地主恶霸对乡民的欺压、日军扫荡村庄、农民绝望中的反抗等阶级与民族解放建构话语体系展开。句法简单、通俗，地方方言

---

① 赵清阁. 克服女性及母性的必要[J]. 妇女文化, 1937(2)：63.

土语大量运用，淡化环境描写，多以对话形式塑造人物性格，揭示人物心理活动，迎合了农民群体的审美趣味，具有了大众文艺的语体风格。从文学本体来看，弥补了"五四"文学时期欧化语言的弊端，丰富着乡土革命话语形态，开拓了无产阶级革命话语模式，形成具有中国作风与中国气派的美学风范。广东现代作家多是革命战争的亲历者，又熟悉农村生活，他们感受着革命的氛围走向文学创作道路，使得其乡土小说的题材、情节、形象、语言等自然地打上了革命的烙印，革命战争场景之书写与民俗生活之展示能够有机融合，进而引导读者的思想蝉蜕，唤醒民众关注社会革命的热潮，最终投身于革命洪流。可以说，广东作家笔下的革命战争书写，因其内涵的深刻与笔触的细腻多样而在同类主题中脱颖而出，既具有地域文学的特征，又是探究时代大潮的窗口。

第五章　三四十年代乡土小说人物形象类型

米兰·昆德拉说过，"小说家是存在的勘探者"①，而乡土小说人物形象类型的多样性也体现了作家不同的勘探方式，发现人在存在论意义上不同的生存处境。单就农民形象来说，萧红、沙汀、路翎等小说家以现代文明的视角看到的是"病态"的古老子民；茅盾、吴组缃、赵树理等人注意到烽火连天、万方多难的环境中"地之子"从愚昧到觉醒的蜕变，这是他们性格中革命的一面，肩负着这时代的"阿特拉斯"型的人民雄姿逐渐出现，仿佛听到了灵魂苏醒后的呐喊。另外，乡土小说中还有一类常常被疏忽的人物形象：乡绅、地主、村长。他们是自下而上维护乡村秩序的权利者，称谓的不同恰好折射出乡土社会基层统治的更迭，与农民一起构成乡土小说人物形象谱系。

第一节　"启蒙"与"苦难"视阈下的农民形象

在 20 世纪三四十年代的乡土小说创作中，"苦难""救亡"是主旋律，但民众的精神劣根性没有在革命战争中消失殆尽，他们很难摆脱已成天性的"不成熟状态"，康德指出："革命也许能够打倒专制和功利主义，但它自身绝不能够改变人们的思维方式。旧的偏见被消除了，新的偏见又取而代之，它像锁链一样，牢牢地禁锢着不能思考的芸芸众生。"②言语间流露

---

① 蔡俊.米兰昆德拉.在中国的传播与变异[M].南昌：江西人民出版社，2012：156.

② 康德.历史理性批判文集[M].何兆武，译.北京：商务印书馆，2005：24.

出对民众思想启蒙的必要性。李大钊也谈道："我们中国是一个农国，大多数的劳工阶级就是那些农民，他们若是不解放，就是我们国民全体不解放；他们的愚暗，就是我们国民全体的愚暗；他们的生活利病，就是我们政治全体的利病。"①应该说，几千年来封建伦理纲常的"吃人"性没有随着社会革命与民族战争的洗涤而削弱，反而成为滋生农民惰性文化心理的沃土，因而以"启蒙"视角分析农民的性格痼疾依旧意义深远，彰显了不同时代作家为重塑民族文化人格、国民灵魂改造作出的不懈努力。事实上，随着社会革命与民族战争占据社会主潮，乡土小说也倾向于书写地主与农民之间的阶级矛盾、日军侵华带来的乡土苦难等内容，作家开始依照政治标准与人民史观来塑造农民形象，着重要体现他们的阶级与革命性，共同构成了农民形象的两翼。

一、"启蒙"视阈下蒙昧的农民形象

关于乡土小说中的农民形象，王瑶说："在小说里，把农民当作主人公来描写，鲁迅是中国文学史上的第一人。"②在鲁迅的"国民性批判"话语体系中，农民是主体，也是最能代表传统封建文化落后性的群体，尤其是顽劣的封建迷信观念对农民思想的同化，个体意识的禁锢不容忽视。抗战时期，萧红、沙汀、丁玲、王任叔、王西彦等作家深受鲁迅乡土启蒙观感召，对农民病态，被奴役的精神世界有着清醒认识，他们不相信一场暴雨就能冲洗掉墙上堆积千年的污垢，反而认为农民所受的精神毒害与摧残远比政治、经济的压迫与剥削要严重得多，持续关注着思想不觉悟、个体意识淡薄的农民形象，彰显着乡土小说发展的延展性，民众个性解放之路的曲折漫长。缘于此，乡土启蒙派作家坚持把农民形象置于社会变革的语境，超越简单的人物性格描述，而把呼吁人物的思想觉醒与革命话语相联系起来，从而达到一个新的境界。

---

① 李大钊.李大钊全集(第三卷)[M].石家庄：河北教育出版社，1999：180.
② 王瑶.鲁迅作品论集[M].北京：人民文学出版社，1984：100.

在民族生死存亡关头，农民思想惰性的消极性会比平时表现得更为显著，尤其国统区的黑暗专制政治使人性的复杂性不断暴露。路翎在抗战时期进入创作的高峰期，主要受到胡风"精神奴役创伤""主观战斗精神"等启蒙理论影响，在乡土小说中塑造了一系列不觉醒的农民形象。如李嫂是一个被封建夫权思想毒害的女性，遭受丈夫无来由的毒打却不敢有怨言(《棺材》)；在蒋家做工得不到一点重视的姨娘，为了稳固自己的奴隶地位而教唆女儿主动与主人打招呼，于是"十二岁的瘦女孩上前——她是受过严酷的训练——垂下手来鞠躬"(《财主的儿女们》)。尽管小说中人物的不幸与封建家族制度和等级森严的主奴关系相联系，但自身狭隘、无知的性格，使他们对受奴役的状态缺乏反抗意识，长此以往便演化为一种消极的生活惯性。血与火的民族战争也没能激起民众的觉醒意识，就像黄军《山雾》中老桂身上"忍耐、吃亏、甘愿被欺负"的奴性。关永吉的《牛》表达了对高五爷执拗性格的乡土根性的无情批判。萧军《第三代》中的汪大辫子是"落后国民心理箭垛"的象征。显然，启蒙农民思想，运用自己的理智，燃起自我价值实现的火焰也是不能停滞的乡土话语表达，"否则无论是专制，是共和，是什么什么，招牌虽换，货色照旧，全不行的"①。沙汀有农民诗人的称呼，十几岁就跟随做炮哥首领的舅父跑前跑后，对乡土社会的各色人等都相当熟悉，创作时脑海中挥之不去的是布客大嫂、林幺吵吵、茶馆里张着嘴的看客，他们既是封建礼俗的受害者，更是帮凶。如《和合乡的第一场电影》中，村子里正在放映的电影出了问题，村民们把原因归为没有敬太子菩萨，可是等煤油桶子虔诚地在菩萨面前跪拜后，发现电影依然无法放映，村里的老人们并没有因此改变荒谬的想法，反而觉得这是他们在电影初放时没有敬神仙导致错过了补偿机会。王西彦对故乡浙东农村凋敝、凄凉的生活有着清晰记忆，在战乱的烽火中，他虽然把民族国家意识融入乡土叙事，但对国民性话题的思考始终未曾改变，曾不无深刻地指出："贫乏的物质，低下的生产力，封闭的生活方式，再加上历经千百年

---

① 鲁迅. 鲁迅全集(第11卷)[M]. 北京：人民文学出版社，2005：32.

禁锢而被压抑被泯灭的个性要求，致使农村形成了极具惰性的文化逻辑。"①其实乡土惰性的文化逻辑就包括落后的封建迷信思想，在不动声色中造成了民众的精神压力与生活困苦。《福元佬和他的戴白帽子的牛》中的福元佬总能让人过目不忘，他的耕牛因为头上有一片白，看起来就像戴了白帽子一样，因此招致村民的各种流言蜚语：白虎星下凡，养一家败一家。可悲的是，福元佬的妻子和儿子也对此深信不疑，并把媳妇的病死、家禽的瘟死等生活不顺都归因于这头无辜的牛。

丁玲抗战时期的文学观一直交织着"武将军"与"文小姐"、"启蒙"与"革命"、"个体"与"集体"等复杂矛盾的思想，但不管怎么说，向着愚昧、病态人生挺进的个性独立自由观念时有浮现。如《我在霞村的时候》塑造了被封建传统文化奴役的村民群像，他们自身是礼教纲常伦理的牺牲品而不自知，用冷言恶语攻击为游击队传送情报的贞贞，"现在呢，弄得比破鞋还不如""亏她有脸面回来，真是她爹刘福生的报应"，民众不自觉地充当了传统道德贞操观的卫道士，加速了贞贞的命运悲剧。同是女作家的萧红，自觉延续鲁迅"改造民族灵魂"的创作理念，认为："中国人的灵魂在全世界中说起来，就是病态的灵魂。"②萧红又进一步指出，人类的愚昧应是作家写作时的出发点。童年的生活经历使她对故乡停滞与封闭的生存环境深恶痛绝，创作伊始，乡土社会那些因袭着几千年传统与习俗生活的乡民就在她作品中挥之不去。《生死场》中临产的五姑姑躺在柴上，农民受到迷信思想蛊惑，因"压柴"与"压财"谐音，她遇到难产时苦苦哀号地挣扎数小时也没有得到及时救助，正是民众盲目的迷信心理间接促成了五姑姑的死亡。《王阿嫂之死》中王大哥被地主烧死，而"身怀六甲"的妻子王阿嫂被地主踢中肚子流血过多而亡，血淋淋的乡土惨剧没有惊醒村民采取反抗地主压迫的行动，长期的封建宗法统治使他们思想蒙昧到难辨善恶的程度。

① 余荣虎. 中国现代乡土文学理论研究与文本阐释[M]. 成都：巴蜀书社，2008：1.

② 黄晓娟. 雪中芭蕉：萧红创作论[M]. 北京：中央编译出版社，2003：46.

《呼兰河传》围绕农民深信不疑的跳大神习俗，批判他们精神世界的荒芜。这种冷静的叙述寄予了"改造国民性和渴望民族振兴的时代性话语与功利目的，使萧红以否定性态度，将跳大神与民众的愚昧、落后、冷漠、不觉悟联系在一起，展示了形形色色的人物群像，表现出鲜明的批判立场和辛辣的讽刺态度"①。

端木蕻良在《科尔沁旗草原》与《大江》中分别塑造了李寡妇与铁岭母亲等形象，她们对迷信的萨满教文化深信不疑，甚至得了病也完全寄希望于鬼神的保佑，其实"在荒芜辽阔的农村里，地方性的宗教，是有着极浓厚的游戏性和蛊惑性的。这种蛊惑跌落在他们精神的压抑的角落里和肉体的拘谨的官能上，使他们得到某种错觉的满足，而病患的痼疾，也常常挨摸了这种变态的神秘的潜意识的官能的解放，接引了新的源泉，而好转起来"②。这种解释内蕴着作者对农民崇奉鬼神、崇拜宗教的理解，但也不能忽视这种迷信色彩对他们精神世界的戕害，其根源依然逃不出藏污纳垢的民间文化劣迹对民众思想意识的禁锢。同时叶紫的《丰收》与蒋牧良的《旱》写到了天气极端干旱时节，农民跪拜在关帝爷灵塔或龙王庙前虔诚祈祷的情景。这也是因乡土社会落后的生产力使农民在自然面前变得无能为力，只好从神力中找寻改变的希望。

封建社会根深蒂固的"官本位"思想使农民形成了近乎病态的敬畏、惧怕"官僚"的奴性心理。艾芜、王西彦等作家注意到了这种杀人不见血的武器是农民奴颜卑膝性格的直接衍生物，并在小说中通过具有普遍性的"弱者"形象思索人的现代性问题。艾芜《丰饶的原野》中的赵长生，他对地主汪二爷一味讨好尽显奴才本色，每天小心做事不敢有半点疏忽，心中有怨言也只是在背后嘀咕，常常用幻想来满足殴打主人的快感。艾芜曾说："赵长生这类农民，我觉得在佃农中更占的多些，历史之所以进步的慢，

---

① 邵丽坤. 萨满教文化与现当代东北文学[J]. 西安欧亚学院学报，2010(4)：71-74.

② 端木蕻良. 端木蕻良文集[M]. 北京：北京出版社，1999：532.

总爱走迂回的道路，赵长生这类人，他们是不能不负一定责任的。"①类似的人物形象还有王鲁彦《乡下》中的三品，《愤怒的乡村》中的葛生，前者遵守"有苦自己吃，有气肚里塞"的忍耐哲学，到头来遭受的是变本加厉的欺凌；后者因"大事化小事，小事化无事"的生存策略而被扣上"弥陀佛"的帽子，被生活压弯了脊梁骨，也被统治者的压榨磨平了反抗的棱角，只能苟活于世。他们甘愿忍气吞声做顺民的心态，岂不正是惧怕权威、崇尚权力的意识使然？

长久的封建宗法统治早已使农民习惯了"召之即来，挥之即去"的生活，从来没有争到做"人"的资格，岂不知在战乱年代连"奴隶"的地位都难保，甚至到了"乱离人，不及太平犬"的境地，也不敢对恃强凌弱者说"不"，透过这些形象我们仿佛看到穿越历史隧道重新复活了的阿Q。鲁迅在《灯下漫笔》中说过："中国的百姓是中立的，战时连自己也不知道属于哪一面，但又属于无论哪一面。强盗来了，就属于官，当然该被杀掠；官兵既到，该是自家人了，但仍然要被杀掠，仿佛又属于强盗似的。"②显然在这时，农民想的是只要有一个主子能够出现，定下奴隶法则，把他们还当百姓看待，就已经是"皇恩浩荡"了。萧军《八月的乡村》中思想顽劣的农民孙兴说："我们老百姓谁当皇上给谁纳贡呗；种谁地给谁纳租呗。自己没饭吃，得自己挨饿。社会中国啦，日本啦，现在不是'宣统'又回了朝吗？真龙天子一出世，天下也许就太平了。"③三言两语就生动地勾勒出一个畏首畏尾的"老中国儿女"形象。还有丁玲《田家冲》中的赵得胜，端木蕻良《科尔沁旗草原》中的黄大爷，李辉英《松花江上》中的王德仁等，他们是旧中国最安分守己的农民，只要听到村民谈论推翻不合理统治秩序，首先想到的是："从盘古开天辟地到现在多少万年了，我们现在要把这世界打

①　艾芜. 艾芜小说选[M]. 长沙：湖南人民出版社，1981：139.
②　鲁迅. 灯下漫笔[J]. 莽原周刊，1925(2).
③　萧军. 八月的乡村[M]. 北京：人民文学出版社，1954：67.

一个转是不可能的，祖宗都是这么活下来，我们为什么要不安分。"①他们一辈子的理想不过是好模好样地做一个纳粮完税不管闲事的庄稼汉，为此不惜降低自己的人格尊严，看到地主、日本鬼子的残暴压迫行为，不自觉地双手作揖、双膝跪地求饶，这样苟且偷生地过完一生。当生命受到遏抑之时，往往会用"冤仇易解不易结""退后一步自然宽""嘴上带嚼子，累死不开腔"的忍耐哲学自我劝慰。

除此之外，还有国统区作家沙汀、王西彦等，他们能够不畏强暴捍卫文学的独立性，远接"五四"传统的批判精神，一面揭露国民党统治的种种弊端，一面又执着于国民性格弱点发掘的乡土书写路径显得弥足珍贵，将农民在权力面前见风使舵、阿谀奉承的心理表现得淋漓尽致。沙汀的《公道》描述了乡长走上街时，乡民们立即簇拥、让道的情景；《还乡记》中陈国才有两副嘴脸，看到保长时毕恭毕敬、柔顺、喜笑颜开地打招呼，遭到冷遇后也不敢当面表现出不满情绪，最多是私底下换上一副愤愤不平的脸色。王西彦《乐土》讲述了农民看到官吏到来时匆忙散开的场景，年长的关伯伯劝阻有反抗动机的庚保，"你心放明白些，人家是有王法的，你这算豆腐当磨石啊"，可以说忍辱求生是这些封建遗老们恪守的生存法宝，不仅自己信奉，还要试图做出"智慧老人"的样子压制不甘认命的下一代。当然，无论是在太平盛世还是在战乱频仍的年代，农民这种固步自封、畏惧改变，还有无意识中表现出的恃强凌弱心理都要不得，特别是在社会矛盾加剧的境况下，这股因循重俗势力势必会阻碍民族解放的步伐，延宕人们的现代性觉醒。

实际上，关于三四十年代的农民形象，除了个体的思想蒙昧，"官本位"意识影响下的欺弱怕硬心理是需要被启蒙的内容；还有群体的"看客"心理特征，也是农民精神之"病"的表现形式之一。可以说"天下最可恶、可憎、可鄙之人，莫过于旁观者"，鲁迅较早意识到这一现象，他在幼年

① 中国现代文学馆，编. 李辉英代表作：松花江上[M]. 北京：华夏出版社，2009：102.

时期因家道中落陷入困顿，遭遇了冷眼旁观的"看客"，而留日期间经历"幻灯片"事件，更是痛感国民性的愚弱，头脑中的"看客"形象逐渐清晰起来，新文化运动时期通过乡土小说中具有奴性意识的农民形象得以具像化呈现。时过境迁，在抗战时期的乡土小说中仍能看到蒙昧的"看客"群体，他们是社会变革的绊脚石，是实现个体思想解放的负能量。萧红《呼兰河传》中村民对王大姑娘和冯歪嘴子的婚姻说长道短，严寒的冬季还有人趴在别人家窗前偷听消息，那些窥探到别人隐私的"看客"沾沾自喜于脑子里新的谈资，他们的真实想法是"反正也不是去看跑马戏的，又要花钱，又要买票"①。"看客"无聊时的闲言碎语满足了自己的邪恶快感与窥视欲，却可能间接导致"被看者"的死亡，他们总想在咀嚼别人的痛苦中体验生命的快感，在"看"的过程中农民性格里固有的善良、同情心荡然无存。周文《投水》中陈么嫂的投水自杀是因为承受不了松寿奶奶、水生嫂背地里的议论，她们认为陈么嫂每次与丈夫发生争执后嘴上说的要跳水不过是吓唬人的把戏，导致陈么嫂最后一次被丈夫毒打后真的选择了跳水自杀。民众群体的"看客"心理离不开数千年的封建文化积淀，他们以鉴赏别人的灾难为快，缺少怜悯之心，形成一种灵魂残缺的病态人格。

师陀抗战时期的乡土小说始终缠绕着对故乡爱恨交织的复杂感情，人世的美好与丑陋都有涉及，农民的无知、愚昧等性格弱点是主要内容，其中群体的"看客"心理是不可忽视的向度。小说《头》谈到了为人老实忠诚的长工孙三醉酒后被主人以强盗的莫须有罪名钉在树上示众，喜欢看热闹的村民群聚而来，一幅栩栩如生的"看客"形象图应运而生；《过客》的故事展开起因于村头河道里躺着的一具尸体，引起围观村民各种不着边际的推测，甚至幻想着要是女尸就好了，这样就可以多出一些浪漫的故事。沙汀《祠堂里》生动地刻画了鲁迅眼中"张着嘴的看客"形象，连长因为爱上了邻家女孩而残忍地活埋了自己的结发妻子，这一暴行引起喜欢看热闹的村民兴致勃勃的围观，布客大嫂竟然说："要是我么，她早就没有好日子过

① 萧红. 呼兰河传[M]. 北京：人民文学出版社，2001：179.

了!"对于"看客",鲁迅说:"群众,——尤其是中国的,——永远是戏剧的看客。牺牲上场,如果显得觳觫,他们就看了悲壮剧;如果显得觳觫,他们就看了滑稽剧。北京的羊肉铺前常有几个人张着嘴看剥羊,仿佛颇愉快,人的牺牲能给予他们的益处,也不过如此。"①端木蕻良《雕鹗堡》中天真的石龙根本不相信山崖上的那只雕鹗就能主宰整个村子的命运,他下决心要冒险捉住雕鹗时不幸从断崖上摔下来而死,前来看热闹的村民不是关心年幼生命的消逝,而是庆幸雕鹗是安全的,摔死的石龙成了他们嘲笑的对象,是百年不遇的开心事,"看客"们从中感受到了心安与满足。同时在许杰的《七十六岁的祥福》《贼》,沙汀的《鲁道》,丁玲的《新的信念》等乡土小说中也活跃着"看客"群像,他们汇集着乡村社会里的男女老幼、尊贵卑贱、三教九流等各色人等,而且角色并不固定,昔日的"被看者"很难保证将来不会沦为"看客"中的一员。"看客"只是一个统称的概念,他们中的大多数在观看不幸者的悲哀时,往往带着看热闹的心情,是以"看"的行为本身为乏味的生活增加调味而已,所以在文本中可以感受到比那些"被看者"的悲戚命运更使人心酸的,正是那群长着嘴巴的围观者形象。端木蕻良、丁玲、沙汀等作家摹写着思想卑劣、无知的"看客"群像,背后鞭挞着人性的麻木与冷漠。

总体来看,根深蒂固的封建落后思想、畏惧权力与空虚的"看客"心理共同构成了以"国民性"话语批判为宗旨的农民形象,而他们"精神病态"的改造需要一个漫长的过程,从辛亥革命至今,中国的仁人志士都在探索可行的路径,但尚未形成共识。先驱者鲁迅的"立人"主张、"尊个性而张精神""排众数"等思想也只是在某种程度上指出了人的个性解放之必要性与达到的目的,并不是具体"药方",他也曾多次强调创作的初衷是为了"揭出病苦,引起疗救的注意"的主张。由此看来,批判农民思想深处的国民性沉疴任重而道远,且不会因"革命""救亡"主题的急迫性而失去其存在的合法性,因为"在封建主义里面生活了几千年,在殖民地意识里面生活了

---

① 鲁迅. 鲁迅全集(第1卷)[M]. 北京:人民文学出版社,2005:170.

几十年的中国人民，那精神上的积压是沉重得可怕的"，而且"农民意识本身，是看不清楚历史也看不清楚自己的"①。从中不难发现，三四十年代，启蒙话语下的农民群体是乡土小说中人物形象系列的重要组成部分，也是作家对人的个体价值实现的持续关注，更是对未完成的历史使命积极回应的体现。

（二）"苦难"中觉醒的农民形象

二十年代在革命文学兴起之初，就有学者提到时代需要的是血泪的、革命的、民众的文学，并强调无产阶级文学的斗争性，这时期在蒋光慈等早期革命作家笔下看到了觉醒、反抗的农民形象。到了30年代，茅盾、叶紫、吴组缃等人更是自觉靠近时代主潮，从巨变的农村、农民的暴动中找寻写作资源，这样就使革命话语成为塑造农民形象的另一路径，觉醒的农民形象成为备受关注的乡土叙事，解放战争时期，农民形象摆脱了苦难命运，实现了翻身解放，做了土地的主人。

实际上，三十年代张天翼在回答文坛提出的"创作不振之原因及其出路"时，曾指出："每个新的创作者都应当离开他的玻璃窗和写字台，到广大的工人，农人，士兵的社会里去。"②他不仅总结了文坛不振的原因而且还以具体的创作实践指明文学发展的出路，小说《二十一个》中塑造了农民士兵形象，农村的经济破产致使他们连基本的温饱都成问题，为了生计加入反抗压迫的革命者队伍。准确来说，不只是张天翼的写作方向开始偏转，当时惨烈的战乱语境拉近了众多作家与农民之间的关系，甚至他们的命运也被紧紧连在一起，他们不仅对农民的认识有了翻天覆地的变化，而且越来越意识到农民在民族战争胜利中不可替代的作用，因而，在乡土小说中涌现出一批从语言到行动，从自发到有组织革命的农民形象，尽管他们思想意识中惰性麻木的一面没有完全剔除，但社会危机激活了性格中革

---

① 胡风.胡风评论集（下）［C］.北京：人民文学出版社，1985：168.
② 叶圣陶.答创作不振之原因及其出路［J］.北斗，1932（1）.

命的一面显得难能可贵。

由于农民自身生活经历的差别使他们受到革命观念启蒙的程度有别，致使革命的农民形象并不是千篇一律，而是经历了革命意识从弱到强的发展过程。农民革命的对象有地主阶级、日本侵略者及落后的封建礼俗。茅盾"农村三部曲"中的阿多把顽劣的封建礼俗视为反抗对象，他性格刚烈，有自己的主见，不愿受老一辈的封建思想束缚。比如在养蚕时对那些被父辈们奉为圣旨一样需要遵守的禁忌不以为然，更不相信荷花是"白虎星"的迷信思想，不回避地与她谈话。他身上还有一股初生牛犊一样的闯劲，当看到辛勤劳动不能改变生活状态后决然地带领村民到镇上"吃大户，抢米囤"，一心想要摆脱父辈们守旧的生活秩序到外边寻找可以翻身的革命之路。叶紫《丰收》中的立秋相信了癞大哥"什么人都是穷人的对头，自己不起来干一下，一辈子也别想出头"①的话，并参加了村民的"抢谷"行动。蒋牧良《报仇》里的仁山嫂无法忍受舜四爷失去人性的欺压，在回娘家的那天深夜放火烧了地主家的杉树林。不可否定，生活中接二连三的苦难教育了阿多、立秋、仁山嫂这样的农民，他们内心有了反抗的决心甚至付出行动，但其中的革命意识多是朴素的、简单的，对革命的理解还停留在自发的经济性斗争。

无独有偶，革命文学较早实践者的蒋光慈在三十年代初期创作了乡土题材小说《咆哮了的土地》，并塑造了革命者形象，张进德在生活中不断克服狭隘的个人情感及敬奉菩萨的迷信思想成长为一个具有集体主义精神的"革命战士"。"也许他不是你个人的仇人，但是他是农会的仇人啊"，简短的语言背后传达出阶级意识逐渐在张进德内心生根，但受他启蒙的刘二麻子、李木匠、王贵才等农民对革命的理解仍然流于表面，刘二麻子积极响应革命号召的缘由是"可以娶到老婆，甚至于麻脸也可以变光"，李木匠要革命的目的仅仅是报私仇。认真思考后吃惊地发现他们心中的革命意识并没有超越五四时期阿Q那种听说未庄要革命了心中不觉高兴起来，因为

_____

① 叶紫著.胡从经编.叶紫文集[M].长沙：湖南人民出版社，1983.56.

"我要什么就是什么，我欢喜谁就是谁"的"革命幻想曲"式，把"威福、子女、玉帛"看作革命的理想，并顺便把赵太爷家的宁式床抬进土谷祠算是给自己报仇。在《咆哮了的土地》中之所以把刘二麻子这类农民形象列入革命者谱系是因为他们恰好反映了革命道路的曲折，也体现了作者对社会现实的忠实，不刻意拔高农民在革命意识觉醒中矛盾、纠结的心理活动。

农民长期生活在一个相对封闭的空间，因此他们固有的生存模式、思维方式、认知结构方面的改变过程注定了漫长、艰辛。苏光文说："抗战时期，民族矛盾的尖锐化，扩大了'人民'这个概念的范围。凡是愿意或者赞成抗日的都属于人民之列。写人民在战争中的思想变化，这不仅能深刻地反映出历史的大潮，而且也将透视出社会的动向。作家们正是本着这一精神而抓住人民在战争中的种种表现，展开对社会的剖析的。"[1]自然农民在战时民族、阶级意识的觉醒与思想的变化也被作者刻画得入木三分，而这一过程正是曲折的社会革命写照。革命的农民形象有一个从"语言"到"行动"的成长历程，夏征农《禾场上》《萧姑庄》中的农民革命者常常徘徊在语言上的对抗阶段，前者写到由于天气干旱造成稻子歉收，而泰生的主家却怪罪他偷懒，他不满情绪的发泄主要表现在语言上的牢骚："他妈的，他还要骂我懒，骂我种坏了他的田！可恶！"当真正见了老板仍要强装笑脸，把怨气往肚子里咽。直到最后的收租不公，泰生实在忍无可忍才发出了"你有这么恶，我不还，一文也没有还，看你要去吧。我不怕，你这杀人的东西，恶贼"[2]。礼生、财喜等青年农民在王阎王的逼租下，对抗地主威吓的方式也只是说出"随便老板怎样"的话语，结果收租的伙计空手而归。尽管他们的抗争还停留在语言层面，但依然值得称赞，毕竟已经意识到"单靠勤俭工作，即使做到脊骨折断也不能翻身"的处境，迈开了走向革命的关键一步，正所谓"蓓蕾既已含苞，终有一日灿烂开放"。如果这两篇小说中农民对地主的不满尚且止步于语言层，那么吴组缃《一千八百担》中

---

①　苏光文. 抗战文学概观[M]. 重庆：西南师范大学出版社，1985：254.

②　夏征农. 夏征农文集(第3卷)[M]. 上海：上海人民出版社，2002：24.

一百八十多房农民集体冲向宋氏祠堂的抢粮风暴,《樊家铺》中假扮"土匪"的农民集体行动攻破监狱救出了被压迫者,《天下太平》中丰坦村村民王小福摔碎了古庙里那尊标榜着"天下太平"的神物,夏征农《春天的故事》中青年们呼吁现在是生死关头,如果不愿饿死,不愿给大兵杀死,就得反抗,除此之外没有别的道路可行就是切实的行动了。村里的暴乱使地主财宝家的长工仁八扔掉了手里握着的疏通田地水路的竹竿,被清乡运动逼得无路可退的老二拿定反抗的决心,叫喊着"横竖活不成,还不如拼一拼",随后老大也加入斗争李老板、财主、保卫团的队伍。还有茅盾《水藻行》的财喜,面对乡长粗暴地派农民修路的行径坚决不服从,两只像钢钳一样的臂膊死死叉住乡长的胸脯"你这狗,给我滚出去",这些革命的农民对以地主为主的当权者、不合理社会制度的反抗已上升到暴力的行动层面。尽管缺乏理性的组织,更多的是莽撞、冒失的愤懑情绪宣泄,但至少让邪恶势力感受到农民群体血液里那股野性被刺激后的强大气势,以此削减压迫者的嚣张气焰。

其实,革命的农民形象思想意识逐渐成熟并出现在解放区作家的乡土小说中的原因,一则是抗战进入防御阶段后中共为了缓解农民经济压力而制定的"地主交租交息,农民减租减息的"土地政策最先在解放区实施,二则是毛泽东《新民主主义论》《讲话》等纲领性文件的发表对作家、文学创作方向的规训。赵树理《李有才板话》中的李有才与老槐树下的其他具有革命觉悟的农民在村农救会主任老杨的领导下共同清算了地主恶霸老恒元欺压农民的罪状,把押地全部退回原主。束为《红契》中给人印象深刻的是一个叫苗海其的农民,他思想的前后变化可以说是当时大多数农民的必经阶段,地主"笑面虎"口头上答应对农民实施"双减"政策,背后却极其反对减租赎地并威胁佃农,苗海其惧怕这样的胁迫而把原本属于自己的十垧地红契老老实实地交还地主手中,后来在变工组、农会干部的教育启发下坚定了革命决心,甩掉顾虑重重的思想包袱,借助"笑面虎"来收租的机会,算清账并重新要回自己的土地。康濯的《抽地》写了抗战时期的减租问题,即使合理的土地政策在推行中也免不了困难重重,最令农民痛心的是地主以

"你要减租，我要抽地"的抗衡，"明减暗不减"的现象时常发生。觉悟的农民完娃坚持与地主斗争并取得了胜利，并鼓励农民只有识破地主的阴谋才能保障土地的所有权。在这里无论是李有才还是苗海其与完娃，他们与地主之间展开的翻身斗争能够取得胜利离不开乡村基层党组织的领导，是外力的作用加快了农民的革命步伐。现在一种历史转动的轮机已经到了中国农民身上，农民再不是以往那样不识不知的了，他必得张开自己的眼睛用自己的手腕和头脑来创造一个新世界。那么他们要如何行动才能创造这个新世界，毛泽东早在《湖南农民运动考察报告》中就提到过"农民要获得解放，就必须从政治上打垮地主阶级的威势"①，我们从这些作品中可以清晰感受到有组织的革命领导者在革命中的重要性，否则任何行动都是个人逞一时匹夫之勇，始终处于一盘散沙的状态很难从政治、经济上翻身。农民对抗地主阶级是这样，走上战场与敌寇作战依然需要有组织、纪律、策略，方能完全击垮敌人。正如陈瘦竹《春雷》中的青朗、马浪荡等青年农民在革命者王鹏的带领下组建自卫军英勇地抗击日军侵略，尽管农民性格中有用不完的蛮劲、力量，但有了正确思想的引导其潜力才能更好发挥，诚如小说中王鹏所说，种田人最忠厚，讲义气，而且有力量。解放区文学对走出苦难，翻身解放农民形象的塑造最为突出，赵树理《小二黑结婚》中的青年农民小二黑与小芹实现了"有情人终成眷属"，是他们对封建迷信思想与不合理统治秩序抗争的结果。《李有才板话》通过小字辈李有才编写的"板话"，暗示了农民斗争地主的初步胜利，"入了农救会，力量大几倍，谁敢压迫咱，大家齐反对。清算老恒元，从头算到尾；黑钱要他赔，押地要他退；减租要认真，一颗不许昧。干部不是人，都叫他退位；再不吃他亏，再不受他累"。后来丁玲《太阳照在桑干河上》与周立波的《暴风骤雨》中的典范土地改革叙事，主要围绕的正是党的土地政策在农村的执行，在土改干部指引下农民阶级意识觉醒，斗争意志被鼓舞，乡土社会传统秩序被新政权取代，农民从困苦中解放出来，重新获得被地主霸占的田产，高

---

① 毛泽东. 湖南农民运动考察报告[N]. 向导周报，1927-11-3.

利贷被废止,并给予无田产农民以生产资料,保障其基本生活,他们积极参与乡村的生产与建设活动,于是这些翻身的"新人"成为乡土小说的叙事主角。

三四十年代乡土小说中的农民形象,从革命对象来看,除了地主阶级还有怙恶不悛的日本侵略者,不用说,受时局影响后者是社会主要敌人,穿上军装的农民是革命的主要力量,他们实现了角色的暂时转换,一跃成为战场上勇往直前与敌奋战的革命英雄,这样一来性格中长期被压抑的粗鲁、彪悍、匪气开始浮出地表并受到作家重视。闻一多说,抗战时期迫切需要的是农民身上"野蛮"力量的激发,"当人家逼得我们没有路走,我们该拿出人性中最后、最神圣的一张牌来,让我们那在人性的幽暗角落里伏蛰了数千年的兽性跳出来反噬他一口"①。马克思也一针见血地指出"这种失掉尊严的、停滞的、苟安的生活,这种消极的生产方式,在它的另一方面产生了野性的、盲目地放纵的破坏力量"②。尽管如此,农民骨子里隐藏的血性、闯劲的爆发并不是一朝一夕的事情,更不会一蹴而就,代代因袭的生活模式及沉重的思想包袱注定了他们思想意识中传统认知方式的蜕变需要一个克服、激发的过程。白朗的《轮下》,吴组缃的《鸭嘴涝》,丰村的《老干尖子当兵去了》就如实揭示出农民在成为"士兵"的角色转换中内心颠荡起伏的挣扎,从"说"到"做"的精神蜕变。《轮下》塑造革命的农民群体形象,他们前去市公署请愿遭到替日军做事的岗兵阻拦并开枪要挟,激怒了宋子胜、邹家昌等人,"你就放吧!老子的命不要了,左右是个死,你放屁,不要脸的东西,你把市长的身份看得那么高,看得那么尊贵,他还不如一条狗"③。这是淤积在他们心中愤怒情绪的表露方式,就这样骂过、闹过之后剑拔弩张的架势还是被压制下去。

①　闻一多.西南采风录.闻一多全集(第3卷).[M].上海:三联书店,1982:395.

②　马克思,恩格斯.马克思恩格斯选集(第2卷)[M].北京:人民文学出版社,2005:67.

③　白朗.白朗文集[M].沈阳:春风文艺出版,1984:63.

《鸭嘴涝》通过青年农民章三官在抗日前后语言、行动、思想的变化记录了一个农民从意识到革命的意义到思想妥协再到主动加入游击队的成长经历,起先他觉得学堂里王先生讲的抗日原因很有道理,并认为"齐齐心,就算我们十个拼他一个,看看那个狠些"。但到了抽丁那天,发现自己其实对温柔的新婚妻子,温暖的家庭生活万般不舍,当保长提出摊钱雇丁的建议时,他也是支持的,"不要争那些闲气",而且给自己的理由是"眼睛不行,眼睛里有硝砂",私底下想的却是"打了这么久,还是抵不住,趁早不要打了罢"。有一次亲眼看到大军浩浩荡荡过境的场面时改变了主意,尤其是回想起王先生的话,"这样的世道,不把鬼子打走,哪个都莫想过太平日子",不顾母亲与长兄的反对,默默关注战事进展,仿佛忘记了先前的忧虑和安危,在军队经过村子时积极帮助挑子弹,游击队在村子停留时主动担任"扁担队"队长,战火逼近时自豪地担当起"保卫鸭嘴涝章村"的重任。敌人没有到达村子就被游击队击败了,他还因自己的打算落空而失落,事后在戚先生的介绍下得到一杆枪并成为一名正式的游击队员。《老干尖子当兵去了》生动地描摹出一个思想因循守旧、安分守己的农民黄金仓在妻女被侮辱的凄凉现实面前加入游击队的经历,怎样打消以前短视的念头"庄稼人摸枪杆,这是回事吗?总不算正道!"怎样从惯用锄头的"老干尖子"转变为英勇的革命者。看来,农民无论决定与老奸巨猾的地主斗争,还是同丧尽天良的日本侵略者决一死战,在他们思想转变之前内心总要经历一番搏斗,一旦告别过去成为革命者就汇入了民族独立、社会解放的洪流中,在革命战争的锤炼中实现人生价值。

客观上讲,"在中国,任何一个旨在反对外国帝国主义,争取建立民主制度的革命,如果没有农民参加都是不可思议的"①。毛泽东在新民主主义革命理论中从文学创作的角度强调"中国无产阶级要依靠农民,并以农民的解放为主要目标,革命文学必然要关注农村,并要在农民中塑

---

① 中共中央党史研究室第一研究部. 青年共产国际执委会给中国社会主义青年团中央委员会的信(1923年5月31日于莫斯科)[A]. 共产国、联共(布)与中国革命档案资料丛书(第1卷)[M]. 北京:中共党史出版社,2007:256-257.

造出新的主体"①。不难发现,这段话中"新的主体"即是指接受政治启蒙之后不愿坐以待毙,奔赴战场浴火重生的农民革命者形象。东北作家群的小说中涌现出众多这样的农民形象,或许是因较早地承受了失去家园的痛苦,也或者是因土生土长的萨满教文化中好武善斗、崇尚武力等积极因素潜移默化的感染。端木蕻良在《大地的海》后记中说:"我的故乡的人们是双重的奴隶。在没有失去土地的时候,是某一家人的奴隶。失去了土地之后,是某一国的奴隶。"②当农民意识到自己处境的可怕,不愿做奴隶而奋起抗争之时,那股喷薄欲出的火焰定会演变成熊熊烈火,这部小说塑造了艾氏父子形象,他们在平时是打猎能手,在儿子眼中战场同猎场有相似性,侵略者的暴行与猛兽的凶残具有同构性,当年迈艾老爹要求上战场受到阻拦后,他愤慨地说:"不带着活口去和敌人分个上下,还等着我们死了用阴魂阵去打退他们去吗?我老?我用你们扛着抱着吗?咱们赛三枪去!"③后来父亲在儿子先进思想的启发下对革命的理解从幼稚转向成熟。

除了《大地的海》之外,端木蕻良《遥远的风沙》中的煤黑子也是一个做过土匪的农民形象,他带领义勇军去改编土匪,尽管身上的匪气劣习时常暴露,但当部队遭遇日军突袭的关键时刻能够把个人恩怨置之度外挺身而出的行动值得称赞,结果自己不幸牺牲在战场。《风陵渡》中的马老汉,虽然从小就确认了对于可怕的都应该加以敬畏的意念,但两个日本兵强迫他深夜划船去找"花姑娘",气愤的马老汉故意把船划到涡漩里,与日军同归于尽。艾氏父子、煤黑子、马老汉都是生活中普通得不能再普通的农民,平时按部就班地从事农业生产活动,一旦突降的战争打乱了稳定的生活节奏威胁到生命。他们性格中的野性、复仇的心情就会复活,当意识到家国同构的关系时会从粮食供给、兵源补充等方面为战争胜利贡献力量,在民

---

① 何吉贤.农村的"发现"和"湮没"——20世纪中国文学视野中的农村[J].文艺理论与批评,2004(2).

② 端木蕻良.端木蕻良代表作[M].北京:华夏出版社,1998:371.

③ 端木蕻良.大地的海[M].上海:新文艺出版社,1957:89.

族灾难与不幸面前，大多数农民选择响应国家兵役政策踊跃参军，甚至那些无所事事、游手好闲的农村无产者在日军的铁蹄闯入家园后也毫不犹豫地拿起手中的武器做出要与侵略者血战到底的准备。

马加《复仇之路》讲述了"九·一八"事变后，日军占领沈阳城闯入村庄，其残暴的侵略行径激怒了民众的怒火，在这里法律和道德失去了效力，人们绞尽脑汁地想着怎样对付外敌，义勇军的到来把村民从死亡的边缘带上了解放之路，像二卡、大五这样深受其害的农民离开家乡，挺起胸脯，坚决地走上复仇道路。萧红《呼兰河传》中的赵三，积极反抗日军侵略，并高喊着："等我埋在坟墓里也要把中国旗子插在坟顶，这是中国旗子，不当亡国奴，生是中国人，死是中国鬼。"①话语中流露着朴素的爱国主义情感。骆宾基的《仇恨》着重刻画了高占峰这一形象，他身上包含了关东性格中的勇猛、坚强、率真等美好品质，但也不乏一些愚拙、野蛮的特征，在乡间的赌场为所欲为，但当家乡遭受日军的铁蹄侵扰时性格中的积极与消极方面都汇集成一股抵御侵略的民族精神，组织民兵上山打游击战。

事实上，这类具有痞子气的农民不只在沦陷区乡土小说中频繁出现，国统区同类题材的小说也不在少数。田涛在1942年完成的中篇小说《饥饿》中也塑造了类似的农民形象，二缺在勤劳的村民眼中始终是一个"懒货，坏蛋，总不愿做活"遭人厌烦的形象，出乎意料的是当日军踏入村子时，他的民族正义感比谁都强烈，第一个号召青年农民拿起武器与敌人作战，后来在危急关头不顾个人生命安危冲进敌军阵营抢粮救助饥饿难耐的村民。姚雪垠在全面抗战爆发后一直从事抗日进步文艺活动，并先后创作《差半车麦秸》《牛全德与红萝卜》，小说以生动活泼的口语表现战争中不同性格缺陷农民的成长，曾一度受到文学界重视。《差半车麦秸》中的农民王哑巴，在革命中逐渐克服小生产者的落后、狭隘、自私自利的性格，锻炼成一名富有集体主义精神的革命战士，有人问他"为什么要加入游击队"，

---

① 萧红．呼兰河传[M]．哈尔滨：黑龙江人民出版社，1979：201.

得到的回答是如果鬼子不打走,庄稼根本做不成。姚雪垠称《牛全德与红萝卜》的主题是"表现旧时代的江湖义气向新时代的革命责任感的渐渐转移,伟大的同志爱终于淹没了个人的恩仇"①。这篇小说主要塑造了牛全德和红萝卜两个农民形象,牛全德因为早年旧部队的当兵经历身上沾染了严重的流氓江湖义气,还沉沦于女人、赌场,加入抗日队伍后在指导员、分队长的教育下改掉恶习走上正道。在一次与敌军作战中为了救出红萝卜和赵班长而英勇牺牲,红萝卜是一个老实本分的农民但又不乏顽固守旧的劣习,到了部队后一直抱着有国才有家,日本鬼子没有滚怎么会安居乐业的简单而朴素的想法,并在宣传队积极学习追求进步。

《伙伴们》是于逢、易巩合著的长篇小说,里边同样有一个桀骜不驯的青年农民雷公汉,虽出身贫苦农民家庭,但从小就喜欢与村里的流氓痞棍混在一起,有不受管束的性格做起了"捞家"首领。抗战期间组织"捞家"奋勇杀敌成为革命英雄,他的前后转变恰如作品题记中指出的那样"开始时,他如顽石那样屹立在人类世界中,以罪恶反抗罪恶,现在他也如顽石那样屹立在敌人面前,以贫乏的枪械抵御新式的武器,以小群体对抗大部队,参加者伟大而神圣的民族革命战争"②。我们知道,农民天生有着思想涣散、自私自利的个人主义倾向,尤其像牛全德、雷公汉这样的农村无产者更是心中没有王法、目中无人,参加革命正好可以在集体的生活环境中洗涤他们身上的劣习,以行动为自己"正名",改变人们习惯上对他们的偏见,同时也丰富着乡土小说书写中革命农民形象的构成元素。

在非理性暴力的威逼下,受到创伤最大的莫过于手无寸铁的底层农民,暴力、牺牲、流血、离别这些曾经多么遥远的字眼在无限地逼近他们的生活,于是有的农民对生命有了新的打算,揭竿而起勇敢走向战场,成为民族独立战争中的革命英雄。勒庞说,"不管革命的起因是什么,除非它已经渗透到群众的灵魂当中,否则,它就不会取得丰硕的成果。从这个

---

① 姚雪垠. 这部小说的写作过程及其他. 载牛全德与红萝卜[M]. 上海:怀正文化出版社,1947:50.

② 于逢、易巩. 伙伴们[M]. 广州:花城出版社,1990:3.

意义上说，革命代表了大众心理的一个结果"①。也许正是民族救亡的峻急性使"革命"成为大众心理的共识，尤其是全力以赴支持战争的农民，不管他们之前是老实本分还是叛逆不羁，都能够放弃个人恩怨改掉劣习戮力同心，共同抵御外辱，甚至女性也走出家门，或许她们不能像男性那样在战场上与敌人刀光剑影地拼杀，但却可以为国家民族大义牺牲个人利益，在战争中性格的成长、蜕变大致勾勒了中国革命的发展历程。当然，农民要革命的对象除了外敌还有地主阶级，钱杏邨在评论俄罗斯作家的乡土革命题材小说《情盗》时指出："虽然俄罗斯的旧势力那样猖狂，但农奴们是始终不肯屈服，继续不断地用生命去抗争，去寻找出路，这是俄罗斯的一点生命，这是天地间最伟大的旧势力的宣告死亡，农奴们伸出头来，也就是基于这一点力。"②尽管中国农民习惯于做传统规则的奴隶而向环境屈服，但当他们身上"忍耐和苟安绞成的纤绳挣断"的那一刻同样会走向反抗之路。总之，这些农民不断迸发出的战斗激情使他们不再考虑生命及个人得失，甘愿做革命洪流的推进器，此时已不仅仅是个体的人，而是以"集体人"的形象出现在历史舞台。从大的方面讲，农民民族意识、阶级意识的觉醒与革命是为了国家独立与民族解放，从自身来讲，他们的行动又何尝不是为了自己的生存权利而战，为能够重新回到温馨的家园，做回土地的主人，闻到那扑鼻的泥土气息。

在三四十年代乡土小说人物形象谱系中有一道亮丽的风景线不能被忽视，那就是革命的农村妇女，尽管我们常说"战争让女人走开"，但有一些受教育水平并不高的女性并没有让自己走开，关于抗战或许她们讲不出什么高深的道理，有的只是一颗朴实的爱国心简单的复仇情绪。梅大娘因为丈夫被日军杀害而燃起来的复仇火焰，以自己的姿色赢得敌方军官信任，继而与之同归于尽（陈瘦竹《春雷》）；尹嫂子从忧心个人私情到权衡多数人

① 古斯塔夫．勒庞著，佟德志、刘训练译．革命心理学[M]．长春：吉林人民出版社，2004：76.
② 唐先田、陈友冰．安徽文学史（第3卷）[M]．合肥：安徽文艺出版社，2013：183.

利益的观念转变，抛掉身上的旧衣衫，带领士兵冲向日军据点，牺牲了自己当汉奸的丈夫却拯救了全村人民(艾芜《受难者》)；农家姑娘在母亲去世，"我"要跟随部队继续与村外的敌军作战，经过不同思想的纠缠后，她决定到前线，并把生死置之度外，直到受伤几乎快要流尽生命中的最后一滴血(舒群《农家姑娘》)；秋姐子走出做童养媳的婆家加入义勇军，不幸被日军俘虏并从她的耳朵里翻到了纸条，在各种严刑拷打面前没有任何动摇，至死不肯泄露任何秘密，咬断舌头以抗争，被枪毙的鲜血染红了大地(师田手《大风雪里》)。梅大娘、尹嫂子、秋姐子等，她们用柔弱的肩膀扛起了"抗战担当"的旗帜，用生命和鲜血诠释了民族大义的内涵，她们给农民形象画廊增添了光辉的一笔。解放区作家孙犁笔下的革命女性更是象征着"美的极致"，如《荷花淀》中的水生嫂，《芦苇》里藏在芦苇丛中准备伏击敌人的嫂子与小姑，"诗化小说"背后是战争女性的优美再现，她们"识大体，顾大局"以及乐观奉献精神恰好契合了作者"人性美"的写作主旨。同样，解放区乡土叙事中，在孔厥《一个女人翻身的故事》，赵树理《孟祥英翻身》，崔石挺《俊英》等小说中，我们看到了农村女性在土改中走出家庭，不再承受婆家人摆布，告别过去那种哭不得死不得的生活，实现了在家庭中的翻身。新生后的孟祥英，工作热情，"遇事要讲明道理，亲自动手领着干，自己先来当模范……领导妇女们放脚、打柴、担水、采野菜，割白草……太仓妇救主任学上她的办法，领导着村里妇女修了三里多水渠，开了十五亩荒地"①。乡村的土改运动与新政权改变了女性的命运，使她们从劳动中获得自由感，把新的命运观嵌入精神深处。

上文中出现的蒙昧与觉醒的农民形象同他们性格的不同面影有关，千百年来乡土社会自给自足的小农经济模式使农民的活动范围被局限在狭小的空间，加之吃人的"仁义道德"所具有的强大精神腐蚀力，促使中国农民的文化心理结构实际是一种两极结构，几乎所有文化性格的特征都能找到相对应的反面，因而在文化表现上往往呈矛盾状。比如，守旧与激进，顺

---

① 赵树理.赵树理选集[M].杭州：浙江教育出版社，2022：273.

从与暴力，小利与道义等。他们"可能充当一种极端保守的角色，也可能充当一种高度革命性的角色。这两种农民形象都曾是普遍存在的"①。农民祖祖辈辈延续着几种单调的农耕方式，约定俗成的乡村伦理结构早已固若金汤，在社会稳定的太平年代可以亘古不变地实现"生于斯，死于斯"的愿望，但当战争降临搅乱了他们既定的常规生活，性格中残暴的一面必然会毫无遮拦地暴露出来。

实际上农民性格中的两面性并不会因一场战争而有很大改观，但日军入侵后那震耳欲聋的枪炮声又使他们坐立不安，所以这一局势下惧怕、胆怯、奴性十足的农民有之，摒弃"坐着死""引颈待毙"思想的农民有之，他们明白了唇亡齿寒的道理想要到战场上与日军拼杀，勇敢抵抗才有生的可能，这也是唯一的出路。而抗战的胜利确实离不开革命意识觉醒后农民的努力，毛泽东很早就提出过"农民是无产阶级最广大最可靠的同盟军"，"七七事变"之后一名英国记者在一篇报道中指出"中华民族的真正力量到底在哪里呢？不在沿海的大城市，不在省会，而是在乡村、市镇，在农民群众中，他们度过了许多年无知无识的生活，经历了许多年的内战，现在正在自觉地日益加强的目标下捏合成一个有机的整体"②。农民的反抗意识也是被危机四伏的时代氛围所激发，周立波回忆自己曾经看到一农户家的墙壁上清晰地刻写着"还我河山"的字样，农民用不同的方式发泄心中的怒火，春节的对联上写的是"驱逐日寇，最后胜利。中华万岁"。农村这一新的现实为作家的乡土书写提供了丰富的素材。

农民性格的复杂性致使作家在乡土书写中的农民形象很难统一，战争的"大时代"面临着陈旧的社会结构与文化秩序更迭，民族国家独立与解放是文学创作的总方向。"革命"是压倒性主题，一些乡土作家顺着这样的脉络遵循"阶级话语"注意到了农民性格中野蛮、革命的面相，致力于革命者

---

① 塞缪尔·亨廷顿著. 李盛平等译. 变革社会中的政治秩序[M]. 北京：华夏出版社，1988：286.

② James. M. bertam. 华北前线（中文版）[M]. 香港：中国文缘出版有限公司，1939：313.

农民形象塑造。但创作的个体性决定了作家文学风格、文学观念的多样性，并没有一个放之四海而皆准的法则以供借鉴，战争年代也不是所有的作品都要写革命、救亡、死亡等主题，相反只要作品与文学经验、历史事实相吻合一样具有价值。对于乡土小说来说，如果作家把"国民性"话语作为创作圭臬看到更多的或许是如祥林嫂、阿Q、闰土式的农民形象，他们虽然是民族的脊梁，但身上所遗留的封建传统负累又是社会前进的绊脚石，延宕人的现代性步伐。茅盾在回顾抗战文学的发展时指出："中国这些巨人，在抗战的高热度下，固然显示了他有无限潜蓄的力，但一些陈年老病，也在这时一齐表现了出来。"①之后郭沫若也撰文说："中国目前是最为文学的时代，美恶对立、忠奸对立异常鲜明，人性美发展到了极端，人性恶也有的发展到了极端。"②这样一来，《呐喊》中那些"老中国儿女"的形象重现在丁玲、萧红、沙汀、王西彦等作家笔下，但我们也应该承认战争引起的乡村革命性变化，伴之以革命的农民形象更为引人注目。那些看起来土头土脑的农民是社会的基层，更是革命战争的中坚力量，鉴于此，吴组缃、叶紫、王统照、蒋牧良、骆宾基、赵树理等作家在乡土书写中搁置"愚弱国民"批判的启蒙话语，而竭力挖掘他们身上的反抗意识成为题中之义。其实，"革命"在进入一种"历史叙事"的时候，叙事者需要关注社会重大事件、传统乡村生活秩序的变迁、战争中农民的生死挣扎，尤其是塑造困境中反抗的农民形象以强化社会"革命"的合法性。李杨说："所谓的中国农民并不是个内涵一致、固定不变的统一体，而是一个存在着千差万别的概念。并不存在共同的农民经验。农民是历史的产物，而不是自然的产物。换言之，它不是先于历史而存在，而是在历史中形成的社会范畴。作为一种政治身份，作为意识形态的组成部分，它是一个典型的现代性范畴。"③因此"苦难"与"国民性"不同话语形态观照下农民形象面影是他们自

---

① 茅盾.八月的感想——抗战文艺一年的回顾[J].文艺阵地，1938：1(9).

② 郭沫若.今天创作的道路[J].重庆〈创作〉月刊，1942(1).

③ 李杨.50—70年代中国文学经典再解读[M].济南：山东教育出版社，2003：174.

身性格多面性的体现，是血与火的现实中，思想启蒙与社会革命两种不同乡土书写方向的体现。

第二节　自然村社的权利掌控者——乡绅、地主形象

乡绅、地主是封建伦理道德、儒家文化的衍生物，宗族文化的传承者、阐释者，是维系上下关系的纽带，对乡村政治、经济、思想文化体系建构有绝对话语权，构成抗战时期乡土小说中人物形象谱系中的重要一翼。尽管他们中也会有一些思想开明、体恤民心的面影，但普遍存在着的是自私狡猾、横行乡里的落后性，更是导致底层农民生存苦难的渊薮，预示着乡绅阶层是乡村新社会秩序的强大阻力，他们是革命理想主义乡土叙事逻辑中被否定的对象。"传统农业文明"是其存在的基石，横行乡里、以土地为资本欺压农民是其本质特征，直到新中国成立前夕土地革命的完成才逐渐被遏制。应该说，乡绅、地主形象的丰富性在20世纪三四十年代的乡土小说中有充分表现，折射出乡土社会的巨大变迁，以及乡土统治秩序在现代激烈革命中逐渐没落的必然命运。

"五四"新文化运动以"民主""科学"为旗帜，"提倡新道德""打孔家店"等口号，甚至激进的知识分子还提出了"全盘西化"的主张，并把一切斗争矛头指向标榜"仁义道德"的封建礼教，而儒家思想是其理论支撑，作为传统乡土社会权力掌控者、封建专制思想捍卫者的地主、乡绅阶级是首先被批判、否定的对象。鲁迅的乡土小说开风气之先，像鲁四老爷(《祝福》)、赵太爷(《阿Q正传》)、七大人(《离婚》)等乡绅形象可以说是耳熟能详，这些活跃在乡土社会的"人上人"并没有以儒家文化的"成德"与"内圣"之学体恤民心，教化民众，而是尽显专横刻薄、自私贪婪、阴险狡诈等种种不堪，以此显现出他们道德的反动性与压迫农民的罪行，并同当时的思想启蒙与社会批判主题相融合。其实，在国民大革命时期的南方，曾流传着"无绅不劣，有土皆豪"的话语，虽然偏激，但至少说明了当时乡绅劣质化已成为普遍现象。他们是启蒙主义作家眼中落伍的封建遗老，是现

代文明的拦路虎。

乡绅，从广义上是乡村绅士的统称，出现于宋代，到了明清时期凭借新的政治制度与拥有的财富参与地方权力，以特定阶级身份存在，属于乡村社会基层权力组织的一部分，执掌乡村权力，维系乡土社会秩序稳定。有学者指出："传统中国社会存在着两种秩序和力量：一种是'官治'秩序或国家力量；另一种是乡土秩序或民间力量。前者以皇权为中心，自上而下形成等级分明的梯形结构；后者以家族为中心，聚族而居形成'蜂窝状结构'的村落自治共同体，连接这两种秩序和力量的是乡绅精英阶层。"① 这里的乡绅精英是"有文化的地主、乡村教师、较富有的商人、受人尊敬的长者、有势力的家族长等类型的人，他们往往是村庄中的权要人物，占有统治与支配地位，在社区公务中起主导作用"②。实际上，在漫长的中国历史进程中，乡绅始终是管理乡村事务的主导力量，拥有"天然"的统治权威，这也是中国自古就有"皇权止于县政""山高皇帝远"的传统使然。继鲁迅乡土小说中塑造的乡绅形象之后，在抗战时期沙汀、吴组缃等作家笔下大致勾勒出了乡绅阶级的群像。

沙汀幼年时期就经常跟随舅舅穿梭于农村社会上层的士绅豪门中间，目睹了这一阶级内部钩心斗角、蝇营狗苟的卑劣行径，对此深恶痛绝。抗战时期，不断激化的民族矛盾使乡绅阶级的丑恶嘴脸浮现出来，他们与国民党政权的勾结，与炮哥帮会的相互利用加深了社会黑暗。沙汀认为："将一切我所看见的新的和旧的痼疾，一切阻碍抗战，阻碍改革的不良现象指明出来，以期唤醒大家的注意，来一个清洁运动。在整个抗战文艺运动中，乃是一件必要的事了。"③ 于是，在《淘金记》《在其乡居茶馆里》《防空》等小说中分别塑造了白酱丹、刑幺吵吵、愚生先生等"伪善"的乡绅形

① Vivienne Shue, Sketches of the Chinese Body Politic. California：Standford University Press，1998：25.

② 梁桂萍. 华北乡村民众视野里的社会分层及其变动(1901—949)[D]. 南开大学，2007：53.

③ 黄曼君. 沙汀研究资料[M]. 北京：知识产权出版社，2009：108.

象，以此揭露国统区黑暗的现实。"直到现在，白酱丹白三老爷，虽然依旧存着点野心，但人们总一样对他敬而远之，再三回避着他。他们不仅畏忌着他本人的双重身份——又是绅粮，又是大爷，以及他那无穷无尽的诡计；他们更担心那一两个挡在他面前，实际掌握着北斗镇的命运人物。"①这句话足以说明白酱丹的品行及权威地位，并成为日后为所欲为的筹码，为了得到何寡妇家曾经出产金矿的祖坟的开采权，用尽各种计谋；刑幺吵吵利用兄长的权势在村镇飞扬跋扈可以让儿子多次逃避兵役，因而也算是在乡民中说话有一点威望的乡绅；愚生先生对权力痴迷，到政治学校、防空协会的真正目的不是学习知识造福百姓而是为了自己的"仕途"。作者在刻画这些反面人物形象时始终保持"记录者"的身份在不露声色中达到"无一贬词，而情伪毕露"的叙事效果，展现出一幅丑陋与怪诞共生的画卷。

茅盾认为吴组缃《一千八百担》有力地刻画出了崩坏中的封建社会的侧影。在他的意识中，那些因一千八百担义谷而聚拢在宋氏祠堂的乡绅们是封建社会的细胞，农民气愤地冲向祠堂的抢粮事件意味着宗族、乡绅统治制度的危在旦夕，同样象征着封建社会的末路。连续干旱的天气造成田地里庄稼籽草无收，这样的天灾可以说使农村不同阶级无不陷入生存困境，义庄里存放的一千八百担粮食成了板凳头上的鸡子，乡绅们各自打着自己的小算盘都想从中谋利，根本不顾农民的死活。义庄管事矫揉造作的行为最使人厌恶，他私下命令佃户把鸡和新上市的青豆，大担小担地往家里送，用义庄的收支结余私底下做生意，给穷人放高利贷，农村经济破产遭遇饥荒危机时，装腔作势地把持着一千八百担义谷不让出售，还声称是为整个庄里的民众着想，实际上是想占为己有，这也是下文农民集体反抗的导火索。小说主要塑造了两类乡绅形象，老一辈乡绅毫不例外地表现出对新事物的抗拒：义庄管事人称"笑面虎"的柏堂深受传统"学而优则仕"思想的影响，害怕从新式学堂毕业的学生既损害到他的经济利益还混不出来个官职而坚决主张关闭学校，借大富户方永清令郎试用耕种机的失败经历嘲

---

① 沙汀. 淘金记[M]. 北京：人民文学出版社，1962：15.

讽西方先进农用机械；郎中渭生对西药的鄙视态度；敏斋老向叔鸿打听自己儿子的下落，觉得要真是共产党被抓也算是为家族除害，这种偏激的想法根源于对"革命"决绝的反对，不容许不同人生选择的存在。青年一代的乡绅对新事物虽没有抵触心理，但他们显然不愿继续父辈们的生活轨迹，从学堂毕业两年回家的松龄当起了少爷，用祖宗留下的钱挥霍无度，狂热地迷恋小脚女人；在省城当教员的叔鸿在父亲去世后家势衰微正陷入一场难解的官司，即使面临困境他也没有长久留在家乡的打算；乡村师范学校毕业的耀祖选择了当工人走革命道路，这是要与腐朽的宗法制度彻底决裂的行动。

显然，《一千八百担》通过对不同年龄、身份乡绅形象分析揭露这一阶级逐渐衰微的趋势，思想守旧、自私、目光狭隘的老一辈注定会被时代淘汰，而年轻一代要么堕落成纨绔子弟要么对未来另有打算，所以在小说最后当村民像洪水猛兽一样冲进祠堂抢粮时，那扇被双喜死死堵上的门显得何其不堪一击，义庄的管事和区长像敬神的猪一样被拖到龙王台下，其他的绅士慌张地朝着不同方向躲藏，龙王台上瓦缸被摔得粉碎，"西风癫痫"曾被乡绅们奉为脾气最好的菩萨也被打翻在瓦砾中，其实，农民的革命推倒的不仅是乡绅们眼中神灵般的物什，更是宗族制度破落的预兆，封建伦理纲常思想执行者乡绅们在乡村统治的垮台。正像吴组缃对小说"时代与社会"的定位，他讲到追求的目标是在写出一个个人物性格之外，同时更要紧的呢，就是解剖那个社会，指出那个社会没有出路。诚然，"那个社会"指的是一个乡绅阶级享有极高话语权的封建宗法社会，随着革命战争的胜利乡土社会的统治秩序必将发生翻天覆地的变化，农村任何剥削阶级终将走向末路。

20世纪三四十年代的乡土小说，通过乡绅形象审视封建家族制度变迁与乡土传统秩序的流转作品除了吴组缃的《一千八百担》之外，还有张天翼的《脊背与奶子》较为典型，小说以发生在乡绅长太爷身上的卑俗事件嘲讽封建族权的虚伪，在这一遮羞布掩护下族长荒淫无道的行径。还塑造了既是族长又是乡绅的长太爷形象，明明是他多次企图调戏任三嫂才把人逼得远走溪庄找自己的情人，无耻的族长命令任三把妻子捆回来以"淫奔"之罪接受族规惩罚。当任三嫂被打得浑身血流不止时，长三爷注意到的竟然是任三嫂的奶子，后来以抵债的名义强迫任三把妻子拿来抵押，任三嫂表面很顺从让长太爷去桥头迎接，她抓住机会狠狠地把这个装模作样的"伪君子"揍了一顿，然后半夜与情人逃跑。张天翼以他惯用的讽刺艺术，将"无价值的东西撕碎给人看"，达到一种"不带感情的有力的嘲弄"效果，刻画了旧的封建宗族制度下丑恶的魂灵，满口仁义道德的乡绅在族权的庇护下胡作非为，欺压弱小者满足自己的私欲，任三嫂没有被长太爷的淫威屈服还给自己报了仇，以此传达出封建道德的矫饰、卑劣，宗族制度在乡土社会统治力的削弱，乡绅阶级统治秩序存在严重的宗族化、守旧化诟病，在革命的暴风雨中势必寿终正寝。

上文中沙汀、吴组缃、张天翼笔下的乡绅形象无不是丑陋、凶残、暴戾、荒唐可笑的代名词，从宏观的社会学视阈来看，是因当时民族救亡的特殊语境使然，这一阶层中的大部分人靠剥削劳苦大众积累财富而且思想固步自封对新事物抱以敌对恐惧的心态，确实是阻碍社会进步的反动力量，从具体文本来说，是作家在阶级论革命文学观作用下的必然逻辑。当然，如果说乡绅都是十恶不赦的角色也不尽然，毕竟在传统文化体系中，他们还是比较正面的形象，温文尔雅的诗教底蕴，受到皇权的重视与乡民的信赖，而在抗战时期的乡土小说中频繁出现被"劣绅"化的乡绅形象，不能不排除在异常环境下作家为了迎合政治话语有意为之的因素，也是存在被"污名化"的嫌疑。

其实，在战时乡土叙事中固然有"恶棍"型的乡绅，但也有正面、善良的乡绅存在。比如，王统照《山雨》中的陈庄长是个典型的乡绅，却不是那种鱼肉百姓，心如毒蝎的人物，在村子里"是一个和善廉洁的老人，所以全村的人都尊重他，并且因为得人心，他事实上是领导着一村的农民忍受任何压迫，消弭了农民的反抗"①！作品发表后的很长一段时间内，研究者

---

① 王统照. 山雨[M]. 北京：人民文学出版社，1955：34.

对该形象的评价褒贬不一，有人说现实生活中这样善良的乡村权力者根本不存在，是不真实的，并抹杀了当时乡土社会激烈的阶级矛盾。还有评论者指出，陈庄长形象在中国现代文学的人物画廊里，是颇为独特的一个。事实上，倘若按照马克思主义的阶级分析法与辩证唯物主义思想审视乡土小说中乡绅阶层的性格特征，应该承认，除了那些道德沦丧的乡绅之外，确有少数待人真诚、关爱农民疾苦、富有正义感的正面乡绅存在。他们同人民群众的关系相对比较缓和，对人民群众的疾苦也比较同情。

以此来看，现实中待人真诚、和善的乡绅并不是没有出现在革命、救亡、阶级话语占据文坛主流的年代，作家的文学创作自然会受到政治功利性的影响，但沈从文在时代大合唱中弹奏出了不一样的旋律，执着地追求文学的独立性与审美价值，醇厚真挚的乡绅形象就是他理想人性构建的一部分。如《边城》中的船总顺顺，《长河》里的滕长顺，他们年轻时聪明能干、吃苦耐劳创下了一份不错的家业，拥有相对富足的生活，加上乐善好施、成人之美的德行赢得乡邻尊敬，逐渐成为有名望的乡绅阶层。"凡地方公益事，如打清醮，办十地会，五月竞舟和过年玩狮子龙灯，照例有人神和悦意义，他就很慷慨来作头行人，出头露面摊份子，自己写的捐还必然比别人多"①，这是顺顺的处事原则，对公益如此，对乡亲更是以宽容、真诚待之，儿子大佬的死间接上还是与老船夫有一定关系，但他并没有因此而心生怨恨，还在翠翠无依无靠的时候伸以援手，对儿女的婚事不会强加干涉完全遵从他们的意愿，打消了王乡绅试图用碾坊作为嫁妆与之联姻的念想。橘子园主人滕长顺也是一个深得民心的乡绅，他的名望不是因为权威的官职，而以自己美好的品行，帮助村民时的慷慨、不计较个人得失，把无家可归的"老水手"看成家人一样对待，村里遇到大小事情总是第一个站出来排解困难，可以说是维护乡民利益的保护神。小说中无论是船总顺顺还是滕长顺，在他们身上很少看到传统乡绅之流的劣根性，褪去了鲜明的阶级、政治意识形态的外衣，作者在叙述中也有意淡化他们富裕的

① 沈从文．沈从文全集(第10卷)[M]．太原：北岳文艺出版社，2002：13.

经济条件与特殊的地位，而把重心转向他们作为"乡下人"内心善良、真淳的面影，对人性美的歌颂提升到新的高度。沈从文说"美丽总是令人忧愁的"，大抵是因美好事物的短暂而不免忧伤，乡绅与村民之间这种和谐融洽的关系终究还是无法抵挡现代文明、商业经济的冲击，当"新生活运动""保安队队长"等新生事物威胁到乡民生活，纵是平时受人爱戴的腾长顺在应对民众受到的剥削、戕害时也显得捉襟见肘，长此以往，由乡绅实现乡土社会整合的传统模式必将被新的组织体系取代。

在宗法制乡土社会，乡绅、地主都潜在地充当着地方权力者的角色，如果从历史层面来讲，乡绅的实际威望随着科举制的废除不可避免地凋零下去，而地主阶级对自然村社的统治直到新中国成立前夕，经历了土地革命洪流的改造，才得以退出历史舞台，而比起乡绅阶级形象的隐晦，20世纪三四十年代乡土小说中的地主形象要清晰得多，而且多以农民阶级的对立面出现，《人民学习辞典》对地主和恶霸是这样定义的，"占有土地、自己不劳动，或只有附带的劳动，而靠剥削为生的，叫做'地主'"①。占有土地而坐享其成，真正劳动的农民却没有土地，长此以往必将滋生阶级矛盾，使原本建立在血缘、地缘基础上的"乡里共同体"内部发生裂变，也是地主在历史上以反面形象出现的原因。尽管民族矛盾的急切性一定程度上超过地主与农民之间的阶级矛盾，但是只有推翻地主阶级的封建统治才能真正完成社会解放，所以对地主阶级的革命也不能滞后，而且在抗战后期乡土小说人物形象类型中始终绕不开地主与农民、统治者与被统治者的模式。

其实，带着明显阶级色彩的地主形象进入作家视野可以追溯到20年代末的大革命失败之后，随着国共关系的破裂唤醒了有志之士的阶级意识，他们开始感觉到"个体"在对抗强大敌人时的渺小。当时革命的对象是国民党所代表的大地主、大资产阶级利益集团，中共还把"打土豪、分田地"视为土地革命的目标，并在《井冈山土地法》《土地问题决议案》等文件中制定

---

① 陈北鸥. 人民学习辞典[M]. 上海：广益书局，1952：133.

出具体的土地政策，这些都成为日后乡土作家的创作资源，而无恶不作的地主形象也开始在乡土小说中愈加清晰。从"五四"时期"人的解放"到革命战争时期"阶级解放"的主题转换使作家视野更为广阔，尤其是左翼作家以及后来解放区作家的乡土题材小说中的地主形象既迎合了时代诉求也是想象乡土的方式。列宁说："农业生产方式和自然经济占统治地位是封建经济的基础，中国农民这样或那样受土地束缚是他们受封建剥削的根源。"①农民对土地的依附性越强就越能够滋长地主阶级的剥削势头，这样一来，一批恶霸型地主形象的出现揭示出社会革命必要性。

　　学者王余杞曾讲到，文学作品虽然不是新闻报道，但也需要扣紧时代脉搏，尽快地反映现实。基于此，众多作家敏感地捕捉到了30年代初期轰轰烈烈的土地革命推动下农村革命的现实，而革命的对象之一就是惨无人道的地主阶级。蒋光慈是"最初最努力提倡革命文学"的作家，虽早期热衷写"革命+恋爱"的题材，但农民革命主题也引起了他的注意，在《咆哮了的土地》中塑造了背叛地主家庭的李杰带领成立农会斗争地主的场景。同时也塑造了地主胡根富、李敬斋，乡绅何松斋、张举人等形象，他们放印子钱，专门欺压贫苦百姓。茅盾把"社会剖析"的视角从城市小资产阶级扩展到乡土，"农村三部曲"、《水藻行》在当时堪称表现农村生活画卷的经典之作，塑造了像张剥皮这样靠蚕食农民不劳而获的地主形象。同茅盾创作出发点相同的还有叶紫，突出小说的社会作用与政治倾向性，初登文坛就声称要"攀住时代的轮子向前进，在时代的核心中把握伟大的题材"②。他的《丰收》《火》《星》等小说深刻地揭示了大革命失败后农村尖锐的阶级矛盾、农民凄凉的生活景象，侧面控诉何八爷、甲老爷、四公公等地主阶级的罪恶，他们的贪婪、狡诈加深了乡土苦难。除了创作初衷的相似，茅盾和叶紫都是"左联"成员，而加入该文学组织的作家无不重视文学突入社会现实，遵循客观写实，把艺术的真实性与历史的具体性相统一，他们中的大

---

① 列宁. 列宁选集（第2卷）[M]北京：人民出版社，1972：426.
② 叶紫. 从设庞杂的文坛说到我们的刊物[J]. 无名文艺，1933(1).

多数早在新文化运动时期就受到西传的马克思主义理论熏陶，这一思想在俄国、日本的实践使先进知识分子意识到阶级斗争在社会发展中的重要性，并从"人的解放"的鼓吹者变成了"阶级解放的信仰者和实践者"。

固然，乡土小说是左翼作家文学实践的一部分，他们在抗战背景下延伸着"为人生"的文学传统，描写"广大群众的数重的被压迫和被剥削的痛苦情形，广大的饥饿，巨大的灾祸"①。结合当时社会现实，造成"被压迫者和被剥削者痛苦"的源头是乡绅、地主的残酷欺压，这一阶层成了作家笔下被批判被否定的对象。一直秉承"鲁迅风"创作的萧红在指出农民自身驯良、卑怯的性格因素导致其命运悲剧的同时也没有轻视地主阶级的剥削的罪魁祸首，小说《王阿嫂之死》中如"阴毒的老鹰"一样的张地主，他的凶狠造成了一个完整家庭的破碎，先是王大哥被张地主烧死，极度悲伤的王阿嫂在休息时同样遭遇张地主的暴力致死，一个张大嫂死去了，还有无数相同命运的农民正在遭受蹂躏，不幸与悲剧并不会停止，在这里看到的是一个张地主。但在萧红之后的《桥》里虽然没有直接出线地主形象，但我们从中窥见的是整个地主阶级压迫民众的丑恶嘴脸。可以这样说，每一个正在遭受不幸蹂躏的农民背后或多或少都站着一个面目可憎的地主，因此此时期的乡土小说中涌现出数量繁多的地主形象。老三爷（戴平万的《山中》）、王老爷（徐盈《旱》）、郑老板、李老板、财宝（夏征农《禾场上》《春天的故事》）、赵太爷、舜四爷、归松二爷、九头鸟（蒋牧良的《旱》《报仇》《干塘》《三七租》），地主恶霸九爷、三太爷（张天翼的《笑》《三太爷和桂生》），陈浩然（丘东平《火灾》），这些地主无恶不作，在民族战争中想要乘机大发国难财的有之，与反动政权沆瀣一气草菅人命的有之，提高农民租种田地成本并逼迫缴纳名目繁多赋税的有之，可见农民对地主阶级的仇恨并非空穴来风，我们从中不难窥见千疮百孔的乡土现实及农村革命的必然趋势。如果以上这些地主形象多与30年代的自然灾害、土地革命联系密

---

① 中国无产阶级革命文学的新任务——一九三一年十月中国左翼作家联盟执行委员会的决议[N]. 文学导报，1931-1-8.

切的话，那么艾芜、王西彦笔下的地主形象贴近的是当时抗战救亡的大环境。

艾芜的创作从早年以边地流浪经历为背景的《南行记》到 30 年代具有时代性、革命性的乡土小说，字里行间倾注着对社会下层民众的热情。抗战时期的乡土小说在自己熟悉的风俗民情基础之上进一步深化，既吸收五四文学精髓，又自觉接受左翼革命思想的影响。在人物形象方面，虽然苦难中觉醒挣扎的农民系列让我们看到了战时大后方的现状，但在民族危难之时剥削农民、极力钻营的反面地主形象描写更是了解抗时国统区农村现实的一扇窗。《荒地》中刻画了地主刑太爷形象，他不仅占有村庄远近几十里所有荒地，还以减免两年地租的形式换得佃户儿子替二少爷当兵，这何尝不是地主欺压农民的策略。《信》中的蒲隆兴老爷是一个蛮横、粗暴的恶霸形象，在家里太太、佣人完全要顺着他的脾气行事，把政府向他索要的乐捐转嫁到佃户头上。《丰饶的原野》塑造了地主汪二爷、易老喜、冯七爷形象，邵安娃是汪二爷家里的长工，因性格的懦弱没少受欺压，冯七爷趁邵安娃没在家的时候霸占了他老婆，后来邵安娃遭易老喜毒打而又被汪二爷解雇，无奈地回家后发现冯七爷已经没有丝毫避讳地占有别人老婆，忍无可忍的邵安娃跳河自杀，可以说这场悲剧是失去人性的地主共同作孽的结局。无论是从正面还是侧面烘托地主阶级的狰狞面目，艾芜都尽量从人物的动作、言语、心理活动等角度揭示反面人物龌龊不堪的灵魂，避免落入人物形象脸谱化的窠臼。

几乎与艾芜乡土小说创作并行的是王西彦，他们在战时同为国统区作家，在文风上也有颇多相似，都在左翼文艺思想影响下积极配合民族救亡的时代要求，乡土小说创作也渐趋成熟，作品中的地主形象同样给人留下深刻印象。王西彦早年的农村生活经历为他的乡土书写奠定了坚实基础，小说中无论是对水深火热中农民的同情还是对剥削阶级的深恶痛绝都浸润着深厚的生命体验。人们常常注意到其笔下经济上受压迫、精神上被落后封建思想毒害的农民形象系列，而相对忽略了地主、乡绅阶层在战火硝烟中的虚伪、浮夸。战乱中的乡间成了乡村地主、乡绅的"乐土"，他们挥舞着手杖耀武扬威地命令农民执行修路任务，迫使无数的农田毁于一旦，抗拒的农民被捆绑起来。最可恨的是老乡绅的独子，他强奸了雇农李娃娃的童养媳怕露出破绽就谎称算命先生算过李娃娃的命适合在 19 岁结婚，帮他挑日子办喜事成亲的第三天就把李娃娃赶到屋外的"行床"上。后来这个卑鄙的老乡绅之子把佃农送到野战医院做担架兵，听起来好像是为李娃娃解决了去前线作战的内心忧虑，事实上是想借机长期占有别人的妻子，而且担架兵的危险性更高，结果为人忠诚老实木讷的李娃娃终究没有躲过空袭不幸牺牲（《死在担架上的担架兵》）；是地主又是保长的杨七月为非作歹，男盗女娼之类的事情没有不做，抗战时期还替日本兵收购耕牛使农民失去生产助手（《福元佬和他戴白帽子的牛》）；抗战时期地主人家可以轻松避开抽丁，独子可以免去抽丁的规定如一纸空文，荣林爷家里明明是独子却被押进乡公所还被逼迫交"缓役费"，村里的当权者热闹地喝着满月酒庆祝新生命的诞生之时，荣林爷却凄凉地在自家的牛栏上吊而亡（《刀俎上》）。

王西彦小说中这些在民族生死存亡关键时刻胡作非为的地主形象与他同时期《隔膜》中的母子对话之间有一个很好的印证，根生问母亲为什么哥哥去前线打鬼子而有钱人就可以不去，母亲无奈地说了句"打鬼子说是穷人的事哩"，言语间透露出乡土社会兵役制度的黑暗、抽丁的内幕。尽管当时的《兵役法》有"三平"原则的规定，而实际上贫富贵贱之间根本不平等，"官绅富豪子弟多不服役，他们凭借钱势千方百计躲避兵役，比如，伪造证明文件，当勤务兵特务队，勾串贿赂办理兵役人员、保甲长、检察体格的军医等"①。像上文中提到的那些有钱有权的老乡绅独子、地主、保长都可列入逃避兵役之流，他们在民族灾难面前仍不忘个人享乐，遇到危险就逃到更安全的地方，到最后在战场上与敌人拼杀的更多的是根生哥哥这样贫穷的农民并成为社会解放的中坚力量，反动的地主阶级在农民的集体斗争中迟早会退出历史舞台。

---

①　中华人民共和国财政部与《中国农民负担史》编委会联合编写. 中国农民负担史(第 2 卷)[M]. 北京：中国财政经济出版社，1990：434.

整体上看，无论是茅盾、叶紫等作家在"土地革命叙事"视阈下的地主形象，还是艾芜、王西彦等人在"民族救亡"视阈下对地主形象的塑造，剥削、压榨、贪婪……是地主阶层的普遍特征与共性，但具体到每个地主身上，其性格又呈现出多元性。应该说，抗战的语境使地主阶级的性格一览无余地暴露在聚光灯下，有的依然残戾地欺压贫苦民众，助纣为虐，有的在"大时代"下民族意识有所觉醒，变得开明起来，与农民联合起来对抗侵略者，呈现出富有正义性的面影。具体在沦陷区作家李辉英的《松花江上》，程造之的《地下》，谷斯范《太湖游击队》等小说中有所表现。《松花江上》塑造了王德仁、施大先生等地主阶级群像，他们最初恪守着一套腐朽的封建思维，不理解青年农民的抗日活动，王中潘号召村里的地主缴纳小米供给前线的战士遭到激烈反对，他们认为这是"太岁头上动土"的事，年轻一辈应该到田地里干活而不是拿枪造反。在亲眼看到义勇军不顾一切地帮助村民防御洪水、收割庄稼时逐渐醒悟，尤其是施光烈死于敌手更是激怒了一向顽固的父亲施先生，他与王德仁都加入了义勇军，开始了光荣的"造反"。

《地下》中的地主兼镇长庞学潜，当枪声在大旺镇响起时，他一心想着怎样镇压村民的反抗情绪，为了保住生命与财产宁愿屈辱地寻求和平。当看到艰难地在血水、烟火、弹雨中挣扎的民众，他的思想开始转变，支持儿子救助难民并把他们组织训练起来的提议，懊恼自己以前对刘隆山、罗三这些抗日英雄的误解，号召大家不能捐枪的去耕作，身体强壮的上战场与敌军拼杀。《太湖游击队》除了军官，还塑造了一个员外式的地主罗三爷形象，他在思想上虽支持抗日但却不知道如何行动，只是知道不与镇上的伪组织维持交往，在经历了一场官司后自觉加入"太湖游击队"，这一形象留下了旧小说中绿林好汉的影子。其实，好的文学作品里总是包含有"历史"的，我们从这些血脉偾张地投入战争行动的地主形象身上看到了一种民族正义，仿佛回到了历史现场，阴霾的天空下枪刺的寒光，民众失去理性地向前冲，哨枪的声音打破了宁静的冬夜，筋疲力尽之后听到了胜利的号角。以抗战的视角检视地主性格中忍辱负重的一面，在民族解放战争中实现精神的新生，沙汀说："我们的抗战，在其本质上无疑的是一个民族自身的改造运动。"①事实上，民族自身的改造过程也是民众心理的蜕变过程，在民族救亡图存运动中实现心灵的更生、重建，比如，乡土小说中部分"改邪归正"的地主形象就是很好的证明。既加深了我们对历史的认识，又看到了一个个立体、丰满的地主形象，丰富了20世纪三四十年代乡土小说的人物画卷。

从社会发展规律来看，乡绅阶级尽管对传统乡土社会秩序的稳定功不可没，那些富有民族正义感，心存良知的正面地主形象也会偶尔出现，但他们终将隐退，没落的命运将不可逆转。师陀的《无望村馆主》《三个小人物》《刘爷列传》等小说就生动地呈现出曾经"人上人"的地主、乡绅在挥金如土、无限度地欺压弱者之后的凄惨命运，陈世德以父辈留下的财产称霸一方、昏庸无道的结局是彻底丧失家园沦为卑贱的乞丐；胡凤梧"在性格上，承袭了光荣和不光荣的列祖列宗的一切特点，虚妄、忌刻、骄傲、自大"，穷奢极欲的生活到第四年就因家境衰败而破产，母亲的生活也不得不靠女儿做妓女维持；小六爷继承了三百亩的遗产，结婚后背叛妻子在城里买了一个女人，过起了喝酒、赌博、昏庸的生活，最后变卖遗产落魄得像乞丐一样活着。这些地主少爷的命运可悲可叹更可恨，"大部分有钱人的少爷，他们自己曾经被娇宠过，羡慕过，赞叹过，他们全是没有希望，没有出息，假使他们的父亲根本没有田产，甚至没有一间属于自己的小屋，他们的境况决不会比现在更坏"②，这是不可避免的命运悲剧。他们的生命沉浮有一定的历史必然性，随着民主革命力量的壮大，"土改"运动的展开，农民由被压迫的弱小者到翻身做主的角色转变，标志着乡村宗法制度的分崩离析，乡绅、地主阶级曾发挥的社会功能也被新的乡村干部所取代，尤其是社会主义建设时期的农村合作社、高级社、人民公社等形式更是泯灭了传统乡土社会产生乡绅阶级的土壤。

---

① 沙汀. 这三年来我们的创作活动[J]. 抗战文艺，1933(1).

② 师陀. 师陀全集(第1卷)[M]. 开封：河南大学出版社，2004：495.

后来，随着抗战的胜利，民族解放战争拉开序幕，而延续二十年代末"经典土地革命"的乡土书写范式重新得到重视。赵树理《李家庄的变迁》以龙王庙前批斗地主豪绅的诉讼会开始，描述了乡土社会封建统治势力的覆灭，《李有才板话》《小二黑结婚》分别截取农村生活不同的横截面揭示新政权领导下底层农民与封建旧势力斗争的胜利，告别了地主包揽村政，任意欺压农民的历史；丁玲《太阳照在桑干河上》以华北农村的土地革命为背景，展现了农民从地主手中夺回本该属于他们的果园的斗争过程；周立波《暴风骤雨》中的恶霸地主韩老六，有地有房有财宝，甚至身上背负着27条人命，驻村工作组同韩老六经过三次周旋后取得成功，但也说明了土改运动的复杂与曲折。毋庸置疑的是，地主阶级在乡土社会的统治权威已日薄西山，取而代之的将是新的民主政权。尽管地主形象存有类型化、平面化的弊病，但也是特殊历史时期对文学内容潜在规约的体现，大多围绕"被肆意压迫欺凌的弱者在外来新政权强大力量的支持下除霸复仇的"故事，其叙事动因除了某些社会现实依据外，还有动员农民群众同地主阶级作斗争，消灭不合理生产关系的历史需求。尽管像钱文贵（《太阳照在桑干河上》），阎恒元（《李有才板话》）等地主有了更加自觉的阶级意识，为了延续自己的传统势力，更加疯狂、残忍地剥削农民，但随着革命力量的发展壮大，他们的挣扎终究无法改变崩溃灭亡的命运。新中国成立后，随着土改运动的结束，预示着几千年来乡土社会封建土地制度的变革，结束了地主阶级压迫农民的历史。在当代乡土文学发展中，涌现出陈忠实的《白鹿原》，刘震云的《故乡天下黄花》，张炜的《古船》，莫言的《生死疲劳》等新历史主义视角下的地主形象，但已走出传统"阶级斗争"为纲的叙事模式，而是消解政治意识形态的束缚，多用游戏、调侃的方式建构其性格更为饱满的地主形象。

有学者说，历史事实是凝固的，而对它的阐释是无止境的。我们很难考究历史中乡绅、地主形象的真实面目，但文学作品至少为我们提供了一扇了解历史的窗口。尽管乡绅、地主这一系列人物在乡土小说中多以反面形象出现，狠毒、"吃人"几乎是他们的本质特征，但仍是人物形象谱系的重要一翼，窥见民主革命、民族战争的曲折，以及农民从被压迫到翻身做主的生命历程，同时也折射出传统乡土社会统治秩序的更迭，以及历史前进的必然趋势与规律。

第三节　农村新的权利者——村长形象

20世纪三四十年代乡土小说中的村长形象没有农民和地主、乡绅形象那样引人注目，我们接触、了解最多的是农村与农民，解放的乡村更是常见的题材，但在人物形象方面，除了翻身解放的农民，村长形象在整个人物画廊中的地位也不可轻视。维系乡村统治秩序的权力者从"乡绅"到"村长"的转变，表明乡村事务管理由私人领域进入到国家地方政权直接控制的公共空间，乡绅阶级的社会地位与在村民中的威望大大减弱，而村长是新的官制系统的重要组成部分，本身所附加的政治内涵值得我们关注。由于战时国统区、沦陷区与解放区不同的社会气氛、文学风气，致使作家笔下村长形象的具体所指也有区别。

王任叔的《乡长先生》中的村长就有着与地主阶级一样的劣习：飞扬跋扈、无恶不作。这是因为在国统区，尤其是交通文化相对落后闭塞的农村，"农民只以为乡长、保长、甲长征税就是政府征税，加上乡长、保甲长都是一方之霸，农民不敢违抗他们的意志"①。故而，村长同样扮演着剥削者的角色，与地主、乡绅没有本质区别，财富的获取依赖于对乡民的疯狂勒索，并且国民政府代表的正是这一阶层的利益。不过，陈瘦竹在小说《春雷》中塑造的村长王大户却是另一副面孔，他徒有村长名号而没有实际权力，被桂老爷、荣少爷、石丰爷这些汉奸成立的维持会所利用，而自身性格也是唯唯诺诺、胆小怕事，教导村民要想安分地生活就得学会称呼日军"皇军大爷"或"东洋老爷"而不是鬼呀鬼的叫。为了保住自己的家私在桂

---

① 中华人民共和国财政部与〈中国农民负担史〉编委会联合编写. 中国农民负担史(第1卷)[M]. 北京：中国财政经济出版社，1990：455.

老爷面前更是百般顺从，"让村人规规矩矩过日子，不许触犯皇军。"可是当他那十五石白米换来的是根本不能使用的军用票时激起了怒火决定支持王鹏、青郎的抗日行动，但他的决心还是抵不过桂老爷小恩小惠的诱骗与威胁，竟然再次听从反动派的使唤，后来从别人口中知道了桂老爷的阴谋才终于醒悟"要帮我们自家人，打死那些婊子养的"。尽管王大户早期的性格是懦弱的、自私自利的，但最终还是涌入抗战的队伍，为农民自卫军的群体反抗提供了有效信息，使得日军的居所石家祠堂被攻破，缴获敌人的军活，救出了被关押的农妇。

　　客观上来讲，在当时国统区、沦陷区像王大户这样自觉实现思想蜕变，成为革命者的村长并不多见，大多数应该是汉奸、走狗这样的角色。马加《潜伏的火焰》中就有一个配合日军工作的卖国者村长形象，他不仅向村民传达警备工作下乡的消息，还号召大家搭彩棚、杀猪、宰羊准备起来，阔绰地招待一次日军就花费了二千多元，要知道"堡子里家家都闹着饥荒，寒馑，流亡，在苛税的压迫下过着奴隶般的生活"，村长还是依然如故地每家每户派官钱。李辉英的《参事官下乡》中同样出现了一个类似的村长，他接到参事官要到屯里访察民情的消息后不敢有丝毫怠慢，先是命令村民交钱作为招待的资本，再者是给村民灌输这位"太上县长"何等亲民的思想，打扫院落、腾出空房子、准备八碟八碗的酒席，早早地守候在村外迎接，一次次地跑空还是乐此不疲。颇有嘲讽意味的是村民根本不知道何为参事官，更不明白他到来的目的，最后参事官自己带了盒饭没有享用那特备的晚餐，第二天早晨令村长感到耻辱的是发现自己姑娘被日军玷污。其实，在雷妍《白马的骑者》中的村长是一个想着霸占良家妇女的恶魔形象，马骊的《生死路》中写到了一个堵门逼税的村长。总之，这类作品中的村长只是地主、乡绅的另一称呼而已，欺压弱小者、剥削民众的秉性没有丝毫改观，其中的原因与当权者的黑暗、腐朽统治不无关联。

　　尽管村长形象在国统区、沦陷区、解放区作家笔下都有描绘，但却有很大不同，因为战时国统区的统治者是国民政府而沦陷区是日伪为所欲为的场所，"自下而上的绅权"依旧是乡土秩序稳定的捍卫者，小说中的村长多是化了装的地主、乡绅，换了称呼但本质还是反动政权的爪牙、鹰犬。相对来讲，在农村革命根据地、由中国共产党领导的解放区则更为自由、民主，特殊地缘文化空间使作家笔下的村长形象被赋予了政治意识形态色彩。不可否认的是，这里的村长有着不同于以前的全新定义，是抗战与土地革命时期农村新政权的基本政治单位构成元素，始终代表广大农民群众的利益，捍卫农民的经济、政治地位，婚姻自由、民主权等，更是农村革命的领导力量，与旧政权时期的村干部相比革命性更强，被赋予了乡土社会转折期的政治内涵。

本章论述的村长形象主要指向从"自然村"过渡到"行政村"后农村社会的掌权者，在解放区乡土小说中出现的比较频繁。中国共产党带领广大农民开展土地革命推翻由乡绅、地主阶层的专制统治，建立了新的民主政权，而村长是农村新的权力者，代替了以前依赖"门第"与"名望"的封建地主、乡绅阶级的地位，"村选"形式取代了以前的家族世袭、财富多寡等非正常的特权手段。抗战时期在陕甘宁、晋察冀边区就有村选活动，农民可以自己选出值得信赖的村长，"村公所"是直接领导全村人民的政权基层单位，也可以说逐渐取代了自然村社时期的家族祠堂在维护农村稳定中的作用，在柳青、刘白羽、周立波等解放区作家的乡土书写中都提到过这一场所。而民选村长的情景也在众多小说中有涉及，农民可以选出心中理想的领导者但也可以推倒阻碍农村新生的村长。赵树理的《李有才板话》就生动地描述了阎家山村民用"投豆法"选举村长的民选活动，老村长富喜"吃吃喝喝有来路；当过兵，买过土，又偷牲口又放赌，当牙行，卖寡妇，什么事情都敢做"，而以诡计当选村长的广聚利用农民的性格弱点为自己谋利。老恒元、刘广聚这两届村长身上遗留着厚重的封建统治者污垢。他们一手遮天、作威作福、欺压百姓，但在一番斗争之后，在工作组老杨的协助下小保成为值得人们信赖的新村长。当时解放区的各个根据地组织农民积极抗日的同时，"村选"活动也开展得轰轰烈烈，比如，四十年代在晋西北抗日根据地"村选"时，农民的要求是"穷人都不能当选，连身子都误不起，还是要选有钱的当选，能误起身子，一个字也不识，人家给了任务，连翻话也翻不来，要选好的，或识字的，有把握的人，才能办事，因为他出的公粮多，办的事也多"①。这是农民在"村选"时顾及的一个实际问题，但依据阶级出身的"血统论"是作家塑造村长形象的主要基点，即，村长是地主、官僚家庭出身的没有以前贫农的身份显得高贵、"根红苗正"，这样的趋向在后期解放区乡土小说中表现的比较明显。

周扬说："赵树理的突出成功，一方面固然是得力于他对于农村的深刻了解，他了解农村的阶级关系、阶级斗争的复杂微妙，以及这些关系和斗争如何反映在干部身上，这就使得他的作品具有了高度的思想价值。"②事实上，村长是农村干部的构成主体，这一群体在文化水平、思想觉悟等方面相对高于农民，但也有部分村长在日常工作中频频暴露性格劣迹并在正确价值观的引导下实现了人格完善。赵树理《李有才板话》中的小元在翻身前敢于同封建落后势力斗争，当上村长后思想"蜕化变质"，学会了享受职权的便利，邻居和普通农民沦为他的"奴才"任其使唤。洪林《莫忘本》中的村长朱元清曾经是群众心中"明晃晃的金豆子"，当工作中有了成绩就开始骄傲自大起来，甚至在群众面前装腔作势一副官僚做派，经常到农民家里坐席享受特殊待遇，"什么民主不民主，大家都说，就成了乱主了。老百姓天生的奴隶性，不带点压迫就办不成事"。庆幸的是，无论是小元还是朱长清，后来都意识到自己的不足并主动接受教育学习又重新赢得村民信任。至于那些不愿"改邪归正"的村长，他们在革命的潮流中终究会得到应有的惩罚，赵树理《李家庄的变迁》中的村长李如珍是李家庄的恶霸，恃强凌弱、欺压百姓无度，抗战胜利后被农民集体的力量推下台。刘白羽的《枪》从侧面塑造了村长杨胡子形象，他抗战时期以汉奸的身份带领日军冲进村子烧杀抢掠，还持枪强奸村民杨眼的老婆，毁了一个正常生活的家庭，随着游击队的实力越来越强大，扬胡子被参加游击队的扬眼击毙。马加《滹沱河流域》以太行山滹沱河附近的抗日根据地农村风貌为背景，小说

---

① 1940—1941年12月各阶层的态度及反映材料. 档案号：a22-5-5-3 山西档案馆. 92.

② 周扬. 论赵树理的创作[N]. 解放日报，1946-8-26.

中的村长在民族灾难面前没有抗日的行动反而吃喝嫖赌到农家敛粮，被激怒的村民到村公所查账，在八路军政权支持下成立农会，公审村里不顾民众死活的黑暗势力，而村长就是要批斗的对象之一。

毛泽东在《讲话》中指出："无产阶级的文学艺术是无产阶级整个革命事业的一部分，反面人物只能成为整个光明的陪衬，并不是所谓的一半对一半。"①这段话无形中成了作家塑造不同类型人物的方向指南，因此除了上文中提到的那些思想腐化、作威作福的负面村长形象，抗战时期解放区乡土小说中还涌现出众多代表农村先进分子的村长。俞林《老赵下乡》中有一个时刻心系群众村长，杨朔《月黑夜》中的老村长庆爷爷为了帮助军队过江而牺牲，罗丹《模范村长》中机智对付"假"八路军的村长，狄耕的《腊月二十一》通过村长纪有康使我们看到了村干部的两难处境以及关键时刻能够识大体顾大局的高尚品德。这些村长是农村革命的领导者，群众根本利益、民主权力的维护者，是战争胜利、农村面貌焕然一新的推动者。康濯说："为什么原来既无武器又无武器，到能够由小到大、由弱到强，并抗击了大量日寇的力量，消灭了几百万企图消灭解放区的部队，而且取得了最后的胜利呢？根本的还不是由于实行了减租减息、土地改革等，特别是实行了民主，人民自己选举村长、县长和边区参议员，他们可以监督政府和各级干部，因此广大人民思想解放，实现了婚姻自主，道德品质也不断有所提高。"②解放区率先建立的民主政权为农民大胆地选出称心如意的村长提供了优越的条件，他们是抗日战争与民族解放战争胜利的后盾，是农民历史主体性地位的忠实守护者，同时还改善了传统乡土社会"官"与"民"的距离感，"老康、老杨"这样亲热的称呼取代了以前农民对权利者的恐惧、胆怯心理。深受百姓爱戴的新型村长总是用"要好名声只有一条路，替老百姓办好事"这样的标准要求自己，也是拉近村干部与民众之间关系

① 毛泽东.在延安文艺座谈会上的讲话.毛泽东选集(第3卷)[M].北京：人民出版社，1991：875.
② 康濯.中国新文学大系.短篇小说(第3卷)(1937—1949)[M].上海：上海文艺出版社，1990：14.

188

的纽带。

周立波说："中国社会复杂得很。中国的老百姓，特别是住在分散的农村，过去长期遭受封建压迫的农民，常常要在你跟他混熟以后，跟你有了感情，随便唠嗑时，才会相信你，透露他们的心事，说出掏心肺腹的话来。"①短期内入驻农村的工作组需要与农民混熟后才能从中打探到掏心肺腹的话，以便解决农村问题，那么村长更要敢于低下头深入群众中间帮助他们克服性格缺憾取得思想进步。柳青《地雷》中的村长形象虽着墨不多，但却是一个不能忽视的角色，积极配合农救会的工作，民兵银保的父亲思想顽固守旧，由于民族意识淡薄而极力反对儿子到战场上追击敌人，但在村长的行动感化下他的内心有所觉醒开始为抗日英雄的儿子感到骄傲。孔厥的《农民会长》《郝二虎》也较有代表性，前者塑造了一个外表丑陋，但却心底纯朴善良能够设身处地为农民着想的村长；后者刻画了农民出身的青年干部郝二虎，他不仅尽心尽力地处理农民的日常事务还具有为农村革命事业献身的德性。

村长不仅是农民思想觉悟提高的领路人，也是农村革命的领导者，革命的对象除了狡恶的日本侵略者、地主阶级，还有压在农民头顶几千年的封建落后礼俗也不容忽视，比如，延续几千年的封建婚姻制度就是导致农村妇女身心备受煎熬的渊薮。自从赵树理的《小二黑结婚》开启了表现农村青年男女在新政权支持下实现自由恋爱的主题先河后，也得到其他作家的纷纷响应，康濯《我的两房东》陈永年老头儿开心地诉说着今年不错的收成，"头秋里不是什么民主运动么？换了个好村长，农会里也顶事了，我这租子才算是真个二五减了！欠租也不要了！这才多捞上两颗"②。还有房东的女儿金凤退了很早定下的亲事和拴柱自由恋爱，"两家都同意，区里也同意，正式订了婚"，金凤的姐姐在夫家是公婆制的牺牲品经常被打骂，在民主政权、村干部的帮助下离了婚。整篇小说围绕房东家生活的变化，

① 周立波．暴风骤雨[M]．北京：人民文学出版社，1988：23．
② 康濯．康濯小说选[M]．长沙：湖南人民出版社，1984：106．

从侧面烘托为农民做主的村长形象，在新政权的领导下农民的生活走出封建礼俗的羁绊，走向新生。西戎《喜事》描述了青年农民海娃和小秀由村长做主举办婚礼的场景，院子被挤得水泄不通，她们的结婚仪式伴随着秧歌队的锣鼓声开始，婚礼上用"行礼"取代了"磕头"，村长说旧社会的婚嫁不合理，上了媒人的当，花了银子还都不知道对方的模样，更谈不上互相了解，等结了婚好多相处得不和睦，经常在吵闹中生活，日子过得很糟糕。现在不一样，男女双方建立在自由基础上的婚恋，没有了旧规矩的束缚，虽然生活得很艰难，但却能相互体谅。"男人耕种做模范，妇女纺织当英雄"是他们共同追求的目标，弥漫着和谐和生机。从小二黑与小芹、金凤姐妹与彼此心仪的丈夫、海娃与小秀等青年农民满意的婚姻中注意到了农村破晓期"多云转晴"的天空，在这里村长带领农民破除封建思想观念束缚的领导者角色不可小觑。

毛泽东指出："一切危害人民群众的黑暗势力必须暴露之，一切人民群众的革命斗争必须歌颂之，这就是革命文艺家的基本任务。"①而小说中出现的那些正面村长形象是农村革命的需要，是农民学习的榜样需要歌颂，但思想意识尚待提高的旧式村长是损害群众利益的"坏分子"必须暴露，多元的村长形象是我们了解战争年代乡土面貌的一面镜子，真实地记录了社会变革的复杂、曲折性，农村革命的长期性。在强大的民主革命冲击下"落后"的村长接受"去个人化"的进步思想改造是必然趋势，否则等待他们的将是被取缔的结局，而本身就品德高尚、一心为民的村长则是农村革命的领导核心、得力助手，由他们领导下的农村面貌焕然一新。不是一潭死水那样的静寂，也不是作者"心造幻影"般的乌托邦想象，而是充满活力的、现实的革命图景再现，一束充满希望的曙光正射向走出传统宗法制束缚的乡村，预示着新的社会影像、新的命运转机。

从地域上说，统管农村事务的执政者能够管辖的范围极其有限，但

---

① 毛泽东．在延安文艺座谈会上的讲话．毛泽东选集（第3卷）[M]．北京：人民出版社，1991：873.

"土皇帝"的身份又使他们的权力可以无限延伸,思想封闭、保守的族长、乡绅阶级始终把自身利益放在首位,无视乡民的生存苦难,所以在"革命"尚未进驻农村之前的很长时间封建统治者的剥削是悬在农民头顶的利剑。20 年代末到 30 年代初,在中共领导的土地革命使封建族权在农村的统治有所松动,冀东地区许多村庄不再有族长,像续族谱这种落后的习俗不再被沿袭,受到土地革命的巨大冲击,原来那些根深蒂固的宗规祖训对农民生活的统治力逐渐松弛,谁也不把它当回事,一般人家哪有那么多的礼呢。土地革命时期,以前宗族祠堂所占有的土地被归入废除的行列,这样一来族长在农村的权威一落千丈,农民对他们的态度也有了很大转变,"天下穷人是一家"的阶级团结取代了族权崇拜。族长的权威如明日黄花,地主、乡绅阶级也在轰轰烈烈的土地革命中日渐衰败,这就加速了农村新的权力机制形成,其中村长是农村事务管理者,改变的不仅是称呼,最重要的是他们能够一切以国家民族、群众的利益为思考问题着眼点。

20 世纪三四十年代新的村长率先出现在由中国共产党领导的农村革命根据地,成为乡土小说人物形象谱系中一道亮丽的风景线,记录了乡土社会的历史变迁。尽管村长形象与农民、地主相比,显得僵硬、模式化,缺乏对人物内心世界的深入探讨,但作家的本意是想借此探讨民主政权领导下乡土社会经历的巨大变革。其政治意义要高于艺术价值,乡村权力的变更标志着阶级、革命政治伦理代替了传统乡村"家族本位"的伦理结构,政治话语对农民生活的规训大大超越传统道德的规训作用。从时间维度来看,这时期的村长形象还处于萌芽阶段,在整个乡土书写的人物形象构成中不太醒目,原因是几千年的封建宗族文化并不会自动退出,乡村民主之路的实现还很漫长,即使农民自己做主选村长也是步履维艰,反复、挫折都不可避免。直到解放战争、十七年时期,当创作主体把注意力更多地转向乡村阶级斗争、新政权建设等方面时,村长形象作为意识形态话语的言说者,走向神坛并引起广泛关注。

人物形象是作家表达某种思想的手段。吴组缃说:"写小说的中心就是描写人物，没有人，就无所谓时代与社会；没有写出人物，也就不成其为小说。"①董学文指出："在小说中，人物是灵魂，只有扣紧灵魂才能制服小说庞大有力的文本，产生更为有效的解读。把握住人物和小说复杂的语境、结构，小说所描述的丰富的生活内容就开始变得清晰。"②其实，人物形象是那些经典文学作品的灵魂，作家通过生动可感的人物形象来渲染气氛、升华主题，折射时代的变迁。对于抗战时期的乡土小说而言，战争与革命的历史语境重构了农民性格，而乡绅、地主、村长等人物形象恰好记录了宗法制农村基层政权的更迭，这些都是我们认识乡土社会的一面镜子。

---

① 吴组缃．如何创作小说中的人物[J]．抗战文艺，1941(2)．
② 董学文等著．文学原理[M]．北京：北京大学出版社，2001：126．

第六章　三四十年代乡土小说的审美风格

有关中国乡土文学的发展，学者张学军曾指出："新文学诞生后在乡土文学中一直存在两种审美形态，一种是以深刻的文化批判意识对农民病态的文化心理结构进行审视，或者是以深刻的人道主义同情揭示出农民的悲苦命运，或是以强烈的政治热情反映农民群众在中国革命历史进程中的生活道路，具有强烈的理性精神和深刻的写实风格。另一种是以爱与美为原则，追求淡泊和谐的审美理想，或描写出乡土宗法社会中和谐的人际关系，或表现世外桃源中自然的人性人情，或对乡村进行诗情画意的描绘，具有浓郁的抒情和平淡和谐的田园诗风。"①整体来看，20世纪三四十年代乡土小说的审美风格对传统有继承，又有发展与延伸，形成了乡土启蒙话语下深沉凝重与阴冷沉滞的风格、乡土诗性话语下抒情浪漫与纯净优美的风格。但民族救亡、社会解放以无形的力量左右着作家的情感，他们立足唯物史观，以阶级论为话语支撑，出现了苦难与话语下的暴力美学与舒缓明朗之风，并成为主导倾向。

一、乡土启蒙话语下深沉凝重与阴冷沉滞的风格

"五四"时期，以鲁迅为主的乡土启蒙派多以西方现代意识审视故土，看到的是"萧索的荒村""偏僻蛮荒"等沉闷萧条的乡土"风景画"。到了20世纪三四十年代，沉重的民族与阶级矛盾，抗日战争与解放战争的爆发，

---

① 顾江冰."百年中国乡土文学经验：从鲁迅到莫言"国际学术研讨会综述[J].广西师范学院学报(哲学社会科学版)，2018(3)：45.

加深了乡土苦难，坚持乡土启蒙书写作家的笔下呈现出的同样是一种灰暗、凄清、肃杀的画面，弥漫着凝重压抑的氛围。

持续多年的战乱曾撕裂着中华大地，抵抗侵略、民族团结、社会解放是时代最强音，生性敏感的作家往往对社会动乱的感受比常人更特别、深邃。他们离开安逸舒适的亭子间走向广阔的街头，注意到阶级、民族矛盾深重的乡土社会，民众像生活在坟墓中，一个个发出凄切的嚎叫声，这样的现实诉至笔端自然使作品笼罩着阴冷、沉闷的风格，手中的笔已不仅是"做文章"，更像射向侵略者的匕首、投枪。有研究者依据抗战时期的农村经济与农民生活做了社会调查，结果显示："贫民，日未出即下地，夜深始回家，终年勤勤恳恳，不敢偷一点闲，但他们凭血汗所得的食料、衣料，让强有力者尽量掠夺了去，什么赋税，租粒，割肉敲骨，率致自己还不免冻饿死亡。"①其实，在当时的历史情境下，即使像《山雨》中奚大有父子这样的中农家庭也要经受经济破产的苦楚，奚大有有着筋肉坚实的两条胳膊与宽广的肩背，无论是扛起锄头，还是推动车子，总比常人要多干很多活计。他的父亲更是象征着忠厚勤勉的老中国儿女，恪守着创业艰难、守成更属不易的古训。其实在深沉的乡土大地上像奚大有父子这样的农民还有很多，他们一辈子在黄土地上辛勤耕耘但还是躲不过接连不断的厄运，战火燎烧、命如蜉蝣的时代仿佛冥冥之中有一只巨大的魔掌控制着他们的生活，拂不去的悲剧气氛总萦绕在乡土书写的字里行间，形成了深沉凝重的审美风格。

20世纪三四十年代乡土小说中沉闷凝滞的风格多与战争、长期的阶级压迫、不合理的社会制度等外在因素有关。作家擅长用冷色调的景物衬托阴暗的现实，从而达到"以哀景衬哀情""以悲景衬悲情"的叙事效果，灰暗的景物素描深化了小说主题与人物的情感发展，呈现出一幅低沉凝重的画面，面对地主阶级对农民的剥削，处于弱势群体的农民为了生活就是眼眶里淌着悲愤的眼泪还得笑脸相迎。"这一夜特别清凉，月亮从黑云中挤出

---

① 王立鹏. 王统照的文学道路[M]. 上海：学林出版社，1988：175.

来，散布着一片银灰色，微风迎面吹来，每一个人的身心，都感到一种深秋特有的寒意"（叶紫《火》）。这里阴冷的环境是为了渲染悲凉的社会气氛，乡民饿着肚皮换来的一季好收成抵不过繁重的田租负担。"沉沉的雾气，笼罩着整个天空、空旷的田野，渐渐又似乎荒凉起来，凝皱的水面，划开一道裂痕，掀起皱纹，黑暗吞没了大地、沉闷的快要炸裂的空气、漆黑一团的道路"（夏征农《禾场上》）。这些景物有别于乡土小说中纯粹的"风景画"，与农村等级森严的阶级关系相呼应，被赋予了特定的社会内涵。

《春蚕》中，老通宝活了大半辈子第一次遇见绿油油的桑叶变成喂羊吃的枯叶时内心悲凉，这是资本主义商品倾销波及农村传统经济模式的必然结果，除此之外，还要遭受地主、债主、正税、杂捐的层层剥削，正是接连的生活打击把一个原本身体硬朗的老汉折磨得不成样子。《秋收》中那段关于老通宝的外貌描写刻骨铭心，"高撑着两根颧骨，一个瘦削的鼻头，两只大廓落落的眼睛，而又满头乱发，一部灰黄的络腮胡子，喉结就像小拳头似的突出来，简直七分像鬼"[1]。这是长期饱受饥饿煎熬下病恹恹像鬼一样的人物画像。到了冬天"连刮了几阵西北风，村里的树枝都变成了光胳膊。小河边的衰草也由金黄变成灰黄，有几处焦黑的一大块，那是顽童放的野火，整个望过去是死样的灰白"[2]。在这萧瑟的冬景衬托下村庄显得更加凄凉，农民终日经受胁迫，熬不过去的人家被活活饿死……茅盾的"农村三部曲"生动地营构出一幅幅惨切哀痛的画面，而主人公遭受的灾祸与牺牲加重了作品的悲剧性，荒凉的田地不时激起人们低沉郁积的感情。应该说茅盾在乡土写书时较为巧妙地运用多重艺术手法增强文本低沉凄凉的审美风格，如季节、典型人物、地方风俗串联起小说的悲剧基调。从春到冬的四季变化恰好对应着具有"硬汉"性格的农夫老通宝凄惨的一生，经历了希望与绝望的多次折磨后，终究还是在秋收的痛苦经验中一蹶不振断

---

① 茅盾．茅盾文集（第8卷）[M]．北京：人民文学出版社，1985：338．
② 茅盾．茅盾文集（第8卷）[M]．北京：人民文学出版社，1985：369．

195

送了性命。此外他对江南养蚕习俗的浓墨重写也无形中渲染着作品的沉闷气氛，"蚕事的描写越细致，就越能孕育和体现故事人物由焦灼的快乐到绝望的痛苦那种情感，唤起读者'卡塔西斯'式的感受"①。当然，小说对蚕事的详细描写也是为了衬托农民勤朴的性格，但最终偏离生活逻辑的命运转折总能给人以荒诞的审美感受，正像亚里士多德在《诗学》中对悲剧的阐释，写出好人经历坎坷命运、痛苦、磨难，从突发事变中引发的悲悯与恐惧，体味悲壮和崇高。或许我们对民众不幸遭遇的感悟很难上升到崇高、悲壮的层面，但至少从他们的苦难经历萌生了悲悯之情，引发对当时动荡政治文化环境的反思。

早在 20 年代末期倡导"革命文学"伊始，就有了"文学是反映阶级实践"的主张，那时乡土叙事的主要倾向尚停留在作者主观革命激情的宣泄，没能真正注意到农民的生活疾苦与精神挣扎。直到抗战时期作家在马克思主义理论、文艺大众化等思想启蒙下逐渐意识到乡土创作要靠近悲苦的现实，一幅幅冷峻的乡土画卷构成了战争前期广大农村的时代变迁、农民的命运遭际。深沉凝重的审美体验不只活跃在茅盾、叶紫、夏征农等左翼作家的书写空间，国统区作家田涛的乡土叙事也裹挟着同样的风格，他常常说："土地虽然是肥沃的，却经不起天灾人祸，富豪地主和地方官吏的剥削、迫害，军阀混战，摊派粮草，苛捐杂税。人们常年过着贫困灾荒的日子。"②因此，在他叙事空间中看不到温馨的"田园牧歌"，而以冷隽的笔调把"乡间的死生"移在纸上，呈现出荒芜的北方乡村生活画面。据不完全统计，田涛在抗战前期的小说大概有 20 多篇，几乎都是乡土题材，《利息》《暴躁者》《分手后》《荒》等作品充溢着层层叠叠的昏暗气氛，与当时持续激化的民族、阶级矛盾有关，特别是地主、乡绅阶层惨绝人寰的压迫使农民深陷水深火热之中，大地上黑魆魆的一片，响彻着哀鸣、死亡的呐喊。有的作品单从题目就让人倍感压抑，比如《奴隶的花果》《没有花的春天》，

---

① 苏东晓. 春蚕：民俗的文学展示[J]. 浙江传媒学院学报，2015(3).
② 田涛. 记北平公寓的生活(续)[J]. 新文学史料，1990(2).

春天本该是万物复苏、百花争艳，充盈着生机与希望的季节，但我们从这两篇小说中无处找寻向上的力量，贫瘠的土地不具备培育鲜花的条件，长出来的也只能是"奴隶的花朵"。地主可以与兵营相勾结残害无辜民众，为了一己私利不惜焚人祭祀山神，而作为弱势群体的农民如刀俎上的肉，任人宰割，他们由绑架在土地上的奴隶到无家可归的漂泊者，卑微生命中的爱与恨、悲与苦笼罩在作品的字里行间。

归根到底，经济的凋敝是导致乡土社会一派阴云密布景象的主要原因，战争加速了传统经济形态的瓦解，而新的经济模式尚未建立，极易滋生矛盾与纷争。已经拥有经济主动性的阶级想要获得更大利益，本来经济匮乏的阶级失去了基本经济来源，财富分配不均的现实使农民为了生计不得不作出有悖人伦的行为，人性的丑态频频暴露。吴组缃、蒋牧良、沙汀等作家描述了经济走向没落的乡土现实，弥散着凝重压抑的空气，吴组缃《官官的补品》中农妇的奶水充当了地主少爷车祸后的营养品；《樊家铺》从伦理道德的角度揭露经济压迫下自私冷酷的人性，上演了一幕女儿弑母的惨剧；蒋牧良《集成四公》中那个精明的乡下守财奴，始终信奉"枕头边上一箩谷，死了还怕没人哭"，仅因儿子一次在外边赌钱而被他逐出家门，血缘挚亲中流动的不再是脉脉温情，而是算计的冷酷。《土饼》通过农妇用泥巴捏成"土饼"哄骗孩子的闹剧与"空洞、森寒，仿佛古旧的墓穴"的荒村，"清冷，而且苍白"的月光等意象巧妙结合烘托阴森凄凉的氛围。乡土叙事审美风格的隐晦、沉闷还表现在农民长期处于入不敷出的经济压迫下，以卖掉亲生骨肉缓解贫困生活的悲哀，叶紫的《丰收》，骞先艾的《安癫壳》《生涯》，蒋牧良的《旱》等小说都写到了父亲卖子的心酸场景，这种违背道德常理的行为不免给作品打上了阴冷、昏暗色调。萨特认为人的存在包括物质与精神两个方面，20世纪三四十年代农民所受的物质与精神双重奴役使他们做出令人发指的举动，生存的苦难使浓浓的乡情、成人之美的传统美德、血浓于水的亲情都在变质，加重了作品阴冷、凝重的风格，呈现出枯寂荒凉的乡村面貌。

抗日战争时期惨遭日军铁蹄践踏的乡土仿佛每天都是冰冷的寒夜，东北地区最早沦入敌手，满目疮痍的土地，农民痛苦的呻吟无不传达出时代的哀伤，来自这片土地的作家带着神圣的民族感情，真切地描摹着荒凉破败的乡土画卷。萧军《八月的乡村》较早揭示了战争状态下生灵涂炭的农村现实，老鸦叫出的声音，常常是不响亮，低哑，充满着悠沉和倦怠，太阳已经完全沉没了，在群山的后面，浮动着的是浓黑的晚云。本是收获的季节，却嗅不到粮食成熟的气息，原野上弥漫着刺鼻的血腥味，农民的心情像铅一般沉重，悲伤、疲倦、死亡、牺牲是架在他们头顶的利剑，时刻面临不前进即死亡，不斗争即毁灭的生命威胁。罗烽《呼兰河边》这样描述被日军占领的村庄："从防守所向四郊了望，只有天空和原野的分线，只有一个孤零零的小村落，在北方露着模糊的头，森冷得像座墓地。"①萧红《呼兰河传》的开头是"严冬封锁大地的时候，则大地满地裂着口"，这里出现了"严冬"与"大地"，强化了风景冲突的强度，很容易使人想起其中的原因，增强文本的凝重感。端木蕻良《大地的海》中的环境是裸露着光秃枝干的刺榆，发出哀鸣声的牛羊，雪是白的，森林是黑的，大地是黑的，山是白的，北方的天是黑的景象描写，艾老爹感受到的是对亡灵的恐惧，坟墓般朦胧的怖慑时常在眼前浮动，而田野里蓝色的庄稼被可恶的暴力铲除，松软的泥土似乎在诉说着混乱的死亡，殷勤的锄头掘出的不再是收获的希望而是残酷的砍伤。总之，一切都是悲哀的，沉寂的，毫无声息的，温柔的事物与这个地方无关，作家以低沉、阴暗的环境为中心来结构文本，以此衬托民不聊生的乡土现实，农民生存的艰辛，营造出凄清沉郁的意境。一时代有一时代之文学，战争时期农村的动乱、农民在战场上与敌人的殊死搏斗，地租、高利贷、兵役的盘剥共同形成了乡土小说凄郁苍凉的审美品格。

血与火的现实并没有实现人文关系重建，潜在的民族劣根性仍在发挥着"吃人"功能，农民的生存苦难如故，尤其是不平等的性别关系使农村女

---

① 萧军，罗烽，骆宾基，等著. 王鹏飞编. 海上文学百家文库[M]. 上海：上海文艺出版社，2001：248.

性始终走不出专制权力的掌控。如由来已久的"童养媳"习俗就是套在她们身上的枷锁，剥夺了其追求婚恋自由的权利，酿成凄惨命运的祸根，这一顽劣的陋俗不仅阻碍了乡村现代化的步伐，更是弥漫在女性头顶的乌云。萧红《呼兰河传》中的小团圆媳妇是老胡家的童养媳，这样的身份扼杀了一个原本活泼可爱的女孩天性，必须接受封建妇道改造。婆婆打着"为她好"的目的"一天打八顿，骂三场"，甚至被吊在大梁上抽打，烧红的铁块烙脚心，把人放在滚烫的热水里"洗澡"，最终小团圆媳妇被折磨致死。王西彦《命运》的开篇写道"这女人来到世上，仿佛是专为遭受不幸的。当她还是个女孩子的时候，和一切女人一样，她也曾把自己的希望安置在那遥远的将来，憧憬着一个温暖安适的家"，但现实中家的模样是"两间低矮的铺盖着腐烂稻草的小茅屋，孤零零地坐落在村西北的一处小小土丘上，四周没有任何依傍"，① 斑驳的泥墙经过岁月的侵蚀多处已坍塌，经不起风雨的袭击。小说以寒碜的房屋映射童养媳路三嫂子的不幸，每天承受繁重的劳动与丈夫的毒打，而她对于生活的不公却可以泰然处之。恰如鲁迅所言："奴隶们受惯了'酷刑'的教育，他只知道对人应该用酷刑。"②沈从文《萧萧》中12岁的萧萧做了3岁男孩的童养媳，懵懂中被同龄男子花狗诱骗怀孕，又因生的是儿子而免去沉潭的酷刑，等到萧萧与小丈夫的毛毛三个月大的时候，十二岁的牛儿也有了年长自己六岁的童养媳，悲剧就这样代代延续，深受奴化思想摧残的童养媳升格为婆婆后，不会意识到自己曾是封建婚姻秩序的牺牲品，而是继续充当落后伦理道德的守护者，由被害者变为害人者，因袭封建家长的权威与特权，从身体到精神百般刁难、虐待儿媳，制造着下一代的女性悲剧。杨刚的《翁媳》关注的也是封建家长制下农村妇女的生活，朱大娘本身就是"望郎媳"，做了婆婆后把心里的怨气发泄在卑弱的儿媳月儿身上，暴怒与数落是常态，要知道她当年也是深受欺压的小媳妇，一旦接过长者的接力棒就会肆无忌惮地凌辱身份更卑微的女

---

① 王西彦. 王西彦小说选[M]. 北京：人民文学出版社，1982：218.

② 鲁迅. 鲁迅全集(第4卷)[M]. 北京：人民文学出版社，2005：600.

性。乡土社会的"童养媳"现象折射出丰富的文化内涵，"中国妇女解放始终同民族解放、人民革命事业紧密联系，女人的女性意识通常包含甚至淹没于民族意识、社会意识和阶级意识之中"①，由不合理社会制度所激化的社会矛盾无不在挤压女性个体解放的言说空间，生活在穷乡僻壤的农村女性有时或许想到过挣脱繁重的封建枷锁，幻想着命运的转机，憧憬进步的现代文明，但力量渺小终究还是被强大的封建势力淹没，"人下人"的地位没有丝毫改变，女性悲苦凄凉的处境加重了阴沉黯淡的乡土现实。正如艾芜在《荒地》序言中所说"不幸写作短篇的时候，无边无际的这种荒凉的景色，总围绕在我的周围，仿佛自己的影子似的，简直没法叫它退开"②。其实，荒凉的景色一直是乡土上空循环着的单色意象符号，象征着农民的生存苦难，直到解放战争时期的乡土叙事基调才开始从阴沉转向舒缓。

二、乡土诗性话语下抒情浪漫与纯净优美的风格

关于20世纪三四十年代乡土小说的审美风格，除了低沉阴冷的滞重之外，抒情浪漫与纯净优美也是主要形态之一，并在沈从文、艾芜、端木蕻良等作家的乡土小说中有较为突出的表现。"牧歌情调"可谓沈从文乡土书写的整体特征；师陀善于"织绘"风景，其小说也留下了"牧歌风味的悠闲"；端木蕻良是东北作家群的骨干，他在创作初期就忠实于自己的生命体验且形成了自由浪漫的风格，而其笔名"蕻良"就取自"红粱"的谐音，寄予了他对故土的思念，也是其诗人气质的映射。尽管"非常态"下的时代精神促使诸多作家把内心的忧患意识诉诸笔端，对民族救亡、社会解放的强烈呼吁成为乡土书写的题中之义，客观写实的艺术手法开始占据上风，但审美视阈下抒情浪漫的叙事风格更接近文艺的自身规律而不可小觑。

---

① 盛英. 中国女作家和女性文学[J]. 中国文化研究，1995(3).
② 艾芜. 荒地[M]. 桂林：文化供应社股份有限公司，1949：3.

　　有着"山民艺术家"称呼的沈从文一直崇尚自然，用"湘西"构筑起一个颇有田园风、自然真趣的诗意世界，笔下"写意"的乡土被冠以"素雅的浪漫主义"之称，讴歌自然、自在、自为的生命形态。从时间上看，沈从文的创作起步于 30 年代前期而逐渐成熟于 30 年代中后期，其《边城》的出版具有划时代意义。以"乡下人"自居的身份赋予他一双异样的眼睛打量"乡村"与"都市"，其文学理想是借助都市的丑陋来映衬乡土的美好、乡民的淳朴，为此乡土叙事中出现的那些"城里人"与城市景观多是被批判、否定的对象，《三三》中塑造了一个城里的白面书生形象，他到乡下养病结果乡村世外桃源般的生活也没能挽救其性命，这一事件加深了乡民对城里人的惊恐，在他们的潜意识里已经把这一群体等同于病人。《虎雏》中来自湘西农村的虎雏满怀希望到城市接受现代文明教育，后来发现与这里环境不相容而作出坚决抗争。如果这两部小说是沈从文通过对比的艺术手法凸显"田园诗"式乡土世界的开端，那么《菜园》里母子的温馨交谈，《柏子》中对热烈自然生命活力展示，《萧萧》中用"童养媳"的生活诠释了美丽总是令人忧愁的主题，《王嫂》中融洽和谐的主仆关系描写，就是其延续。这些作品打破了小说、散文、诗歌之间的界限，以散文化的笔触抒情化的语言恰如其分地诠释了"生命""爱""美"的乡土观。他在经过诗化处理的乡民日常生活中寻觅情感依托，深化抒情浪漫的审美风格，还自称是"用抒情诗的笔调来创作，融化唐诗的意境，形成一种朦胧美"。

　　因此苏雪林认为沈从文的小说能够把大自然雄伟美丽的风景和原始民族自由放纵的生活相融合使作品的字里行间都弥漫着无穷神秘的美和抒情诗的风味。传统小说所强调的故事、情节、人物等要素已经很难引起沈从文的关注，而以散漫的叙事、空灵的意境、优美的语言为切入点，把乡土叙事带入抒情写意的诗性境地，一定程度上预示着京派作家的整体审美特点。因此杨义说："在小说体式变迁上，京派作家做出了令人不能淡忘的富有探索型的贡献。京派小说体式较为醇正，他们把东方情调的诗情画意融合在乡风民俗的从容隽逸的描绘之中，形成一种洋溢着古典式的和谐和浪漫性的超越的人间写实情致。这种乡土抒情诗的小说，在鲁迅的《故乡》

《社戏》中萌芽，于废名的《竹林的故事》《桥》上分出旁枝，至沈从文的《萧萧》《三三》《边城》已是草木蒙茸，云兴霞蔚了。"①这段话几乎总结了现代乡土小说抒情浪漫风格的发展轨迹，而京派作家把这一体式发挥到了极致，沈从文无疑是其中的佼佼者。

如果沈从文的抒情浪漫之笔呈现的是水一般的阴柔、水墨画一样的淡雅之美，那么艾芜对顽强生命力的追求，则有着山的粗犷、刚毅之美，充斥着活力与希望的自然风景在作品中俯拾即是，"江上横着铁链做成的索桥，巨蟒似的，现在顽强古怪的样子，终于渐渐吞蚀在夜色中"，"山尖浸着粉红的朝阳。山半腰，抹着一两条淡淡的白雾。崖头苍翠的树丛，如同洗后一样鲜绿。峡里面，到处都流溢着清新的晨光"②。即使30年代结束了"墨水瓶挂在颈子上"的写作生涯开始乡土小说创作，艾芜对底层小人物的生命关照，对人性、道德、人生理想的描绘依然渗透着抒情色调。他的笔名就源自"爱吾"的谐音，且受到胡适思想的影响，"胡适认为社会是大我，要爱大我，就得先爱小我；小我好了，大我才能好"③。这一细节流露出艾芜创作早期对个体生命意识的倾心，也是他不遗余力地在"南行系列"小说中塑造个人主义民间英雄形象的缘由，他们的生活逻辑不受历史传统的道德规约，任由强悍的生命力自由生长。当写作视阈转向乡土时，其自身的诗性气质并没有完全隐退，《端阳节——某乡风俗记》写的是端阳节时期农民"赶韩林"的习俗，从中可以看到艾芜对理想生命形态建构中的浪漫情愫，尽力复现回忆中的美丽故乡，用温暖的乡村风情消弭苦难的现实。《花园中》勾勒了一副乡村农闲图，以祖父母、父亲、四叔之间关于家族与国家的历史认知的对话展开叙事，价值观念的不同致使他们对同一问题的认识出现冲突。颇有趣味的是，祖母充当了尴尬场面调解者的角色，她讲了生活中腌制"咸蛋"的常识，让历史回归生活经验层面，淡化先验话语与价值判断，以自由谈话的形式解构历史的庄严性。与沈从文笔下诗意的乌

① 杨义.中国现代小说史(第1卷)[M].北京：人民文学出版社，1993：205.
② 艾芜.山峡中.[M].北京：人民文学出版社，2000：50.
③ 谭兴国.艾芜评传[M].重庆：重庆出版社，1994：41.

托邦世界相比，艾芜对民众日常生活场景、率真自然性格的描摹显得更为实在、具体，他把自己融化在小说人物中，切身体会乡民善良、机智、勇敢等美好品质，以此寄托文学理想。

　　当然师陀的乡土小说也以抒情、浪漫见长，"七·七事变"之前他常常借自然风景的美好来衬托人事的丑陋，《寒食节》《毒咒》《头》《过客》等无不在揭露"吃人"的封建礼教、没落的专制统治、人与人之间残忍的"吃"与"被吃"关系。但在战争后期对民众的"缺陷与弱点"表现得更为包容，《果园城记》表达了已逝青春、生命终结、美好理想成为幻影的悲哀之情，但也不能低估悲凉气氛中所夹杂的诗意，风光的优美、人与人之间关系的和谐融洽、桃源般安逸的生活环境充盈着整个作品；《邮差先生》《说书人》写了民众与世无争的生活及淳朴善良的人性，恰好呼应了师陀努力营造的"大野上的村落，大野后面荒烟"的乡村景观，形成纯净优美的风格。此外，还有艾芜、萧红、端木蕻良等人的部分小说也体现了这一特征，萧红的《呼兰河传》被茅盾称为是"一串凄婉的歌谣"，但因作者的叙事主题偏向于落后国民性批判而散文化的文体特征相对被忽略。而有着"拜伦式诗人"之称的端木蕻良在20世纪30年代的乡土小说中也较为鲜明地凸显出乡土抒怀的一面，其《科尔沁旗草原》以饱含深情的笔触，史诗般地再现东北农村在历史巨变中的灾难、厄运，言语中隐藏着对故土难舍难分的爱，对万恶不赦侵略者的仇恨，并借助生动的意象、性格鲜明的人物形象使复杂的感情外化，形成浓烈的主观抒情风格。之后《大地的海》同样延续着诗意浪漫的印迹，"大地"与"海"的巧妙联结也超出了其原本的符号意义，是作者主观情感的投射，选择"大地"意象抒发自己对故乡"海"一样的情意。这部小说的故事情节简单明了，主要叙述了村民从被压迫到勇敢同日寇斗争的行动，讴歌他们不畏强暴、坚韧朴厚的品格，但写作的内驱力依旧是对土地、家园无限的爱，用象征、抒情的叙事技巧使抽象的感情立体化。其实，端木蕻良前期乡土小说中浓郁的乡土风情恰好印证了他所追求的"风土、人情、性格、氛围"这四种颇具抒情性的艺术境界，杨义曾称端木蕻良是土地与人的行吟诗人，纯净自然是他乡土叙事的主要审美风格。

其实乡土小说的抒情写意风格可以追溯到 20 年代末到 30 年代初，郁达夫的《迟桂花》写"我"与兄妹之间笃深的情谊，整部小说散发着浓郁的抒情格调。流淌在废名《竹林的故事》《桥》等作品中的是哀而不伤的神韵，融风景、故事、人物、情感、人性的表达为一体。有评论者认为废名的《桥》"仅见几个不具首尾的小故事，而不见一个整个的、完全的大故事。读者从本书所得的印象，有时像读一首诗，有时像看一幅画，很少的时候觉得是在'听故事'，所以有人说这本书里诗的成分多于小说的成分，是不错的"①。也就是说，废名在艺术构思时偏离了小说的叙事模式，而靠近了诗歌的规范，散发着纯净优美的气息。到了烽火连三月的抗战时期，尽管抒情浪漫风格在沈从文、艾芜、端木蕻良的乡土叙事中依稀可见，但革命的功利主义文学观迫切需要紧贴现实的文风，显然强调艺术本体性的浪漫纯净因不合时代节拍而变得隔膜起来，当众多作家集合在现实主义的大旗下，盛极一时的"乡土浪漫派"也只能充当乡土写实的协奏，曾经以乡土写意著称的沈从文、艾芜、端木蕻良等作家在时代激流的裹挟下适时调整叙事策略，不再单纯追求清新明丽的文学风格与生命自然状态的表达，开始关注不断激化社会矛盾下的乡土变迁。应该说澄澈纯净的自然之风是沈从文一贯的文学追求，但纷繁复杂的现实环境，"政治第一"的时代主旋律，民族独立的呼声使他基于自然层面的乡土想象遭到破坏，希冀以纯真古朴的自然人性挽救"老态龙钟"的社会现实的愿望落空。因此在《长河》中隐约可以感到沈从文叙事风格的变化，小说中出现了当时国民党政府推行的"新生活运动"，还有腐朽的统治，比如保安队长试图利用橘园主人的善良为自己谋私利，被识破后遭遇"有钱难买不卖货"的尴尬等具有现实感的湘西沅水地区乡民生活画面，这里已经不再是世外桃源式的乡土想象，预示着沈从文开始走出"梦的历史"，昔日"心造的幻影"也被战乱的现实击得粉碎，诗意化的文学风格逐渐向客观写实偏移。同样，艾芜、端木蕻良、王西彦等坚持乡土浪漫抒情风格的作家在后期目睹了黑暗的社会现实、千疮

---

① 吴中杰.废名田园小说.序[M].上海：上海文艺出版社，1993：3.

百孔的乡土画卷、农民的苦痛挣扎后，审美基调出现了从"写意"到"写实"的位移。艾芜《春天的原野》《山野》《故乡》等小说标志着他从"翱翔的凤凰"到"带了箭的雁鹅"的身份转变；端木蕻良主动接受"社会"对"自我"的改造，小说《大江》从人物性格刻画到故事情节设置都紧扣时代主题，褪去主观抒情的羽翼，以现实主义之笔描绘乡土画面，而以"大江"为题目本来就是一种积极的象征，"侈想从大江日夜奔流中，看到中华民族的投影"①。

王国维说："有造境，有写境，此理想与写实二派之所由分。"②这里的"造境与理想""写境与写实"，正是从审美角度道出了浪漫主义与现实主义的差异，前者偏向于艺术的想象，后者注重观察人生。对于乡土小说审美风格来讲，写意的乡土具有理想化、抒情化、自由化特征，而20世纪三四十年代动荡的现实语境潜在地规约着文学走向、制约着作家的艺术思维，注定了那些字斟句酌、精致流畅、温婉秀雅的乡土叙事和风景画、风俗画、人性美的展现不可阻挡地被边缘化，因此浪漫主义文风在经历了五四高潮后的衰微，不是历史使命的完成而是不合时代节拍的被迫退场。总之，沈从文、师陀、艾芜、端木蕻良、王西彦等作家的乡土叙事代表了抗战时期抒情写意的审美风格走向，但受到战争历史文化语境的挤压被氤氲上了现实、功利的气息。

三、从乡土苦难到抗争视阈下多元的暴力美学形态

现代民族国家建构一直是中国社会的主要政治目标，并对文学发展产生深远影响，对于20世纪三四十年代的乡土小说而言，从农民对地主压迫的"抗斗"到抗日战争时期的"战斗"，再到土改时期地主被"批斗"与农民的翻身等，从不同侧面构成了暴力美学形态，体现了文学对政治意识形态的认同与实践激情，表明政治是社会生活的一部分。学者王爱松说："30年代文学创作中的农村面影，不同于'五四'乡土文学中萧瑟着几茎衰草的

---

① 端木蕻良. 大江[M]. 石家庄：花山文艺出版社，1984：13.
② 王国维. 人间词话[M]. 北京：人民文学出版社，1960：191.

'故乡'，而布满了'惨雾'的'父亲的花园'，它不再是静的荒野，而是动的土地。"①这里"动"的土地，主要指向接受无产阶级革命思想影响从沉睡中苏醒的农民，他们敢于在不能承受生命之苦后对一切压迫说"不"，用暴力行动捍卫自己的权利，并具有积极意义，体现了暴力美学的特征。马克思说："暴力是每一个孕育着新社会的旧社会的助产婆"②，恩格斯补充道："它是社会运动借以为自己开辟道路并摧毁僵化的垂死的政治形式的工具"③，因而列宁曾表示暴力革命是马克思恩格斯学说的理论基础，为农民在苦难处境下觉醒后的暴力革命提供了合理依据，是政治美学中应该被激发的情感。一定程度上，20世纪三四十年代乡土小说中农民摆脱苦难的抗争与革命，被赋予了合理的暴力行动，因与不同历史时期政治话语的密切联系，而形成了复杂的审美与文化范畴，如以阶级话语为中心的"批斗地主"内容体现着"罪与罚"的叙事策略，抗击日军侵略的暴力书写基调是"侵略—反抗"的感情诉求，乡土女性勇敢走向社会，挣脱封建家庭的束缚是对女性解放的回应等，这些不同的侧面彰显着暴力美学形态的丰富与多元，但最终指向的是一种向上的、愉悦的、喜剧的审美风格。

在传统社会，封建地主、乡绅是专制政治的维护者，是特权阶级与施暴者，几千年的政治压迫与经济剥削使底层民众精神枯槁、心理扭曲，他们的命运始终处于"坐稳了奴隶"与"想做奴隶而不得"的状态，农民遭受封建统治者所施加的暴力无以复加。20世纪三四十年代的乡土小说多有对农民生存苦难的描写，如夏征农《萧姑庄》、张天翼《仇恨》、蒋牧良《高定祥》、艾芜《丰饶的原野》等，无不呈现出地主乡绅对农民的暴力欺压，他们"被折磨于生活的方式不同，而被地主绅人官人压迫以至于死总是一样

---

① 王爱松. 政治书写与历史叙事[M]. 北京：中国广播电视出版社，2007：65.

② 马克思，恩格斯. 马克思恩格斯选集：第2卷[M]. 北京：人民出版社，2012：296.

③ 马克思，恩格斯. 马克思恩格斯选集：第3卷[M]. 北京：人民出版社，2012：564.

的"①。马克思则认为："这种失掉尊严的、停滞的、苟安的生活，这种消极的生产方式，在另一方面反而产生了野性的、盲目的、放纵的破坏力量。"②这种破坏力量是阳翰笙《深入》中不堪忍受欺凌的老罗伯父子率领农民武装攻打地主庄舍的暴力；是茅盾笔下的多多头带领村民到镇上"吃大户，抢米囤"；也是蒋牧良《报仇》中的仁山嫂被地主舜四爷逼得无路可走，最后鼓足勇气放火烧毁他的杉树林以报心中对剥削者的仇恨；更是吴组缃《樊家铺》中假扮"土匪"的农民群体攻破监狱救出同胞的行动等。应该说，是农民反抗地主压迫的革命行动构成了乡土小说中的暴力美学形态，也是推翻腐朽的统治秩序建立新的民主政权之需要。成仿吾认为，作家应该是为革命而文学的，有时他们为了强调被压迫者的暴力情绪，会刻意渲染现场气氛，如始终把"文学是战斗"视为创作指南的叶紫，他的乡土小说多表现农民在苦难中的斗争与反抗，《火》极力营造立秋和癫大哥联络村民暴力抗租的场面，"曹家垄四周都骚动了，旷野中尽是人群，男的，女的，老的，小的……喧嚷奔驰，一个个都愤慨的，眼睛里放出来千丈高的火焰……'冲呀！'四面团团地围上去，何八爷的庄子被围得水泄不通；千万颗人头攒动，喊声差不多震破了半边天！"③似乎隔着文字都能感受到农民反抗地主宗法势力的激情，嗅到革命的硝烟，也是当时黑暗统治秩序下农民强烈求生欲望的外化。吴组缃《一千八百担》描绘了一幅农民群起冲向祠堂的抢粮图，一群赤膊汉子紧握畚箕、箬箩、箩筐等工具围满整个祠堂门，吓得宋柏堂、松龄等义庄管事狼狈而逃。农民从苦难中挣脱出来的反抗行动，使我们看到了乡土的生机与活力，也感受到了创作主体的生命体验，而这一类型的乡土小说也具有了独特的审美意蕴。

全面抗战的爆发使民族救亡成为压倒一切的主题，当硝烟逼近乡土，农民没有向敌人的淫威低头，而是拿起武器捍卫家园。乡土作家以此为背

---

①　金宏达. 中国现代小学的光与色[M]. 北京：书目文献出版社，1996：127.

②　马克思，恩格斯. 马克思恩格斯选集：第2卷[M]. 北京：人民出版社，2012：67.

③　叶紫. 叶紫选集[M]. 北京：人民文学出版社，1959：72.

景的创作，尽管风格各异，但"抗日话语"与强烈的民族意识却是相通的。作家的民族意识使得乡土小说中走向抗争之路的农民又表现出对侵略者的仇恨与暴力行动，在政治实践中得以重新确立自己的身份，形成特定性格，尤其像华生(王鲁彦《愤怒的乡村》)、鱼鬼(王西彦《鱼鬼》)等这些革命英雄形象，他们把民族独立与个体的人生理想融为一体，是现实局势的需要，也是社会历史发展的必然趋势。国统区作家沙汀一直关注着四川农村的生活现实，控诉国民党反动统治者欺压民众的丑恶行径。他在《淘金记》讲到"一个有地位的人吃一个弱者乃是一桩当然的事情"，《凶手》《堪察加小景》《替身》等小说，写到"有地位的人"对弱者的横征暴敛，还有国民政府暴力抓壮丁酿成的家庭惨剧。当农民意识到"真的有抢谷的强盗啊""这样的世道，不把鬼子打走，哪个都莫想过太平日子"的现实后，总能激发出他们反抗的怒火，这股力量蓄积着是改变中国历史的希望。

1937年"七七事变"爆发，滞留北京的塞先艾亲眼目睹过日军肆无忌惮的侵略行径，激起了其强烈的爱国情绪，决定与号召社会革命的作家一道挺身而出，捍卫民族国家独立，乡土小说主题也从启蒙批判转向革命斗争。《牧牛人》中目不识丁的农民王全德平时喜欢打听前线战事的进展，后来参加了志愿兵为死去的亲人报仇，也为民族独立贡献自己的力量。《变》通过王母头对待抽兵事件前后的态度转变，说明农民思想觉悟的提高，国家危难之时挺身而出的牺牲精神，集体主义战胜了落后的小农意识。我们总能从这些小说的结尾，从农民吃苦耐劳、坚韧不拔的性格、朴素的爱国主义情怀中感到民族独立、解放的希望。实际上，秉承政治与国家意识的作家尤其擅长渲染乡土革命与战争中慷慨激昂、火爆狂热的氛围，具有暴力之美的风格。

艾芜《咆哮的许家屯》最早描写东北沦陷区一个小镇上，农民暴力反抗被奴役的处境。萧军《八月的乡村》，写了农民把镰刀等农具当成作战工具，勇敢杀敌，捍卫家园的场景。骆宾基《边陲线上》同样以东北沦陷为背景，关注爱国农民组成民间抗日队伍，顽强抵抗侵略的暴力行动。有学者曾说，战争是政治的继续，战争观念深入人的感情中，成为政治美感的重要部分。战争使国民万众一心，暴力抵御外辱，民族独立是一种"政治潜意识"常存心间，调动个体的生命欲望，实现政治意识形态与个人意志的统一，同时也完成了个体性格的英雄化。如舒群《农家姑娘》中的农家姑娘洗净涂满柴灰的脸到前线同日军作战，直到流尽最后一滴血。李辉英《松花江上》讲到日军到村子里"缴枪"，村民暴力抗争，袭击日本兵驻所。端木蕻良《大江》中的铁岭加入义勇军，始终冲在前方，打击日军进攻，还有李三麻子原本是贪婪、自私自利的农民，意识到民族利益的重要性后蜕变为英勇的革命战士。在民族危难之际，抗日救亡与国家独立成为中华儿女的政治信仰，乡土小说中所塑造的那些农民英雄形象，是企图"把一部分人的情感与观念升华为放之四海而皆准、俟诸万世而不惑的所有人的情感与观念"①。这也暴力美学的魅力所在，以一种先在的信仰激发人的革命潜能与民族国家意识。

诸多作家把民众在民族战争中的苦难与反抗精神诉诸文字，他们笔下的农民由"乌合之众"蜕变为"抗日英雄"。张光芒认为："对于鲁迅常说的'沉睡在铁屋子'里的人来说，其政治美学的魅力要远远大于启蒙美学，因为将一个愚民塑造成江姐、刘胡兰很容易，而将他塑造成娜拉、浮士德就太难了。"②战时乡土小说中，被调动起抗日情绪与信念的农民战士身上同样暗藏着力量之美，那是抡起铁锹劈向无理取闹日本兵的耿大（罗烽《第七个坑》）；是只身闯入日本军营，用剪刀戳死仇人的梅大娘（陈瘦竹《春雷》）；是机智地同日军作斗争，并用计谋炸毁敌军巡逻船的"鳜鱼梗子"们（甘棠《鳜鱼梗子》）。他们的人格在宏大的政治理想中得以升华，而"政治实践的审美化就在于人们将自己的每一个行为都赋予政治的含义，涂抹上理想的色彩，从而在崇高的政治理想中体现到心灵的满足和愉悦。"③走上前线的农民，他们身上的英雄主义精神孕育着民族救亡的政治信仰，如姚雪垠《差半车麦秸》中的王哑巴，《牛全德与红萝卜》中的牛全德、红萝卜

---

① 骆冬青.论政治美学[J].南京师范大学学报，2003(3)：111.

② 张光芒.启蒙美学与政治美学比较[J].南京师范大学文学院学报，2004(1).

③ 骆冬青.论政治美学[J].南京师范大学学报，2003(3)：110.

等，端木蕻良《大江》中的铁岭，《风陵渡》中的马老汉，《大地的海》中艾老爹等。曾经的被启蒙者从长期的沉默中彻底觉悟，用行动诠释了"地之子"面对暴力时的勇往直前与大无畏精神，身上的"野性"转为"民族性"，这样的抗战英雄形象塑造完成了启蒙美学无法企及的社会解放内涵，像王鲁彦《愤怒的乡村》，农民把抗日战争编成歌曲："中国男儿是英豪，不怕你日本鬼子逞凶暴，大家齐心协力来抵抗，为把帝国主义来赶掉，死也好，活也好，只有做奴隶最不好"①。思想意识觉醒的民众以"超我"（信仰）为支撑，完成了"本我"的改造，也是暴力美学的旨归所在。

骆冬青说："政治实践的审美化就在于人们将自己的每一个行动都赋予政治的含义，涂抹上理想的色彩，从而在崇高的政治理想中体现到心灵的满足愉悦。这就需要最大限度地调动人们对于政治本身的情感。"②整体上来看，现代乡土小说中的暴力叙事，无论是早期的宗族"械斗"，还是农民的"斗地主"，抑或农民的"抗日"，都隐藏着暴力美学的多种形态，使民众在政治信仰感召下的行动也被打上了理想主义底色。尽管有"革命"意识形态的功利性特征，在理想主义旗帜下，人的行动甚至成了"日月换新天"的途径，但因契合了特定时代的"斗争哲学"，其社会价值不容忽视。事实上，文学中的暴力叙事也就是马克思所说的"武器的批判"，而由此导致的革命、牺牲等话语背后传达的是不可调和的社会矛盾，也是一场代价沉重的历史前进方式，并以正义、道德的标准赋予一方的行为以绝对价值。乡土小说中出现的农民与地主、侵略者之间的搏斗，是阶级、民族矛盾的集中体现，以乡土为载体勾勒出理想的社会图景，民众被高尚理想所鼓舞的观念升华着激情，使抽象的暴力美学具象化。

当然，暴力美学在解放区作家笔下多以新的样态出现，因为民主政权率先在这里建立，轰轰烈烈的土地革命拉开了农民批斗土豪劣绅、翻身做主的序幕。生活在这里的作家最先意识到"新政权、新人物、新世界"带来

---

① 王鲁彦. 愤怒的乡村[M]. 上海：上海文艺出版社，1959：32.
② 骆冬青. 形而上学：美学新解[M]. 北京：中国社会科学出版社，2004：86.

的农村巨变，"写光明"成为乡土小说的创作方向，审美风格也转向新的暴力美学样态，如赵树理、康濯、束为等人的小说就散发着暴力的怒火与希望。他们以毛泽东的《讲话》为指导思想，坚持"文学艺术为人民大众服务"的理念、表现"新的世界""新的人物"，迎来了乡土书写的新契机，创作本身就是政治行动，作家是政治化的人"。并注意到"向土地讨生活"的农民在党的政策支持下逐渐摆脱痛苦的生命体验，在同地主恶霸势力的抗争中不断取得胜利，这些也是乡土小说"苦尽甘来"叙事范式的根源。赵树理自称是"农民中的圣人，知识分子中的傻瓜"，他与农村、农民的天然联系决定了创作时对民间文化的倚重，向"文学大众化"方向主动靠拢，使得乡土叙事更加偏向对农民斗地主的过程，一定程度上扭转了三四十年代乡土小说中深沉滞重的气氛，大团圆的故事结尾取代了以前悲悲戚戚的苦情。《太阳照在桑干河上》的"太阳"意象是光明与美好生活的隐喻，结尾这样写道："暖水屯已不是昨天的暖水屯了，他们在开会的时候欢呼，雷一样的声音充满了空间。这是一个结束，但也是开始。"①周立波《暴风骤雨》第二部的结局同样充满着喜剧色彩："喇叭奏着《将军令》，军号吹着得胜号。参军的人都上车子了。小学生唱着《没有共产党就没有新中国》。在鼓乐声和歌唱声里，车子开动了。"②这是农民暴力行动的胜利，改变了受苦受难的命运，对未来充满新的希冀。实际上，这一大团圆的故事结局与传统叙事有本质区别，象征着乡民在暴力反抗黑暗现实之后的新生，也是乡土中国的未来走向："在新的社会制度下，团圆就是实际和可能的事情了，它是生活中的矛盾的合理圆满的解决。"③因此，团圆的结局是民众在经历暴力革命之后在情感上的表现，预示着新的文化与文学形态的诞生，而表现民众"大团圆"的喜剧将要在未来的农村题材小说构思中占据主流。

一般而言，"革命的暴力，是一个阶级推翻一个阶级的暴烈行动。农

---

① 丁玲. 太阳照在桑干河上 [M]. 北京：人民文学出版社，1984：304.

② 周立波. 暴风骤雨 [M]. 北京：人民文学出版社，1979.

③ 周扬. 表现新的群众的时代——看了春节秧歌之后 [N]. 解放日报，1944-03-21.

村革命是农民阶级推翻封建地主阶级的权力的革命。农民若不用极大的力量，决不能推翻几千年根深蒂固的地主权力"①。乡土小说中的农民多以暴力革命清算地主阶级的罪孽是建立新政权的过程，因剥削者不会主动让出特权与利益，而暴力是无产阶级夺取政权的必要手段。当尖锐的阶级矛盾唤起农民的阶级意识时，他们心中积聚的复仇火焰、怨愤情绪会一触即发。赵树理《李有才板话》中的村民在农救会老杨的帮助下清算老恒元欺压农民的罪状，把押地、多收的田租、有证据的黑钱全部退回原主；《李家庄的变迁》中，抗日根据地、革救会、武委会等新的民主政权成立，县长以理性与权威都难以遏制群众的暴力复仇行动，恶霸地主李如珍在公审大会后，被村民撕裂致死，整个院子被弄得血淋淋，地主豪绅的气势得到遏制。革命暴力之后迎来的是焕然一新的李家庄面貌，重获土地的农民不用再忍受债主围门的担惊受怕，村里的赤贫户越来越少，他们在农闲时节到剧团拍戏来消遣，回荡着欢愉的气息。与赵树理有着相似经历的还有束为，他说："到农村去是我求之不得的，我生在农村，热爱农村，每逢闻到耕地时发出的泥土的芳香，就由衷地高兴。"②正是这种对乡土质朴的感情促使他对农村、农民投注了一生的激情，再现革命根据地农村的巨变、农民当家作主的风貌。《红契》中农民苗海其一步步克服对地主的胆怯，几经周折要回了自己的地契。《土地和它的主人》塑造了海生子形象，他耐心听取农会秘书讲解减租政策并转变生活态度，积极动员村民加入批斗地主的行动，赎回土地，使胡丙仁这样的地主得到了应有的惩罚。《谈判》结尾的环境描写："依然是黑暗的夜，呼呼的风，冷气直往袖里钻，但那已经不是刺骨的了。因为，无论如何现在是春天而不再是寒冬。"③漆黑寒冷的夜无法抑制农民在谈判成功有了土地后欢快的心情。

① 毛泽东. 湖南农民运动考察报告[M]//毛泽东选集: 第 1 卷. 北京: 人民文学出版社, 1991: 17.

② 束为. 束为文集(第 2 卷)[M]. 太原: 山西人民出版社, 2004: 587.

③ 韩玉峰. 李肖敏. 束为文集(第 1 卷)[M]. 太原: 山西人民出版社, 2004: 89.

乡土革命话语下农民暴力复仇的冲动虽缺少理性，甚至过激，或许还掺杂着农民的个人报复心理，但这是他们蕴蓄了太多的怨愤，同强者的长期蹂躏压榨有关。正如沙汀笔下的冯大生所言，仇恨就像借贷一样，不会自动销账，而是不断累积，不到连本带利都偿还清的时候，受害者是不会遗忘干净的。革命意识形态自身的美学意蕴就在于打破规则，同不合理的社会制度决裂，建立现代统治秩序，其过程自然少不了暴力形式。在这里自私、邪恶将无地自容，正直、善良是人性的主导，民众在激情气氛渲染下产生了"爱憎分明"的价值取向，怨恨现存政治秩序，对新的民主政权充满向往之情。一定程度上，乡土小说中的革命暴力描写，也有作家在政治理性与生活体验基础上的想象，而留下了人物扁平化、主题概念化的痕迹，体现了意识形态对文学的规约。学者骆冬青说："政治美学的要害在于，在理想主义的旗帜下，人的具体感性生存只是为某种'形而上'的目标而行动，人的一切行为都成了要让'日月换新天'的一个途径，人成了工具，而不是目的。无论是强调主体性也罢、'自然的人化'也罢，由于某种预设的、虚悬的目标，人本身变成了实践的工具。"①如赵树理《李有才板话》中的革命干部老杨，向群众宣传革命斗争思想，发挥着"政治缓冲带"的作用，虽有刻意为之的不足，但也是特殊时期政治伦理与革命话语的需要。

为了实践文学大众化的创作路径，迎合农民的审美趣向，在四十年代中后期的乡土小说中刮起了一阵向传统文化汲取资源的浪潮，把通俗文学形式与农民的抗争主题相结合达到百姓"喜闻乐见"，焕发活力的目的，呈现出暴力后的舒缓明朗之风。束为《苦海求生记》就是一部典型的章回体小说，文本中处处洋溢着明朗的气氛，讲述八路军联合村民击垮钩子军，农民取得斗争胜利、分到了土地。如众所知，抗战前期乡土小说凝重的空气是不平等社会制度及日军疯狂侵略使然，底层农民是最大的受害群体。随着抗日根据地与民主政权的建立，蛇蝎似的反动势力受到惩治，被压迫者

---

① 骆冬青．论政治美学[J]．南京师范大学学报，2003(3)：180．

在国家独立、社会解放的呼声中逐渐实现了政治与经济翻身，曾经灰暗凄楚的天空开始变得明朗起来，覆盖在作家心灵的阴云在慢慢散开，所以乡土小说的风格由彻骨的"冷"转向有希望的"热"，由凄厉低吟转向欣喜欢悦。

当然乡村女性在解放区文学叙事中呈现出崭新的姿态，她们逐渐走出"三从四德""从一而终"等男权思想训诫，革命根据地制定的有关解救"童养媳"的法令、倡导婚姻自由的措施为作家审视乡土打开了一扇全新的窗，是农村妇女对反抗封建家庭的胜利，渲染出舒缓愉悦的整体氛围，体现出暴力美学在弱势女性群体中的新形式。概观四十年代中后期乡土小说的婚恋题材俯拾即是，菡子《纠纷》写的是寡妇改嫁的故事，在党的民主政策鼓励下，刘二与寡妇来顺妈冲破各种阻力结为夫妻；《吕梁英雄传》里新式婚姻的出现，使我们感触到了轻松愉快的时代气息。当然较有代表性的还是赵树理、康濯、孔厥等作家对农村女性获得婚姻自由过程的描写，形成全新的审美风格。赵树理《小二黑结婚》是根据新政权建立初期发生在农村的真实故事改编，青年女性小芹敢于对抗母亲荒谬的"前世姻缘"迷信观念，与金旺、兴旺地方恶势力斗争到底，在区长的证明下争取到了自由婚姻。《孟祥英翻身》诉说了童养媳孟祥英怎样远离封建伦理纲常的规约，挣脱婆婆眼中"媳妇样子"的束缚，不仅自己翻了身，还做了村干部，指引农村妇女翻身解放。几千年的封建伦理道德禁锢了人们对自由婚姻的追求，回溯这类题材的文学作品多以父母包办婚姻的悲剧收场，解放区新政权在推翻传统的同时也扮演着新的"父性形象"，尽管这样的叙事模式留有意识形态观念规范的印迹，但不可否认的是现代意义上的婚姻观念使青年男女获得了婚姻自主，充满着"翻身农奴做主人"的欣喜。

新的婚姻形态构建是作家对民族国家走向的路径思考，也是乡土小说从革命暴力之美走向欢悦豁然的标志。康濯《灾难的明天》也为我们展示出农村妇女摆脱封建婚姻羁绊、赢得家庭和睦的文学图像，春妮与婆婆有着相似的童养媳命运，抗战后期，当民主政权深入农村，春妮在抗日妇救会的支持下大胆反抗婆婆的打骂与丈夫的凌辱，边区政府在灾荒年月号召农村妇女纺线自救，春妮积极参加并感化了婆婆，两人还展开了生产竞赛，丈夫改掉了以前懦弱的性格外出搞运输承担起家庭责任。因此小说结尾呈现出一幅祥和、温馨的画面：春妮与丈夫回归到正常平等的夫妻关系，婆婆不再以家长的权势欺压对方而在另一个房间做起了抱孙子的梦。尽管这样的艺术构思有对构建现代民族国家寓言想象的成分，如通过生产劳动化解家庭矛盾、取得男女平等权也是作者对农村妇女解放之路的设想，小说中散发出芳香的泥土气息与乡土小说明朗乐观的整体审美风格相吻合。孔厥《一个女人翻身的故事》中童养媳折聚英以革命的形式对抗封建包办婚姻，在她的意识里"革命就是解放"，拯救自我的方式同民族解放融为一体，逃出父权制婚姻模式后没有陷入堕落或回去的悲剧，经过革命思想的洗礼成长为百万妇女学习的女参议员，并与残疾军人自由恋爱。实际上，无论是小芹、春妮还是折聚英，她们都是在新的民主政权支持下意识到自身的奴隶地位，不甘心继续忍受生活折磨，想要改变现状的迫切心情滋生了积极抗争情绪，无疑这样的思想是历史进步的标志，至少相对于抗战时期王西彦笔下的凤囡，萧红笔下的小团圆媳妇等不觉悟的童养媳形象是一种提升，她们不再感到生活中遭受的责难与侮辱是难以违抗的命运，而是竭尽全力争得生存权利。应该说，不愿被物化而抗争的童养媳形象、男女自由婚恋主题折射出乡土风格中的暴力之美与缓和明朗的风格。

在乡土中国的发展历史中，屡次受压迫的现实像难以驱散的梦魇一样钳制着作家的审美体验，一次次满含眼泪地写下乡民的痛苦抽搐。虽有淡淡的乡愁与思恋，但已无意以"竹林的故事""父亲的花园"聊以自慰，加之愈演愈烈的民族危机、阶级矛盾的深化，使他们心头罩上了厚重的阴影。20世纪三十年代乡土的黑暗、民众的物质匮乏、精神愚昧与作家感伤忧虑的心境有机融合，化成乡土小说深沉凝重的风格。无论是从萧红、沙汀、丁玲、路翎等作家主张的乡土启蒙批判话语，还是茅盾、吴组缃、叶紫、蒋牧良对乡土革命的书写，抑或沈从文、师陀笔下优美的乡土景观，我们总能感触到凄凉、悲怆的审美风格。到了40年代中后期的解放战争阶段，随着全国各地纷纷解放与乡村土改运动的展开，农民的暴力行动有了组织领导，其背后是一种走向光明的愉悦与欢快，褪去了以前悲凉低沉的基调。柯蓝《杨铁桶的故事》，马烽、西戎的《吕梁英雄传》都写到了农民怎样勇敢地击退日军的暴力行动，充满着强力之美，但也奠定了小说舒缓、乐观向上的基调，孙犁的《荷花淀》《村落战》《麦收》等，对女革命战士崇高形象的塑造也迎合了这一审美趣味，把她们推向阳光之下用彩笔描摹其音容笑貌以渲染乐观畅快的心情。战时的历史环境使乡土小说沾染了浓重的政治品格，"对于敌人，对于日本帝国主义和一切人民的敌人，革命文艺工作者的任务是在暴露他们的残暴和欺骗，并指出他们必然要失败的趋势，鼓励抗日军民同心同德，坚决地打倒他们"①。这段话暗含了政治对文艺的规范，就乡土小说而言，"敌人必然要失败的趋势"隐喻了文学风格由"悲"到"喜"的走向，也是作家努力实践无产阶级文艺观、发挥文学宣传作用的结果，即使文学的阶级、政治性不断强化，但还是可以从中嗅到暴力革命胜利后乐观愉悦的空气，那种伤感的故乡风被弱化。

实际上，心理学上著名的"影响——反映"、"压迫——反抗"论同样适用于社会与作家、作家与作品风格的相互关系。20世纪三四十年代剧烈动荡的时局不断重塑着作家的心灵与情感，他们不得不重新思考文学的表现内容、艺术手法等问题。对于乡土小说而言，30年代的风格主要是阴冷压抑为主，但到了40年代随着抗战胜利与新政权在乡土社会的建立，农村面貌得到改观，悲剧性的感情体验在减弱，乡土小说的审美风格自然打上一些积极、热情、活力、阳光的色彩，体现了暴力过后的舒缓喜悦。不过，废名、沈从文等作家笔下的乡土虽没有枪林弹雨般的血腥与残酷，更看不到阶级压迫下农民的生死挣扎，始终保持着乡野画面的优美与静谧，乡土人性的善与真，追求抒情浪漫的审美理想，以"疏政治而亲人性"的创作思路共同丰富着战时乡土小说的审美风格。

---

① 毛泽东. 毛泽东选集(第3卷)[M]. 北京：人民出版社，1991：849.

第七章　20世纪三四十年代乡土小说的文学价值与文学史意义

因了作家艺术追求与价值立场的区别，而出现了乡土小说的多副面孔，而如何处理好政治诉求与艺术基因，以及现实与理想之间的复杂关系是判断其文学价值与文学史意义的一个潜在标准。总体上，无论这些作品是成功或失误，积极或消极的影响，都已成为历史，今天看来，同样为以后的乡土书写提供了启示、经验、教训。

第一节　20世纪三四十年代乡土小说的文学价值

20世纪三四十年代的乡土小说是20世纪中国文学的创作主流，由于作家地域环境、生命体验、情感诉求的差异而出现了启蒙、苦难、诗性等不同的主题。其中乡土启蒙以西方现代文明为圭臬审视乡民思想的顽劣及落后的乡风民俗，是五四时期"立人"主题的延续；乡土审美崇尚自然，在日常生活中发现淳朴的诗意，以艺术的形式表现人生与自由的生命形态，彰显文学的本体魅力；乡土革命关注的是战争状态下农村破产、农民贫困的处境，以及乡土社会难以调和的阶级矛盾，具有发人深思的时代性、社会性、现实性意义。不同叙事视角各有其价值，而怎样把握政治与文艺，文学"表现"与"使用"之间的复杂关系是我们客观理性地考察该时期乡土小说文学价值的关键因素。

关于启蒙，近代以来中国多次遭受外敌入侵的现实警醒了一代知识分子，最初是严复、梁启超、李大钊、陈独秀等有志之士意识到国民素质提高与国魂重铸之间的密切关系，并把国民性改造付诸实践。严复的"鼓民力，开民智，新民德"①；梁启超的"新民主张"；李大钊提出"竭力以受西洋文明之特长，以济吾静止文明之穷"②，其中的"静止文明"自然包括国民思想的停滞不前；陈独秀以《新青年》为阵地批驳传统文化，传播西方的现代思想，还试图以个人本位主义易家族本位主义；周作人以译介外国政论小说为契机实现国民性改造；鲁迅把"立人""进化论""超人哲学"等思想奉为圭臬，并以具体的乡土创作启迪愚弱的乡民，实现民族国家独立。

三四十年代延续五四启蒙传统的乡土小说在丁玲、萧红、蹇先艾、路翎、沙汀、王任叔等人的作品中得以展开，预示着对民众思想启蒙的曲折与漫长性。正如鲁迅所说"人立而凡事举"，只有使人们摆脱精神的奴役状态实现人的解放才有国家民族的解放。但在20世纪30年代的语境中，民族矛盾、阶级矛盾持续升温，启蒙的长期性与救亡的迫切性规约了它们的出场顺序，文学的启蒙主题很难成为时代主旋律。尽管如此，乡土启蒙在狭小的叙事空间还是取得了一定成就，但其话语本身存在的不足依然没有克服。恰如汪晖所说："中国启蒙思想所依据的各种复杂的思想材料来自各个异质的文化传统，对这些新思想的合理性论证并不能简单的构成对中国社会的制度、习俗及各种文化传统的分析和重建，而只能在价值上做出否定性判断。"③中国启蒙思想的渊源来自西方，启蒙民众时，中西方不同的文化背景决定了其有效性的差异。从萧红到蹇先艾等启蒙知识分子，他们以现代理性的眼光俯视乡土，发现了民众精神的被奴役、不觉悟状态，试图以启蒙的方式唤醒人的自我意识，但没有更多顾虑到中国具体的社会语境。虽有民族救亡的紧迫性，但民众对启蒙思想的接受情况、知识分子的立场等问题，最后因社会条件的不充分致使启蒙批判的目的难以实现。从鲁迅笔下的阿Q、祥林嫂到萧红小说中的金枝、王阿嫂、黄良子等人物，作者只是对农民思想上的愚昧、落后作出了否定性判断，指出了病因但没

---

① 严复. 严复集(第1册)[M]. 北京：中华书局出版社，1986：22.
② 李大钊. 李大钊文集(上)[M]. 北京：人民出版社，1984：562.
③ 汪晖. 什么是"五四"运动中的政治[J]. 现代中文学刊，2009(1)：20.

有开出合适的药方。相对而言，社会剖析派乡土作家对农民走向革命道路的肯定虽有浓厚的政治功利性，但毕竟给农民指明了可行的道路。启蒙批判乡土叙事更多的是来自作家自身的现代性焦虑，最终陷入理想、现实、目的、手段的窠臼难以自拔，在后来的解放区文学、"十七年"文学中甚至出现了知识分子与农民互换位置的现象，民粹主义代替了启蒙主义。20世纪80年代以乡土为题材的"新启蒙"文学叙事纷纷表现出对农民麻木生存状态的理解，并极力从传统文化中找寻民族的根脉。事实证明，启蒙是一个未完成的话题，关于启蒙的批判很难一蹴而就。

客观上来讲，长期以来宗法制观念禁锢人们精神而造成的心灵扭曲、惨剧不断发生，思想启蒙之路任重而道远，但中国的社会性质、历史文化传统决定了乡土作家对农民落后意识的启蒙很难达到西方思想家所追求的个性、独立、自由的目标。因为近代以来中国启蒙运动兴起之初在确立人的个体价值实现宗旨的同时也把"救亡图存""革新政治"作为理想。只是到了20年代后期到30年代，在剧烈动荡的社会局势下，个性解放之路步履维艰，尤其是东北沦陷、卢沟桥事变、"八·一三"事变的发生使抗日的号角越来越响亮，也激发了作家的时代责任感，"革命文学"逐渐成为时代主潮，并取代了"启蒙"的地位。作家的主体精神开始从"个体"转向"集体"，比如丁玲的"左转"，小说中革命的人物群像取代了人的个体解放。就连一直执着于人性启蒙的萧红，她笔下的人物如果以个体姿态出现常常是"自然的奴隶"，一旦汇入集体就发生质变，成为民族、集体英雄。但不管怎么说，乡土小说的启蒙叙事在战时语境中拓展了"立人"思想内涵，作家对底层农民生存苦难的关照也表现出一定的人道主义精神。作者在乡土书写中对农民生活场所的巧妙选择、文本形式的创新、生动的艺术形象塑造等方面既凸显着独特的艺术美，也加速了封建统治根基的坍塌。丁玲笔下的"霞村"、萧红眼中的村口"大泥坑"、沙汀冷眼旁观的"北斗镇"、王任叔小说中的"三圣殿"等村镇或典型物象都是旧中国的缩影；"运秧驼背""乡长先生""罗大斗""王家老太婆""戴白帽子的牛主人福元佬"，这些农民无不是"老中国儿女"的标志，而他们的思想、生活正是中国现在多数人思想和生活的象征。应该说封建礼教文化的羁绊、农民的短视、妄自尊大、静止僵化的心理状态是乡土社会现代化的强大阻力，也是民族国家富强的牵制因素，并且战争的风雨不足以洗刷掉历史残存的污垢，只是同彼时彼地的社会语境相冲突，尚未得以充分发展。但恪守乡土启蒙叙事的作家带着除旧布新、个性解放的观念批判乡民"怯弱，懒惰，而又巧滑"的性格与腐朽的社会势力有某种必然性，发挥了文艺"转移性情，改良社会"的作用。

小说是叙事的艺术，多以具体可感的形象、优美的语言、新颖的形式表现创作主体对现实世界的感应，所以审美性是其本质特征。从自然风物、生命、人性等角度挖掘生活之美的创作视角是战时乡土小说的重要一翼，废名、沈从文、师陀、艾芜、孙犁等作家始终恪守这样的审美立场审视熟悉的乡土世界。从文学构成要素来看，这类小说的文学价值偏向于语言、结构、景物描摹等方面，抒情是作家常用的书写策略。

文学是内容与形式的合一，对文学价值的分析也应该自足于此，乡土审美主题在形式方面的文学价值要远远胜过内容，如生动的意象、小说中渗透的空间、时间意识等都是文学表达形式的体现。意象是作者抒发情感传递文本主旨的途径之一，古代文学中有"立象以尽意"的说法，而意象的运用颇能体现文学价值的审美意蕴。废名、沈从文小说中反复出现的"塔""桥"；师陀笔下的"荒原""夕阳""黄昏"；孙犁在展现北方旷野景观时所立足的"田园""村落""白洋淀"等意象既是作者主观精神世界的具体化也暗示了文本主旨，以浓郁的诗意增强作品可读性，学者周文慧认为孙犁该时期的乡土书写善于"从客观中寻找美，从风景中提炼诗化的元素，用乡村和自然的意象营造诗意的居所，呈现出超然的、雅致的诗化特征"[①]。废名、沈从文、师陀对"过去"时间的留恋、"未来"进化时间观的质疑，废名的《桥》、沈从文的《龙朱》、师陀的《桃红》《狩猎》等，他们把事物的美好寄予已逝的尚未被现代文明侵蚀的光阴，只是师陀的时间观在怀恋的同时

---

① 周文慧. 莫言与孙犁比较研究[J]. 广西师范学院学报(哲学社会科学版)，2018(3)：40.

又多了一层对封建式罪孽的反思情绪，沈从文的《萧萧》《边城》诉说着不同时代重复着相似人物命运的悲剧，这是时间循环论的显露，历史仿佛一个走不出的环。

莱辛在《拉奥孔》中指出："时间上的先后承继属于诗人的领域，而空间属于画家的领域。"①实际上，作家在文学创作时经常会有意借鉴绘画艺术的一些特质以增强文本的空间化审美效果。废名的《菱荡》、沈从文的《边城》等小说构思时并不在意故事情节前后的连贯性，大篇幅地摹写自然环境与特殊的民情民俗；还有萧红的《呼兰河传》，被茅盾评价为"一幅多彩的画"；端木蕻良的《科尔沁旗草原》好像是一幅"被竖起来"的科尔沁旗大草原及富有东北传统文化底蕴的世俗风情画，此外，这部小说还运用了蒙太奇、意识流的时空并置的艺术手法。师陀《果园城记》的叙事结构采用的是不同文本之间的空间整合，"果园城"有限的地域空间没有制约人物在各种场景的自由活动，达到故事之间的内在关联与艺术空间的广延性，作者不变的叙事基调把多篇小说连缀为一体，完成对一座颓败荒凉小城的书写。诚然，从"意象"到"时间"再到"空间"艺术的运用反映了乡土审美主题的侧影，凸显诗化抒情小说的艺术氛围、丰富诗化乡土书写的叙事空间、打破了小说与散文不同文体之间的界限，将叙事、抒情、写景等手法相融合，以"越轨"的笔彰显小说创作的多种可能性，也是其文学价值的体现。

托尔斯泰曾说过，他是一个一生都在寻找美的艺术家，离开了美，艺术就不存在了。这一观点同样适用于废名、沈从文、师陀等致力于乡土审美叙事的作家，他们以温和的心境注视着熟稔的乡土人生，从中发掘"美"的因子，作者的情感走向与文本内涵的同构性催生了唯美的艺术世界。除了古朴清新的自然之美之外，人物的心灵之美、人性美等内容也是他们的描写对象，周作人曾说，废名小说中的人物是颇可爱的，而沈从文认为："不管是故事还是人生，一切都应当美一些！丑的东西虽不全是罪恶，总

---

① 杨匡汉 . 时空的共享［M］. 石家庄：河北教育出版社，1998：180.

不能使人愉快，也无从令人由痛苦见出生命的庄严，产生那个高尚情操。"①这是沈从文执着追求的那种优美、健康、自然且不违背人性的人生样态写照，不愧是自然人性的歌者。师陀的乡土世界交织着反叛与眷恋的复杂感情，对人性丑陋的批判是他早期审视乡土的视角，但已褪去了五四启蒙知识分子那种激进的锋芒。全面抗战开始以后充斥在文本中的是对故乡无限的思念之情，对人性的理解从阴冷转向明朗，闪耀着淳朴善良的光辉。孙犁的乡土小说可以说是达到了人性美的极致，尤其是残酷抗战环境下的农村女性，她们好似冰山上的雪莲，坚韧而美丽。从历史的眼光来看，乡土审美中的"人性美"是作家主体创作个性的显现，是他们在文学的实用、功利性价值之外对文学本体价值的坚守。即使在彼时的历史语境因现实效力匮乏而遭到非议，因文本内容所昭示的恰好是中国文学发展中比较欠缺的人性与道德完善问题，可以经得起时间的考验。

周作人说："著者应当用艺术的方法，表现他对于人生的情思，使读者能得艺术的享乐与人生的解释。"②而乡土审美叙事对文学审美、艺术性的凸显，正是"以艺术的方法表现对人生情思"的最好诠释，也是其独特文学价值之所在。人性之美与自然生命形态是不可分割的统一体，所以对生命的关注也是乡土审美的构成元素，且多指向健康理想的人生样态。沈从文以跳跃的语言呈现湘西绮丽的自然山水，并赋予小说灵动、唯美的基调，以自由的野性与阴柔的静谧相结合探讨湘西社会的自然生命。师陀潜入农民生活的急流挖掘原始生命强力，表现生命的创造与毁灭、刚毅与执拗，而不可阻挡的现代化浪潮又引发对生命的无限忧思。孙犁把抗战时期内心的矛盾痛苦留给了生活世界，把生命的美好留在了文学世界，并使深厚的"故乡情结""女性情结"付诸流动的文字，从中找寻自由与美的生命。无论是沈从文还是师陀或是孙犁，他们都将生命安顿在"自然"之中，以求

---

① 沈从文.沈从文作品新编[M].凌宇，编.北京：人民文学出版社，2001：321.

② 周作人.周作人散文全集（1918—1922）[M].桂林：广西师范大学出版社，2009：207.

对乡下人达观、超脱、强健的生命形态书写，思考健康人性的建构。作者对这些自然生命的礼赞背后隐匿着对底层民众的体恤，废名笔下的儿童、老妇、庄汉等，沈从文小说中的萧萧、送妻卖娼的丈夫、老船夫祖孙、橘子园主人，他们和谐的生活情景中有生命的苦涩与悲哀，在艰难的生存环境下不乏生的执着，认命中透出倔强，尽管这种苦中作乐的人生态度存有超脱生活现实的嫌疑，沈从文还被冠之以"乌托邦"的消极作家，但也不能因此抹杀其对生命真实的另一层面揭示，透过生命的表层追求其深潜意义。哲学家蒂利希说："乌托邦也是真实的，就其反映人的本性以及愿望这一点而言，它是真实的。"①毋庸置疑，对乡土社会原始人性、勃发的生命力书写与这种理想的生命形式相辅相成，用"爱"和"美"来演绎自然人性，畅想人与自然、人与人之间和谐温馨的情景。在人类文化史上这种人生样态的书写源远流长，中国古代的道家文化、法国卢梭、乔·治桑构筑的法国不同时期的乡土景观、德国海德格尔的存在主义等，这里的"自然"是理想社会人生构筑的最高标准，沈从文、师陀、孙犁等作家的乡土写作无疑加重了"生命"的厚度，引发人们对人与自我、自然、社会等层面的认知。

从不同角度考量文学作品的价值必然会得出不一样的结论，就乡土审美叙事来说，如果我们以"人性""生命"等内容为标准看到了其中的艺术真实、人文关怀等审美价值。而如果把这些作品放在"社会——政治"的显微镜下检视就没那么乐观，唐弢评价师陀的小说："对于作品的艺术形式的探索怀着浓厚的兴趣，相比之下，对于政治和社会现实，最初就不是那么重视了。"②的确，沈从文以"趣味"作为"写作自由"的护身衣甲，废名追求的"做自己梦"的自由，反对把文学与政治牵混在一起的个人主义文学观同当时占据主导地位的革命话语集体伦理不兼容。其实在"救亡压倒启蒙"的历史时期，"个性乃至主观是社会不适应的东西"③。废名、萧乾等人给我

---

① 保罗·蒂利希. 政治期望[M]. 成都：四川人民出版社，2013：214.

② 刘增杰. 师陀研究资料[M]. 北京：北京出版社，1984：310.

③ 曾鸣. 新写实主义的论题[J]. 众力，1936，2(1)：35.

们提供的那个未经现代文明侵染的乡土人生，是他们怀旧恋乡情结的表露，亦有对民族精神再造的尝试。在乡土叙事中形成了自己的艺术个性，废名的禅味、萧乾把心灵自传与乡土体验合一，本来追求写作的个性化是文学性的再现，但在严峻的文学环境下显然不合时宜。20世纪30年代"左联"成立之初就号召"无产阶级作家和革命家，一切爱好文艺的青年，你们的笔锋应当同着工人的盒子炮和红军的梭镖枪炮，奋勇地前进"①。这就要求作品的思想性要超越文学性，作家要加大对社会情绪的表达力度，暂时遮蔽个体生命情绪的表达。朱晓进说："就30年代文学而言，如果不顾历史的氛围，忽略文学产生的特殊政治背景，仅从纯文学的角度切入，可能难以对30年代各种文学现象、作品作出合理评价。"②在战火纷飞的年代，到处充满民族救亡的呼声时，社会需要的是整合群众力量的革命话语而非偏于一隅的人性审美书写。因此废名、沈从文等作家的保守主义创作倾向不免与现实生活脱节，延宕了文学的功用性，遭到左翼批评家的责难成为必然，纯而又纯的人性书写仿佛是回避苦难、粉饰现实的庇护所。

文学是社会生活的一面镜子，社会生活是文学创作的指南。法国作家巴比塞说："和现实人生脱离关系的是悬空的文学，现在已经成为死的东西，现代的活文学一定是附着于现实人生的，以促进人生为目的。"③像茅盾、吴组缃、赵树理等作家的乡土革命书写则很好地印证了文学的社会功利性，而文学的审美性被搁浅。

乡土革命作家都或多或少地接受过马克思主义革命理论的感染，他们把目光投向民族矛盾、阶级矛盾激化下的乡土现实，表达对劳动者的爱、不幸者的怜、行凶作恶者的怒、悲剧制造者的恨，感情里交织着同情与悲悯、憎恶与愤懑，蒸馏出浓烈的民族意识。他们在叙事中尽量运用象征、

---

① 马良春，张大明.30年代左翼文学资料选编[M].成都：四川人民出版社，1980：170.

② 朱晓进.政治文化与中国二十世纪三十年代文学[M].北京：人民出版社，2006：148.

③ 黄伟宗.创作方法史[M].石家庄：花山文艺出版社，1986：417.

隐喻等修辞把抽象的观念隐藏于具体的场景、事件中，在文本内容与社会现实遥相呼应的同时，不至落入僵化的政治宣传、教条中去。如叶紫《丰收》中农民"丰收成灾"的寓意，吴组缃《官官的补品》中农妇的乳汁成为地主少爷疗养身体的补品，极具反讽性，一方面读者可以从中窥见特殊时期民族的政治、经济及人伦关系，富有时代纵深感与现实意义；另一方面又相对克服了蒋光慈、阳翰笙等人乡土小说的概念化、脸谱化创作倾向。蒋牧良的《懒捐》《三七租》《雷》以"含泪的笑"来揭露封建统治者的罪恶，无形中具有了讽刺文学的某些特征。

　　固然，我们应该用辩证的眼光看待文学的社会功利性，阶级斗争、集体革命等政治话语在丰富文学内容的同时也制约了其多元发展，作家一味强调文学的社会政治效应一定程度上遮蔽了文学本身的复杂性。比如茅盾的创作，他一再强调自己是体验了中国动荡的社会现实之后才开始创作，这种思路确实拉近了文学与社会生活的距离，但创作中难免遗留生活体验者政治观念先入为主的问题，留下对社会矛盾简单化处理的痕迹。用李欧梵的话来说，"茅盾'农村三部曲'的后两部由于明显的把政治信息硬塞入对农村惨状的自然主义描绘中而无法同第一部媲美"①，不仅茅盾的创作存在这一诟病，夏志清在评析吴组缃《一千八百担》中指出："农民暴动自然是一种极为普通的手段，那是在事后添加进去的，是为了符合当时流行的左翼论调；这场暴动很可惜与全篇持续的社会和心理刻画脱节。"②这一趋势几乎成为乡土革命作家存在的通病，革命话语对乡土叙事的强力渗透，使他们在创作中普遍流露出把握社会生活时的得心应手，而冷落了文学本身的审美性，"文"的层面也变得极其稀薄。

　　乡土革命在抗战后期的解放区小说创作中依然有所发展，当时的延安被知识分子奉为"革命圣地"，聚拢了一批慕名而来的作家，他们自觉接受思想改造，以毛泽东的《讲话》为文学写作方向，"革命伦理"成为乡土小说

①　李欧梵．现代性的追求［M］．北京：三联书店，2000：245.
②　夏志清．中国现代小说史［M］．上海：复旦大学出版社，2005：202.

作家争相效仿的标杆，无论是土生土长的"本地人"赵树理、康濯、西戎、马烽，还是"外来者"丁玲、周阳山等，他们自觉放弃个体伦理价值诉求适应新的现实要求，从"人性解放"向"阶级解放"过渡。基于此的乡土创作实践有效地整合了民众投入革命运动的各方力量，一定程度上推动了民族国家的独立与解放。作家始终把革命利益奉为第一生命，在凸显战争、解放等主题的同时也有自己文学风格的表露，如赵树理、马烽的乡土小说以通俗见长；社会剖析与心理发掘是孔厥的主要创作特色；康濯以描写解放区农民的婚姻家庭题材而取胜。他们的乡土书写模式在文学形式的民族化、大众化、通俗化等方面相较于乡土启蒙叙事确实有了一定突破，但作家持有革命功利主义文学观使他们委身于特定的社会意识形态而摆脱了精神上浮萍式的漂泊自由状态，创作时个人的悲欢离合、心灵悸动常常遭到排挤，这就使文学作品打上了概念化、模式化的印迹，也降低了其文学价值。夏志清说："大陆的新小说家所能做到最好的，便是创造出一种肤浅的'资料写实文学，但骨子里，这些写实文学一点也不真实，因为老百姓间真实的感情和思想，都一律被有系统地加以歪曲来符合乐观主义的公式调子。"①尽管我们在评判文学作品时不能脱离特定的历史阶段，但也应该注意到工具理性对文学审美品格的挫伤，毕竟作品的文学价值是由其思想内涵、审美风格、价值理念等方面共同作用的结果。

从乡土苦难的描述到乡土革命的社会鼓动性本无可厚非，但却存在割裂文学自身价值的诟病，作家受当时昂扬的民族精神与乐观的时代氛围感染激发了强烈的创作热情，在社会经验严重"缺席"的情况下急于表现这一狂涛巨浪般的历史变革，这是明显的主题先行创作倾向；过于强调小说的故事性而忽略了人物性格的内在丰富性；对文本内部历史纵深度的挖掘不够。赵树理的小说标志着无产阶级革命现实主义文学达到的新水平，但也有批评者指出其牺牲文学艺术性迁就农民阅读习惯的不足。还有一些作品，如康濯的《我的俩房东》、束为的《土地和他的主人》、柯蓝的《洋铁桶

---

① 夏志清. 中国现代小说史[M]. 上海：复旦大学出版社，2005：307.

的故事》等，无论是写农民与地主之间的阶级矛盾，还是农民在抗战中成长为抗日英雄的故事都存有刻意迎合"大团圆"小说情节发展的程式化叙事，在具体的细节描写方面因过度夸张而给人以失真感。《吕梁英雄传》遗留下明显的靠英雄故事连缀成篇的痕迹，塑造农民形象时，凝视他们被侮辱被损害的苦痛挣扎时，突出了这一群体的反抗性而相对遮蔽了其思想愚昧、怯弱性的一面，显得单薄而缺少立体感，偏离艺术真实性的轨道，无形中降低了这一乡土类型书写的文学价值。

康德说："美，它的判定只以一单纯形式的合目的性，即一无目的的合目的性为根据的。"①这句话指明了文学的功利性与非功利性的统一，也就是形式与内容的关联性，在强调其"社会效应"的同时也不能低估了语言、技巧、审美等方面的"艺术效应"。以此来审视乡土革命叙事的优劣，茅盾、赵树理、马烽等作家以时代鼓手的身份出现在文坛有其历史应然性，面对苦难的民族，中国知识分子自古就有铁肩担道义著文章的责任感，但在创作时也不能忽视文学的内在价值。记录"时代"也不能忘了"艺术"，浓郁的政治色彩与革命者的火把不能少，但对艺术内部规律的坚守才是文学价值长久的标签。因此面对当时被口号、概念包围的文学气候，朱光潜称之为"低级趣味"，沈从文用"堕落"来形容内心的不满。贾平凹说："文学有文学的规律，文学就是写人性的，脱离了写人性，而将文学当作政治的宣传品，你轻视了文学规律，文学也就最后抛弃你。"②我们从中不难悟出沈从文、萧红、师陀等那些曾被边缘的作家为什么能够在新时期重新得以重视，因作家如果长期以政治观念写小说，即使可以轰动一时，但终究经不起时间的推敲而迟早会黯然失色。赵树理因紧贴时代"问题"的写作曾被奉为"方向"，但启蒙立场的缺失，无疑是他后来遭冷落的重要原因。刘再复认为赵树理后期的小说对我们这个拥有数千年封建专制传统的国家在现实生活中的种种封建主义表现缺乏足够的揭露和批判。当

---

① 康德. 判断力判断[M]. 宗白华，译. 北京：商务印书馆，1985：64.

② 贾平凹：《沈从文的文学》. 见贾平凹2015年11月18日在西安建筑科技大学中文系的讲课稿.

然抗战时期也有一些作家能够较好地把握政治与艺术之间的关系，把文学"表现"特征与"使用"价值相融合，而诞生了优秀的作品，如茅盾的《春蚕》、吴组缃的《樊家铺》、夏征农的《禾场上》、丁玲的《夜》、刘白羽的《孙彩花》等，尽管屈指可数，但也值得铭记。

事实上，乡土小说的三重写作维度的价值可谓是各有千秋，不能一概而论，恰如鲁迅所说，"倘要论文，最好是顾及全篇，并且顾及作者的全人，以及他所处的社会状态，这才较为确凿。要不然，是很容易近乎说梦的"①。文学价值的评析归根结底是怎样处理好文学的审美与功利、形式与思想、表现与使用的关系问题，它们不是一种非此即彼的对立而应该是水乳交融的和谐共生，乡土启蒙作家把"五四"时期的个性解放、个体独立等思想奉为精神偶像本没有错，但当唤醒农民参加革命战争的积极性成为时代诉求时，"自说自话"的文学已经变得不可能；乡土审美作家的纯文学立场，确实记录了他们对人性、生命、自然等文学本体价值的深邃思考，其意义不容抹煞，但在风沙扑面、狼烟肆虐的年代显得曲高和寡；乡土革命作家引领了抗战时期乡土小说的风潮，其社会、政治性是有目共睹的，但极其欠缺对文学形式方面的仔细揣摩。历史已然证明，过于看重一方面而忽略另一方面的文学创作都会导致其单向度发展，窄化价值，出现贫血现象，太看重功利性必将落入宣传品、"留声机"的陷阱，而高举"审美性"的旗帜也会流于"为艺术而艺术"的偏执，留下"言之无文，行至不远"的漏洞，所以只有既坚持文学独立价值又能兼顾到社会民族、国家命运的需求，才能写出无愧于时代的经典作品。

第二节 20世纪三四十年代乡土小说的文学史意义

抗战时期乡土小说整体上呈现出启蒙、审美、苦难等多元的叙事视

---

① 王余光．徐雁．中国阅读大辞典［M］．南京：南京师范大学出版社，2016：343.

角，并与之后不同的文学史观相呼应。如乡土启蒙与"进化论"文学史观，乡土审美与"现代性"文学史观，乡土苦难与"阶级论"文学史观等，致使不同的乡土主题在纷繁复杂的文学史著作中所占的比重有别，体现了20世纪三四十年代乡土小说的文学史意义，不仅共同丰富了现代乡土文学画卷，也是理解文学与政治，现代与传统，个体与集体等关系的路径，为当代乡土书写提供有益借鉴。

一、乡土启蒙与"进化论"文学史观

丁帆说："是'五四'新文学运动的反封建意识首先找到了'乡土小说'这一载体。"①"五四"时期经由鲁迅、王鲁彦、许杰等作家的创作实践而形成了具有批判传统文化、思想启蒙意识的乡土小说模式，尽管三四十年代民族救亡的呼声压倒启蒙的精神诉求，但这一现代意识已溶入知识分子血液。我们在萧红、丁玲、沙汀、王西彦等作家笔下依然看到了孱弱病态、亟须启蒙的民众，也看到了传统乡风民俗强大的腐蚀性，但因严峻的社会局势与"启蒙"思想固有的"片面性"致使该叙事策略在文学史发展的较长时期内一直以潜流的形式存在。但值得肯定的是，社会发展的每一个历史转型期，乡土启蒙所蕴涵的文化自省与反思都意义深远，因此这一话语模式在新时期的"反思""改革"等文学形态中重新复苏。诚然，乡土启蒙叙事所依傍的是"五四"时期的现代民主、科学思想，个体精神独立、自由等价值观念，与后来的进化论文学史观有某种相通性。

进化论思想的传播"从话语模式上规划与改变了中国文学，五四时期西方进化论得到广泛深入的传播与运用，在人文社科领域里施展了巨大的除旧布新的思想威力；尤其对文学革命的展开有着巨大的驱动力，也是构成多种新文学观念的思想基础。像文学革命先驱胡适、陈独秀、鲁迅、周作人、茅盾等，哪一位不视进化论为思想法宝？他们以进化论原理这一核

---

① 丁帆. 作为世界性母题的"乡土小说"[J]. 南京社会科学，1994（2）：45.

心理念建立起进化文学史观的架构"①。其中"除旧布新"的进化论观念就是启蒙精神的显现，乡土小说创作以此为"批判的武器"否定封建旧文化的落后性及民众狭隘保守的人格，强调后来者的超越性，历史发展趋势的前进性。1920 年罗家伦在《近代中国文学思想的变迁》中指出唯物论、进化论、文以载道论三种文学史观，其中的"进化论"史观因迎合了知识分子反传统的心理诉求得到积极响应，之后胡适的《白话文学史》，周作人《中国新文学的源流》等著作从文学的语体到内容都回荡着清晰的"进化论"思想余音。其中影响较大的是赵家璧主编的《中国新文学大系》，他以重大历史事件为不同时期文学形态划分标准，突出文体变革对文学秩序重建的意义。时过境迁，这一文学史观被后来的阶级论、现代性等观念代替，不可改变的是进化论文学史观的基础性作用。古与今、新与旧的二元对立是进化论史学观的理论基础，同乡土启蒙的"立人"主张、肯定新生事物否定传统的逻辑思路相一致。需要指出的是，无论是人性启蒙还是"进化论"文学史都有其局限性，因事物发展的一般态势是直线向前，但也应该顾及发展进程中出现的曲折与反复现象。

以乡土启蒙的视角审视思想蒙昧的农民，其麻木的精神世界确实是生命价值实现的阻力。比如"看客"心理，从鲁迅的《祝福》《示众》到抗战时期萧红的《呼兰河传》，端木蕻良《大地的海》，周文的《投水》等，这些小说中那些"张着嘴巴"的男女老幼各色人等组成了一幅"看客"群像图，应该说这种沉浸在"看"与"被看"漩涡中的乡民在后来韩少功的《爸爸爸》，王安忆的《小鲍庄》等"寻根乡土小说"中仍有延续，以此挖掘民族传统文化的病根。在 80 年代高晓声的"陈奂生系列"，乔典运《村魂》，朱晓平《桑树坪纪事》，张一弓的《黑娃照相》等乡土书写同样展示了民族传统弊病在新时代农民性格中滤不去的污垢，社会改革中"小生产者的梦想"及他们浅薄短视思想意识下人格的扭曲、不健全的文化心理。这些作品充实了乡土启蒙

① 朱利民. 西方理论中国化的步伐：进化论与中国文学理论的变异 [D]. 成都：四川大学，2004.

叙事内容，体现了"进化论"文学史观的延续性，并且相较于20世纪三四十年代的同类型小说更具"当下性"。如同样关注国民性话题，新时期的梁晓声、张一弓等作家卸去了萧红、沙汀、路翎那种居高临下的视角，而选择与农民平等对话的方式揭露他们心理的昏弱与荒唐可笑，以期达到思想启蒙目的。梁晓声曾说："我完全不是作为一个作家去体验农民的生活，而是我自己早已是生活着的农民了。我自己想的，也就是农民想的了。这共同的思想感情，是长期的共同经济生活基础上产生的毫不勉强的自然物。"①农村的生活经历赋予他"农民"的身份，而早年接受的现代教育又使他不由自主地树立起文化批判的叙事立场，具有了启蒙知识分子的角色，恰是这样的双重身份使得梁晓声始终以平视的眼光探索农村在变革中的巨澜微波与农民的命运转折。这样的叙事模式在延续传统乡土启蒙精神的基础上又有新的发展，一定程度上深化了"进化论"文学史观。

　　到了新时期，几千年的封建思想残余依旧遗留在民众意识深处，当农民的物质生活富足起来时，而精神的"落后"并没有很大改观，作家有意识地把视线转向社会转型期的乡村现实，思考带着沉重精神枷锁的农民何以迈向新生，以及他们的出路等问题，使抗战时期的乡土启蒙叙事重新复归，并增添了新的质素。如高晓声的"陈奂生系列"，何士光《乡场上》《种苞谷的老人》，张一弓的《黑娃照相》，阎连科的《瑶沟人的梦》《天宫图》，李佩甫的《败节草》等小说在书写农民麻木的精神状态时，又注意到了他们性格中固有的幽默，形成作品的喜剧风格，逐渐走出丁玲、沙汀、王西彦等作家笔下那种悲凉压抑的乡土气氛，使人物的生存困境与命运演变有了丰富内涵。学者陈思和认为新文学传统不会在"世界末"结束，以启蒙传统为中心的"进化论"文学史观同样被普遍关注与接受，一些学者有意识地以进化论思想审视中国当代文学的发展。其中体现着启蒙思想的乡土小说在陈其光的《中国当代文学史》，田中阳《中国当代文学史》，公仲《中国当代文学史新编》，王庆生《中国当代文学史》，吴秀明《中国当代文学史写真》

---

① 高晓声. 且说陈奂生[J]. 人民文学，1980(6)：18.

等著作中都占有较大比重，以此可以看出现代乡土启蒙主题的生命力，以及"进化论"文学史观的连贯性，不只是对 20 世纪三四十年代乡土小说启蒙话语的总结，并且贯穿于整个二十世纪中国文学的发展历程。

二、乡土诗性与"现代性"文学史观

20 世纪三四十年代乡土小说的诗性话语以沈从文、师陀、孙犁等人的创作为主，还有萧红、艾芜、端木蕻良的部分作品。他们在狼烟扑面的时局下仍能坚守文学的独立性确实弥足珍贵，尽管受到革命、阶级等观念的排挤，但当历史走过那段艰难的岁月，乡土诗性与抒情主题重新浮出历史地表，尤其受到那些秉持"现代性"文学史观的学者重视，肯定作家关注文学本体、普遍人性、原始生命力等话语的价值。实际上，从 80 年代到新时期再到新世纪等不同阶段，乡土诗性叙事都有不同程度的延续，从内容上看，或以纯粹质朴的人性作为构建精神价值的依据，或激活留存在记忆中的美与善以抵御现代化、商业化对美好传统的亵渎等，恰好与"现代性"文学史观相吻合。

胡鹏林曾指出："现代性文学史观主要两种模式：线性模式和二元模式。二元模式即现代性的批判理论模式，以艺术化的审美现代性批判社会化的启蒙现代性。"①"对文学'现代性'问题的重新思考所带来的文学史观的变化，是上个世纪九十年代以来中国现代文学研究的最为重要的收获，它的学理意义和学术价值是颇为值得重视与发掘的"②。其实，较早坚持这一文学史写作脉络的是钱理群、吴福辉等人编写的《中国现代文学三十年》，他们试图打破"唯革命是从"的传统范例，这一思想主旨又与 80 年代中后期的"重写文学史"思潮有一定承接性，把文学本身的审美性视为评判作品成就高低的准则。这就使沈从文、师陀、孙犁等作家的文学史地位得以肯定，作品价值被重新认可。海外学者司马长风的《中国新文学史》也相

---

① 苏永延. 复旦大学文学史传统研究［D］. 上海：复旦大学，2005.
② 胡希东. 1950—1980 新文学史著作文学史观念研究——以"现代派"为参照［D］. 成都：四川大学，2007.

当有影响力，他反对"载道"的文学，称其著作是以纯中国人心灵所写的新文学史，指明 20 世纪 30 年代作家自觉的艺术探索促进了新文学的成长，民族救亡与解放的社会语境使作家不能进行纯粹的文学书写，尤其对文学艺术性的探究转入"凋零期"，但依然无法遮蔽以抒情为导向乡土叙事的文学史意义。司马长风在其著作中曾把沈从文列入"中长篇小说七大家"的行列，并着重介绍了《边城》，指出作品在"技巧上推陈出新，独创一格，遂成为文坛巨星"，而"诗是文学的结晶，也是品鉴文学的具体尺度"①。实际上，这些赞誉背后暗示了司马长风检阅现代文学作品的价值标准，同样以"诗化小说"著称的师陀通过具有象征内涵的意象揭示自然、生命本真之美，同样契合了"现代性"文学史观的核心观念。而之所以夏志清的《中国现代小说史》具有划时代意义，主要在于他打破了现代文学史研究常常受制于革命、阶级斗争等意识形态话语的局限性，而重视审美、人性、个体等文学本体范畴，拒绝文学成为政治的附庸。夏志清在其文学史著作中大篇幅地论述沈从文、师陀等一度被边缘的作家群体，并在"抗战期间及胜利以后"一编把他们列入同茅盾、老舍同等位置的"资深作家"行列，这在那些坚持阶级论文学史观的著作中简直不可思议。因为夏志清以"现代性"的视角来评定现代小说创作成就时，就要顾及作品自身体裁、风格等特征而不是局限在思想内容方面，看人事要深入，对人心的发掘也要深一层是他评价作家优劣的一个方向。他认为"从不改变自己"是沈从文的人格魅力，也是"真正艺术家"的写照，小说里蕴藏的丰富感情与象征意味是同时代作家难以企及的，甚至把沈从文的《边城》与福克纳的《白月之光》相提并论。此外，在一些访谈中也可以看出夏志清对战争背景下萧红乡土小说创作的肯定，能够剔除政治立场、意识形态因素发掘作品的文学史意义显得弥足珍贵，同时对师陀的《果园城记》也以专章论述，正是在夏志清文学史观的影响下那些坚持诗化乡土叙事的作家才得以重视。

伴随着"现代性"文学史观的深入，20 世纪 80 年代初期出现了"沈从文

---

① 司马长风. 中国新文学史(中卷)[M]. 香港：昭明出版社，1978：37.

热"现象,我们借此窥见了新时期以来文学创作、研究、评价的包容与多元性,而"现代性"文学史观恰似一面放大镜,以文学的审美性为切入点重新发掘曾被主流文学摒弃的优秀作家,而沈从文、师陀必然是绕不开的存在。还有以"诗体小说"著称的孙犁也是乡土审美叙事的集大成就者,80年代之后的史学著作充分肯定了这一书写路径。如九院校联合编写的《中国现代文学史》评价孙犁的小说是"描写美和丑的斗争时,着力歌颂美的胜利,熔叙事、写景和抒情于一炉,洋溢着浓郁的诗情画意,作者擅长以散文的手法来写小说,作品中浓烈的乡土气息构成了作者清新俊逸的艺术风格"①。可以说这样的话语模式在过去的文学史书写中难以想象,此外还把孙犁放入艾芜、沈从文等着重描写农民"灵魂美"、"人情美"的乡土作家系列。接着是90年代由张炯等人主编的《中华文学通史》(近现代文学编)对孙犁的文学价值论述多达20多页,走出《讲话》时期"政治优位"的束缚,倾向于肯定小说艺术技巧方面的价值。相比赵树理惯用的地方方言与民间通俗文艺,或许孙犁沿用的新文学传统更具普遍意义。

当乡土"政治化"叙事走下神坛,使周作人的"地方性""个性"乡土主张,沈从文的"希腊神庙",师陀的"果园城记",孙犁的"白洋淀"等意象重获生机,为后来者的乡土书写提供了有力借鉴。在当代文学史中,我们从汪曾祺的《受戒》《大淖记事》,乌热尔图《琥珀色的篝火》,何立伟的《白色鸟》《一夕三逝》等乡土小说中领略到了类似的自然田园、花草虫鱼等韵味,还有被政治意识形态话语形态长期排挤的静谧乡村图景与美好人事等内容。何立伟认为,西方尚理,东方崇情,西方人凭脑子驰笔,东方人依心臆挥毫,并直言比较喜欢东方民族所崇尚性情,较为感性的创作理念。毋庸置疑,中国文学独特的审美趣味是作家想象乡土的依据,孕育出一篇篇具有浪漫主义风格的作品。刘庆邦以豫东农村的乡风民俗为背景写出了富有"金色小调"式的乡土小说,如《鞋》《远足》《红围巾》等作品以散文的

---

① 北京大学等九校联合编写.中国现代文学史[M].南京:江苏人民出版社,1979:485.

笔法呈现农村少男、少女纯粹的内心世界，对人性美的礼赞溢于言表，因此有人说他的小说始终流露着"沈氏风"，确有一定合理性。而他也指出"沈从文的小说让我享受到超凡脱俗的情感之美和诗意之美，他的不少小说情感都很饱满，都闪射着诗意的光辉。大概我和沈从文的审美趣味更投合一些，沈从文的小说给我的启迪更大一些"①。

历史变革与传统之间的冲突时有发生，作者在传统与现代之间的抉择也不尽相同，坚持乡土审美叙事的作家往往眷恋古老的传统文化，废名、沈从文如此，张炜、李杭育、郑义亦如此，当代作家在继承传统的基础上又有新的推进。张炜倡言要"融入野地"，其小说《九月寓言》《柏慧》表达了对古朴人性与流动自然的礼赞；李杭育的"葛川江"系列，以如诗如画的江南地区自然山川为背景，又以"最后一个"的意象表明对悠久历史传统的留恋；郑义的《老井》《远村》通过旺泉、杨万牛等农民的高尚人格展现出对儒家文化中积极进取精神的肯定。总体上看，作家笔下的乡土风俗、自然风物有别，但他们的价值取向几乎都立足于排斥现代文明，敬畏民间传统的"天人合一"理念，追求人与自然的交融。尽管这样的乡土书写寄予了作者的浪漫主义情愫，乡村被理想、象征化而"偏离"现实，但从文学史发展的链条上来看，他们对人性的思考，对原始生命力的张扬无疑升华了乡土小说的高度，与文学的本体性靠的最近，也始终未曾远离"现代性"的文学史观轨道。夏志清认为无个人目的的道德探索是一部作品的真正价值所在，乡土诗性是作家退避社会革命的功利主义偏向，寄情"自然"的产物，不遗余力的表现"文学的真谛"，并非与社会脱节，而体现了对人性的善良与邪恶、坚强与柔弱的关注，走过了特殊的历史时期，这一书写路径的价值必然会得以突显。

"现实"可谓是见证20世纪中国文学发展的一个关键词，也决定了文学创作难以摆脱救亡图存、民族解放、国家重建等社会政治命题。作家的

---

① 杨建兵、刘庆邦. 我的创作是诚实的风格——刘庆邦访谈录[J]. 小说评论，2009(3)：34.

文学活动总是要与时代语境相关联，20世纪三四十年代，当民族救亡与社会解放占据作家精神世界，且匮乏的物质生活，艰难的生存环境成为压倒性话题时，他们来不及冷静下来思考人性、生命等形而上层面的内容，这就相对缩小了这类作品的书写空间，所以沈从文、师陀等人致力于人性的恒常性等文学普遍主题探究的乡土小说就有着不可取代的地位。

三、乡土苦难、抗争与"阶级论"文学史观

苦难与抗争主题是20世纪三四十年代乡土小说的创作主流，作家坚持马克思主义革命思想，反映农民所遭受的阶级压迫，以及在苦难中的觉醒与抗，与"阶级论"文学史观相吻合，尽管现在已渐渐淡出人们的关注视野，但其体现出的从社会角度分析作家作品的研究理念不能被忽视。李大钊在《我的马克思观》中较早介绍了这一理念，并提到"阶级竞争"，还进一步探讨经济、政治、艺术创作等范畴的阶级性问题。20年代末"革命文学"口号的倡导是阶级理论在文学领域的初步实践，蒋光慈说过，革命文学是以被压迫的群众做出发点的文学，是反个人主义的文学。李初梨认为，一切文学，都是宣传，显然把文学等同于"宣传"是提倡文学服务于阶级斗争的表现。其实，鲁迅也曾有过"文学是有阶级性"的言论，但他多从艺术角度分析，而与革命作家从社会学空间的怒吼截然有别。早期的乡土小说确实出现了一些关照农民的生存苦难，以及革命与觉醒的题材，例如蒋光慈《咆哮了的土地》，洪灵菲的《在洪流中》《在木筏上》《归家》，戴平万《村中的早晨》等，可以说这是阶级分析观点较早进入文学领域的标志，主要书写地主阶级的疯狂剥削与农民在苦难中的觉醒，确立了文学的时代性与战斗性特征。但由于当时文坛浓郁的革命浪漫主义与乐观主义气氛，作家带着急切的心情在社会经验积累匮乏的情况下匆忙登场，造成了对题材与人物的机械、简单化处理，作家徒有革命的热情，而忽视了文艺的生命所在。到了30年代，"左联"的成立一定程度上推动了"革命文学"的发展，作家的乡土书写也自觉扭转以前那种生硬的议论，标语口号式创作模式，虽然仍沿用阶级分析的眼光透视乡土人生，但叙事态度明显要客观冷静的

多，新写实与唯物辩证的理性观念取代了以前的罗曼蒂克式样的感情宣泄。比如丁玲的《水》尽管给人的总体印象是苍白单调、艺术感染力有待提高，但至少在叙事策略上有很大进步，客观真实的描写农民生活现实，隐蔽作者主观情绪，所以冯雪峰称其是"新小说的诞生"，同时也完善了阶级论文学史观的不足。

20世纪三四十年代乡土小说的苦难与革命话语可谓上承"普罗文学"的某些特点，下启"十七年"文学、新时期、新世纪等不同阶段乡土题材中的革命主题，而"阶级论"文学史观是串联起该类型乡土书写的主线。如沙汀的《丁跛公》，艾芜《丰饶的原野》，吴组缃的《天下太平》，蒋牧良的《报仇》等小说写了地主阶级毫无人性的封建剥削与农民由沉默到忍无可忍的革命行动及心理转变过程，体现了阶级斗争学说在当时乡土社会的合理性，不同阶级的斗争是推动社会发展的动力。其实，这一乡土书写路径在三四十年代逐渐成熟，无论从作家的叙事立场还是小说主旨、人物形象、艺术手法等方面都比1920年代末的乡土革命主题有所超越。尤其是抗战时期的延安整风运动更是强化了文学的阶级性，明确规定文学要为无产阶级革命、民族解放战争服务的宗旨。尽管马克思在其论著中也有对文艺本身独特性的强调，但在阶级矛盾与民族矛盾不断激化的年代，乡土小说的革命功利性必将压倒其艺术特性。像赵树理、康濯、西戎等作家正是踩着"文学为战争服务"的鼓点走上乡土小说创作之路，把"阶级论"理念又向前推进了一步，文学的阶级性与中国历史的发展融为一体，甚至在很长一段时间内左右着中国文学艺术的整体方向，也左右着新时期以前的文学史书写思路。

"阶级论"作为影响中国文学发展的主要指导思想，不仅是乡土小说的苦难与抗争书写的金科玉律，也受到坚守这一理念文学史编撰者的肯定。王瑶在撰写《中国新文学史稿》时，以"新民主主义论"为指导思想，全书分"伟大的开始及发展""左联十年""在民族解放的旗帜下""沿着《讲话》指引的方向"等四个部分，其中"抗战文艺""战争与小说""人民翻身的歌唱"等内容均分单章论述。可以说"阶级论"文学史观潜在规约着王瑶对作家成就高低的评价，他在"解放区农村面貌"这一节论述赵树理的内容达四页之多，还不时引用茅盾、周扬的评价以强化其"人民艺术家"的地位。而对孙犁的论述不过寥寥数行，虽肯定了作品"浓厚的生活气息和抒情的风格"，但又指出这种创作同当时的战斗气氛不太相称。丁易《中国现代文学史略》以"政治斗争史"关照现代文学的发展，开篇就论述了毛泽东的新民主主义论，进一步探讨作家构成、文学方向、叙事手法时曾多次出现革命文学作家、中国文学的工农兵方向、社会主义现实主义等字眼，并提出现代文学运动是为革命运动所规定的整体面貌。如刘绶松《中国新文学史初稿》几乎完全将新文学纳入阶级斗争的范畴来考察，以无产阶级领导的、统一战线的、人民大众的、反对帝国主义、反对封建主义、反官僚资本主义的文学运动来概括现代文学史上的文学运动。上文所提到的只是"阶级论"文学史观指导下文学史著作的一部分，但这种阐释体系在1949年后成为中国新文学史建构的方向，并逐渐形成系统性的文学批评与研究方法。诸多学者试图从"斗争""阶级""革命"等角度考量文学作品的价值与意义，对作家地位的高低无不是依据他们的阶级觉悟或是否坚持无产阶级革命立场为宗旨。20世纪三四十年代乡土小说的苦难与抗争主题同样是这一观念的具象化，像茅盾、艾芜、丁玲、赵树理等作家就同时拥有革命者的身份，他们以丰厚的生活积淀与生命体验为创作基础，但也多少留下了革命热情有余而对艺术本质把握不够的缺点，对作品背后社会思想价值的追求超出对艺术技巧的精细探索。不过，社会审美心理也随着民族救亡的声浪发生迁移，作家很难逃离社会革命阵营，读者也逐渐移情于政治的文学期待视野，应该是多种合力共同推动了乡土苦难与抗争的繁盛，也得到秉持"阶级论"文学史家的肯定。

　　解放战争时期乡土苦难逐渐削弱，主要围绕农民在"土地改革运动""农业集体化运动"等政策下的翻身解放，但仍与"阶级论"取同一步调。赵树理的《邪不压正》，丁玲的《太阳照在桑干河上》，周立波的《暴风骤雨》，秦兆阳的《改造》等小说以40年代末到50年代广大农村轰轰烈烈的土地改革运动为背景，写了中国共产党领导下的农村阶层组织对地主、富农的改造以及农民当家做主的过程；后来《三里湾》《山乡巨变》《风雪之夜》等作品以农村合作化运动为背景，揭示了这一运动对农村社会的巨大冲击，农民内心的期待、恐惧、后怕等复杂心理。与抗战时期相比，农民在政治、经济上翻了身，地主阶级占有的土地被没收，其嚣张气焰受到打压，乡土社会洋溢着新的精神风貌。探究20世纪三四十年代乡土革命叙事的文学史意义，应该注意到作家积极"入世"的心态，以及充对文学"救世"功能的重视。从文学思潮到文学现象再到文学研究与创作都要为新民主主义革命和社会主义建设助力，因此，在特殊社会环境下，"阶级论"文学史观因抓住了文学的社会性特征而取得了合法地位，但也存在关注政治革命有余，忽视文学的启蒙与人文价值。事实上，阶级论或革命论的哲学基础是反映论，强调文学反映广阔的社会现实，当然社会发展不同时期会遇到不同的现实，比如抗战时期的全民团结御敌，解放战争时期的民族解放与国家统一等，而乡土苦难与抗争就是要贴近社会脉搏，感受农村在历史变革中的风貌与农民的命运转折。

乡土苦难与抗争充实了"阶级论"文学史观，其文学史意义还在于提供给当代乡土作家一种观察社会人生的视角，强调文学的"使用"功能，如果彼时要凸显的是文学为政治服务、为人民群众服务的作用，那么改革开放之后则体现了"文学为社会主义建设，为经济发展服务"，蒋子龙说："政治是生活的神经。一个人，一个家庭都不能离开政治。历史上流传下来的艺术珍品，还没有哪一个是脱离政治、脱离时代的纯艺术的珍品。"①作家强烈的参与社会意识使他们无意中形成了面向普通民众的艺术思维，谈歌指出："小说应该是一门世俗的艺术，所谓世俗，就是讲小说应该首先是面向大众的艺术。失去了大众，也就失去了读者，也就远离了小说的本义。"②同时期的何申、刘醒龙也表达过同样的观念，调动生活积累写乡土变革、农民苦与乐本没有错，但由于他们对现实缺乏清醒的理性认识，描

---

① 刘锡诚. 在文坛边缘上——编辑手记[M]. 开封：河南大学出版社，2004：60.

② 谈歌. 小说与什么接轨[J]. 小说选刊，1996(4)：28.

述"事件"的热情凌驾于人物形象塑造之上，从而降低了小说的文学价值，这何尝不是乡土苦难与抗争主题的当代新发展。

整体上看，无论是乡土启蒙论与"进化论"文学史观，还是乡土审美与"现代性"文学史观，或是乡土革命与"阶级论"文学史观都潜在地彰显着20世纪三四十年代乡土小说的文学史意义，并构筑起乡土书写的基本框架。这种互动性是国家意识、民族精神、历史观念的体现，多元的乡土叙事背后也折射出文学史观念的变迁，为当代乡土文学创作提供理论支撑。

如众所知，20世纪三四十年代的乡土小说不仅在中国文学史上意义深远，而且也是世界乡土文学不可或缺的组成部分。萧红、路翎、王西彦等持有文化批判眼光审视"黯淡故园"的乡土社会同域外作家的创作思路不期而遇，如显克微支的《炭画》揭示昏暗阴冷的波兰乡村现实，确立"人生写实"的创作方向；俄国作家契诃夫的《农民》《在峡谷里》，布宁的《夜话》《乡村》等作品勾勒了黑暗的俄国农村社会，对农民愚昧麻木生存处境感到悲哀。他们都以理性启蒙的姿态剖析遗留在农民身上的民族传统文学心理积淀，找出病因，引起疗救者的注意，唤醒思想蒙昧者的自我意识。关于乡土革命叙事，我们在茅盾的"农村三部曲"，沙汀的《还乡记》《代理县长》，吴组缃的《官官的补品》，叶紫的《秋收》等小说中发现了同俄罗斯作家纳乌莫夫《鱼市》《刺猬》，扎索季姆斯基《斯穆林村纪事》，兹拉托夫拉茨基的《根基》等作品的相通性。他们都写到了地主对农民的剥削，而农民不再顺从懦弱，极力反抗压迫的硬汉精神。正像俄国民粹主义者所讲的那样"农民是主要的、起决定作用的革命力量"①，再现了一种"尚力"的审美风格。为了强调民众在社会革命中的作用，毛泽东发表《讲话》以规约作家的创作方向，号召他们充分考虑农民的愿望与情绪，推动文艺大众化运动，针对知识分子身上的小资产阶级气息进行思想改造，与俄国民粹主义"到民间去"的思想主张不谋而合。

---

① 苏联科学院历史所列宁格勒分所. 俄国文化史纲(从远古至1917年)[M]. 北京：商务印书馆，1994：366.

　　20世纪三四十年代沈从文、师陀等作家用两套不同的笔墨描绘乡村与都市，以乡土社会的牧歌情调为都市人生造镜，批判人性的堕落异化。这与俄国恪守民粹主义的乡土作家思想有一定相通性，赫尔岑说：“相信俄国农民起码尚未感染欧洲无产阶级与资产阶级那些扭曲人性的都市恶习。”①语言中表达着他对都市被扭曲人性的鄙视，进而崇尚传统农村的淳朴人性。杨瑞仁曾说：“沈从文以带有原始色彩的苗文化，批判依然复活着儒家文化传统的城市文明，他强调人性和道德的自然、单纯形态，用以拯救‘现代文明’中人性的病态畸形和堕落，呼唤自然人性、生命自然形态的复归，这在形式上暗合了世界文学中扬弃现代文明自身弊端的最现代的创作取向，在这方面，沈从文超越了同时代的一般中国现代作家，表现出特有的文化敏感。”②比如法国乡土小说家让．吉奥诺的《山冈》《一个鲍米涅人》《再生草》被称为“潘神三部曲”，作品中那个唯美的“普罗旺斯”王国；劳伦斯以自己的故乡“诺丁汉”为背景创作了《菊香》《虹》等小说，以工业革命之前与之后家乡自然与人文环境的巨大变化为切入点，试图从原始的自然神中求得精神归属，渴望自然生命可以救赎被现代文明吞噬的灵魂；英国哈代在《绿荫下》《还乡》《德伯家的苔丝》等小说中构筑的“威塞克斯”精神家园……这些熟悉的画面同沈从文用心经营的“湘西”、孙犁的“荷花淀”有着一样的乡土氛围。他们选取相似的视角审视乡土，描写宗法制农村的人伦亲情之时，总不忘与扭曲、畸变的现代城市文明加以比照，通过两种文明的撞击表达自己的审美理想，珍视故乡的淳朴民风，希冀人与自然的和谐共生。

---

　　① 李义天．袁航．知道点世界哲学[M]．北京：世界图书出版公司，2005：272.
　　② 杨瑞仁．近二十年来国内沈从文与外国文学的比较研究述评[J]．外国文学研究，2004(4)：29.

结　语

　　20世纪三四十年代的乡土小说是中国现代乡土文学的主要构成部分，纵观近些年学界对这一阶段乡土小说的研究情况，呈现出对单个作家、某个区域、或创作流派的研究较为活跃，缺少在历史与现实、理论与实践、主题与风格、现代性路径等方面较为"宏观"的介入乡土姿态，而且在具体文本解读中忽视了民族救亡、社会解放等历史事件与特殊政治局势对乡土书写整体走向转变的研究。如多集中于"东北作家群"、"左联"作家、"七月派"作家，或是沦陷区、国统区、解放区作家等范畴，且对于历史的观照多停留在背景介绍层面，显得视野狭窄，不利于宏观、系统地检视乡土小说创作的"常"与"变"。即使对作家个体的研究也多局限在茅盾、沈从文、萧红、沙汀、艾芜等较有影响力的作家，不免存有失衡的弊病。该研究试图以经典作家为支撑，并重拾那些被忽视的乡土作家，比如梁山丁、陈瘦竹、程造之、黄军、毕基初等，试图较为全面地整合、梳理乡土创作情况，探析作品的"同"与"异"，揭示其独特的精神内涵。在已有研究成果基础上，以新的视角，立足"写作资源论""作家论""主题论""人物形象论""审美风格论"等几个方面探究现代民族国家建构语境下乡土小说创作特征，思考乡土与政治、土地与农人、战争与人性、化大众与大众化等复杂关系。

　　学者李欧梵谈到过："从题材背景和性格刻画来看，中国现代小说的进展清楚地显示了从20年代早期以城市为背景的自传体裁转变到30年代以后描写农村范围的乡土文学。"因此，20世纪三四十年代带来了乡土小说创作的繁荣，具有承上启下的历史意义，从作家的创作理念与价值取向来看，萧红、王西彦、路翎等作家远接"五四"传统的启蒙批判主题，并在挫折中前行；沈从文、废名、师陀、孙犁等作家以诗意的意象，唯美的意境，隐匿的方式诉说浪漫的自然人性之美，尚未摆脱学院派追求语言别致优雅的审美趣味；而茅盾、赵树理等作家从社会政治、经济角度审视农村现实，书写乡土苦难与觉醒抗争，迎合了社会诉求而彰显着强烈的时代气息，代表着乡土创作的主要倾向。在风雨飘摇的时代语境下，作家个体表达的自由与丰富性无形中受到一定限制，但不同侧面的乡土书写还是丰富了当时的文学生态，记录着作家的心路历程与乡土变迁。

　　20世纪三四十年代可谓是战乱不断，从土地革命到全面抗日战争再到解放战争，现实语境使作家有了不同的生命体验，并获得了想象之源，他们或立足过去整合记忆中的乡风民俗、或着眼于变动的乡村，推进了乡土小说的发展。胡风说："中国的革命文学是和反抗日本帝国主义的斗争一同产生，一同受难，一同成长的。斗争养育了文学，从这斗争里面成长的文学又反转来养育了这个斗争。"这一观点道出了革命与中国现代文学的紧密关系，而20世纪三四十年代的乡土小说很好地诠释了动荡时代的文学风貌。即，关乎爱与美、生命与人性等文学的永恒性话题受到社会现实的制约，而民族、革命、阶级、战争等字眼变得愈加醒目，而提倡个人主义的文学被解构，趋向于表现风雨如磐的社会现实体现着集体主义精神的文学成为主流。

　　乡土小说是社会政治力量、作家价值取向等因素相互制约的产物，从小说的主题意旨到人物形象再到语言与表现技巧等方面把乡土叙事推向了新的高度，为民族解放、社会发展起着推波助澜的作用。流离失所的生活摧毁了作家宁静的书斋，家园沦丧迫使他们开始了不断迁徙，在人生十字路口不得不作出新的抉择，或以笔为枪或奔赴战场参与实际战斗、积极开展民族救亡的文艺活动，但无论何种形式都彰显着民族救亡的紧迫性与作家的民族忧患意识，体现了民族国家话语对作家的统摄力。解放战争时期，作家更是以农村土改工作干部的身份深入农村生活，了解不同阶层民众的心理活动，推进土改运动展开，并为之后的文学创作积累第一手素材。每一时期的历史事件都会推动文学以新的方式突进，使文学多了社会运动的角色，不再仅仅只是满足个体生命的自我意识的自由表达，自然对于乡土小说创作也是一种转进。

受历史局势影响，20世纪三四十年代的乡土小说，既有带着"五四"思想启蒙精神的印记，又有了救亡、生存、苦难、革命等紧贴时代内容的书写，作家或重回故乡目睹到农村令人惊心动魄的现状，或跟随全国政治、经济、文化中心从京沪到重庆、昆明、延安、桂林等地转移，过着颠沛流离的生活，有了到农村采访与短暂居住的经历，而农村经济的衰败、农民的破产、地主阶级残酷的压迫、日军侵略势头的蔓延等危机的局势历历在目，因此作家的漂泊、流亡经历唤醒了他们的民族意识与爱国热情，加之"乡土中国"的社会性质预示着农村的安定与农民的生存是每一次社会革命与战争都不能忽视的问题，他们不约而同地把创作视点转向动荡中的农村与困境中艰难求生的民众，乡土成为民族意识弘扬与革命英雄人物塑造的主要阵地，其现实性比任何时期都要强烈。有学者指出："文学家的流寓迁徙，扩大了他们的生活与写作的空间，丰富了他们的地理体验，使他们有机会领略不同的地域文化，从而提高自身的思想认识和创作水平。"可以说，作家所置身的社会语境，以及获取生活经验的方式是乡土小说叙事的制约因素，而不断的迁徙自然为创作提供了丰富的资源，尤其是有战争前线工作经验的作家，"革命战士"的角色无形中拉进了与乡村、普通群众之间的联系，使乡土维系着一种浓郁的家国情怀，如，丁玲曾率领西北战地服务团深入偏远乡村鼓动群众积极抗日，不辞辛苦地辗转于战场与敌后根据地。彭柏山在抗战初期因革命者的身份而身陷囹圄，丘东平亲历上海"一·二八"事变并成为工农兵文艺通讯员，还率领部队抵御日军对根据地的扫荡等，他们纷纷以乡土的形式写下农民的觉醒与反抗，革命与翻身，以新的农村面貌达到政治宣传的效果，一时间农村题材创作兴盛起来。

实际上，无论是思想启蒙，还是审美与诗性，抑或是苦难与抗争，表面上似乎有作者叙事立场与价值观的差异，但其中的相通与重叠不容忽视，那就是作家与作品中的民族国家意识。巴金曾不无深刻地指出："个人的生命容易毁灭，群体的生命却能永生。把自己的生命寄托在群体的生命上面，换句话说，把个人的生命(联)系在全民族(再进一步则是人类)的生命上面，民族存在一天，个人也决不会死亡。""天下兴亡，匹夫有责"的传统使作家天然地对涉及民族国家的宏大题材充满言说冲动，因个体的人生总难以逃脱时代烙印，而把个体生命融入集体与民族，笔下的乡土多少总有大时代的情怀所系，字里行间流露出一种责任担当意识。茅盾、吴组缃、王统照等作家的乡土小说中能够直接表现民众革命情绪与民族意识的内容受到推崇。在战争期间，"每一个人的心理结构中，都积淀着民族的集体意识"。在民族国家解放语境下，致力于乡土小说创作的作家，他们的内心深处同样积淀着民族集体意识，不同的只是书写路数。如向着"对着人类愚昧"而写作的萧红，尽管因没有迎合革命战争的叙事主流曾受到质疑，但她以自身在战争中感受到的性别身份带来的诸多苦痛挣扎为基点，关注底层女性的遭遇值得肯定，并借助文字控诉男权文化与落后习俗观念对女性的身心残害，把对女性群体的生存困境推向纵深，以国民精神重建想象国家民族出路问题。《生死场》写出了生与死相生相克的乡土人生，在男权中心主义社会里，女性承受着无尽的性别暴力、疾病困扰、生育刑罚。《呼兰河传》以"北中国"乡民的生存与精神状态为背景，唱了一曲国民灵魂改造的挽歌，悲剧的制造者是处于同一阶级"善心"的婆婆，杨老太太、周三奶奶等"看客"群体，小镇民众精神的麻木无疑是民族国家现代化的阻力。萧红说过"抗战是要建设新中国，而不是中国塌台"。萧红以自己切身的战争体验作用于笔下的女性形象，发出"女性的天空是低的，羽翼是稀薄的，而身边的累赘又是笨重的"声音，认为虽然全民族的解放与社会制度的变革是女性群体解放的基础，但又意识到民族解放并不能使妇女解放一蹴而就，其背后是陈腐的社会观念与厚重的历史因袭。从创作上看，萧红以个人对事态人生的观察和体验，不直接书写战争，而是在《汾河的圆月》《朦胧的期待》等小说中关注到战争对普通人的精神创伤，以及病态的风气与人性的冷漠，思考生命的价值，从时代语境中挣脱出来，超越政治、民族和阶级等话语限制，洞察世态人情，坚持国民劣根性揭露与批判，面向战时国民精神重构，拓展了乡土启蒙的表现空间，并使其整体与连续性得以保留。

沈从文虽坚持诗性与审美的创作倾向，但在北平沦陷后，曾一度无法安心写作，想要"为地方与国家做点事"，又不愿被文坛的流行风气束缚，其间曾颠沛流离于沅陵、武汉、昆明等地，对个人与民族国家所面临的生存考验有切身体会，写下了诸如《怎样从抗战中训练自己》《读英雄崇拜》《找出路——新烛虚二》等杂文。就乡土小说而言，《边城》把纯真自然的乡土人性之美写到了极致，而《长河》以自己战时的回乡见闻为依据，注意到了"新生活运动"、唯利是图的庸俗人生观进入湘西之后，美好人性面临的考验，内容上从对牧歌情调的抒发到"农民性格灵魂被时代大力压扁扭曲失去了原有的素朴所表现的式样，加以解剖与描绘"。《乡城》《王嫂》等小说，关注战乱下小人物的命运、生存状态，及人性的裂变，超越简单的民族立场，并在艺术上坚守乡土的文学性，使被挤压的审美空间有所释放，同样不能被遗忘。

在民族危机与社会解放语境下，作家立足乡土现实，记录下民众生存的艰辛与同仇敌忾、浴血奋战的不屈精神，众多感情充沛、掷地有声的文学作品应运而生，乡土小说无论在数量上还是艺术感染力方面都遥遥领先于其他文学类型，从中可以看到中国乡村社会结构的巨变。时过境迁，这些作品依旧熠熠生辉，它们是嘹亮的号角，是社会历史、民众生活与心理的真实写照，我们从萧军《八月的乡村》，姚雪垠的《差半车麦秸》，王西彦的《乡井》，吴组缃的《山洪》等小说的字里行间感受到的是滚烫的呐喊。作家在政治文化氛围与全民族团结御侮与社会解放精神的感召下自觉从社会革命的角度审视动荡的农村，侧重于表现乡土社会阶级关系的变化，以及农民不堪重负后觉醒与抗争的可能性，正是"革命"进驻农村使这里呈现出新气象，也使乡土画卷显得更为丰盈、多彩。其实，一定程度上乡土苦难与抗争书写以其强烈的时代实指性成为普遍的创作倾向，而"启蒙"与"诗性"尽管也有基于的理想人性远景的凝眸，只能以潜隐的方式存在，直到新时期文坛，当人情、人性、个体人的价值重新得到重视之时，韩少功的

《爸爸爸》《女女女》，李锐的《厚土》《锄禾》，冯骥才的《神鞭》《三寸金莲》，高晓声的"陈奂生系列"、《李顺大造物》等乡土小说中又重新找到了这些曾被冷落的缪斯，延续了三四十年代乡土启蒙的书写路径。而废名、沈从文、师陀等作家的诗性乡土书写后来在汪曾祺的《受戒》《大淖记事》，刘绍棠的《蒲柳人家》，张炜的《柏慧》等乡土小说中重获生机。

　　王德威说："小说是现代中国最重要的一种文类。过去一个世纪以来，小说记录了中国现代化历程种种可涕可笑的现象，而小说本身的质变，也成为中国现代化的表征之一。"应该说，小说中所反映的中国要比历史政治论述得更为形象真切，20世纪三四十年代的乡土小说更是为我们提供了认识中国现代历史与文学的一种路径，而民族国家是一个内涵丰富的话语体系，宏观层面直涉乡土之变的内容值得肯定，而因特殊语境而激发起作者对乡土人性、人的改造，乃至民族性思考的微观路向也不能遗忘，"乡土"面貌正是随着民族国家意识的自觉与发展，而逐渐清晰起来。因而对这一时期乡土小说的深入研究不只是回归历史现场的"重温"，更是从乡土文学发展的长链条上探寻其价值。今天看来，启蒙、诗性、苦难等不同路径的乡土小说创作无不寄托着作家在民族危难之下的民族国家想象，折射出的是中国式现代化多维度的文学表达，乡土启蒙派作家对个体意识觉醒的重视，体现了物质与精神全面发展的现代化；乡土诗性作家笔下如画的风情与淳朴的人性，体现了人与自然和谐共生的现代化；乡土革命派作家以人民史观为价值取向把农民视为英雄人物来塑造，体现出人民至上的中国式现代化，都应该被重视。